Super ET

Della stessa autrice nel catalogo Einaudi

La logica della lampara
La Salita dei Saponari
Tre passi per un delitto (con G. De Cataldo e M. de Giovanni)
L'uomo del porto
Il talento del cappellano
La carrozza della Santa
Il Re del gelato
La banda dei carusi

Cristina Cassar Scalia
Sabbia nera

Einaudi

Pubblicato in accordo con Grandi & Associati, Milano
Prima edizione «Stile Libero Big»

www.einaudi.it

ISBN 978-88-06-24071-4

Sabbia nera

a nonna Livia

Il delitto non conta... Conta quello che accade,
o è accaduto, nella testa di chi lo ha commesso.

GEORGES SIMENON

1.

La Muntagna s'era risvegliata quella mattina. Una nube nera densa di cenere incombeva sulla città, avvolgendola. Nei momenti di silenzio, i boati si udivano persino dal mare, a metà tra il rombo di un tuono e il botto di un fuoco d'artificio attutito dalla distanza.

La sabbia veniva giú senza requie, formando per terra un tappeto scricchiolante e scivolando sugli ombrelli aperti, rimediati qua e là da venditori ambulanti prontamente apparsi per le strade, come in un giorno di pioggia improvvisa.

Alfio Burrano bagnò il parabrezza piú volte prima di rassegnarsi ad azionare il tergicristallo. Il cofano della Range Rover bianca fresca di concessionaria, dopo una breve variazione sul grigio antracite, virava ormai verso il nero opaco. Alfio bestemmiò tra sé e sé al pensiero dei danni inenarrabili che quella sabbia abrasiva, capace di raschiare qualunque superficie con cui venisse a contatto, occhi compresi, avrebbe provocato alla carrozzeria.

Sfilò un mezzo sigaro dalla tasca anteriore dello zaino e se lo accese.

Tra il cartello «Benvenuti a Sciara, paese dell'Etna» e l'ingresso principale di villa Burrano c'erano sí e no cinquecento metri, occupati da una miriade di costruzioni dall'aspetto polimorfo, che accerchiavano il maniero e che sorgevano laddove un tempo si estendeva il suo parco privato.

Mentre si lasciava la piazza del paese alle spalle, dirigendosi verso il cancello laterale, il telefono agganciato al computer di bordo dell'auto iniziò a squillare. Alfio sbirciò il display e si accertò che non mostrasse ancora una volta quegli occhi azzurri che avrebbe preferito non avere in memoria, e che l'avevano tormentato per tutto il pomeriggio con messaggi e chiamate, cui lui si era imposto di non rispondere.

La voce di Valentina – la sua enologa, ma non solo – lo rinfrancò.

– Ehi, boss, com'è finita?

– E come volevi che finisse? Spazio aereo di Catania chiuso fino a domani mattina, se tutto va bene. Voli dirottati a Palermo e a Comiso, oppure cancellati, come il mio. Il solito casino, insomma. Speriamo che almeno domani mi facciano partire, altrimenti mi saltano tutti i programmi.

Quando, ore prima, aveva visto il banco del check-in nella sala Bellini preso d'assalto da una ventina di accumulatori di miglia, come lui contrariati dall'impossibilità di risolvere la situazione a colpi di Carta Freccia Alata e varchi prioritari, Alfio s'era attaccato al telefono. Invano aveva smosso tutto lo stato maggiore dello scalo catanese, tra i vertici del quale annoverava piú di un amico, per tentare di farsi spostare sull'unico volo per Linate che sarebbe partito quel pomeriggio.

– Sono sicura che un modo per partire te lo trovano. Stasera ci facciamo una cenetta da qualche parte, cosí ti risollevi il morale? – propose lei.

In un altro momento non ci avrebbe pensato su, ma dopo quel pomeriggio disastroso un'intera serata di schermaglie amorose a lume di candela per guadagnarsi una scopata gli pareva un progetto troppo impegnativo.

– No, Vale, non ti seccare ma stasera preferisco ritirarmi a Sciara.

Silenzio. C'era rimasta male.

– Ma sí, mi pare proprio la serata adatta per inerpicarsi in un paesino alle pendici del vulcano. Perché non ti vai a coricare proprio in bocca al cratere?

Molto male. Ora il minimo sindacale era rilanciare l'invito. Tanto non avrebbe accettato.

Sbagliò.

– Sei uno stronzo, Burrano. Lo sai che quel relitto di villa mi fa impressione! – Sospiro di rassegnazione, poi: – Va bene. La cena la porto io.

Alfio aprí il cancello e guidò lungo un vialetto in salita. Infilò la Range Rover sotto un albero con rami abbastanza fitti da proteggerla e sufficientemente solidi da non rischiare di cedere sotto il peso della sabbia. Si diresse verso l'unica zona illuminata della villa: quattro stanze e pochi metri quadri di giardino, nei quali lui era riuscito a infilare persino una piscina di dimensioni dignitose. Le stanze avevano un ingresso autonomo, e non comunicavano né con l'ala principale né con la torre.

Questo gli aveva elargito «la vecchia», e questo si era fatto bastare. Né si sarebbe potuto aspettare di piú.

La vecchia, al secolo sua zia Teresa Burrano, ricca sfondata ma avara come Arpagone, era l'unica parente nonché sola fonte di reddito di Alfio, che lei trattava alla stregua di un suddito mostrandogli senza veli il suo disappunto nel saperlo unico erede del patrimonio di famiglia.

Chadi, il tunisino factotum, gli andò incontro sbucando da una casupola indipendente, meravigliato di vederlo lí. Lo seguí attraverso la casa fino al giardino sul retro.

– Bravo, Chadi, che pensasti a coprire la piscina. Con tutta la polvere che sta piovendo, a quest'ora si sarebbe ridotta una porcheria, – lo encomiò. Il telone che proteggeva la vasca, pieno di sabbia nera come il bordo e il prato circostante, era talmente appesantito da formare un avvallamento sull'acqua. Chadi si piazzò sotto la tettoia, in posizione di attesa.

Alfio capí che doveva dirgli qualcosa.

– Dottore, in casa di là è crollato un muro. C'è acqua dentro, – notificò Chadi, indicando il lato buio della casa.

– Che significa acqua? C'è umido, forse?

– No, no. Acqua.

Burrano lo guardò perplesso. – Come mai sei andato di là?

Senza farne parola con la zia, che altrimenti avrebbe protestato, aveva messo l'uomo a guardia della villa, lasciandogli per ogni eventualità anche le chiavi del vecchio accesso di servizio della torre. Anzi, aveva fatto di piú. Oltre alle due telecamere che sorvegliavano la sua proprietà, ne aveva fatta installare una terza, che dall'angolo di casa sua riprendeva fino all'inizio del giardino grande. Di furti ne avevano già subiti abbastanza, non era il caso di rischiarne altri. Ne andava del valore stesso della casa. E se quella vecchia isterica non voleva capirlo, pazienza.

– Io sentito un rumore forte. Allora io acceso la luce di là e andato a vedere. In tutte le stanze. Poi entrato in camera sotto torre, quella con armadi, e visto muro caduto. Quando io toccato, mia mano tutta bagnata.

– Minchia, questa sola ci mancava! – sbottò Alfio.

– Vuole vedere?

– Ho scelta? Certo che voglio vedere.

Certo, sí, ma poi? Pure se ci fosse stata un'infiltrazione, che avrebbe potuto fare? La vecchia di spendere soldi in quella casa manco voleva sentirne parlare.

Bestemmiando tra sé e sé, Alfio andò ad attivare il contatore che forniva la corrente elettrica alla torre. Recuperò le chiavi e una torcia e precedette il tunisino lungo il corridoio esterno di passaggio che conduceva all'entrata principale.

Era la via piú corta per accedere alla stanza in questione senza fare il giro di tutta la casa.

Il portone aprendosi emise un rumore sinistro, da pelle d'oca. Alfio sollevò la levetta di un interruttore nero antidiluviano e trasse un sospiro di sollievo per essere scampato ancora una volta al pericolo di rimanerci attaccato. Le poche lampadine in vita illuminarono la scala di marmo attraverso cui lui e Chadi raggiunsero la zona incriminata. L'ambiente colpito dall'infiltrazione era al primo piano: una sorta di soggiorno arredato in modo stravagante, come tutta la casa, del resto, che comunicava con le stanze da letto.

Faceva un caldo disumano, l'odore della polvere nell'aria solleticava il naso. Alfio ordinò a Chadi di spalancare una finestra, che si aprí con difficoltà a causa delle persiane malmesse.

– Sposta quella tenda, che è impolverata. Già non si respira, se poi ci aggiungiamo cinquant'anni di polvere possiamo pure morire. Maledizione a lei e alle sue ossessioni. Ma si può tenere una casa in questo stato? – inveí.

Il crollo era avvenuto vicino al camino, e aveva investito una libreria vuota. La parete trasudava acqua al punto che si erano formate delle specie di licheni. A terra, nell'angolo, c'erano persino dei funghi.

– Chissà da quanto tempo è cosí, – mugugnò. Appoggiò la mano sul muro e la ritrasse schifato. – Si sarà rotta una tubatura. Ma vai a capire quale. Qua è tutto fatiscente.

Puntò la luce sulle decorazioni della parete opposta rispetto a quella zuppa. I colori, il soggetto, tutto rifletteva il gusto con cui era stata arredata l'intera villa: un misto tra architettura araba e liberty. Su un lato, una statua a mezzo busto simile a quelle disseminate lungo i vialetti della Villa Bellini, il giardino pubblico dei catanesi. Era

Ignazio Maria Burrano, suo nonno. Che diavolo c'entrasse una scultura cosí in una stanza privata, solo ai suoi avi era dato saperlo.

Indugiando con lo sguardo piú del solito, e sostenuto dai 3000 lumen della torcia a led di cui aveva dotato Chadi, Alfio notò che dietro la scultura i colori si erano mantenuti piú vivi che sul resto della parete. Anzi, parevano proprio dipinti su un materiale diverso.

Si appoggiò alla statua con il gomito e la sentí vacillare.

– Non deve essere pesante, se ondeggia cosí, – constatò.

Incuriosito provò a muoverla e si accorse che si spostava con facilità: doveva essere di gesso, o quantomeno cava. La trascinò di lato scoprendo il muro.

La discromia era evidente.

Chadi s'inginocchiò incurante della sporcizia, che comprendeva escrementi di probabile provenienza murina, e allungò la mano all'angolo tra il muro e il pavimento.

– Qua c'è filazza, – comunicò, col suo dialetto siculo-tunisino, indicando una fessura che correva per circa un metro e mezzo. Batté sulla parete producendo un rumore di vuoto. Legno, indovinò Alfio avvicinandosi. Puntò la torcia sul lato sinistro, e seguí l'angolo facendo scorrere il dito lungo una sottilissima apertura, che pareva una crepa, fino a urtare contro qualcosa di rotondo e metallico: un pomolo, quasi ad altezza uomo. Provò a muoverlo verso destra, ma senza risultato.

– Chadi, aiutami a tirare 'sto coso.

Tirarono in due. Il pomello iniziò a spostarsi di qualche millimetro, finché all'improvviso cedette, rivelandosi un paletto di ferro posto a chiusura di qualcosa. La parete si mosse come una porta.

Alfio la tirò con forza fino ad aprirla del tutto.

– Talè talè talè… – mormorò, meravigliato.

Davanti a lui si apriva una voragine, attraversata da due corde di grosse dimensioni. Se solo avesse fatto un passo in avanti sarebbe finito in fondo… a cosa? Cosí, a prima vista, pareva la tromba di un ascensore. Un montacarichi, piú probabilmente.

Infilò la testa dentro, reggendosi bene sulla parete. Puntò la luce in alto, poi in basso.

– Ma tutti i buttanismi lui ce li aveva! – bofonchiò, pensando alle assurdità che suo nonno aveva fatto installare in quella villa e che lui di tanto in tanto andava scoprendo.

Questa però era la piú sorprendente di tutte.

Fece due calcoli. Nella posizione di quella stanza, al piano terra doveva esserci la cucina, o forse la dispensa. Posti in cui era entrato sí e no un paio di volte in vita sua.

– Scendiamo di sotto, – disse.

Prese le scale, con Chadi al seguito, e si addentrò in un corridoio di servizio. Tentò di accendere la luce, ma stavolta la lampadina mancava del tutto. Anche la cucina era al buio. La logica suggeriva di rimandare il sopralluogo, tanto piú che da un momento all'altro sarebbe piombata Valentina e da lí non l'avrebbe sentita, ma la curiosità era troppa per restare inappagata fino al ritorno da Milano.

Puntò la famosa super torcia sulle pareti piastrellate di quel residuato di cucina, ancora equipaggiata di frigorifero stile Flintstones e pentole di rame ossidate appese. Il muro su cui doveva aprirsi il montacarichi era quello occupato da una credenza, a suo tempo verniciata di verde pallido.

– Chadi, vieni qua, spostiamo questa cosa.

– Ora?

– No, dopodomani.

Un punto interrogativo si disegnò sulla fronte del ragazzo, tra gli occhi neri sgranati.

– Ora, – chiarí Alfio.

Come previsto, la porta era lí dietro. Soddisfatto, Burrano recuperò la torcia e si lanciò dritto dritto sul pomolo. Senza doverla forzare granché, aprí la porta e puntò la luce sul montacarichi.

Indietreggiò con un sobbalzo.

– Cazzo! – urlò, scaraventando a terra la torcia.

Inciampando e aiutandosi con le mani, corse in direzione dell'uscita e riuscí a raggiungere il corridoio. Fuggí per qualche metro, finché il buio non si fece ancora piú buio e le gambe non gli ressero piú. I conati di vomito ebbero la meglio.

2.

Stravaccata su un'amaca, sotto una tenda tesa a ripararla dalla pioggia di sabbia vulcanica, il vicequestore aggiunto Giovanna Guarrasi si godeva lo spettacolo pirotecnico naturale che andava avanti ormai da ore. Ogni tanto allungava il braccio all'indietro, sul tronco di una delle due Canariensis che reggevano l'amaca e si dava una spinta lasciandosi *annacare* un po'.

Non aveva mai visto nulla di simile.

La sommità dell'Etna assomigliava a un braciere che vomitava fuoco, sovrastato da una colonna di cenere e lapilli. La colata pareva aver preso anche quella volta la via della Valle del Bove, una depressione non edificata sul versante orientale che, fungendo da bacino di raccolta, era la salvezza di tutti i paesi alle pendici del vulcano.

Si abbottonò il giubbotto e allungò la mano verso la sedia da giardino su cui aveva depositato i suoi generi di prima necessità: l'iPhone, un cartoccio di caldarroste, un pacchetto di Gauloises blu, un posacenere e lo spray antizanzare. Tirò fuori una sigaretta e l'accese, aspirando forte la prima boccata.

Trentanove anni, palermitana. Dodici anni di carriera in polizia, dei quali i primi sei consacrati all'antimafia, e un curriculum costellato di casi brillantemente risolti. Dopo tre anni passati a Milano da commissario capo alla Mobile di via Fatebenefratelli, da undici mesi il vicequestore aggiunto Giovanna Guarrasi, per gli amici Vanina, guidava la sezione Reati contro la persona della squadra Mobile di Catania.

Era rientrata da Palermo appena un'ora prima, stanca e abbattuta come ogni volta che ricorreva quella data. Il 18 settembre era il giorno del ricordo. Un ricordo doloroso, di quelli che non passano mai e che tediano l'anima con una tristezza ormai rassegnata.

Tre anni aveva resistito, lontano dalla Sicilia. Tre lunghi inverni meteoropatici in cui aveva persino imparato a sciare, e tre estati passate a sciropparsi ore e ore di code in autostrada in ogni – raro – momento libero, per raggiungere il tratto di costa piú vicino.

D'altra parte nessuno l'aveva costretta. La decisione era stata sua. Anzi, a voler essere onesti, tutti erano stati concordi nel ritenere che Milano non era cosa per lei. Ma per risultare davvero efficace, una rivoluzione doveva essere radicale, e in quel periodo cosí critico, dopo quanto era accaduto, era di questo che lei aveva sentito il bisogno.

Il nome Vanina era opera di sua madre, che gliel'aveva affibbiato dal primo momento, millantando di averlo tratto dal *Vanina Vanini* di Stendhal, di cui però non conosceva neppure la trama. Un diminutivo insolito, che la maggior parte della gente storpiava in un meno poetico ma assai piú siciliano «Vannina».

Il paese di Santo Stefano, Vanina l'aveva scoperto per caso un paio di settimane dopo il suo arrivo a Catania. Un'oasi felice alle pendici dell'Etna dove l'ordine sembrava regnare sovrano. Sbalordita da tanta virtuosità, e verificata l'esistenza di una strada diretta che portava al mare in meno di un quarto d'ora, aveva deciso di adottarlo come residenza, rinunciando senza rammarico alla vicinanza con l'ufficio in cambio di un po' di pace.

Era stata una scelta azzeccata.

Un ex rustico appena ristrutturato annesso a una casa padronale nel centro del paese, fornita di giardino interno con tanto di agrumeto. Una sistemazione simile al centro di Catania sarebbe stata introvabile, e comunque non alla sua portata.

Quelle poche ore di ozio sull'amaca erano bastate a scaraventare addosso al vicequestore Guarrasi la mole di stanchezza accumulata negli ultimi undici mesi. Nonostante l'incipiente umidità della sera, stentava a trovare la forza di rientrare in casa.

Anche il suo umore, già demolito da quella giornata dolorosa, non accennava a recuperare terreno, e la serata solitaria che le si prospettava davanti non avrebbe contribuito a risollevarlo. Forse avrebbe dovuto accettare l'invito che la sua amica Giuli – al secolo Maria Giulia De Rosa – le aveva scritto in uno dei vari messaggi che le aveva mandato quel giorno – dopo altrettante telefonate cui lei non aveva risposto – per cenare in un nuovo locale del centro, specializzato in cucina del territorio, pizze a lenta lievitazione e birre artigianali. Uno di quei posti che di solito a Vanina piaceva frequentare. Ma Giuli non usciva mai con meno di sei o sette persone al seguito, e quella sera lei non aveva voglia di vedere gente.

Rifletté che una bella maratona cinematografica in bianco e nero sul divano non ci sarebbe stata male in quella serata cosí storta. Se non altro l'avrebbe distratta dai pensieri malinconici.

Mise un piede a terra cercando di non sbilanciare l'amaca, che invece come al solito s'inclinò buttandola giú. Vanina si raddrizzò al volo *santiando*. Prima o poi sarebbe finita col sedere sul prato, questione di tempo. La schiena dolorante le ricordò che all'età sua non era normale anchilosarsi cosí per un viaggetto in macchina e un paio d'ore di umidità serale. Ma la colpa era sua, e del boicottaggio sistematico che da anni riservava a palestre, piscine, centri sportivi e qualunque altro luogo deputato all'attività fisica.

Attraversò il tratto di prato che divideva il suo rustico dall'edificio principale, salí tre gradini di pietra lavica e spinse la porta di casa, lasciata semichiusa. Depositò giacca e accessori vari nell'ingresso minuscolo, dov'era riuscita a infilare un vecchio cassettone proveniente dalla casa di Castelbuono che sua madre aveva venduto molti anni prima. Lei non l'avrebbe mai fatto. Ma aveva quattordici anni, allora, e il suo parere non contava granché.

Entrò nel soggiorno, diviso dalla cucina da una porta scorrevole. Un tavolo tondo – all'occorrenza allungabile, ma era raro che avesse occasione di farlo –, una libreria in cui due file di libri dividevano lo spazio con gli oggetti piú svariati, e in cui regnava il caos, e una piú grande, piena zeppa di vhs e dvd disposti in un ordine quasi maniacale, che faceva da cornice a un televisore a schermo piatto da 42 pollici. Una parete era interamente occupata da locandine di vecchi film, tutti italiani e tutti ambientati in Sicilia. In un angolo, una poltrona di pelle con pouf poggiapiedi davanti e tavolino al lato.

Il vecchio cinema italiano, meglio se d'autore, era la passione del vicequestore Guarrasi. Ma i film girati in Sicilia erano quasi una mania. Li collezionava da anni, possibilmente nelle loro versioni integrali, anche i piú rari e difficili da trovare, anche quelli che di siciliano non avevano che una singola scena. Ne aveva già messi insieme centoventisette, e non era stato semplice, specie in epoca pre-digitale: dalle pellicole con Angelo Musco degli anni Trenta a quelli di Germi, fino ai piú recenti.

Vanina tirò fuori da un cassetto il catalogo dei titoli,

che qualcuno aveva creato per lei tempo prima e che lei andava aggiornando volta per volta. Si buttò su un divano moderno, grigio chiaro, che in quella casa stonava come un baldacchino barocco in un loft newyorkese, ma da cui non si sarebbe separata neppure sotto tortura, per quanti momenti nodali ci aveva trascorso sopra. Nel bene come nel male.

Un film allegro, ci voleva, leggero, che non scatenasse cattivi pensieri. Aveva appena fermato lo sguardo su *Mimí metallurgico ferito nell'onore* quando la faccia sorridente dell'ispettore capo Carmelo Spanò comparve vibrando sul display del telefono. Ogni volta che le capitava davanti quella foto, il che accadeva in media dalle dieci alle venti volte al giorno, Vanina si ritrovava a considerare come quell'espressione ilare sul volto del valido collaboratore fosse del tutto inadeguata al tenore delle notizie che le sue telefonate veicolavano.

– Mi dica, Spanò.

– Capo, mi deve scusare per l'orario, ma non potevo evitare. Dovrebbe raggiungermi.

– Che fu?

– Un cadavere trovarono. In una villa, a Sciara.

– Ammazzato?

– Può essere.

– Che vuol dire «può essere», Spanò? – si spazientí.

– Che non è facile capirlo... Credo che debba vederlo pure lei.

Rimase in silenzio, in contemplazione della parete coperta di locandine, occhi negli occhi con Giancarlo Giannini che pareva guardarla rassegnato. Sarà per un'altra volta.

Si aggiustò l'auricolare e si alzò dal divano.

Entrò in camera da letto.

– Capo? – fece Spanò, rompendo il silenzio.

– Ma come mai non chiamarono l'Arma? – gli chiese, dando voce alla domanda che si era appena posta. Di solito tutto quello che accadeva alle pendici dell'Etna diveniva ipso facto appannaggio dei carabinieri, le cui stazioni erano dislocate qua e là nei vari paesini.

– Il proprietario della villa è un mio conoscente, perciò pensò di telefonare direttamente a me, che poi giusto giusto ero pure di reperibilità. Ma questa è cosa che deve…

– Che devo vedere io, ho capito, Spanò, – ripeté, mentre s'infilava i pantaloni e recuperava da sotto il letto un paio di stringate inglesi beige, estive, che ormai camminavano da sole per quante indagini si erano fatte.

– Chi c'è lí con lei?

– Bonazzoli e Lo Faro.

– Fragapane?

– Sta per arrivare: gli dico di passare a prenderla?

– No, grazie. Fragapane guida alla velocità di mia nonna con la Cinquecento sulla Palermo-Mondello.

L'ispettore soffocò una risata.

– Come preferisce.

Infilò la Beretta 92FS d'ordinanza nella fondina ascellare, che coprí con una giacca di pelle marrone. L'insegnamento che aveva tratto dalle peggiori esperienze della sua vita era di non uscire mai disarmata.

Mentre afferrava le chiavi della Mini da un portaoggetti ingombro di ciarpame, scorse sul ripiano della cucina una teglia da forno dall'aspetto familiare. Alzò il canovaccio di cotone che la copriva e scorse con rammarico due scacce preparate alla ragusana, ancora calde.

Spanò non la chiamava mai a fesseria, soprattutto di domenica. Se l'aveva fatto, significava che la faccenda era grave, o quantomeno delicata. E la simultanea presenza dell'ispettore Bonazzoli ne era la conferma. Quindi, a occhio e croce, per almeno tre o quattro ore la possibilità di toccare cibo sarebbe stata remota, e di certo non in cima alle sue priorità. Senza pensarci troppo, tagliò un pezzo di ognuna e lo addentò. Se le sarebbe spazzolate volentieri entrambe, magari davanti al famoso film che stava scegliendo, se quel cadavere serale non l'avesse ricondotta al dovere. Per aiutarsi, tracannò un paio di sorsi di Coca da una bottiglietta che aveva aperto quel pomeriggio.

Bussò sul vetro della portafinestra di Bettina, la proprietaria, che abitava al piano inferiore della casa padronale.

La donna comparve subito, tra gli effluvi della sua cucina in perenne attività, asciugandosi le mani sul grembiule. Vedova, un metro e sessanta di altezza per novanta chili di peso e una settantina d'anni portati con allegria. Un incrocio tra Tina Pica e la sora Lella.

– Vannina! Bentornata –. La doppia *n* era immodificabile, per lei come per una discreta quantità di corregionali.

– Ma che è? Macari di domenica sera ci debbono disturbare, ora? – constatò contrariata, adocchiando la fondina nel mezzo secondo in cui il vicequestore si aggiustò la giacca.

Vanina sorrise all'uso partecipe del plurale, che la donna adoperava spesso.

– E che ci possiamo fare, Bettina: ancora agli assassini non gliel'hanno spiegato che non è buona creanza ammazzare i cristiani di domenica.

– Le trovò le scaccitedde?

– Certo! Già assaggiato un pezzo di ognuna. Lei mi sta abituando male, però.

Bettina era originaria di Ragusa, e le sue scacce erano fatte a regola d'arte.

– Non è che una può lavorare morta di fame! 'Sa quando la faranno spicciare, stasera, – commentò annuendo, soddisfatta di aver fornito un contributo al suo sostentamento.

Vanina la salutò con un gesto, infilando le scale. Salendo in macchina si sbottonò i pantaloni sotto la maglia, abbastanza lunga da coprire quello che in teoria avrebbe dovuto impegnarsi per migliorare. Bettina, con le sue sorprese serali, non era certo d'aiuto. Prima o dopo doveva trovare il modo di dirglielo, seppur a malincuore. Già non era facile per lei, con il carico di stress che si portava addosso, con il suo umore sempre borderline, riuscire a imporsi un regime alimentare che escludesse proprio quei cibi che nei momenti critici la aiutavano a tenersi su. Se poi si aggiungevano pure i doni della vicina, la partita era persa in partenza.

Recuperò l'indirizzo che aveva segnato nelle note dell'iPhone e lo impostò su Google Maps. Benedisse per la milionesima volta il genio supremo che aveva inventato il navigatore satellitare. Approfittando del primo tratto, che contemplava ancora strade a lei note, richiamò Spanò.

– Senta, Spanò, mi faccia la cortesia: avverta lei la Scientifica e il pm. Chi è il magistrato di turno?

– Vassalli.

Vanina storse il naso. Magniloquente, controllato fino a rasentare la pignoleria. Però, quando era lui di turno, il medico legale incaricato era quasi sempre Adriano Calí: il migliore, oltre che un amico. Sapere che l'avrebbe incontrato la risollevò dallo stato catatonico in cui era crollata quella sera. Persino la telefonata di Spanò, contrariamente al solito, le stava parendo un fastidio. D'altronde, non era neppure giusto addossare la colpa al suo collaboratore. Certo, era pure vero che se Spanò non fosse stato cosí conosciuto e ben inserito nella società catanese, a quest'ora quella rogna sarebbe finita dritta dritta in mano alla benemerita, la cui stazione di Sciara era proprio a un passo della villa in questione. Com'era anche vero che, se poi il caso si fosse rivelato interessante, lei si sarebbe mangiata le mani per esserselo lasciato sfuggire. Perché al vicequestore Guarrasi, in realtà, le rogne piacevano. Assai. E piú la impegnavano, piú le toglievano il sonno, piú le divoravano giorni di ferie e domeniche, piú lei ci si buttava dentro. Anima e corpo.

3.

La facciata della villa, protetta da una cancellata sprangata con due lucchetti e da un giardino buio, non lasciava intravedere forme di vita all'interno dell'edificio.

In piazza nessuna traccia delle auto di servizio.

Il vicequestore Guarrasi afferrò l'iPhone spazientita proprio mentre il numero dell'ispettore Bonazzoli compariva sul display.

– Marta, ma che ca...ppero d'indirizzo m'avete dato? – sbraitò.

– Abbiamo sbagliato anche noi, prima. Devi girare attorno alla villa fino all'ingresso secondario. A quanto pare aprire il cancello principale è troppo complicato.

– Ah, è complicato! Con un cadavere in casa, questi dicono che è complicato, e voi li lasciate parlare? – replicò, sbattendo la portiera dell'auto e avviandosi su una stradina laterale. Cinquanta metri piú avanti, ritto in piedi di fianco alla volante, vide l'agente Lo Faro che la salutava con la solita aria da bulletto.

– Buonasera, dottoressa.

Vanina gli spense il sorriso con uno sguardo glaciale.

– Sei venuto fino a qui per startene al palo accanto alla macchina di servizio? Dov'è Spanò?

– Veramente io... la stavo aspettando.

– Dal lato sbagliato, visto che sono arrivata in piazza e non c'era nessuno.

L'ispettore Bonazzoli spuntò dal cancello con una torcia in mano.

– Eccomi, capo, – la salutò.

Vanina la raggiunse. Con la coda dell'occhio vide Lo Faro muoversi subito appresso a loro.

– Lo Faro, che fai? Resta qui e aspetta la Scientifica e il medico legale. E mandaci Fragapane, che potrebbe giovarci il suo aiuto –. Indifferente all'espressione delusa dell'agente, varcò il cancello al seguito di Marta. – Se arriva in tempo, – aggiunse sottovoce.

La Bonazzoli sorrise. Le performance di Fragapane alla guida erano note a tutta la squadra Mobile, con estensione alla questura centrale.

Percorsero il perimetro della villa, fino a raggiungere una terrazza buia da cui si accedeva all'interno. Superarono un ingresso con al centro una scala di marmo, piena zeppa di statue e altorilievi di cui la penombra rendeva oscuro il soggetto. Passando attraverso due stanze arredate in modo bizzarro, illuminate da lampadari avvolti nelle ragnatele e dotati di una lampadina funzionante su tre, raggiunsero un corridoio stretto e buio, maleodorante.

– Il cadavere deve essere vicino, – considerò il vicequestore, storcendo il naso.

– No, questo è solo il risultato del suo ritrovamento, – rispose Marta, illuminando un angolo in cui qualcuno aveva sfogato il proprio spavento.

La scena in cucina era quasi surreale. Due persone, un uomo e una donna, sedute attorno a un tavolo col ripiano di marmo, ricoperto da piú o meno un centimetro di grigiore polveroso. L'uomo si reggeva la testa tra le mani, mentre la donna stringeva spasmodicamente i manici di un sacchetto bianco che teneva sulle ginocchia.

Un faro di quelli da giardino, appoggiato su uno scaffale, emanava una luce bianca che rendeva il contesto ancora piú tetro.

L'ispettore Spanò era chino dentro una porticina seminascosta in un angolo, vicino a una credenza messa di traverso. Dietro di lui, un ragazzo dall'aspetto magrebino reggeva una torcia illuminando l'anfratto.

L'uomo che era seduto al tavolo si alzò e le venne incontro.

– Sono Alfio Burrano, – si presentò.

Sui quarantacinque, alta statura, capello biondo con qualche filo grigio, giacca stazzonata. Aria sconvolta che non toglieva punti a un viso interessante. La versione sicula di Simon Baker.

Gli strinse la mano. – Vicequestore aggiunto Giovanna Guarrasi.

Senza muoversi dalla sua postazione, Spanò le fece cenno di avvicinarsi.

– Capo, venga a vedere.

Vanina lo raggiunse.

– Deduco che il cadavere sia là dentro.

– Se cosí possiamo chiamarlo... – mugugnò l'ispettore facendosi di lato. – Stia attenta, che c'è un piccolo dislivello, – la avvertí.

Di scenari raccapriccianti, nella sua carriera, il vicequestore Giovanna Guarrasi ne aveva visti assai: uomini incaprettati e bruciati vivi, cadaveri cementati dentro un pilastro, gente sparata, accoltellata, strangolata e via dicendo. Ma l'immagine che le apparve quella sera si poteva descrivere solo con un termine, da lei vilipeso e definito «da romanzo gotico». Macabra. Abbandonato di sghimbescio sul pavimento di un montavivande di un metro e mezzo per un metro e mezzo, giaceva il corpo mummificato di una donna. Il capo, con ancora i resti di un foulard di seta, era piegato a novanta gradi su un cappotto di pelliccia che copriva un tailleur dal colore indistinguibile; appese al collo, tre collane di lunghezza diversa. Sparsi attorno al cadavere, una borsetta, un beauty case di quelli rigidi che si usavano una volta, una bottiglietta di colonia senza tappo e una scatola metallica che aveva tutte le sembianze di una cassetta di sicurezza.

– Chi l'ha trovata?

– Alfio Burrano, insieme al tunisino.

Vanina chiuse la porta e la fermò col paletto che fungeva da serratura. Dall'interno non si poteva aprire di certo.

La riaprí e infilò la testa nel cubicolo per analizzare gli oggetti piú da vicino. L'aria era irrespirabile, il tanfo pestilenziale. Vincendo l'istinto immediato di ritrarsi, e un vago senso di nausea che in tanti anni non era ancora riuscita a superare del tutto, si spinse un po' piú all'interno attenta a non pestare nulla.

– Ci vive qualcuno, in questa casa? – domandò, tirandosi fuori di nuovo.

– Solo Alfio, a quanto ho capito. Ma non in queste stanze.

– Perciò è probabile che qui non sia entrato nessuno da molto tempo.

– Alfio dice di non esserci stato mai per piú di qualche minuto.

Spanò si voltò a guardare Burrano, che era tornato a sedersi accanto alla sua amica. Poi riprese:

– Capo, che dice, apriamo le due borse prima che quelli della Scientifica ce le freghino? Cosí intanto ci facciamo un'idea.

Il vicequestore annuí.

Mentre l'ispettore tirava fuori dalle tasche un paio di guanti, la voce gracchiante di Cesare Manenti, il vice dirigente della Scientifica, risuonò nel corridoio.

– Troppo tardi, – commentò Vanina.

Ogni informazione sarebbe giunta nei tempi e con le procedure di Manenti, che purtroppo celeri non si potevano dire.

– Ciao Guarrasi, – la salutò il collega, guardandosi intorno con aria seccata. Un uomo di poche parole, il piú delle volte intrattabile.

– Ciao Manenti.

– Allora? Dov'è 'sto cadavere per cui ho dovuto abbandonare una piacevolissima cena a casa di amici?

Perché: uno cosí ha anche degli amici?, pensò Vanina.

– Eccolo là, – indicò. – Ma ti avverto: non avrai molto spazio per muoverti.

Manenti infilò la testa nel montacarichi e poi con un cenno cedette il posto a un agente in tuta bianca, equipaggiato di calzari, guanti e mascherina.

– Avete spostato qualche cosa? – chiese, con l'aria di chi si aspetta una risposta positiva.

Spanò si fece avanti, impermalito. – Per quello che serve, non abbiamo messo dentro manco un piede.

Per tutta risposta si beccò un'occhiata della serie «stai parlando con un tuo superiore».

Il vicequestore tagliò corto. – Manenti, vedi di non perdere tempo e dammi qualche informazione utile. Cerchiamo di capire dal contesto a che epoca risale 'sto cadavere, perché non credo che ricaveremo un granché dall'autopsia.

– Alla preistoria, risale, – commentò il videofotosegnalatore scafandrato.

Vanina mise di piantone la Bonazzoli, al cospetto della quale Cesare Manenti perdeva di colpo la sua spocchia per assumere un tono quasi mellifluo. Si allontanò, lasciandolo perso negli occhioni verdi dell'ispettore, che quanto a grazia non aveva nulla da invidiare a Heidi Klum, e andò a cercare Burrano in mezzo alla piccola folla che si era creata in pochi minuti. Lo vide in piedi davanti al tavolo su cui un altro scafandrato stava montando un faro da puntare nell'anfratto. Mano in tasca e sigaro acceso tra le dita dell'altra, ronzava preoccupato intorno a un agente che armeggiava con una presa antidiluviana.

Osservò con la coda dell'occhio la donna, ancora seduta con il sacchetto sulle ginocchia. Livida in viso, rispondeva distrattamente alle domande dell'ispettore Spanò. Era giovane, poco piú che una ragazza, e l'insistenza con cui fissava il Burrano non lasciava dubbi sulla natura della loro amicizia.

– Signor Burrano, dovrei rivolgerle qualche domanda, – disse Vanina, avvicinandosi a lui.

– Certamente. Solo, se fosse possibile, preferirei che ci spostassimo in un'altra stanza. Non mi va di vedere di nuovo quel... quel... sí, insomma, quel cadavere.

Si trasferirono in una sala da pranzo e si sedettero da un lato di un tavolo lungo in stile liberty-orientale, sotto uno di quei lampadari dalle lampadine decimate. La donna col sacchetto bianco spostò la sedia fino a toccare quella di Burrano, e si piazzò vicino a lui sistemandosi il fardello in grembo con attenzione. Vanina iniziava a chiedersi che diamine contenesse di tanto prezioso.

Burrano la presentò: Valentina Vozza, di mestiere enologa. Non piú di ventotto anni, fisico perfetto inguainato in un jeans che si possono permettere in poche, e un carré di capelli lisci e scuri che la faceva assomigliare alla sua omonima del fumetto di Crepax.

– Signor Burrano, da quanto tempo abita in questa casa? – attaccò Vanina, accomodandosi di fronte a loro dall'altro lato del tavolo e tirando fuori dalla borsa il pacchetto delle sigarette.

– Veramente non ci vengo quasi mai. Ogni tanto ci passo il fine settimana, certe volte senza neppure dormirci. Le mie stanze sono dall'altro lato, nell'unica zona ristrutturata.

– È sua la villa?

– No, è di mia zia.

– Anche lei non abita qui?

– Non ci ha mai abitato.

Vanina si guardò intorno. Decorazioni, bassorilievi che rappresentavano palmizi e vegetazione varia. Dulcis in fundo le zineffe, che reggevano tendaggi in stile berbero, erano delle vere e proprie lance di legno. Il tanfo di morte vecchia che l'aveva investita nel montacarichi, e la polvere che tutta quella gente stava smuovendo nell'aria, le avevano già irritato la gola facendole rifiutare l'accendino che Burrano le aveva offerto slanciandosi sul tavolo appena l'aveva vista aprire il pacchetto. All'occhio attento del vicequestore non era sfuggito il lampo che quel gesto aveva provocato negli occhi di Valentina Vozza. Se due piú due faceva quattro, il loro rapporto doveva essere simile a quello del cacciatore con la lepre. Si accettavano scommesse su chi fosse il fuggiasco.

– Chi è stato l'ultimo inquilino di queste stanze? – chiese, rigirando tra le dita la sigaretta spenta.

– Fumi pure senza problemi, dottoressa, – disse Burrano.

– Grazie. Per il momento preferisco di no. Dunque?

– Per quanto ne so, fu mio zio Gaetano. Ma stiamo parlando di molti anni fa.

– E non c'è piú?

– Chi?

– Suo zio.

Burrano rimase perplesso per un attimo. – No, – rispose, come se fosse un fatto ovvio.

Il vicequestore gli puntò addosso gli occhi grigio ferro, intimidendolo. C'era qualcosa d'inespresso in quella risposta telegrafica.

– Signor Burrano, lei sapeva dell'esistenza del montacarichi?

L'uomo riprese tono. – Assolutamente no, dottoressa! Ma non me ne stupisco. Questa casa ha un sacco di aspetti, diciamo cosí, particolari. Oddio, trovarci dentro un cadavere non è stata un'esperienza piacevole.

– Per aspetti particolari cosa intende?

– Come fu progettata, l'arredamento assurdo, la torre, e tutte le diavolerie che mio nonno aveva fatto installare.

– L'ispettore Spanò mi ha detto che la scoperta dell'apertura nel muro della cucina è stata conseguente a quella di una porta simile al piano di sopra. Vorrei che me la mostrasse.

Alfio Burrano si alzò. – Certo, – annuí.

Valentina si issò all'istante sul suo tacco dodici, pronta a seguirli. Il sacchetto bianco si capovolse e due scatole, marchiate col logo del ristorante giapponese piú frequentato di Catania, rovinarono sul pavimento. Una decina di pezzi di sushi rotolarono via in un impasto di polvere secolare e salsa di soia, circonfusi di fettine di zenzero e di alcuni baccelli verdi che Vanina, con la sua scarsa cultura in materia, non seppe identificare.

– Eccheccazzo, Vale! – sbottò Burrano, infastidito.

La ragazza lo incendiò con un'occhiata di cui lui, troppo impegnato a profondersi in scuse col vicequestore, non si accorse neppure.

Di nuovo garbatissimo, si rivolse a Vanina.

– Venga, dottoressa, le mostro la stanza di sopra.

Valentina si mosse per andargli dietro.

– Non c'è motivo che salga anche tu. Rimettiti pure comoda, – la bloccò lui, con un cenno perentorio. – Anzi, fai una cosa: vai a cercare Chadi e digli di ripulire 'sto casino.

Vanina pensò che se un uomo si fosse permesso quel tono con lei, si sarebbe beccato un «vaffanculo» entro dieci secondi. Invece la Vozza si risedette e abbozzò. Con il fuoco negli occhi, ma abbozzò.

Burrano fece strada lungo la scala di marmo ed entrò in una stanza che quanto a bizzarria non aveva nulla da invidiare né alla sala da pranzo né al resto del mobilio. Le mostrò l'apertura camuffata dalle decorazioni sulla parete, e le fece notare la statua che la nascondeva.

– Pare una stampa e una figura col mezzobusto di Giuseppe Verdi nel giardino del Teatro Massimo di Palermo, – disse Vanina.

Burrano sorrise. Il soggetto, spiegò, era il capostipite: il grande ideatore di quel maniero.

– Perciò anche quest'apertura era nascosta, – constatò il vicequestore.

– Esatto. Ed è stata questa stranezza ad attirarmi. Quando in cucina trovai la credenza proprio in quel punto mi venne la bella pensata di spostarla per vedere se ci avevo azzeccato con i calcoli. Mannaggia a me e alla mia curiosità.

– Pensa che ce ne sia un'altra? Al piano di sopra, per esempio?

– Può essere. Anche se ne dubito. Queste, a quanto ne so, erano stanze vissute, perciò aveva un senso che ci arrivasse un montavivande, ma là sopra siamo già nella torre.

Vanina richiuse la porta e la bloccò con il paletto. Anche quella si apriva solo dall'esterno. Ma che senso aveva una chiusura di sicurezza in un montavivande? Si piegò sulle ginocchia e puntò la luce dell'iPhone sulla fessura tra il pavimento e la porta. Era millimetrica, pressoché invisibile.

Si tirò su spolverandosi le mani. Girò gli occhi sul resto della stanza, vide il muro mezzo crollato, i mobili che denotavano un ambiente limitrofo alla zona notte, fino a ritornare su Burrano, che se ne stava a braccia conserte di fianco alla statua dell'avo e la osservava. Sembrava già molto piú a suo agio di prima. Di sicuro meno in soggezione.

– Mi pare che qui, per il momento, non ci sia piú niente da vedere. Possiamo tornare giú, – sentenziò, invitandolo a farle strada. – Devo avvertirla che in tutta questa zona della casa, compresa la torre, saranno apposti dei sigilli. Dunque né lei né chiunque altro potrete entrarci se non in presenza di qualcuno di noi, – gli comunicò, mentre scendevano le scale.

– Non si preoccupi, dottoressa. Io non entravo in quella cucina da un sacco di tempo, e non ci ho mai passato piú di tre minuti.

– Per quale motivo?

Burrano la fissò, incerto.

– Queste erano le stanze di mio zio Gaetano.

Vanina rimase in attesa di ulteriori spiegazioni.

– È morto piú di cinquant'anni fa. Io non l'ho mai conosciuto.

– E dato che non viene mai qui, come ha fatto ad accorgersi del crollo?

– Chadi è stato. Ha sentito un tonfo che proveniva da questo lato e si è addentrato nelle stanze disabitate per capire cos'era successo. Il resto credo che lei lo sappia già. Dottoressa, mi scusi se glielo dico ma… si potrebbe evitare che i giornalisti lo vengano a sapere? Non si sa mai quello che scrivono e a mia zia non piacerebbe finire in prima pagina sulla «Gazzetta Siciliana».

– Per quanto possibile cercheremo di evitarlo.

Erano sull'ultimo gradino quando Adriano Calí, il medico legale, comparve dalla porta d'ingresso scortato dal vicesovrintendente Fragapane.

Il vicequestore mollò Burrano alla sua ragazza, che lo aspettava al varco, e andò incontro ai due uomini. Spedí

Fragapane nella cucina degli orrori, in supporto a Spanò, e accolse il medico con un sorriso ironico.

– Chissà com'è che ero sicura di vederti spuntare da un momento all'altro.

Calí fece una smorfia, mentre si liberava di una giacca color carta da zucchero modello slim che portava su dei jeans stretti e risvoltati alla caviglia.

– Vassalli mi vuole bene assai. I casi piú particolari li appioppa sempre a me, – disse, guardandosi intorno mentre raggiungevano la cucina.

Estrasse un paio di guanti in lattice da una borsa di cuoio, che posò per terra.

– A quanto ho capito il mio paziente di stasera è un poco passato di cottura.

– Passata, casomai. Femmina è, – precisò Vanina.

– Una mummia, mi accennava Vassalli, – riepilogò il medico infilandosi i guanti, mentre Manenti e la sua squadra si facevano da parte per lasciargli spazio. – Ah, a proposito: ha ritenuto la sua presenza necessaria stasera stessa, perciò sarà qui a momenti.

A Catania il sistema di chiamata del medico legale funzionava in modo diverso dalla maggior parte delle altre città. Invece di passare attraverso l'Istituto di medicina legale, il magistrato reclutava direttamente il medico, scegliendolo da una lista. Pertanto il prescelto, che una volta ricevuta la chiamata non poteva rifiutarsi di intervenire se non per gravi e attestabili motivi di salute o personali, era sempre il piú informato sui tempi e sulle intenzioni del pm di turno.

Calí s'infilò nel montacarichi.

– Senti, Adriano... – attaccò Vanina.

– Scommetto che vuoi sapere a che ora è morta, – ghignò.

– Sfotti di meno e lavora, va'. Pensi sia possibile risalire quantomeno all'epoca del decesso?

– Vuoi dire se è avvenuto dieci, venti o magari quarant'anni fa?

– Ho capito. Non è possibile.

– A essere sincero, non credo che stavolta potrò esserti molto d'aiuto. Dopo un certo numero di anni non è piú determinabile l'epoca esatta. E qui posso dirti già da subito che anni devono esserne passati parecchi, – dichiarò, esaminando con attenzione i resti umani che giacevano davanti a lui. Prese in mano una delle collane. Osservò le scarpe: delle décolleté con tacco alto. Sollevò un po' la gonna, fino a scoprire un indumento di pizzo, logoro e afflosciato sul bacino avvizzito, che aveva tutta l'aria di una guêpière.

– Doveva essere una donna elegante, – constatò. – E a una prima occhiata direi che non può essere vissuta in tempi recenti.

– Ma vero dici? – ironizzò il vicequestore, calcando apposta l'inflessione palermitana che Calí, catanese fino alle unghie dei piedi, non sopportava.

Manenti se ne stava in piedi di fianco al medico, sempre piú ingrugnito e con le mani ficcate nelle tasche di un soprabito grigio topo dall'aspetto antidiluviano. Faceva un curioso contrasto con Adriano, che piú modaiolo non avrebbe potuto essere, nonostante l'occasione.

– È stata questa griglia di ferro che fa da base a permettere che si mummificasse. Ha drenato velocemente i liquidi, e la temperatura non alta e qualche piccola presa d'aria hanno fatto il resto. Altrimenti avremmo trovato soltanto ossa, – spiegò il medico.

– Vedi che fortunati! – ironizzò il vicequestore.

Il pm Vassalli entrò con passo pesante, seguito dall'agente Lo Faro, prono ai suoi piedi. Dalla faccia scura traspariva il disturbo che quel sopralluogo serale gli aveva procurato.

– Buonasera, dottoressa. Carissimo Calí. Abbiamo idea

di chi possa essere la vittima? – chiese, con un'aria scettica che archiviava la domanda prima ancora di porla.

– Le uniche evidenze che abbiamo sono che si tratta di una donna e che deve trovarsi lí dentro da parecchio tempo.

– Parecchio quanto, Calí?

– È difficile dirlo cosí su due piedi, e temo sia impossibile determinarlo con esattezza. Di certo da almeno un decennio, anche se i dati ambientali suggeriscono un'epoca parecchio antecedente.

– Abbiamo qualche speranza di capire se si è trattato di omicidio?

Il medico esitò un momento. – Dall'esame autoptico? Solo se l'arma del delitto ha lasciato reliquati riconoscibili. Altrimenti dovremo affidarci all'intuito del vicequestore Guarrasi –. Scambiò uno sguardo con Vanina.

– Dottoressa, lei che dice? – l'interpellò il giudice.

– Mah! Ancora non abbiamo granché di elementi su cui lavorare. Però una cosa è certa, dottore: la porta del montacarichi era serrata dall'esterno. Chiunque fosse la donna, e in qualunque modo sia morta, da sola non può essercisi rinchiusa. Perciò...

Vassalli meditò su quelle parole, annuendo. Si avvicinò al cadavere che nel frattempo Calí aveva trascinato con cautela fuori dall'anfratto, con l'aiuto di Spanò e di Lo Faro, la cui cooperazione era durata i pochi minuti in cui aveva resistito prima di andare ad accasciarsi di lato semisvenuto.

Cosí, adagiato in mezzo alla stanza ed esposto alla luce, il cadavere faceva un effetto ancora piú ripugnante.

Burrano impallidí e seguí la Vozza che scappava fuori di corsa.

– Poveraccio. Un colpo gli sarà preso quando ha trovato questa specie di sepolcro, – commentò il giudice, seguendoli brevemente con lo sguardo.

Non fosse stato per il fatto che quel mausoleo di villa apparteneva alla signora Teresa Burrano, con cui sua moglie condivideva spesso il tavolo di burraco al circolo, Vassalli avrebbe volentieri rimandato il sopralluogo all'indomani mattina. Senza contare che il caso aveva tutte le carte in regola per diventare uno di quei rompicapo in cui la Guarrasi amava sguazzare, e del quale non si sarebbe liberato facilmente.

Il pm non nascondeva di disapprovare i metodi spicci e il ritmo serrato con cui il vicequestore conduceva le indagini, e cui lui faticava a stare dietro.

Giovanna Guarrasi era uno sbirro di quelli veri, di quelli che in questura sembrano esserci nati. Si circondava solo di gente fidata, che ricompensava con la sua fiducia. Uomini e donne di cui era stata capace di conquistare la devozione, e con la collaborazione dei quali andava avanti come un treno senza mai fermarsi se non dopo aver sbattuto il colpevole di turno dietro le sbarre, il piú a lungo possibile.

Vanina osservò il quadro d'insieme. Il primo esame della scena era il piú importante. Tra i dettagli che forniva ce n'erano sempre alcuni che lí per lí potevano sembrare insignificanti, ma che poi, nel rielaborarli o nel metterli in relazione con gli indizi che via via andava raccogliendo, si rivelavano fondamentali.

Stavolta, però, era quasi certa che non sarebbe andata cosí. Quel delitto si perdeva nell'abisso del tempo, ed era assai probabile che l'unico possibile testimone si fosse portato il segreto nella tomba.

Mentre Vassalli intratteneva Burrano, che nel frattempo era ricomparso pur tenendosi a debita distanza, il vicequestore si chinò sul cadavere, s'infilò un guanto e raccolse una scarpa che Calí aveva messo di lato. Emanava un odore nauseabondo, ma a quello era abituata. La forma del tacco però aiutava a circoscrivere un minimo l'epoca.

– Certo che 'sto posto mette un po' la pelle d'oca. L'aspetto tetro, questa torre che pare abitata dagli spiriti. Guarda le stanze: sembrano abbandonate da un giorno all'altro cosí com'erano. Ecco, fossimo in un film, direi che non poteva esserci location piú azzeccata per il ritrovamento di un cadavere, per di piú mummificato, – commentò Adriano.

Il medico era forse l'unica persona capace di batterla in campo di conoscenze cinematografiche. E amava anche lui i film d'epoca, il che aveva influito non poco sulla loro neonata amicizia.

– Una scena alla Dario Argento?

– Non proprio. Direi piú da *Giallo napoletano*. L'avrai visto. Mastroianni, la Muti giovanissima... Sono sicuro che ce l'hai nella tua collezione.

– Lo sai che invece non ce l'ho? E non sono neppure sicura di averlo visto.

Era la seconda volta che Adriano Calí la fregava su un film. La prima era stata cosí clamorosa che non l'avrebbe dimenticata mai. *La prima notte di quiete*. Un dramma anni Settanta in cui un Alain Delon ineguagliabile conquistava a colpi di versi danteschi una ragazza di nome Vanina. Era stato illuminante per capire la vera fonte d'ispirazione materna del suo diminutivo.

– Documenti non ce ne sono, manco a dirlo, – li interruppe Manenti, lo sguardo puntato sulla calzatura che il vicequestore teneva in mano.

– Perché, Manenti, pensavi di trovarne?

– Mah, cumminata cosí pare pronta per il check-in all'aeroporto?

– Per una partenza, Manenti. Qualcosa mi dice che

all'epoca in cui è morta viaggiare in aereo non era cosa di tutti i giorni.

L'ispettore Spanò, che si era avvicinato, si fece attento.

– Che vuole dire con questo, capo?

Vanina si chinò sul cadavere e scostò la gonna, scoprendo la sottogonna e la guêpière. Chiamò l'ispettore Bonazzoli, che da un'ora girava intorno alla mummia senza toccarla.

– Marta, tu hai mai incontrato in treno o in aereo una che viaggia vestita cosí?

L'ispettore si fece avanti ed esaminò il reperto che il capo le aveva messo sotto il naso.

– Che ha questa scarpa? – chiese.

– La forma: la punta corta, il tacco piú largo alla base e inclinato verso l'interno. Non si usa piú da decenni. E i vestiti: sono malmessi, ma s'intuisce che erano eleganti. Nessuna viaggia piú vestita cosí da un sacco di tempo, – disse Vanina.

Rimise a posto la gonna, come a proteggere gli ultimi residui di dignità di quella sconosciuta.

– Massimo primi anni Sessanta, – sentenziò infine, senza fornire ulteriori chiarimenti a Calí, che la guardava perplesso.

Si allontanò facendo cenno all'ispettore Spanò di seguirla.

– Chi ha messo lí il cadavere della donna, o sapeva che dietro la credenza c'era un possibile nascondiglio oppure l'ha creato, spostandola e occultando il montacarichi. In entrambi i casi doveva essere qualcuno che frequentava la villa, e che la conosceva bene, – osservò Spanò.

– Io propenderei per la seconda, ispettore, visto e considerato che anche l'apertura al piano di sopra era nascosta. Da una statua, pensi un po'.

Spanò assunse l'espressione assorta di quando aveva qualcosa da raccontare.

– Dottoressa, questa villa è disabitata da anni. Che dico anni: decenni. Le uniche stanze che Alfio utilizza, da poco tempo oltretutto, sono isolate dall'altro lato. La vecchia Burrano non ci mette mai piede. Però c'è un particolare che probabilmente Alfio non le disse: Gaetano Burrano non morí di malattia. Lo ammazzarono –. Il vicequestore trasecolò.

– Voleva aspettare ancora un paio d'ore prima di dirmelo, Spanò?

Calí li interruppe. – Vanina, io per stasera ho finito. Domani ci lavoro e ti faccio sapere qualcosa. Ma, ripeto, non ti aspettare niente di eclatante perché non penso di poterci ricavare granché.

– Ci sentiamo domani, – gli rispose distratta.

– Tarda mattinata, non prima, – precisò il medico.

Gli fece segno di aver afferrato il messaggio. Vide che anche Manenti stava per levare le tende.

– Mi faccia capire meglio, ispettore. Gaetano Burrano fu ucciso. Da chi? – riprese.

L'ispettore oscillò il capo, dubbioso. – Picciriddo ero all'epoca, dottoressa. Qualche cosa me la ricordo, perché la famiglia mia fu sempre vicina ai Burrano. Ma per essere piú preciso debbo fare qualche ricerca. Per quanto...

Vanina lo bloccò con un cenno della mano. – Voglio saperne il piú possibile.

Si voltò a guardare Burrano, che parlava con Vassalli. Il giudice scuoteva la testa con aria di cordoglio. Vanina ormai lo conosceva. Era uno coscienzioso, ma non si poteva dire che avesse una vocazione per il suo lavoro, che svolgeva con una flemma irritante. Questo li aveva portati spesso a entrare in contrasto.

– Domani voglio interrogare la signora Burrano e sentire di nuovo il nipote. E voglio tornare qui, con calma, – concluse Vanina.

Spanò annuí, poco convinto. – Capo, mi deve scusare, ma pensa per davvero di scoprire qualche cosa? Piú di cinquant'anni passarono, dall'omicidio di Burrano. Capace che oramai l'assassino morí. E in tutto questo tempo, la casa è stata incustodita, tant'è vero che Alfio dice che si rubarono un sacco di cose. Chiunque potrebbe aver scoperto quel montacarichi e pensato di usarlo per occultare un cadavere.

– Spanò, voglio sapere chi ammazzò Burrano, quando successe il fatto, dove e perché. E cerchiamo di scoprire quante persone bazzicavano questa casa quando era in vita. Servitú, amministratori, persone di fiducia e soprattutto capiamo chi di loro poteva essere a conoscenza del montavivande.

– Domani recupero tutte le informazioni, – ubbidí l'ispettore.

Vanina lo lasciò per avvicinarsi a Vassalli.

– Cercheremo di disturbare la signora Teresa il meno possibile, – stava garantendo il giudice ad Alfio Burrano, che annuiva meccanicamente con la ragazza appesa al braccio.

Il vicequestore sogghignò tra sé e sé: meglio non comunicare al magistrato che la vecchia signora sarebbe stata la prima persona che lei aveva deciso di «disturbare» l'indomani mattina. E piú lo sentiva parlarne con deferenza, piú la sua decisione diventava irrevocabile.

Da qualche parte doveva cominciare, e non poteva essere che quella.

4.

L'ispettore capo Carmelo Spanò finí il caffè e mandò giú l'ultimo boccone di raviola. Si gustò fino in fondo il sapore della ricotta: dolce ma non troppo e profumata di cannella nella giusta misura. Afferrò il giornale e lo appoggiò su un tavolino d'alluminio segnato dalle strisce opache di un poco risolutivo colpo di spugna. Lo scorse da cima a fondo, spaginandolo tutto, per appurare che nemmeno una riga fosse uscita sul ritrovamento. Era troppo presto, in effetti, ma non si sa mai. Tra gli agenti della Scientifica presenti a villa Burrano la sera prima, aveva riconosciuto un noto dispensatore di notizie. E quel ritrovamento faceva troppa scena per non finire in mano a qualche cronista in cerca di disgrazie con cui poter sbarcare il lunario.

Si pulí la bocca con un tovagliolo di carta e lasciò sul tavolino un euro e settanta, la solita somma. Salutò con un cenno il padrone del bar, dove faceva colazione tutte le mattine da quando a casa sua non c'era piú nessuno a preparargliela.

Il tratto di strada a piedi verso l'ufficio era il momento che piú gli piaceva, in giornate come quella sarebbe stato anche l'unico tranquillo. Il vicequestore Guarrasi sembrava aver sposato la causa del cadavere antidiluviano, e ciò significava che non avrebbe mollato il caso prima di averlo risolto. Di base era il principio che aveva sempre sostenuto anche lui, lo stesso che l'aveva portato a dipanare matasse parecchio piú ingarbugliate di quella che intravedeva tra le mura di villa Burrano. Era il principio in difesa del quale ora si ritrovava a fare colazione ogni mattina solo come un cane, con un documento di separazione da firmare che lo aspettava nello studio di quello stronzo di avvocato con cui sua moglie conviveva ormai da piú di un anno.

Stavolta, però, qualche dubbio circa l'utilità delle indagini – peraltro fumose e complicate – che si accingeva a condurre gli era venuto. Anzi, a dirla tutta quei dubbi gli avevano tolto mezza nottata di sonno.

Il vicesovrintendente Fragapane gli venne incontro nel corridoio della questura agitando un bicchiere di plastica marroncina, nel quale turbinava una bevanda nera che emanava un vago odore di caffè. Un brodame inconfutabilmente erogato dal distributore automatico all'ingresso.

– Stamattina mi feci una scappata in archivio, e mi procurai un poco di carte sul caso Burrano.

Spanò guardò l'orologio: le otto spaccate.

– Stamattina quando, Fragapane? Le otto sono!

– Lo sai che non mi può sonno. Alle cinque e mezza mi suso e non ho che fare. Invece di furriare casa casa come uno scimunito e disturbare a Finuzza che deve pigliare servizio in ospedale, pensai che potevo impiegare meglio il tempo.

Salvatore Fragapane era l'altro «anziano» della Mobile. Insieme a Spanò, faceva parte di quella che i due chiamavano orgogliosamente «la vecchia guardia».

Carmelo aprí la porta dell'ufficio che divideva con il vicesovrintendente. Sulla scrivania di Fragapane, un faldone polveroso e dalle pagine ingiallite giaceva di fianco a una custodia di cartone usurata dal tempo e dalle tarme.

– E forza: vediamo che possiamo tirarci fuori, da 'ste carte.

Il passo del vicequestore Guarrasi risuonò nel corridoio alle 8.45.

Non c'era mattina che le riuscisse di arrivare in ufficio prima di quell'ora, a eccezione di quelle volte, in realtà non infrequenti, in cui vi trascorreva l'intera nottata.

Non era questione di pigrizia, ovviamente: dalle dieci del mattino in poi, Vanina avrebbe potuto tirare avanti senza mai stancarsi fino a notte inoltrata. Anzi, piú tardi si faceva e piú la sua attività cerebrale marciava alla perfezione. Insonnia, interpretava erroneamente chi non la conosceva bene, ma non era esatto: quando dormiva, Vanina riposava benissimo e senza interruzioni. Neppure quella della sveglia. Era proprio il suo ciclo sonno-veglia che non andava. Per assecondare la sua natura e recuperare almeno parte del gigantesco debito di sonno che andava accumulando durante la settimana, avrebbe dovuto dormire dalle due di notte alle dieci del mattino. Cosa che giusto la domenica, e in tempi di pace.

La sera prima era tornata a casa con la sensazione di trovarsi di fronte a un caso di quelli che non si dimenticano. Una di quelle vicende suggestive che la gente poi continua a raccontarsi per anni. Burrano si sarebbe dovuto rassegnare: difficilmente i giornali si lasciavano scappare storie del genere.

Dopo essersi spazzolata le scacce di Bettina, aveva tentato di impiegare le ultime ore di veglia cercando in rete qualche informazione sulla villa incriminata. Un modo come un altro di tirare tardi nella speranza di arrivare dritta al sonno senza passare per la fase che lo precedeva, quella in cui i pensieri piú molesti iniziano ad affiorare. Ma era stato inutile. La ricerca era durata cinque minuti – i fatti di villa Burrano risalivano a un'epoca in cui internet non era neppure nella mente di Dio – e lei si era ritrovata di nuovo a dibattersi nella mestizia di quel 18 settembre appena trascorso. La televisione accesa, lo sguardo puntato sull'unica fotografia che troneggiava incorniciata sulla mensola. Il suo umore era colato di nuovo a picco nei ricordi. E si era sentita orfana. Per la venticinquesima volta.

Spegnere la terza sveglia, strategicamente piazzata lontano dal letto, aveva comportato una fatica smisurata. Le gambe come due macigni, una lieve vertigine, la sensazione di non riuscire a tenere gli occhi aperti. Aveva iniziato a connettere solo dopo due caffè, una doccia e una sigaretta fumata all'aria fresca.

Era in netto ritardo.

La colazione del bar *Santo Stefano*, come già altre volte, se l'era dovuta portare appresso.

Prima di raggiungere il suo ufficio si diresse verso la stanza che l'ispettore Bonazzoli divideva con il sovrintendente Nunnari, l'unico che non era intervenuto la sera precedente, e con l'agente Lo Faro. Era lí che la squadra si riuniva all'inizio di ogni nuovo caso, per scambiarsi le prime impressioni in attesa del suo arrivo.

Marta era seduta alla scrivania, con una tazza fumante in una mano e un biscotto, rigorosamente integrale e privo di qualunque proteina animale, nell'altra. In silenzio, sorseggiando la tisana in modo da finirla prima che il vicequestore storcesse il naso sentendone l'odore, ascoltava le descrizioni che Spanò e Fragapane stavano fornendo a Nunnari, curioso di conoscere qualche dettaglio sul caso.

Il vicequestore irruppe nell'ufficio battendo un paio di volte le nocche sulla porta socchiusa.

– Buongiorno, squadra, – salutò, bloccando con un cenno della mano Spanò che per primo stava balzando in piedi, e dirigendosi verso la postazione dell'ispettore Bonazzoli.

– Ciao capo, – l'accolse Marta, liberando la porzione di scrivania su cui sapeva che lei si sarebbe accomodata. In quanto donna, per di piú forestiera, e avendo goduto del privilegio di condividere con lei parte del suo poco tempo libero, era l'unica di tutta la squadra a darle del tu.

Un caso fresco fresco e un'indagine tutta da ponderare, ancora priva di qualsiasi contaminazione esterna: una vera panacea sarebbe stata, per il vicequestore Guarrasi, il cui umore variava in misura direttamente proporzionale alla sua creatività investigativa.

– Perciò, picciotti, – esordí Vanina, sedendosi con una sola gamba sull'angolo della scrivania dell'ispettore, e poggiandovi sopra un vassoietto incartato odoroso di caffè. – Facciamo un po' il punto della situazione. Quello che ci troviamo per le mani da ieri sera non è un caso per cosí dire... ordinario. Sappiamo già che l'autopsia servirà a ben poco. E pure i rilievi della Scientifica, informazioni utili non ce ne daranno. Ci forniranno solo indizi vaghi, che ci permetteranno di farci giusto un'idea dell'epoca in cui ci stiamo muovendo.

L'ispettore capo Spanò sghignazzò, guadagnandosi la sua occhiata storta.

– Significa, – seguitò, marcando il timbro della voce per zittire il mormorio divertito, – che stavolta dovremo procedere a tentoni. Niente impronte digitali, niente indizi sull'arma del delitto, niente dati ambientali significativi. Qualunque pista scoveremo, ci porterà indietro come minimo di qualche decennio. E non è detto che conduca a qualcosa.

Nunnari alzò la mano.

– Scusi, capo, ma se le cose stanno cosí... che fretta abbiamo?

– Sempre il solito lavativo! – criticò Spanò.

Vanina fissò il sovrintendente, senza contrarietà.

– Probabilmente nessuna. Però vedi, Nunnari, perdere tempo non conviene a nessuno. Appena questa notizia trapela, e a occhio e croce sono sicura che succederà a breve, si solleverà un polverone di curtigghi. I Burrano sono una famiglia conosciuta, e per giunta con un morto ammazzato nel pedigree. E Catania è un paesone. Una storia cosí succosa scatenerà l'inferno. Perciò è meglio cercare di raccogliere quante piú informazioni possibile per non farci cogliere impreparati.

– Capo, – intervenne Fragapane, facendosi avanti con un fascicolo in mano, – le carte dell'omicidio Burrano già le abbiamo. Allora ce ne occupammo noi... cioè la Mobile. Me le procurai io stamattina, nell'archivio della questura. Per fortuna si trovavano in uno scaffale ordinato, se no ancora là ero.

Vanina allungò la mano soddisfatta, agguantando l'incartamento che il vicesovrintendente le porgeva. Esaminò la prima pagina, datata 1959.

– Bravo Fragapane. Ora lei e Spanò cercate di recuperare un poco d'informazioni sull'omicidio. Come avvenne, dove, se fu trovato il colpevole e chi era. E occhio soprattutto se tra i vari nomi che leggete – testimoni, indiziati e gente coinvolta – risulta qualche donna.

Vanina colse un certo scetticismo negli sguardi che accompagnavano i cenni d'assenso.

– Sentite, può anche essere che le notizie contenute dentro 'sto faldone vecchio di cinquant'anni non ci conducano a niente, ma da qualche parte dobbiamo cominciare. A villa Burrano era, il cadavere di questa tizia, e fresco non era di certo. L'omicidio di Gaetano Burrano finora pare l'unico fatto rilevante nella storia di quella famiglia, e guarda caso è avvenuto parecchio tempo fa. Perciò intanto vediamo un poco di capire come fu e come non fu. Va bene?

– Ci mettiamo al lavoro subito, – garantí Spanò.

Vanina scese dalla scrivania dell'ispettore Bonazzoli.

– Io e Bonazzoli, invece, appena possibile ce ne andiamo a casa della signora Burrano, prima che qualcuno si metta di traverso e pianti qualche paletto. Convocarla qui mi pare inutile, almeno per il momento. Anzi, Marta, procurami il numero di telefono, che la chiamo personalmente. Ora me ne vado nel mio ufficio a consumare questa colazione, prima che si raffreddi del tutto.

Riprese il pacchetto che aveva poggiato sul tavolo, facendo attenzione a tenerlo dritto, e si avviò verso la porta.

– Ah, dimenticavo: Nunnari, parla con quelli della Scientifica e chiedi quando potremo avere il contenuto delle borse che abbiamo trovato vicino alla mummia. Sicuramente ci aiuteranno a capire qualcosa, almeno per determinare l'epoca.

Il sovrintendente portò due dita alla fronte, sull'attenti.

– Riposo, riposo, – rispose Vanina sorridendo.

Nunnari era un divoratore di film americani, di quelli pieni di «sissignore» urlati a uno spietato sergente maggiore. Gliel'aveva confidato durante l'unico appostamento che avevano fatto insieme, guadagnandosi cosí le sue simpatie di cinefila. Peccato solo che piú che al guardiamarina Mayo di *Ufficiale e gentiluomo* il sovrintendente somigliava a «palla di lardo» di *Full Metal Jacket*.

Entrò nel suo ufficio e raggiunse la scrivania, che lei stessa aveva sistemato sotto una vetrata orientata a levante e già infuocata di luce manco fosse estate piena. Abbassò la serranda quanto bastava per potersi sedere sulla sua poltrona senza dover tirare fuori gli immutabili Persol dalla tasca laterale della borsa, ma avendo cura che una striscia di sole rimanesse proiettata sul pavimento. Le ricordava di essere tornata in Sicilia e solo lei sapeva quanto l'aveva desiderato.

Scartò il pacchetto e tirò fuori un bicchiere di plastica col caffellatte. Tolse il coperchio e versò mezza bustina di zucchero, di canna, cosí per ridere, mentre addentava un dolce di pastafrolla ripieno di crema che a Catania chiamavano panzerotto.

La colazione era ancora a metà, quando Marta comparve bussando due volte alla porta.

– Capo... oh, scusa. Credevo avessi già finito.

Le fece segno di accomodarsi.

– Che c'è? – chiese, intercettando lo sguardo dell'ispettore puntato sul suo bicchiere. – Ah, vero. Per voialtri il latte è veleno. Quasi quasi è meglio fumare una sigaretta.

Marta era abituata a quel «voialtri» sardonico, che il vicequestore riservava a chiunque avesse abitudini alimentari diverse da quelle canoniche. In particolar modo a loro: i vegani.

– Io non ti stavo dicendo nulla, – replicò. Tanto, ormai lo sapeva, tentare l'ennesima difesa delle colazioni a base di semi di lino e yogurt di soia sarebbe stato tempo perso.

– Hai recuperato il numero della Burrano?

Marta annuí. Tirò fuori il Samsung e le mostrò il display.

– Vedo che annotasti anche il cellulare del nipote. Hai fatto bene, sembra un tipo interessante, – la stuzzicò, afferrando la cornetta e componendo il numero.

– Sai invece cosa mi ha detto lui, nel darmelo? «Le sarei grato se potesse girarlo al vicequestore Guarrasi».

Vanina aggrottò la fronte, con un gesto che indicava l'assurdità di quell'allusione.

La signora Burrano arrivò all'apparecchio dopo cinque minuti buoni, che il vicequestore trascorse prima conversando con una ragazza straniera di nome Mioara, la badante con ogni probabilità, e poi in paziente attesa.

– Dottoressa Guarrasi, qualcosa mi diceva che l'avrei conosciuta molto presto, – esordí la signora.

– Buongiorno, signora Burrano. Chiedo scusa per il fastidio, purtroppo inevitabile date le circostanze. Avrei bisogno di chiederle alcune informazioni. Una chiacchierata del tutto informale. Di persona.

Fece cenno a Marta di aprire la porta a Spanò, che aveva già bussato due volte e che non si sarebbe mai permesso di entrare nel suo ufficio senza invito.

– Sí. Lo immaginavo, – rispose la signora Burrano.

– Se non le è di disturbo, passerei lí da lei oggi stesso in tarda mattinata.

– Lei è una che non perde tempo, lo so. Nessun disturbo, naturalmente. Purché non sia dalle due alle quattro, per piacere. Sa com'è, alla mia età si fa fatica a cambiare le proprie abitudini, specie se riguardano il riposo.

– Sarò da lei tra un paio d'ore.

Quando chiuse la comunicazione, Spanò e Marta continuarono a confabulare come stavano facendo.

– Perciò? Posso sapere anch'io, o si tratta di un segreto tra voi due?

– Mi scusi, dottoressa. Lei stava parlando al telefono…

– Vabbe'. Allora? Che avete trovato nelle carte che portò Fragapane?

Spanò si accomodò meglio sulla poltroncina.

– Per ora abbiamo dato una scorsa veloce. C'è solo il fascicolo M1, quello relativo all'omicidio. Fragapane se lo sta spulciando per bene, e sappiamo tutti che ha bisogno dei suoi tempi. A quanto pare Gaetano Burrano fu ammazzato il 5 febbraio del '59, con un colpo di pistola sparato in testa. Alla nuca, per essere precisi. L'arma era una Beretta calibro 7,65, che non è mai stata trovata. Il corpo fu rinvenuto alla scrivania del suo studio, – fece una piccola pausa durante la quale fissò il vicequestore, – nella villa di Sciara.

Vanina si protese in avanti poggiandosi sui gomiti, in attesa del prosieguo.

– Dell'omicidio fu accusato Masino Di Stefano, l'uomo che amministrava tutte le sue terre e le sue attività.

– Chi fu a seguire l'indagine?

– Il commissario Agatino Torrisi, che allora dirigeva la Mobile.

– Movente?

– Burrano si era rifiutato di permettere che nelle sue terre si costruisse un acquedotto. Un progetto grosso, che interessava assai la famiglia mafiosa degli Zinna, con cui Di Stefano aveva molti contatti, e macari qualche legame di parentela da parte della moglie –. Il solo udire il nome di certe famiglie, di cui in altri tempi aveva tenuto stampati in mente tutti gli alberi genealogici, riusciva a provocarle un senso di nausea.

– E tutte 'ste cose le ha desunte sfogliando le carte in dieci minuti?

– No. Sulle carte ho letto solo che per l'omicidio di Burrano fu condannato Masino Di Stefano e chi se ne occupò. Non mi pare che si faccia cenno alla mafia, anche perché nel '59 la parola mafia, cosí come la intendiamo noi, manco esisteva. Gaspare Zinna, il cognato di Di Stefano, fu indagato per complicità, ma prove a suo carico non se ne trovarono.

E ti pareva.

– E il fatto dell'acquedotto, dove l'ha letto?

– Da nessuna parte, dottoressa. Mi bastò fare una telefonata. Mio padre ha ottantotto anni, ma il cervello ancora gli cammina perfettamente. In cinque minuti mi cuntò piú cose di dieci fascicoli.

Vanina sorrise. Gli Spanò erano sempre una grande risorsa.

– E con l'acquedotto, come finí?

– A casa sua, a Santo Stefano, quando apre il rubinetto l'acqua arriva?

– Certo.

L'ispettore si strinse nelle spalle e allargò le mani. – E allora!

– Ah, ecco, – fece eco il vicequestore, mentre Marta spostava lo sguardo da lei a Spanò per cercare di afferrare il significato di quello scambio di battute.

L'ispettore Bonazzoli era di Brescia. In Sicilia era arrivata da poco piú di un anno. Si era abituata a molte cose: agli orari vaghi, ai servizi che non funzionavano; aveva imparato a uscire con gli occhiali da sole anche in pieno inverno, a mostrarsi socievole con i vicini di casa, e a non rifiutare mai quello che le veniva offerto – naturalmente a meno che non si trattasse di carne o derivati animali –, pena una mortale offesa. Quello che però ancora non le riusciva era decifrare certi messaggi subliminali fatti di poche parole, a volte addirittura cenni, che spesso i suoi colleghi si scambiavano. E tutti sembravano capire al volo. Tutti, tranne lei.

– Bonazzoli, lascia perdere. Poi te lo spiego, – la provocò Spanò, divertito.

La ragazza lo guardò storto. – Dunque Burrano è stato ucciso proprio nella stessa casa in cui il nipote ieri ha scoperto il cadavere, – sintetizzò, riportando la conversazione sui binari.

– Esatto, – confermò il vicequestore. – Spanò, quanto tempo è che non pranza con suo padre?

Spanò sorrise. – Assai, perché?

– Oggi si prenda tutto il tempo che vuole e se ne vada a pranzo dai suoi. Mi piacerebbe sapere qualcosa di piú su Gaetano Burrano. Che personaggio era, e com'era considerato. Anche i pettegolezzi. Non credo che troveremo molta gente in grado di ricordare.

L'ispettore annuí.

– Marta, tu invece contatta il dottor Burrano, e digli di raggiungerci a Sciara oggi pomeriggio presto.

– Ok, capo.

Convocò il sovrintendente Nunnari, che entrò scuotendo la testa.

– Nessuna notizia dalla Scientifica? – indovinò Vanina.

– Ancora niente, capo. Forse è presto.

Oppure era quel grandissimo fituso di Manenti, che non si sentiva abbastanza considerato se non riceveva la telefonata diretta del vicequestore Guarrasi.

Vanina si protese verso il telefono e compose il numero.

– Guarrasi. Mi passi il dottor Manenti.

– Ciao Guarrasi, – udí, dopo pochi minuti.

– Buongiorno, Manenti. Come procede il lavoro?

– I miei uomini stanno catalogando tutto quello che c'era nelle due borse, che tu di sicuro sarai ansiosa di avere per le mani. O sbaglio?

– Ti mando qualcuno tra... quanto? Un paio d'ore?

Dall'altro lato si sentí sbuffare rumorosamente.

– Se hai deciso che devono bastare due ore... Comunque si tratta solo di fissariate. Cose da fimmine. Pettini, rossetti, specchietti, un fazzoletto di seta. E poi gioielli, tanti gioielli. Un pacchetto di sigarette. Solo una cosa può essere utile: un'agendina.

– Di che anno?

– Nessuno. È telefonica.

– E degli altri reperti che mi dici?

– Che reperti? – si fermò, poi: – Ah, giusto! La cassetta di sicurezza. Con tutta la fretta che mi fai, mi stavi facendo scordare l'unica cosa importante. Era piena piena di banconote, tutte da diecimila lire.

– L'anno di tiratura?

– Ma prima non lo vuoi sapere quante erano?

– Non mi sembra il dato piú rilevante. Mi interessa di piú sapere l'epoca.

L'uomo parve riflettere. – Guarrasi, ma lo sai che pari sperta veramente? – osservò poi, con una nota di scherno che la infastidí.

– Grazie, Manenti. Allora?

– Non lo so. Però ti posso dire che sono grandi come fazzoletti.

Se l'aspettava.

– Perciò sono vecchie assai. Quanto tempo perderai per sapere a quando risalgono?

– E che minchia, Guarrasi! Manco dodici ore passarono, e macari la notte ci fu nel mezzo. Ti pare che babbiai fino a ora? Ci vuole il tempo che ci vuole.

Vanina allontanò la cornetta con una smorfia. Allargò le braccia e scosse la testa, imponendosi il silenzio.

Spanò accennò un sorriso sardonico. Marta sospirò.

– Il vicesovrintendente Fragapane sarà lí da te verso l'una. Non gli dare solo fotografie, mi raccomando, dàgli direttamente le borse e il loro contenuto, che tanto non hai che cosa fartene, – comunicò, sottolineando la cafonaggine del suo interlocutore con un tono neutro.

– Gli darò piú materiale possibile. Va bene? Ma me la togli una curiosità? Io capisco quando mi vieni a levare l'aria per un omicidio avvenuto il giorno prima, ma tutta 'sta prescia per un cadavere che manco si sa in che epoca è morto, e che è stato ritrovato per caso?

Non seppe rispondergli. Anche perché una risposta logica da dargli non ce l'aveva. Tagliò il discorso.

– Ah, Manenti? – lo richiamò, prima di mettere giú. – Una dritta: sotto la figura stampata nelle banconote ci sono sempre scritte delle date. Non dovrebbe essere difficile.

Non udí risposta, solo il *clic* di chiusura.

Alzò lo sguardo sui due ispettori, sempre piú divertiti.

– Non sono ammessi commenti, – avvertí.

Si alzò in piedi recuperando la giacca di pelle che aveva appeso alla spalliera e uscí, seguita dai due ispettori.

Entrò nell'ufficio accanto insieme a Spanò.

– Fragapane, – chiamò.

Il vicesovrintendente scattò verso di lei.

– All'una vada da quelli della Scientifica e si faccia consegnare il piú possibile. Veda se riesce a portarmi una delle banconote che hanno trovato nella cassetta di sicurezza o quantomeno la foto ingrandita. Occhio, che Manenti non le mollerà facilmente.

– Lassassi fare a mmia, dottoressa. Alla Scientifica ci lavora un amico mio.

– E allora perché ci mando sempre lei?

Le amicizie di Fragapane erano tentacolari: una in ogni reparto. E Vanina sospettava che la rete si estendesse anche al di fuori degli uffici della Polizia di Stato.

Il vicesovrintendente si guardò i piedi imbarazzato, ma in fondo orgoglioso.

Mentre Marta entrava nell'edificio di fronte a recuperare un'auto di servizio dal parcheggio, Vanina compose il numero del cellulare di Adriano Calí, che squillò a vuoto. Alzò lo sguardo a controllare il cielo, ancora grigiastro, e stese la mano col palmo in su per accertarsi che la cenere non avesse ripreso a venire giú. Si accese una sigaretta, ma ne fumò solo un paio di boccate spegnendola poi in un vaso pieno di terra e di cicche, prima di montare in macchina dal lato del passeggero. Marta non avrebbe di certo osato protestare, se avesse tenuto la sigaretta accesa. L'avrebbe tollerata in silenzio, ma con una visibile afflizione, che a Vanina smuoveva i nervi. D'altra parte, l'interno di quell'auto puzzava già di per sé, e per giunta di fumo freddo, quello stantio, il piú nauseabondo.

– Posso chiederti una cosa? Perché ti stai lanciando con tutto questo entusiasmo in un caso che probabilmente non avrà risoluzione? – domandò l'ispettore, spezzando il silenzio.

– Non lo so.

C'era qualcosa che rendeva quel ritrovamento piú interessante di qualunque omicidio comune di cui si fosse occupata negli ultimi tempi. Forse era lo scenario insolito, come aveva detto Adriano, da set cinematografico; o magari si trattava di pura e semplice curiosità per uno di quei casi singolari in cui era nota per sapersi barcamenare, ma che difficilmente le capitavano sotto mano. O forse era il bisogno costante di riempire le giornate e la mente a renderla incapace di abbandonare il suo ritmo serrato anche quando le circostanze non lo rendevano necessario.

Soprattutto in quei giorni, che per lei erano i peggiori dell'anno.

– Non lo so, – ripeté. – Ma se me lo richiedi tra qualche ora… forse una risposta te la saprò dare.

5.

L'appartamento di Teresa Burrano occupava per intero il terzo piano di uno stabile di fine Ottocento che affacciava su via Etnea; una casa dalle dimensioni spropositate, piena di salotti e salottini, tutti aperti e in perfetto ordine.

La signora accolse il vicequestore Guarrasi e l'ispettore Bonazzoli sprofondata in una poltrona di pelle capitonné chiara, analoga a un divano su cui le invitò ad accomodarsi. La poltrona di fianco alla sua era occupata da una donna, poco piú che sessantenne, che presentò loro come «la cara amica Clelia Santadriano».

La prima impressione che Teresa Burrano ispirò a Vanina fu di sincera antipatia. Un viso squadrato, dai tratti duri, su cui campeggiava il piú altero dei sorrisi di circostanza.

– Signora Burrano, lei è a conoscenza di quanto è avvenuto ieri sera nella sua villa di Sciara, vero?

– Mio nipote me lo raccontò stamattina.

– Sapeva dell'esistenza di quel montacarichi?

– No. Ma non mi stupisco di apprenderla. Mio suocero aveva tutte le fisime di questo mondo, tra cui quella di pranzare e cenare in privato. Sicuramente era un montavivande.

Si allungò sul tavolino a prendere un pacchetto di sigarette, che faticò ad aprire. Vanina notò che aveva le mani nodose, deformate dall'artrosi. La Santadriano accorse in aiuto e lo aprí per lei. Le porse la sigaretta e un accendino d'oro poggiato lí vicino.

– Tutte le aperture erano fermate con un paletto di ferro e occultate. Il che suggerisce una funzione un po' diversa dal semplice trasporto di cibo, – puntualizzò il vicequestore.

– Può darsi che in seguito mio marito l'abbia trasformato in un nascondiglio. Aveva casseforti e nascondigli dappertutto: qui, nel suo ufficio…

– Come mai? – chiese Vanina.

– Era un uomo ricco, dottoressa, che amava tenere sotto controllo i suoi averi. Non si fidava di nessuno. E considerato come andò a finire non aveva tutti i torti –. Vanina pensò alla cassetta di sicurezza piena di soldi trovata accanto al cadavere.

– Mi risulta che suo marito, prima di morire, trascorresse molto tempo a Sciara. Lei non lo seguiva?

– No.

– Come mai, se posso essere indiscreta?

– Io amavo la vita di società, e preferivo restare in città. Poi, in tutta franchezza, non credo che la cosa gli interessasse granché. Lui concepiva la mondanità in un altro modo. Gli piaceva viaggiare, frequentare ogni sera gente diversa. E la compagnia non gli è mai mancata.

Lo sguardo sorpreso di Marta indusse la signora a chiarire meglio.

– Non mi fraintenda. Non vorrei mai infangare la memoria di mio marito. Ho sempre evitato persino di nominarlo, per non risvegliare ricordi dolorosi. Ma alla mia età non ha piú senso essere ipocriti, dottoressa. Mio marito è stato ucciso cinquantasette anni fa. A quei tempi essere vedova era una condizione pressoché irreversibile, a prescindere da qualunque fosse stato il comportamento del marito quand'era in vita. Ho indossato il lutto per piú di vent'anni. Lo sa quanti anni avevo? Trenta. Ero piú giovane di lei.

Vanina tacque un momento.

– Intorno a suo marito, perciò, donne ne giravano parecchie, – riprese.

Teresa Burrano sventagliò le mani all'indietro accompagnando il gesto con uno sbuffo. – Uff! Un'infinità.

– Senta, signora: chi poteva essere a conoscenza che suo marito aveva creato un nascondiglio nel vecchio montacarichi? Anche se è ancora un'ipotesi –. E chissà se avrebbe mai trovato prove che la suffragassero.

– A parte il suo amministratore, nessuno.

– Vuole dire Masino Di Stefano?

La signora arricciò le labbra in un mezzo sorriso.

– Lei è veramente una che non perde tempo. Sí, mi riferisco proprio a lui. Il solo di cui mio marito si fidava… proprio l'unico che non lo meritava.

Vanina rifletté su quello che stava per chiederle.

– Secondo lei, suo marito sarebbe stato capace di uccidere qualcuno?

Il sorriso storto della signora si aprí in una breve risata.

– Ma chi, Gaetano? Quello si scantava perfino a tirare uno schiaffo! I fucili da caccia li teneva sotto chiave, per paura che potesse succedere qualche incidente. La pistola, quella che non fu mai trovata, lui non la maneggiava mai. Non perdeva la testa neppure di fronte a cose gravi. Era un uomo di carattere, in fin dei conti.

Vanina spostò per un momento lo sguardo su Clelia Santadriano. La donna ascoltava senza mostrare il minimo stupore, segno che conosceva la storia. Del resto, la Burrano non si stava ponendo nessun problema a parlare in sua presenza.

– Ha mai conosciuto di persona qualcuna delle amanti di suo marito? – osò.

– Qualcuna. Ma le anticipo che quelle poche sono ancora vive e vegete.

– Non ricorda di aver sentito di qualche sparizione nell'entourage di suo marito nel periodo della sua morte, o anche dopo?

– Non mi pare. E poi le ripeto, dottoressa, io conoscevo una minima parte di quello che lei chiama l'entourage di Gaetano. Ed era molto meglio cosí, mi creda. Mio marito era. Sempre da me sarebbe tornato. Era una certezza. Non m'interessava sapere altro.

Raccontava i propri fatti personali con un'imperturbabilità strabiliante. Era una donna glaciale, chissà se lo era stata anche da giovane o se la vita l'aveva indurita.

– Negli anni successivi alla morte di suo marito, la villa fu abitata da qualcuno?

– No. Diedi ordine personalmente di chiuderla non appena si conclusero le indagini.

– Perciò neppure la servitú vi mise piú piede?

– No.

– Qualcuno tra i domestici che lavoravano alla villa è ancora in vita?

– Non che io sappia. Ma non erano molti. A Sciara mio marito non voleva troppa gente tra i piedi. Lei capisce bene il perché. È sempre stato discreto nelle sue… scappatelle.

– Ricorda i nomi?

La signora chiuse gli occhi, sforzandosi di ricordare. Scosse il capo. – Difficile…

Vanina le consegnò il suo biglietto da visita e le indicò Marta come referente nel caso in cui le fosse tornato in mente qualcosa.

La ragazza rumena, Mioara, si materializzò per accompagnarle all'uscita, ma le seguí anche la Santadriano, che si fermò a metà strada.

– Spero che facciate luce su questa brutta storia, – disse, stringendo la mano al vicequestore.

Inconfondibile accento partenopeo, notò Vanina.

– Anche se non lo dà a vedere, Teresa è rimasta parecchio scossa, – proseguí la donna preoccupata. – Lei capisce bene: un delitto, nel passato di questa famiglia, già ci stava, ed era un argomento di cui lei non parlava mai con nessuno, nemmeno col nipote. Ora per colpa di questa novità sarà costretta a ricordare situazioni dolorose assai. Povera Teresa.

In fondo non le si poteva dare torto.

Con quella faccia di marmo e quell'atteggiamento borioso la signora Burrano non ispirava nessuna tenerezza. Però era una donna anziana, sola e senza figli, vedova dall'età di trent'anni e il cui marito era morto ammazzato con un colpo alla testa. Una discreta dose di sciagure se l'era sciroppata.

Il vicequestore assicurò alla donna che avrebbe fatto di tutto per risolvere la «brutta storia» al piú presto. Ma non sarebbe stato per niente facile.

Per uscire dall'edificio si doveva passare per un cortile interno. Il vento aveva cambiato di nuovo direzione, e la cenere aveva ricominciato a piovere sulla città. Il basolato di pietra lavica del patio e l'acciottolato grigio erano completamente ricoperti di cenere, come le due aiuole di piante grasse che stavano al centro.

Vanina si accese una sigaretta.

– Che dici, ci facciamo un'arancina da *Savia*? – propose, guardando l'orologio.

Marta rifletté sulla risposta. – Non è un posto per me. Però ti faccio compagnia volentieri.

Il vicequestore si diede un colpetto sulla fronte. Cascava sempre sullo stesso errore. Non poteva farci niente: il concetto che non tutti i posti andassero bene per pranzare con Marta senza incontrare difficoltà non riusciva a entrarle in testa.

– Le arancine esistono anche agli spinaci, alle melanzane… – cominciò a enumerare.

– Dubito che non ci sia dentro burro o formaggio. Ma non crearti problemi, te lo ripeto: ti accompagno volentieri. Bevo un tè.

Vanina si fermò a guardarla incredula.

– Un tè? Come fai a sostituire un pasto con un tè?

– Ma non preoccuparti, qualcosa troverò. E poi non sono affamata!

Si sedettero fuori, al riparo sotto un ombrellone. Faceva talmente caldo che dovettero togliere la giacca e rimanere in maglietta.

– Dunque al caro estinto piaceva correre la cavallina, – sintetizzò Marta, sistemandosi sulla sedia.

– A quanto pare sí.

– Hai visto con quale tranquillità la signora Burrano ne parlava? Come se fosse una cosa normale. Ti rendi conto? Il marito se ne andava in villa con le sue amichette, e lei rimaneva a casa a fare «vita di società».

– Non mi stupisce per niente. A quell'epoca il matrimonio era poco piú che un contratto, stipulato tra due famiglie e basato su motivazioni meramente economiche. E piú la classe sociale era elevata, piú l'interesse prevaleva. Aggiungi che i Burrano non avevano neppure figli. In questa situazione era normale che ognuno si facesse la propria vita, in modo pacifico e senza troppi problemi, ma mantenendo sempre intatta la facciata. Non fare quell'espressione disgustata, era cosí pure a Brescia, stanne certa.

Marta si strinse nelle spalle. – Può darsi.

– Certo che, se nella villa di Sciara girava per davvero la quantità di donne a cui accennava la signora, sarà difficile capire di chi si tratta, – considerò Vanina.

– Ma esisterà una denuncia di scomparsa di questa tipa, no?

– È la prima cosa che dobbiamo controllare, iniziando dall'anno in cui hanno ammazzato Burrano. Se poi Adriano riuscisse a determinare che età aveva la vittima, almeno restringeremmo il campo.

Ordinò un'arancina al ragú e una Coca. Zero, tanto per prendersi in giro.

– Questo bar non solo fa le arancine piú buone, ma le chiama pure col nome corretto: *arancine*. Non *arancini*, come dicono qua.

La denominazione al femminile o al maschile di quel best seller della rosticceria siciliana era una delle centinaia di diatribe in atto da secoli tra palermitani e catanesi.

Dopo aver rifiutato anche la proposta di ordinare una pizzetta ed eliminarne del tutto il formaggio, Marta ordinò il suo tè.

– Sono a posto cosí, – assicurò.

Il vicequestore non insistette oltre sull'opportunità, per lei imprescindibile, di accompagnare la bevanda con qualcosa di solido. Quel garbato «a posto cosí» per l'ispettore significava che il discorso era chiuso.

– Sai cosa non mi convince per niente? – attaccò, concentrata su un pensiero che la inseguiva dalla telefonata con Manenti.

Marta si mise in ascolto.

– Tutti quei soldi lasciati lí insieme al cadavere. L'assassino apre il montavivande, presumibilmente adibito a nascondiglio, per metterci il corpo della donna. Vede la cassetta di sicurezza, che piccola non è ed è abbastanza riconoscibile. Se non sa cosa contiene, nel novantanove per cento dei casi se la porta via, anche solo per aprirla e vedere di che si tratta. Se invece ne è a conoscenza, l'ipotesi piú probabile è che abbia previsto di tornare lí in un secondo momento, ma che poi per qualche motivo sia stato impossibilitato a farlo.

Addentò l'arancina.

– E questo restringe il campo a due sole persone, le uniche che sapevano del nascondiglio.

– Gaetano Burrano e Masino Di Stefano, – indovinò l'ispettore.

– Tutti e due impossibilitati a recuperare il denaro, uno perché nel frattempo era morto, e l'altro perché era finito in galera per averlo ucciso.

Marta rifletté, in silenzio.

Vanina si pulí le mani su un tovagliolo di carta e bevve un sorso di Coca.

– Questa è l'ipotesi piú semplice. Ma non mi convince per niente, – disse, adagiandosi all'indietro sullo schienale.

Girò lo sguardo su quell'angolo di via Etnea, affollato a tutte le ore. Un tratto di marciapiede che ospitava due dei bar piú frequentati della città, con i loro banconi gremiti di consumatori veloci e i tavolini sempre occupati. L'ingresso principale di Villa Bellini si apriva proprio di fronte.

Si accese una sigaretta.

– Potremmo convocare Di Stefano, – propose Marta.

– In questo momento? E per dirgli cosa? Non abbiamo idea di chi sia quella donna, né di quando sia stata uccisa. Ammesso che, per ipotesi, Di Stefano sia coinvolto, secondo te direbbe mai qualche cosa? Quello si è fatto trentasei anni di carcere: non credo che abbia un buon rapporto con i poliziotti e con le questure.

– E allora? Che facciamo?

Vanina aspirò una boccata di fumo, il braccio sinistro piegato sotto il destro, con cui reggeva la sigaretta accarezzandosi il mento con il pollice. – Cerchiamo di capire.

– Capo, alla signora Spanò manco ci parse vero che Carmelo sta pranzando a casa sua, – annunciò Fragapane, divertito.

Vanina gli fece cenno di seguirla. Il vicesovrintendente raccolse i documenti trovati nella cartella che aveva recuperato quella mattina, e si diresse verso l'ufficio del capo. Si accomodò sulla sedia davanti alla scrivania.

– Notizie dell'amministratore omicida, ne abbiamo? – chiese Vanina, sprofondando nella poltrona e allungando le gambe in avanti, alla ricerca del poggiapiedi.

– Pare di sí. Trovai macari il fascicolo A2, quello suo personale.

– E che c'è scritto?

Fragapane aprí una cartella rosa.

– Tommaso Di Stefano, nato a Catania il 6 agosto del 1928. Condannato all'ergastolo per l'omicidio di Gaetano Burrano. Uscito dal carcere nel 1995, per buona condotta.

Vanina girò la poltrona da un lato e dall'altro puntandosi sul poggiapiedi, i gomiti sui braccioli e le mani intrecciate davanti al mento, in meditazione. Fece cenno al vicesovrintendente di proseguire.

– Il processo durò poco. Di Stefano si proclamò sempre innocente, ma gli indizi portavano a lui. Non aveva un alibi. La sera del delitto piú di un testimone l'aveva visto entrare e uscire da villa Burrano e sui suoi vestiti furono rinvenute tracce di sangue. In casa sua furono trovati documenti relativi a un terreno, su cui mancava solo la firma di Burrano. L'altra era di Calogero Zinna. Non so se mi spiego. Era un progetto…

– Per la costruzione dell'acquedotto, – l'interruppe Vanina.

– Esatto. Di Stefano da quell'affare ci avrebbe guadagnato assai. Ma sia la signora Burrano che Vincenzo Burrano, il fratello della vittima, il padre di Alfio Burrano cioè, dichiararono che il cavaliere si era sempre rifiutato di cedere quel terreno. Poi ci fu la testimonianza di un uomo, un mezzadro, che disse di avere visto Burrano litigare con l'amministratore. In casa di Di Stefano c'era macari un doppione delle chiavi di una macchina, una Lancia Flaminia di cui la moglie di Burrano aveva fatto denuncia di smarrimento. Lui dichiarò di non saperne niente, ma proprio in quei giorni sul suo conto in banca comparve una grossa somma, proporzionata alla vendita di una macchina del genere.

– Perciò avrebbe rubato la macchina dell'uomo che aveva ammazzato per poi rivendersela. E avrebbe messo pure i soldi in banca? Uno sprovveduto, questo Di Stefano, – considerò il vicequestore.

– Economicamente non se la passava troppo bene, e aveva il vizio del gioco. Due anni prima era stato pizzicato in una bisca.

– E gli Zinna?

– Fu indagato Gaspare Zinna, che stava gestendo l'affare dell'acquedotto per conto del padre, Calogero.

– Da qualche parte, nel fascicolo, compare un personaggio femminile estraneo? Che so: una testimone, una complice…

– Niente. A parte la vedova, in queste carte femmine non ce ne sono, capo.

Vanina meditò.

– Fragapane, e i reperti della Scientifica? – chiese all'improvviso, ricordandosi che l'aveva spedito a prenderli piú di due ore prima.

Il vicesovrintendente scattò in piedi.

– Mi scusi, dottoressa, sulla scrivania di Nunnari me li scordai! Mi accompagnò lui alla Scientifica e... ma vado subito a prenderli.

– Lasci stare, – lo fermò il vicequestore. Fece un numero interno e precettò Nunnari.

Il sovrintendente comparve due minuti dopo, sporgendo la testa attraverso la porta semiaperta.

– Posso, capo?

– Vieni, Nunnari.

L'uomo avanzò caracollando insieme a Marta, con uno scatolone in mano.

Una quantità di buste di plastica piene di oggetti dall'aspetto vissuto invasero la scrivania del vicequestore Guarrasi: guanti, pettini, specchietti, scatole di cipria, rossetti; e un mucchietto di gioielli, all'apparenza di medio valore. Un pacchetto di sigarette Mentola, un bocchino, la boccetta di colonia senza tappo. Infine, a parte, un'agenda telefonica minuscola.

– Che diavolo di sigarette sono, queste? – chiese Nunnari, incuriosito.

– Alla menta. Quando ero picciriddo io, le fumavano le femmine, – spiegò Fragapane. Poi afferrò una scatoletta verde, con scritto «Brillantina Linetti». Sul talloncino di vendita, quasi incomprensibile, si riusciva persino a indovinarne il prezzo: lire 250. – Vi', talè! La brillantina di mio papà!

– Della serie scovate l'intruso, – commentò Vanina. – Fragapane, lei quando è nato? – chiese.

– Nel 1958, dottoressa. Ho due anni piú di Spanò. Perché?

– La Linetti non era solo cosa da uomini?

– Di solito sí. L'odore stesso che faceva era... da barbiere, diciamo.

– Però questa è la borsa di una donna.

Il vicequestore aprí la scatola: il tubetto era intonso.

– Ma non è che era vietato, dottoressa. Magari alla signora, qua, l'odore della brillantina piaceva.

– Oppure non era sua, – suggerí la Bonazzoli.

– Ecco, questa ce l'annotiamo, – disse Vanina.

L'agendina telefonica era piena di nomi propri. Nessun cognome. I numeri, ovviamente, erano tutti a quattro cifre.

– Ah, capo: il dottore Manenti mi diede anche la cassetta di sicurezza, – aggiunse Fragapane, tirando fuori dalla scatola una mazzetta di banconote di un formato che Vanina non aveva mai visto se non in mano a Rossano Brazzi o ad Amedeo Nazzari.

Marta allungò la mano per afferrare una banconota.

– Guarda qui che roba! – esclamò, rigirandosi tra le mani quel fazzoletto di cartamoneta.

Vanina ne prese un'altra e la dispiegò. L'immagine raffigurava due donne, sedute in posizione speculare, ciascuna con il gomito appoggiato a uno scudo. Riportava due date: 24 gennaio 1959 e 7 maggio 1948.

– Nunnari, per cortesia, vada alla Banca d'Italia e si faccia specificare con esattezza la tiratura e il periodo in cui sono state in vigore queste banconote.

Il sovrintendente annuí.

Fragapane continuava a prendere in mano i sacchettini degli oggetti sparsi sulla scrivania e a fissarli.

– Carusi, vi debbo confessare che taliare tutte 'ste cose mi sta facendo un poco impressione. Mi pare di essere tornato picciriddo e di arriminare nella borsetta di mia mamma.

Il telefono del vicequestore squillò vibrando in cima al mucchio di fogli accatastati di lato alla scrivania. Un numero sconosciuto.

– Guarrasi, – rispose.

– Buonasera, dottoressa. Sono Alfio Burrano.

– Dottor Burrano, buonasera.

– Volevo solo avvertirla che io e Chadi siamo già a Sciara, ma che naturalmente non ci avviciniamo alla torre.

Vanina controllò l'orologio, stranita. E questo disturbava un vicequestore della Polizia di Stato solo per comunicargli che era arrivato in anticipo?

Gli confermò l'orario.

– La aspetto, dottoressa.

Dal tono pareva che la stesse invitando lui. Forse i ruoli non gli erano chiari. Senza pensarci troppo, salvò il numero in rubrica: cognome e nome. Premette il tasto di blocco dell'iPhone e lo riposizionò sulla pila di carte alla sua destra: camurríe inutili che prima o poi avrebbe dovuto quantomeno sfogliare.

– Fragapane, dobbiamo cercare tutte le denunce di scomparsa, riguardanti sole donne, sporte a Catania e provincia tra la fine degli anni Cinquanta e l'inizio degli anni Sessanta.

Il vicesovrintendente balzò in piedi tirando fuori un taccuino dalla tasca.

– Tipo dal '57 a... che so, al '62?

– Con particolare attenzione al '59. Si faccia aiutare da Lo Faro, che almeno cosí si rende utile. Anzi, me lo chiami, che stamattina stranamente non si è presentato.

Mentre la squadra usciva dalla sua stanza, compose il numero del cellulare di Adriano Calí. Nell'attesa, prese in mano un sacchetto trasparente che conteneva un frammento di foglio ingiallito con un numero scritto: quattro cifre che non significavano nulla. Si concentrò su un simbolo marrone impresso sulla carta, una sorta di tondo con una testa nel mezzo. Lo avvicinò per vederlo meglio, ma non capí cosa fosse.

– Mi ero tenuto il telefono vicino apposta. Lo sapevo che non avresti saputo aspettare, – le rispose il medico.

– A che punto sei? – gli chiese.

– Dipende da quello che t'interessa sapere. Ancora non ho finito.

– Per ora una cosa sola: hai modo di determinare l'età del cadavere?

– Con precisione no. Forse andando a vedere i nuclei di ossificazione potrei capirci di piú, ma non è cosa da poter fare nei tempi che sicuramente vorrai tu.

– Ma piú o meno?

– I capelli sembrano tutti pigmentati, scuri direi. Perciò doveva essere abbastanza giovane. Che dici, ci possiamo sentire piú tardi, che a tenere il telefono con la spalla mi si sta anchilosando il collo?

– Certo. Non ti divertire troppo con la ragazza. A giudicare dalla guêpière doveva sapere il fatto suo.

– Guarrasi, il tuo umorismo rasenta la blasfemia.

– Perché è morta o perché è femmina?

Adriano coprí una risata schiarendosi la voce.

– Se mi richiami tra meno di due ore giuro che ti chiudo il telefono in faccia.

Vanina concluse la telefonata ridendo.

Fragapane e Lo Faro entrarono in quell'istante.

– Oh, eccolo il nostro Lo Faro! Come mai stamattina non eri presente alla riunione?

Il ragazzo si guardò intorno con aria smarrita. La domanda traspariva dagli occhi: che riunione?

– Dottoressa… non lo so… forse… nessuno mi ha avvertito che…

– Avvertito di che? Nel tuo ufficio eravamo.

Finse di voler sorvolare sulla cosa, pur riconoscendo che sicuramente era andata cosí. L'agente Lo Faro stava sullo stomaco un po' a tutti. Giovane, inesperto, ma ambizioso e presuntuoso all'inverosimile, era approdato alla Mobile dopo aver brigato per due anni mettendo in mezzo tutte le conoscenze politiche di cui disponeva. Era riuscito infine a raggiungere la sezione Reati contro la persona, nelle cui acque profonde si era tuffato prima ancora di imparare a nuotare bene, e giusto giusto quando a dirigerla era arrivata lei: il peggiore dei capi che potesse capitare a un soggetto del genere. Lui, che non si poteva dire una cima, non solo non l'aveva capito, ma si ostinava a cercare di ingraziarsela con gesti che sfioravano il corteggiamento, e che raggiungevano il solo scopo di irritarla ulteriormente. Era l'unico della squadra che Vanina non aveva mai autorizzato a chiamarla «capo», come facevano tutti i suoi collaboratori piú stretti.

– Vabbe'. Stai dietro al vicesovrintendente e fai tutto quello che ti chiede –. Si rivolse a Fragapane. – Il dottore Calí mi ha confermato che doveva trattarsi di una donna giovane. Questo restringe un minimo il campo della ricerca.

Il vicesovrintendente annuí, pronto a mettersi all'opera.

Vanina si ricordò di un particolare che poteva essere importante e richiamò Lo Faro.

– Ti affido anche un altro compito: la vedi quest'agendina? Informati con la Telecom se è possibile risalire agli intestatari di numeri telefonici di oltre cinquant'anni fa. Se si può fare, glieli passi tutti uno per uno. Occhio, mi raccomando, che questi foglietti basta poco e niente per polverizzarli.

Il ragazzo non dissimulò la sua soddisfazione: finalmente era coinvolto sul serio.

Dopo essersi fatta lasciare il fascicolo relativo all'omicidio Burrano, Vanina congedò i due uomini.

Uscí dal suo ufficio e bussò alla porta di fronte. Entrò, incrociando il collega della divisione Criminalità organizzata che ne stava uscendo accompagnato da un paio dei suoi ispettori.

Tito Macchia, il primo dirigente della Mobile, altrimenti detto Grande Capo, se ne stava in piedi dietro la scrivania sovrastandola con la sua mole imponente. Un incrocio tra Bud Spencer e Kabir Bedi, l'aveva catalogato Vanina la prima volta che l'aveva visto.

– Ohè, Vanina. Che mi dici? – la accolse, con il suo accento napoletano per nulla scalfito da cinque anni di residenza catanese.

L'aveva chiamato la sera prima, da villa Burrano, per comunicargli del ritrovamento. Gli riferí le novità e la direzione in cui si stava muovendo. Macchia ascoltò con attenzione, lisciandosi la barba brizzolata e masticando con le labbra un sigaro spento. Un interesse mosso piú dalla curiosità che da un vero e proprio coinvolgimento, in quello che anche a lui pareva un caso di difficile risoluzione, non fosse altro che per la lontananza temporale con il presunto delitto. Un caso dalle radici cosí antiche non gli era mai capitato.

– Vedi quello che riesci a scoprire, ma a me non sembra cosa da perderci il sonno. Anche perché, difficoltà oggettive a parte, chiunque sia l'assassino o è morto o sta rinchiuso in qualche casa di riposo mezzo rincoglionito.

– Che ne sai? L'erba tinta non muore mai. Capace che invece è ancora vivo e lucido, e oramai è perfino convinto di averla fatta franca.

Al vicequestore Guarrasi andare a ficcanasare nel passato della gente piaceva assai, e questo Tito Macchia lo sapeva molto bene.

– Vabbuo'. Tanto lo so che se decidi di sbatterci la testa fino a quando non ci hai visto chiaro, lo farai.

La fama di quella brava a risolvere casi rimasti in sospeso per anni se l'era fatta a Milano, quando aveva scovato il colpevole di una serie di omicidi irrisolti e apparentemente slegati tra di loro. Per incastrarlo, aveva indagato nella vita familiare di sette vittime, la prima delle quali risaliva a vent'anni prima.

Nulla, in confronto al mezzo secolo che si accingeva a ripercorrere.

6.

Vanina entrò nel suo ufficio e trovò Spanò, reduce dal pranzo, che la aspettava seduto sulla poltroncina davanti alla scrivania.

– Non può immaginare quello che riuscí a preparare mia madre in un'ora. Il ben di Dio c'era in tavola, – comunicò l'ispettore, balzando in piedi appena la vide entrare.

Vanina sorrise all'idea. Lo fece riaccomodare subito, ansiosa di sapere quello che era riuscito a cavare dalla memoria di suo padre. Piú notizie avevano e piú Fragapane e Lo Faro avrebbero potuto restringere il campo della loro ricerca. E qualcosa le diceva che, stavolta piú che mai, sarebbe stato assai piú utile all'indagine qualche pettegolezzo che centinaia di carte ufficiali.

Spanò si mise comodo sulla poltroncina, le mani intrecciate sotto la pancia moderatamente prominente, pronto a iniziare il resoconto. Ma il sorriso divertito del vicequestore, che fissava la sua camicia, lo distrasse.

– Che fu? – chiese, controllando che non ci fosse qualche macchia di sugo. Si accorse che un bottone si era slacciato lasciando intravedere il ventre villoso.

– Mi scusi, dottoressa, non me n'ero accorto! – farfugliò, paonazzo.

Vanina ci rise su, offrendogli una sigaretta per rimetterlo a suo agio.

In quel momento entrò la Bonazzoli, pronta per il sopralluogo a villa Burrano.

– Venga con noi, cosí in macchina mi ragguaglia sul suo pranzo luculliano, – disse il vicequestore, porgendo la mano a Spanò come per aiutarlo ad alzarsi dalla poltroncina. L'ispettore scattò in piedi, respingendo la provocazione.

Marta si mise alla guida di una Giulietta nera, da poco arrivata nel parco auto in seguito a uno dei sequestri piú recenti. Spanò, pur non amando fare il passeggero, non protestò. Nella classifica dei piloti prediletti dal vicequestore Guarrasi, Marta occupava il primo posto, sia su quattro ruote che su due.

– Che abbiamo saputo? – chiese Vanina.

– Capo, le dico solo che appena ci cuntai il fatto della donna ritrovata ieri sera a villa Burrano, mio padre rimase pensieroso mezzo minuto e poi sghignazzando mi fece gli auguri.

– In che senso gli auguri? – ripeté Marta, perplessa.

Il vicequestore piegò le labbra in un sorriso sardonico.

– Nel senso che quella donna può essere chiunque, Bonazzoli, – seguitò Spanò. – Gaetano Burrano era quello che allora si usava definire un uomo di mondo. Viaggiava, giocava, spendeva. Era un bell'uomo, uno dei piú ricchi possidenti di Catania, e femmine attorno ne aveva assai. Femmine… di ogni genere, non so se rendo l'idea. La sua villa di Sciara era vista dalla gente come un luogo di perdizione, in cui una donna perbene non doveva azzardarsi a mettere piede, se non si voleva giocare la reputazione.

Vanina ripensò alla risolutezza con cui la signora Burrano affermava di non aver mai abitato nella villa.

– Ma nomi suo padre non gliene ha fatti, vero? – domandò.

– No, dottoressa. Ci provò a ricordarsi qualche cosa, qualche cuttigghio sentito in famiglia. La zia di mio padre faceva la sarta, e cuciva vestiti a mezza Catania. La signora Teresa Burrano era una delle sue clienti piú affezionate.

Lo sa come andavano queste cose, ai tempi: sarte, barbieri e pettinatrici erano sempre le persone meglio informate perché giravano di casa in casa. Mia zia aveva la fortuna di travagghiari per le signore della buona società. Diceva sempre che erano le piú esigenti, ma che erano macari le piú cuttigghiare. Ma chi fossero le donne che frequentava don Gaetano, quello non credo mio padre l'abbia saputo mai. O se l'ha saputo se lo scordò.

La pioggia di cenere si era interrotta di nuovo, lasciandosi dietro un paesaggio quasi lunare. I cumuli neri lungo i bordi sembravano restringere ulteriormente la strada che saliva su per le pendici della montagna, attraversando i paesi che si susseguivano uno dietro l'altro, senza soluzione di continuità. Casupole antiche, costruite con blocchi di pietra lavica, si alternavano a edifici in cemento di dubbio gusto e a qualche raro cancello monumentale che suggeriva l'ingresso di un parco. Sciara era uno degli ultimi centri abitati prima di arrivare alla strada che s'inerpicava in alto verso i crateri silvestri giungendo fino al rifugio Sapienza, il principale varco d'accesso dei catanesi alla loro Muntagna.

Alfio Burrano spostò la sedia di plastica bianca dal bordo della piscina. La posizionò in modo da trovarsi con il sole in faccia, e si sbottonò un po' la camicia. Si sentiva a pezzi.

La sera prima, appena varcata la soglia del suo appartamento cittadino, si era avventato su un blister di Xanax ed era crollato in un sonno profondo, dal quale si era risvegliato all'alba.

La mattinata se n'era andata in un susseguirsi di camurríe, una peggio dell'altra. La prima in ordine di tempo e di fastidio, era stata la visita alla vecchia, per comunicarle di persona quanto avvenuto. Poi c'era stata la conversazione con il suo avvocato, che gli aveva sciorinato tutte le rotture di coglioni che sarebbero derivate da quel ritrovamento. Tre chiamate di Valentina rifiutate, che si erano concluse con un insulto telefonico. Poi altre due, di qualcuno che invece di insultarlo lo aveva sfinito con dieci minuti di pianto, e tanto aveva fatto che alla fine l'aveva convinto a un incontro, che l'aveva fatto stare pure peggio.

All'immagine del cadavere mummificato, di cui la sua mente non riusciva a disfarsi, si stava già abituando. Passato lo shock iniziale e dopo averne parlato per una mattina intera, l'indagine sulla sconosciuta incartapecorita nel montavivande cominciava a intrigarlo. E il fatto di esserne parte in causa non gli pareva per niente la scocciatura che il suo avvocato gli aveva prospettato. Anzi, poteva perfino diventare un'esperienza nuova, che di sicuro gli avrebbe movimentato le giornate.

E poi c'era lei: il vicequestore Guarrasi. Lo sbirro piú interessante che avesse mai incontrato.

Però forse quella di chiamarla per farle comparire il numero sul telefono non era stata un'idea grandiosa…

Chadi se ne stava ritto in piedi accanto al cancello aperto. Appena vide arrivare la Giulietta con a bordo il vicequestore e i due ispettori, spalancò i battenti per farli entrare fin dentro il cortile.

Marta parcheggiò dietro una Range Rover bianca. Modello Vogue: il top di gamma, notò Vanina scendendo dall'auto. Non era difficile immaginare a chi appartenesse.

– Hai capito il Burrano, – commentò l'ispettore Bonazzoli, sottovoce.

Burrano coprí a lunghe falcate il breve tratto che divideva il suo giardino da quel cortile lastricato. Si diresse a mano tesa verso il vicequestore Guarrasi, salutando poi l'amico Carmelo con una breve stretta e Marta con un cenno.

Visto di giorno, il maniero dei Burrano perdeva la sua immagine spettrale per mostrare in modo piú evidente lo stato di degrado in cui versava. La facciata principale e la terrazza su cui si apriva la porta d'ingresso erano invase dai rampicanti, che ormai stavano perdendo le foglie. La torre, carica di simboli, pareva un minareto piazzato a guardia di un castello maledetto. La «torre Burrano», la chiamavano tutti.

Il giardino partiva dalla terrazza e scendeva con scale e scalette fino al cancello principale, sulla piazza del paese. Dire che era incolto sarebbe stato un eufemismo.

L'ispettore Bonazzoli staccò i sigilli del portone e cedette il passo al suo collega, che insieme a Burrano andò ad aprire tutte le persiane e le vetrate. Il marmo della scala che conduceva al piano superiore era piú chiaro; gli altorilievi alle pareti e sulle volte adesso erano distinguibili, e rappresentavano soggetti arabeggianti. Sulla parete sopra la porta, era riprodotta in dimensioni reali la testa di un uomo con un narghilè.

Vanina si diresse nella cucina del ritrovamento, dove entrò da sola fermandosi un passo dopo la porta. Cercò di esaminarla con altri occhi, sulla base delle poche informazioni che aveva acquisito fino a quel momento.

Accorgersi di quell'apertura quando c'era la credenza davanti era pressoché impossibile. Se poi la casa era stata chiusa subito dopo il fattaccio, a chi mai sarebbe venuto in mente di andare a spostare il mobile, aprire la porta e trovare lí un possibile nascondiglio? Vero era che nel corso del tempo la casa aveva subito vari furti, com'era pure vero, però, che nessun ladro avrebbe mai lasciato lí una cassetta di sicurezza e una borsetta piena di gioielli.

Chiese a Burrano di mostrarle le stanze private di suo zio. Una camera da letto che poteva sembrare vissuta fino al giorno prima, se non fosse stato per la polvere pluristratificata. Su uno dei due comodini c'era persino una tazza da tè, appoggiata sul suo piattino. Sull'altro, un posacenere. Vanina aprí le ante: entrambe contenevano un vaso da notte. Non sembrava un letto usato da una persona sola. Sulla toletta erano appoggiati, in modo disordinato, una spazzola e un pettine col manico d'osso. Il cassettino di sotto era mezzo vuoto, ma le due forcine e il rossetto consumato che albergavano lí dentro da mezzo secolo non potevano certo essere appartenuti a Gaetano Burrano.

Nel salottino accanto, un tavolo rotondo era apparecchiato per colazione. Due piatti, due tazzine da caffè, ma una sola tazza da tè. Vanina tornò indietro ed esaminò il decoro della tazza sul comodino, identico a quello del servizio sul tavolo.

Burrano la scosse dalla sua meditazione.

– Qualcosa non le quadra, dottoressa?

– Non lo so, – gli rispose. Si avviò verso la porta, passandogli davanti.

Piú si saliva in cima della torre, e piú gli ambienti diventavano spogli e malmessi.

Burrano raccontò minuziosamente la storia di un architetto che suo nonno, nel lontano 1916, aveva mandato in Africa in cerca d'ispirazione, per ristrutturare un vecchio rudere e trasformarlo in un castello. La torre doveva rappresentare davvero una sorta di minareto.

Quando raggiunsero la terrazza, indicò una struttura di tubi che si arrampicava lungo le pareti e terminava con degli ugelli, sparsi uno su ogni merlatura.

– Questo marchingegno dà un'idea della follia di mio nonno, – disse Burrano, compiaciuto. – Siccome aveva proprietà da tutte le parti, qua intorno e anche piú lontano, aveva preteso che questa torre fosse illuminata in modo tale che lui potesse scorgerla da tutte le sue campagne. Perciò aveva fatto costruire un impianto a ossiacetilene, che saliva lungo quelle tubature incendiando gli ugelli, e raggiungeva pure ogni singolo lampadario della casa. Se guardate bene, sui lampadari ci sono ancora le valvole. Mio zio deve averle conservate anche dopo aver convertito l'impianto con la luce elettrica.

La terrazza guardava l'orizzonte a 360 gradi: la città, il golfo di Catania fino ad Augusta, l'Etna fumante. Vanina rifletté che la proprietà dei Burrano lí a Sciara doveva estendersi per parecchi ettari, perché al capostipite venisse in mente un progetto cosí grandioso.

Alfio Burrano le si avvicinò, indicando il giardino pubblico del paese. – Vede il giardino comunale, dottoressa? Quello, ancora ai tempi di mio zio, faceva parte del parco della villa. E anche la piazzetta qui dietro. Qui intorno era tutta campagna.

– E che successe? – chiese Vanina, indicando la distesa di tetti che attorniava la villa.

– Successe che il verde diventò terreno edificabile, e mia zia ci guadagnò un sacco di soldi –. Una risposta sprezzante, accompagnata da una smorfia contrariata.

Una volta ridiscesi al piano delle stanze private, Vanina rientrò nella camera da letto portandosi dietro Spanò e Marta.

– Spanò, recuperi spazzola e pettine e contenuto del cassetto. E li porti alla Scientifica. Se ci sono tracce, anche minime, di materiale analizzabile, compariamo il Dna con quello della mummia.

– Credi che la donna del montacarichi possa aver dormito in questa stanza? – chiese Marta, mentre l'ispettore capo tirava fuori due sacchetti di cellophane che teneva sempre pronti in tasca e s'infilava un guanto.

– Non lo so. È un'ipotesi. E siccome è sempre piú evidente che in questo caso ipotesi verificabili non ne abbiamo molte, cerchiamo di sfruttare al massimo tutto quello che troviamo.

– Non sarebbe meglio mandare qui di nuovo quelli della Scientifica e far fare il lavoro direttamente a loro? – propose Marta, sempre fautrice delle procedure piú corrette.

– Sí, cosí ci freghiamo come minimo altri due giorni! Lascia stare, qualunque cosa sia successa qui dentro è passato talmente tanto tempo che prove inquinabili non ce ne sono piú. Quella spazzola è l'unico oggetto utile, dài retta a me. Anzi, appena usciamo di qui, accompagni me e Spanò in ufficio e la porti subito agli uomini di Manenti.

Prima di andare via, il vicequestore chiese espressamente a Burrano di condurla nella stanza in cui era stato ucciso suo zio. L'uomo fece strada fino alla sala da pranzo in cui si erano seduti la sera prima. Da lí, attraverso una porta chiusa a chiave, si accedeva alla stanza incriminata.

– Lo sa, dottoressa, di solito quando porto qualcuno a visitare questa parte della villa evito di entrare qui. Perché, devo essere sincero, mi fa un poco impressione, – disse Burrano, dopo aver spalancato la finestra.

– Non si preoccupi, non c'è motivo che lei resti qui. Volevo solo dare un'occhiata.

Era una sorta di studio-biblioteca, con un camino monumentale, boiserie in legno e qualche libreria non del tutto piena. Qua e là qualche poltroncina di stoffa operata, e alle pareti il solito stile tra il florale e il moresco, con colori piú decisi. Un solo angolo sembrava spoglio, come se mancasse qualcosa.

Vanina si avvicinò allo scrittoio al centro della stanza, ancora occupato da libri e scartoffie varie. Un posacenere vuoto, un calamaio con tanto di penna. Una tazzina da caffè sul bordo laterale.

Non sapeva neppure cosa cercare. Il cavaliere Burrano era stato ammazzato proprio lí. Poche stanze piú in là, a cinquantasette anni di distanza, il cadavere di una delle sue amanti saltava fuori da quella sepoltura orrenda. Non poteva non esserci un nesso.

Prima di uscire, scattò qualche fotografia, da varie prospettive. Probabilmente non le avrebbe mai guardate, ma non si sa mai, si disse.

Alfio Burrano se ne stava discretamente in disparte, in attesa che il vicequestore terminasse quell'ultimo sopralluogo aggiuntivo.

– Posso chiederle una curiosità, dottoressa?

– Certo.

– In casi come questi da dove si comincia?

Bella domanda!

– Dall'inizio, dottor Burrano, – gli rispose, criptica. Ancora una volta aveva la sensazione che l'atteggiamento dell'uomo tendesse a virare verso il confidenziale, cosa che non intendeva permettere. Non mentre era in servizio, perlomeno.

Burrano le fece strada verso l'uscita, dove i due ispettori la aspettavano.

Mentre Marta combatteva con il portone tentando di chiudere i battenti per rimettere a posto i sigilli, Vanina provò a immaginare il percorso ipotetico che qualcuno avrebbe dovuto compiere nell'atto di trasportare un cadavere all'interno di quella casa. L'entrata principale era posta proprio nella zona piú aperta del terrazzamento che correva tutto intorno alla villa, visibile persino dalla piazza. Tra scalette esterne, portone monumentale e scala interna, l'ipotetico assassino non avrebbe potuto scegliere luogo piú impervio in cui decidere di occultare un cadavere.

– A quella poveretta l'ammazzarono direttamente dentro casa, – decretò.

I due ispettori girarono simultaneamente lo sguardo in direzione del giardino scosceso, poi verso la facciata della villa.

– Certo che è incredibile, dottoressa, – osservò Spanò, rigirando tra le mani i reperti, – al giorno d'oggi, in presenza di un omicidio, questi oggetti sarebbero stati analizzati dentro e fuori. Invece i colleghi di allora li lasciarono là.

– Era il 1959, Spanò. E il caso Burrano, a quanto ho capito, grandi supplementi d'indagine non ne richiese. Fu risolto in pochi giorni. Però sarebbe utile recuperare gli oggetti che all'epoca furono repertati sulla scena del delitto.

– Nel fascicolo che ha trovato Fragapane dovrebbero esserci le foto, – suggerí Marta.

Era noto a tutti che il vicequestore non amava lavorare sulle fotografie. Il motivo ufficiale era che non riusciva a concentrarsi sui dettagli, ma la verità, e questo Marta e Spanò erano gli unici a saperlo, era che la Guarrasi si fidava solo di sé stessa. Era convinta che ci fosse sempre qualcosa, un particolare in piú, che lei avrebbe notato e che al videofotosegnalatore invece era sfuggito. E in genere ci azzeccava.

Burrano uscí dalla villa insieme a loro.

– Dottoressa Guarrasi, se dovesse aver bisogno di me, io sono a sua completa disposizione, – dichiarò, con un piede già a bordo del suv multiaccessoriato.

– Grazie, dottor Burrano, ma temo che la sua età non rientri nel range delle persone informate sui fatti –. Lui annuí e sorrise, salutandola con un cenno della mano prima di partire in accelerata col tunisino seduto accanto.

L'agente Lo Faro ci aveva messo un po' a focalizzare il tipo di ricerca di cui il vicequestore aveva bisogno, ma adesso che aveva ingranato andava come un treno. Aveva già tirato fuori dal database sette denunce di scomparsa i cui requisiti coincidevano con quello che serviva alla Guarrasi, e si accingeva a sottoporne altre due all'attenzione del collega piú anziano.

Fragapane era bravo a lavorare sulla carta stampata, ma coi computer non aveva un buon rapporto. Tutte le schede che Lo Faro trovava, lui se le faceva stampare e solo dopo iniziava ad analizzarne il contenuto. Questo naturalmente lo rallentava, ma era di vitale importanza per l'esattezza dell'indagine. Anche perché, di poliziotti dotati del suo acume nello scovare indizi nascosti tra le carte, a Catania ce n'erano pochi, e siccome valeva tanto oro quanto pesava, cosí era e cosí se lo tenevano.

Il vicequestore Guarrasi e l'ispettore Spanò ricomparvero quando di quelle prime sette segnalazioni Fragapane aveva già acquisito tutte le informazioni principali.

– Perciò, – cominciò il vicesovrintendente, leccandosi la punta dell'indice per sfogliare il quadernetto che si era fatto pinzettando i fogli che Lo Faro aveva stampato. – Per ora donne giovani scomparse a Catania in quegli anni ne trovammo solo sette, piú due che Lo Faro mi sta stampando.

Vanina e Spanò avrebbero accorciato volentieri i tempi scorrendo le informazioni sul monitor del computer, ma entrambi evitarono di farlo notare.

– Partiamo dalle denunce del '59: sono quattro. Due sono datate nei giorni intorno alla festa di Sant'Agata –. L'omicidio di Burrano era avvenuto proprio il 5 febbraio, il giorno della patrona.

– Due su quattro? – chiese il vicequestore, incredula, sedendosi sulla scrivania con una gamba, a braccia conserte.

– Sí, capo. D'altra parte, la festa di Sant'Agata è il giorno in cui tutti i catanesi escono di casa e rientrano all'alba. Nella confusione di quella nottata qualche minchiata ci scappa sempre, e noi lo sappiamo bene.

Spanò prese i fogli dalle mani del vicesovrintendente, diede una rapida occhiata e glieli riconsegnò con un'espressione rassegnata che ne preannunciava la scarsa utilità.

Fragapane proseguí, diligente. – Nunziata Cimmino, ventitre anni, nubile. Scomparsa la sera del 4 febbraio e mai ritrovata. La denuncia la fece il padre. Indagarono macari i carabinieri. Faceva la panettiera in via Plebiscito –. Mostrò la fotografia. Una sempliciotta, dal viso paffuto. – Poi abbiamo Teresa Gugliotta, ventisette anni, maritata con un professore di musica al conservatorio. Fu lui a sporgere denuncia. Scomparsa il 5 febbraio. Qualcuno disse di averla vista salire su un treno, ma non si ebbe mai nessun riscontro. A quanto pare era una fimmina un poco chiacchierata.

– Troppo scialba, – decretò Spanò, esaminando la camicetta accollata e chiusa da un cammeo. A tutto faceva pensare tranne che all'eleganza vistosa della mummia.

Vanina ebbe la sensazione che la nebbia attorno a quel caso aumentasse di parola in parola, come quella tempesta di sabbia vulcanica che avvolgeva tutto e non accennava a smettere.

Dietro la porta socchiusa, intravide Macchia che salutava qualcuno con la mano già sulla maniglia, pronto a entrare. Un attimo dopo il capo della Mobile invase con la sua figura massiccia l'ufficio del vicequestore Guarrasi, informandosi sulle novità.

– E la Bonazzoli, dove l'avete persa?

– Alla Scientifica, a consegnare a Manenti gli oggetti trovati a villa Burrano.

Assicuratosi che Vanina non intendeva scendere dalla scrivania, Macchia si accomodò sulla poltrona del vicequestore e fece cenno a Fragapane di proseguire col rapporto.

Lo Faro portò le altre due schede stampate. Risalivano al '60 e al '61. Appena vide il primo dirigente seduto al posto della Guarrasi non si schiodò piú dall'ufficio, pronto a mettersi in mostra alla prima occasione.

Tra tutte e nove le donne scomparse, solo una si avvicinava un minimo all'idea che l'abbigliamento e gli oggetti del ritrovamento avevano dato di quel cadavere mummificato. Vera Di Bella, nata Vinciguerra, trent'anni, sposata con un avvocato che Spanò ricordava molto in vista. Denuncia sporta dal marito nell'aprile del '59. Da una nota si evinceva che fosse una donna chiacchierata.

Vanina osservò il foglio e la fotografia con attenzione, come se quel documento vetusto e quella foto sbiadita potessero fornirle un dettaglio qualunque da associare alla donna mummificata.

– Ecco, questa secondo me potrebbe essere, – commentò Macchia, dondolandosi sulla poltrona che sotto il suo peso cigolava a ogni movimento.

Il vicequestore annuí, scendendo dal tavolo.

– Spanò, cerchiamo di capire qualcosa di questa Vinciguerra. Rintracciamo qualcuno della famiglia, possibilmente qualcuno che possa ricordare quel periodo. Il marito che denunciò la scomparsa, per esempio. Se è ancora vivo, domani mattina convocatelo.

– Io te l'ho detto, Guarra': ogni testimone che cercherai in questa storia, dovrai prima augurarti che sia ancora vivo, e in grado di fornirti qualche notizia, – chiosò il capo della Mobile, cedendole il posto. – Come ti muoverai?

– Questa Vinciguerra sembrerebbe la piú papabile, sebbene sia scomparsa piú di due mesi dopo la morte di Burrano. Le altre denunce ce le teniamo di lato. Nel frattempo rintracceremo Masino Di Stefano, l'amministratore assassino. Sempre che sia ancora in buona salute, pure lui. Se quelli della Scientifica riescono ad analizzare le tracce che gli abbiamo dato e a compararle con il cadavere, e se viene fuori che coincidono, lo convochiamo.

– Tu sei proprio convinta che 'sta storia c'entri con l'omicidio di Burrano.

– Mi pare come minimo una coincidenza. E siccome le coincidenze puzzano sempre...

– Ci hai pensato che potrebbe averla ammazzata lui?

– Certo che ci ho pensato.

– E che se fosse cosí sarebbe praticamente impossibile da provare?

– Sí.

– L'importante è che ne sei consapevole, – concluse, con un buffetto sulla mano, prima di rivolgere un saluto generico a tutti. Nell'uscire dall'ufficio, si ritrovò tra le braccia l'ispettore Bonazzoli che stava entrando a passo spedito, gli occhi su un foglio di carta.

Il colorito di Marta virò verso il paonazzo.

– Tutto bene, ispettore?

– Sí, grazie, dottore.

Macchia la guardò con un sorriso indulgente che raddoppiò il suo imbarazzo.

– Allora? Hai dato tutto a Manenti? – chiese Vanina, venendole in aiuto.

Il Grande Capo batté in ritirata, con Lo Faro sbavante alle calcagna.

– Sí, – rispose l'ispettore, accomodandosi sulla sedia che Spanò le cedette.

– Che ha detto?

– Ha detto che solo dei pazzi possono prendere tanto sul serio un caso simile.

– E?

– E che i pazzi vanno assecondati. Dunque ci lavorerà. Il tempo che ci vuole, ha precisato, perché le tracce sono vecchie e deteriorate. E poi dirà se ha trovato qualcosa da analizzare.

– Qualcosa da analizzare lo troverà, lo stronzo. Nella spazzola c'erano dei capelli. Fragapane, per cortesia, mi chiami Nunnari. E già che c'è vada a ripescare Lo Faro, prima che Macchia lo butti fuori a calci dal suo ufficio.

Il vicesovrintendente si fece una risata e uscí dalla stanza. Spanò sghignazzò sotto i baffi.

– Perché? Secondo te è nell'ufficio di Macchia? – chiese Marta.

– Sicuro come la morte, a leccare tutto il leccabile.

Fragapane ricomparve seguito dal sovrintendente e da Lo Faro, che pareva affannato. Vanina sorrise tra sé e sé immaginando la veemenza con cui il vicesovrintendente doveva averlo richiamato.

– Lo Faro, dovevi andare in bagno? – gli chiese.

– No, io credevo…

– Cosa di preciso?

– Che avessimo finito…

– Ma finito cosa? – alzò la voce. – Allora, meglio che ti chiarisca un paio di punti. Primo: quando c'è di mezzo un cadavere, che sia nuovo o vecchio, l'unico momento in cui puoi dire di aver finito è quando hai trovato l'assassino e l'hai sbattuto dentro, sempre che nel frattempo non succeda altro, perché in quel caso la parola fine te la puoi congelare per chissà quanto. Secondo: se sei nel mio ufficio, ad ascoltare i miei uomini che discutono con me di un'indagine in cui io ti ho coinvolto, fosse anche solo per riordinare le carte, tu non esci dalla porta finché io non ti dico che puoi farlo. Terzo: sappi che conosco una sola persona che odia i lecchini piú di me, ed è Tito Macchia. Perciò ti consiglio di tirare le somme, se non vuoi rischiare di rimanere in un ufficio a impilare fascicoli.

L'agente rimase imbambolato al centro della stanza, atterrito da quella minaccia. Cercò l'appoggio dei colleghi, ma incrociò solo lo sguardo pietoso dell'ispettore Bonazzoli.

Vanina abbassò il tono.

– E questo è quanto. Ora te ne puoi andare.

– Non... mi coinvolgerà piú? – chiese il ragazzo, con un'aria costernata che strappò un sorriso a Spanò e rabboní il vicequestore.

– Tu stai al posto tuo, fai il tuo lavoro e fallo bene. E vedrai che ti coinvolgerò.

Sulla porta Lo Faro si voltò impacciato.

– Scusi, dottoressa, per quanto riguarda l'agendina telefonica...

Vanina cadde dalle nuvole. Aveva completamente dimenticato il compito che aveva dato all'agente. Forse perché immaginava già di non poterci cavare granché.

– Ah, certo, l'agendina. E allora?

– Ecco, sto cercando di contattare qualcuno dell'archivio storico della Telecom, perché probabilmente i numeri che hanno loro archiviati partono da anni successivi. Nel '59 in Sicilia i telefoni erano gestiti dalla... – controllò un foglietto: – Set.

Aveva studiato. Ma era improbabile che si potesse recuperare qualche informazione.

– Bravo. Vedi se riesci a ottenere qualcosa.

Se ne andò rinfrancato.

– Nunnari, fai una cosa –. Il sovrintendente si mise in atteggiamento da «signorsí, signore». – Cerca di capire che fine ha fatto Tommaso Di Stefano, l'uomo che ammazzò Gaetano Burrano. Scopri se è ancora vivo, se è capace di intendere e di volere, dove abita e che fa. Se il cadavere risulta quello di qualcuno che viveva con Burrano, Di Stefano potrebbe avere parecchie cose da dirci.

– Agli ordini, capo.

Congedò tutti e si lasciò andare sulla poltrona cigolante.

– Un pomeriggio persi col tuo cadavere mummificato. Ora ora ho finito, – rispose Adriano Calí.

– E che aspettavi a chiamarmi?

– Di levarmi il camice lurdo e di uscire da quel frigorifero di sala settoria. Per evitare che il cadavere si liquefacesse abbiamo lavorato a temperature polari.

– Che mi dici?

– Senti, Luca è tornato oggi e mi sta aspettando in piazza Europa con qualche amico. C'è pure Giuli. Facciamo una cosa: tu mi vieni a prendere, mi accompagni lí, cosí lungo la strada io ti conto tutto. E poi resti a pigliarti un aperitivo con noi, e ti svaghi un poco i pensieri.

– Tu sei un paraculo. Chi te l'ha imbeccata quest'idea? Giuli?

– Ma quale imbeccata! Che sono tipo da farsi imbeccare io? Allora? Ti aspetto qua o mi faccio dare uno strappo dal tecnico di sala?

– E aspettami là. Ma scordati che mi fermo per l'aperitivo.

Adriano se ne stava già pronto di vedetta all'uscita posteriore dell'ospedale Garibaldi. Impermeabile blu attillato, borsa a tracolla, auricolare bluetooth all'orecchio destro. A vederlo cosí, con quel sorriso a trentadue denti, tutto pareva tranne che venisse da un pomeriggio di esami necroscopici.

– Eccomi qui, cara, alla tua mercé.

Si accesero una sigaretta e abbassarono i finestrini.

– Perciò, – sollecitò Vanina.

– E che ti devo dire. Questa secondo me è morta veramente da cinquant'anni. Quando l'ho spogliata ho guardato le etichette dei vestiti e della pelliccia, per quello che si riusciva a leggere. Ho intravisto nomi di sartorie che non esistono piú da... che ne so? Quarant'anni, o anche di piú. Non ho trovato ferite né da taglio né d'arma da fuoco. E non ho trovato proiettili. Se è morta strangolata o avvelenata purtroppo ormai non è piú possibile determinarlo, ma alla fine non penso che ti interessi granché.

– Qualche segno particolare? Fratture, denti d'oro, cose del genere?

– Niente. Aveva una dentatura perfetta.

Vanina aspirò una boccata di fumo e lo buttò fuori dal finestrino. Tamburellò con le dita sul volante, taciturna.

– Te l'avevo detto che stavolta non ti sarei stato d'aiuto.

– Senti, Adri, te li ricordi i nomi delle sartorie che hai letto sulle etichette?

– Quella della pelliccia sí: Tramontana. Le altre non si leggevano bene. Comunque ce le ha tutte la Scientifica. Capace che con qualche magheggio riescono a renderle leggibili.

– Che tu sappia era una pellicceria famosa? Elegante?

– La migliore di Catania, a quell'epoca. Ma ha chiuso che ancora tu e io manco eravamo nati.

– E allora come fai a saperlo?

– Gioia, non ti scordare che sono cresciuto con una squadra di donne da fare paura: mamma, nonna e tre zie. Tutte impellicciate –. Sghignazzò, aspirando l'ultimo pezzetto di sigaretta. – Che dici, sarà per questo che sono gay?

Vanina gli rispose con una risata. Le persone capaci di rallegrarla si potevano contare sulla punta delle dita. Adriano Calí era una di quelle.

I negozi di corso Italia erano ancora aperti, e in piazza Europa non c'era un posto manco a pagarlo oro. Vanina afferrò al volo la scusa per non fermarsi. Anzi, con un po' di fortuna sarebbe persino riuscita a uscire dalla città prima delle otto, evitando la fila allo svincolo per i paesi etnei.

Giuli ci sarebbe rimasta male, ma a lei di passare mezza serata ad apprendere tutte le novità della società catanese e curtigghi connessi non andava proprio per niente.

Vanina oltrepassò il paese e proseguí fino a Viagrande. Con un po' di fortuna avrebbe trovato la sua gastronomia preferita ancora aperta. Parcheggiò davanti al giardino pubblico e scese in fretta dalla macchina, fiondandosi nella bottega. Ceste straripanti di confezioni, scansie piene di bottiglie di vino e generi alimentari accuratamente selezionati e presentati da cartelli con scritte folcloristiche. Al centro della stanza, enorme, il bancone circolare che conteneva salumeria, macelleria, chili di pane e una distesa di frutta secca di ogni genere.

Sebastiano l'accolse con un accenno di scappellamento che gli fece oscillare il berretto da cuoco in testa. La bottega apparteneva alla sua famiglia da quasi un secolo, nel corso del quale, anche grazie alla sua abilità, era diventata il punto di riferimento di ogni intenditore.

– Buonasera, Sebi –. Fece in tempo a salutare, prima che quello le allungasse da dietro il bancone un grissino al sesamo con avvolta una fetta di prosciutto crudo.

– Assaggiassi 'stu gambuccio di Parma, che si scioglie in bocca.

Con un vago senso di colpa, Vanina accettò in due minuti tre assaggi diversi, tutti da standing ovation. Il prosciutto, poi un salame di maialino nero dei Nebrodi e per finire un pezzetto di caciocavallo ragusano stagionato nel Nero d'Avola.

Era inutile prendersi in giro: la dieta non era cosa sua.

Si portò a casa un etto di crudo, una mozzarella di bufala proveniente dagli allevamenti ragusani, che arrivava solo due volte alla settimana, e mezza forma di «cucciddato di San Giovanni», un pane casereccio a forma di ciambella cotto nel forno a pietra, arrivato con l'ultima sfornata della sera e ancora tiepido.

Passando davanti alla portafinestra di Bettina vide la luce accesa nel salotto buono, segno che era serata di burraco. Fece per tirare dritto ma la luce che si accese automaticamente al suo passaggio attirò l'attenzione della vicina che si affacciò da una finestra, a un metro da terra.

– Vannina! E che fa, non si bussa piú?

– Buonasera, Bettina. Ho visto che c'era gente e non volevo disturbare.

– Ma quale disturbare! Trasisse, che finalmente le presento le amiche mie. Ora ora se ne stavano andando –. Richiuse la vetrata ritirandosi prima ancora che Vanina potesse declinare l'invito. Comparve alla portafinestra seguita dalle tre vedove incipriate con cui si spartiva il sonno, e di cui il vicequestore ormai conosceva vita, morte e miracoli per interposta persona. Una di loro, Luisa, aveva vissuto a Palermo per molti anni, insieme al marito ormai defunto.

Mentre schivava l'assalto delle donne le venne in mente che, vista l'età, potevano esserle d'aiuto per acquisire qualche notizia utile all'indagine.

– Posso chiedervi un'informazione, signore?

Le quattro smisero di parlare e si fecero attente. Vedi tu che con un colpo di fortuna stavano diventando nientedimeno che confidenti di un vicequestore?

– Qualcuna di voi ha mai comprato una pelliccia da Tramontana?

Bettina e un'altra, Ida, alzarono la mano simultaneamente, come a scuola.

– Mio marito, bonarma, una passione aveva per le pellicce! – spiegò la vicina, nostalgica.

– Ed era un posto caro?

Le donne si guardarono tra loro.

– Caro, certo, una pellicceria era. Una pellicceria buona. Ai tempi nostri o avevi i soldi oppure in certi negozi manco ti veniva per testa di entrarci.

La curiosità si leggeva in faccia alle quattro donne, che ora avrebbero voluto sapere il perché di quella domanda, ma Vanina non chiese altro.

Prima di infilare la porta, Luisa si soffermò un momento, allungando una mano per stringere la sua, senza piú lasciarla.

– Un vero onore è stato conoscerla, dottoressa Guarrasi. Figlia di suo padre è, non c'è che dire. Mio marito lo conosceva bene. Sa... commercianti eravamo. Me lo ricordo come se fosse ieri quando... Un eroe era, l'ispettore. Fare quello che faceva, a Palermo, in quegli anni disgraziati... – Girò gli occhi sulle amiche, come per spiegare. Due sguardi perplessi e costernati, e uno preoccupato, quello di Bettina, si posarono sul vicequestore Guarrasi.

Vanina annuí lentamente, spiazzata. Avvertí un urto al petto, come ogni volta che qualcuno nominava suo padre. Ricomparve il dolore sordo del giorno prima. La data fatidica che ogni anno segnava il tempo trascorso da quella mattina infame.

Il monitor si accese, rimandando a Bettina l'immagine di due ragazzini sorridenti davanti ai faraglioni di Aci Trezza. Mandò un bacio immaginario a quei due diavoli, che non vedeva da piú di un mese. Meno male che avevano inventato i computer, e Skype, e Facebook, e tutte quelle diavolerie che una della sua età, a rigor di logica, non doveva essere in grado di utilizzare. Ma il sangue è sangue, e prevale su tutto, anche sulla naturale incompatibilità tra la testa di un'ultrasettantenne e la tecnologia moderna.

Cliccò sull'icona Mozilla Firefox, perché suo nipote Piero le aveva spiegato che era «la connessione piú sicura» e si prendevano meno virus. Che poi come poteva essere mai che una macchina si pigliasse un virus ancora Bettina non l'aveva capito. Quando comparve la scritta colorata con la striscia sotto, digitò lettera per lettera, con il dito indice e sbagliando un paio di volte: «ispettore Guarrasi Palermo». Aprí la prima voce correlata. Incollata allo schermo, gli occhiali premuti sul naso, lesse d'un fiato la pagina dedicata a quell'uomo di cui quella sera aveva sentito parlare per la prima volta. Si tirò indietro lentamente e si appoggiò allo schienale, maledicendo la curiosità che l'aveva spinta a scoprire quello che la sua inquilina prediletta non si era mai sentita di raccontarle. Ora aveva capito. Tutte cose.

Vanina si voltò verso il citofono, come se quel marchingegno dotato di videocamera, che si era fatta installare appena preso possesso dell'appartamento, potesse rispondere a distanza alla domanda che il suo sguardo perplesso gli stava ponendo. Fermò il film e si alzò faticosamente dal divano, quello grigio che si era portata appresso anche a Milano.

Maria Giulia De Rosa guardava il videocitofono con aria irrequieta.

– Mi apri o devo restare qui a fissare la luce della telecamera?

– Già finito l'aperitivo? – la accolse, sulla porta.

– Le dieci sono.

– In tua compagnia ho partecipato ad aperitivi eterni. Altro che le dieci!

Giuli le consegnò una vaschetta di gelato incartata. Nocciola e cioccolato, dichiarò. Aveva la faccia scura delle serate storte.

– Che fu? – s'informò Vanina.

– Niente, fu. A parte il fatto che mi hai lasciata da sola con Adriano e Luca.

– Ma non c'erano anche altre persone?

– Ininfluenti. Le conoscevo appena.

Vanina tirò fuori bicchieri e cucchiaini.

– Non me la sentivo, scusami. È stata una giornata pesante.

– Se sei a casa significa che morti ammazzati freschi non ce ne sono. Ti ho trascinata in giro in serate molto piú incasinate di questa, perciò non mi prendere per fessa.

Giuli si sedette sul divano, davanti allo schermo da 42 pollici bloccato su un fotogramma in bianco e nero.

– Vedo che ti stavi divertendo con una delle tue pellicole fossili. Chi è questo belloccio con la sigaretta in bocca?

– È Gabriele Ferzetti: uno degli attori piú affascinanti del cinema italiano. La pellicola fossile è *L'avventura*, sai Michelangelo Antonioni? – ironizzò Vanina.

Era una delle scene ambientate a Taormina, all'hotel *San Domenico*, dove il film si conclude. Lei e Adriano non passavano mai da lí senza farsi un giro dentro l'albergo e fermarsi a bere qualcosa nell'antico refettorio, dove proprio quel fotogramma era stato girato.

Si sedette accanto a Giuli, porgendole il bicchiere col gelato.

– Hai lasciato la movida catanese solo per venire a mangiare un poco di gelato con me e criticare i miei gusti cinematografici, o c'è cosa? – la spronò.

– E tu? Ti sei rintanata in casa solo per ripassare le battute dei tuoi film preferiti, o c'è cosa?

Vanina si spazientí.

– Giuli, finiscila. Sono contenta che tu sia venuta a trovarmi, però 'sta faccia lagnusa non è da te. Perciò, visto che sei qui, approfitta e parla.

Maria Giulia De Rosa era una pragmatica, che non si piangeva addosso. Un avvocato matrimonialista, rotale per giunta; in mezzo alle tragedie familiari e ai drammi di coppia ci pasceva, e pertanto se ne dichiarava immune. Talmente immune che finora nessun uomo, diceva lei, aveva mai soddisfatto i parametri essenziali per una pacifica convivenza. Vanina Guarrasi, vai a capire perché, era l'unica persona con cui l'avvocato, di tanto in tanto, abbassava la maschera.

– Stasera Luca era piú figo del solito.

Luca Zammataro, giornalista impegnato, inviato di guerra, corrispondente dall'estero per una testata nazionale. L'uomo piú attraente e imperscrutabile di Catania, nonché, per la disperazione di Giuli e di molte altre, dichiaratamente gay e accasato da piú di dieci anni con Adriano Calí. L'unico uomo per cui l'avvocato De Rosa avrebbe azzerato i parametri e commesso qualunque follia.

Quella della serata passata a soffrire al cospetto di quella coppia, che piú affiatata non poteva essere, era una solfa che Vanina si sentiva scodellare a fasi alterne da circa undici mesi.

Affondò il cucchiaino nel gelato, ignorando la voce ammonitrice della sua coscienza. Dopo quei due giorni, dopo Palermo, dopo le parole della signora Luisa, un carico di zuccheri era l'unica alternativa a un assai piú dannoso pacchetto di sigarette.

– Mangia, e non ci pensare, che è meglio, – suggerí.

– È arrivato con i capelli ancora bagnati, la barba che odorava di quel profumo...

– Giuli, cerca di finirla.

– Hai ragione. Comunque non sono venuta per questo. E non è neppure il motivo per cui stasera avevo cercato di stanarti. Sono tre giorni che non rispondi a nessuno. Ieri sei stata a Palermo senza dire niente. Non me la conti giusta.

Il fatto era che, vai a capire perché anche in questo caso, la confidenza che si era instaurata tra Maria Giulia De Rosa e Vanina Guarrasi era reciproca. L'avvocato era una dei pochissimi eletti cui il vicequestore aveva raccontato la ristretta porzione di fatti suoi di cui riusciva a tollerare il ricordo.

– C'era la commemorazione.

Maria Giulia si liberò del bicchiere e avvicinò la mano congelata al suo viso. Si girò verso la mensola sopra il televisore, guardando di sfuggita la fotografia incorniciata che troneggiava sola, nell'unico spazio non occupato da videocassette o dvd.

– Venticinque anni, vero?

Vanina annuí, alzandosi in piedi, lo sguardo fisso sulla foto. Si avvicinò lentamente, occhi negli occhi con l'ispettore Giovanni Guarrasi che pareva ammiccare da sotto il cappello d'ordinanza. Che fu, nica di papà? Dimmelo a me che ci penso io.

Sigaretta in bocca, sorriso storto. Gli occhi grigi che non si abbassavano mai davanti a niente e a nessuno. Che bello che sei, papà.

E lui avrebbe riso.

Gliel'aveva detto anche quel giorno, che era bello. E lui aveva riso.

Avrebbe dovuto essere quella risata, l'ultimo ricordo di suo padre. Il suo abbraccio stretto davanti all'entrata del liceo Garibaldi. Ora vai, prima che i tuoi compagni ci vedono e ti prendono in giro per i prossimi cinque anni.

Avrebbe dovuto obbedire e salutarlo lí. Oltrepassare la cancellata, salire i gradini, raggiungere la nuova classe e restarci. Se l'avesse fatto, l'ultimo ricordo che avrebbe conservato di suo padre sarebbe stato quello giusto.

Ma non era andata cosí. Forse perché sapeva che era stata un'occasione eccezionale, il suo primo giorno nella scuola che lui riteneva la piú importante della vita, e che difficilmente sarebbe ricapitato di vederlo lí davanti alla cancellata; forse perché di quello che pensavano gli altri a lei non importava nulla e ci teneva a dirglielo; o forse trascinata da un'inconscia premonizione, Vanina era tornata indietro. Aveva attraversato il portone controcorrente, schivando il bidello che l'avvertiva del suono della campanella, e s'era fermata sul gradino piú alto, girando gli occhi sulla strada. Suo padre era ancora lí che si accendeva una sigaretta sul marciapiede opposto alla scuola, la portiera della Uno già aperta.

Le bastavano due minuti. Sette gradini, un altro bacio, un altro abbraccio e poi via, a compiere il suo dovere, come lui le aveva insegnato.

Due minuti. Ma non li aveva avuti.

Erano arrivate contromano dal Giardino Inglese. Due moto, quattro caschi che puntavano dritti verso l'auto dell'ispettore Guarrasi. Poi gli spari. Tanti. Che parevano non finire mai. Un insulto urlato e una manciata di banconote buttate per terra, vicino al volto insanguinato, in segno di sfregio nei confronti di un uomo che da solo credeva di poter sfidare il loro mondo. «Te' cca, piezz'i mieirda, accussí 'a finisci».

Il rombo dei motori che fuggivano indisturbati. Impuniti.

Se solo non fosse stata cosí indifesa, se solo avesse potuto, se solo avesse avuto un'arma in mano... li avrebbe ammazzati lei. Tutti, senza pietà. L'aveva giurato a sé stessa, che mai piú si sarebbe fatta trovare impreparata, mai piú avrebbe assistito impotente. Sotto di lei dovevano passare, quei bastardi fitusi. Uno per uno.

L'aveva giurato, e l'aveva fatto.

7.

Il commissario in pensione Biagio Patanè aggrottò la fronte e avvicinò il giornale. Forse aveva letto male. A ottantatre anni, cataratte a parte, qualche scherzo gli occhi lo possono fare.

Ricontrollò il titolo che apriva la cronaca di Catania. Diceva proprio cosí: *Morti dal passato nella villa dei Burrano*. Incredulo, passò all'articolo.

> È senza identità il cadavere mummificato rinvenuto per caso, domenica sera, nella villa dei noti imprenditori vinicoli. Pare che si tratti di una donna, e che il decesso risalga a parecchi anni fa, decenni probabilmente. Sul corpo, che giaceva all'interno di un montacarichi di cui i proprietari stessi della villa ignoravano l'esistenza, non sono stati rinvenuti documenti di riconoscimento. Su segnalazione dello stesso Burrano, autore del ritrovamento, sono accorsi sul luogo gli agenti della squadra Mobile di Catania, diretti dal vicequestore Giovanna Guarrasi, e il sostituto procuratore Vassalli. La polizia Scientifica e il medico legale sono all'opera per fornire qualche dettaglio in piú che potrebbe essere utile all'identificazione. Villa Burrano, disabitata da lungo tempo, era salita agli onori della cronaca piú di cinquant'anni fa per l'efferato delitto che si compí tra le sue mura, in cui fu ucciso il cavaliere Gaetano Burrano...

Alzò lo sguardo, pensieroso. Posò il giornale aperto sul tavolino davanti alla finestra, infilò gli occhiali nella tasca interna della giacca e l'indossò. Davanti allo specchio da terra dell'ingresso si aggiustò la cravatta. Allungò il collo verso la cucina.

– Angilina, staiu niscennu, – comunicò.

Infilò la porta prima che sua moglie lo inseguisse con il soprabito, che poi gli sarebbe toccato portarsi a braccio tutto il tempo.

– Gino, ma unni vai accussí presto? Te lo portasti il telefono cellulare, 'nsamai hai bisogno di qualche cosa?

Angelina era una santa donna, e per quante gliene aveva fatte vedere poteva dirlo forte, ma aveva sempre avuto la fissazione di valutare l'abbigliamento in base al calendario, senza aver messo fuori neppure un braccio. Il fatto che fosse parecchio piú giovane di lui, dettaglio che quando se l'era sposata l'aveva esaltato, da qualche anno a questa parte gli si stava ritorcendo contro, producendo in lei la convinzione di doverlo sorvegliare, per motivi e con metodi assai diversi da quelli che in giovinezza aveva messo in atto per sgamare le sue infedeltà.

Con il passo piú svelto che le sue anche gli consentivano, raggiunse la Panda bianca scassata che abbandonava ogni giorno nei posti piú svariati. Attraversò mezza città fino a raggiungere via di Sangiuliano. Parcheggiò in zona Teatro Bellini e raggiunse a piedi il portone chiuso dietro il quale si muoveva il mondo in cui aveva vissuto per quarant'anni.

Se l'idea che si era fatto su di lei corrispondeva alla realtà, il vicequestore Giovanna Guarrasi era la persona piú giusta cui potesse capitare in mano quel caso. E lui, forse, poteva aiutarla.

– Capo, c'è un signore che chiede di parlare con lei.

Vanina alzò gli occhi dalla «Gazzetta Siciliana» che Spanò le aveva portato un attimo prima, e li posò interrogativi sul sovrintendente Nunnari.

– Un signore chi, Nunnari?

– Patanè Biagio.

– E che vuole da me, questo Patanè Biagio?

– Non lo so, dottoressa. Con me e con Bonazzoli si rifiutò di parlare. Manco mi volle dire di che si trattava. Mi taliò come se dovessi ricordarmi il suo nome. Ottant'anni ce li ha sicuro. Ma lei lo conosce?

– Ma come lo devo conoscere, Nunnari, che a Catania ci vivo da undici mesi!

– Allora che faccio, lo faccio passare?

– E che vogliamo fare, lo lasciamo là fuori?

Ottant'anni era giusto l'età minima che poteva avere qualunque sopravvissuto capace di fornire elementi utili al caso di villa Burrano.

Nunnari fece per uscire dall'ufficio e andare a chiamare il vecchietto, quando lo vide avanzare tutto contento al braccio di Carmelo Spanò, che lo ossequiava rivolgendosi a lui come a una persona conosciuta.

– Non preoccuparti, Nunnari, ci penso io, – lo rassicurò l'ispettore, mentre accompagnava l'uomo nell'ufficio della Guarrasi. Bussò. – Capo?

Braccia conserte e sguardo grigio ferro, il vicequestore Giovanna Guarrasi se ne stava appoggiata allo schienale della sua poltrona, curiosa di scoprire chi fosse questo Patanè che, dopo aver rifiutato di parlare con i suoi collaboratori, stava varcando la sua porta con tutti gli onori dell'ispettore Spanò.

Figura longilinea, camicia immacolata, abito impeccabile, un'ottantina d'anni portati egregiamente: questa fu la prima impressione che Vanina ebbe dell'uomo che si stava introducendo nel suo ufficio. Lando Buzzanca in versione anziana.

– Vicequestore Giovanna Guarrasi, – si presentò, appoggiando un gomito sulla scrivania e porgendogli la mano.

– Commissario in pensione Biagio Patanè, squadra Mobile, – rispose quello, accennando un inchino.

Perplessa, lo fece accomodare.

Spanò gli indicò la sedia davanti, sorridendo amabilmente. – Il commissario ha diretto la squadra Omicidi per... quanto, dottore? Trent'anni?

– Ora non esageriamo. All'inizio non dirigevo niente. Il poliziotto facevo. Poi mi laureai, e diventai commissario. Ma prima di arrivare a dirigere qualche cosa, strada ne dovetti fare assai.

– Dottoressa, il commissario Patanè è stato il mio primo capo.

Vanina sorrise.

– Un vero piacere, commissario. Il sovrintendente Nunnari non mi aveva riferito il titolo.

– No, dottoressa, sono io che non gliel'ho detto. Quelli che entrano in un posto e subito si qualificano per avere un trattamento speciale non li ho mai potuti soffrire. Non è che stavo chiedendo l'America. Sono sicuro che lei mi avrebbe ricevuto macari senza Carmelo. Mi sbaglio?

– No, non si sbaglia. Mi dica tutto.

– Stamattina, quando mi trovai davanti la fotografia di villa Burrano sulla pagina di cronaca nera, arrimasi ammammaluccuto... Carmelo, picciotto mio, che fa' me lo porteresti un bicchiere d'acqua?

Spanò scattò subito.

L'uomo tirò fuori dalla tasca due cioccolatini e ne offrí uno a Vanina, che rispose mostrandogli la riserva personale che teneva sulla scrivania.

– Santa cioccolata. All'età mia, basta picca e nenti per sentirsi deboli.

Spanò rientrò con una bottiglietta d'acqua presa al distributore del piano terra, e tre bicchieri di plastica. Patanè bevve d'un fiato.

– Lo sa, dottoressa Guarrasi, io ho sempre avuto l'abitudine di archiviare nella mia mente i casi conclusi suddividendoli in tre categorie: quelli definitivamente risolti in prima battuta; quelli in cui la pista giusta è venuta dopo qualche tentennamento, pigliando qualche cantonata; e infine quelli che si chiudono lasciando un dubbio, anche minimo. I primi e i secondi, a meno che non siano casi leggendari, vanno a finire nel dimenticatoio; gli ultimi invece, che per fortuna mia sono pochi, macari se passa tempo, gira vota e furria ti tornano sempre in testa e ti disturbano il sonno. Di questi ultimi il piú azziccuso, quello che se spunta non me lo levo piú dalla mente, è l'omicidio di Gaetano Burrano.

Bevve un altro bicchiere d'acqua, mentre Vanina e Spanò lo guardavano col fiato sospeso.

– La risoluzione, per il commissario Torrisi, fu facile. Le prove e gli indizi di colpevolezza a carico di Di Stefano erano sparsi ovunque: nella villa, a casa sua, nello scanno di Burrano. Macari i vestiti lordi di sangue aveva. Il cadavere l'aveva trovato lui. Lui ci aveva chiamato, lui era l'unica persona presente alla villa. Tutti a Catania erano, a taliàrisi la festa di Sant'Agata. Nessuno metteva in dubbio che fosse lui, l'assassino. Nessuno tranne me, che a quei tempi alla Mobile contavo quanto il due di coppe quando la briscola è a mazze. Ora lei si chiederà perché sto tirando fuori l'omicidio Burrano, visto e considerato che il vostro caso riguarda una fimmina, che per giunta manco si sa di preciso quando morí.

Vanina resse il gioco. Il vecchietto era uno che la sapeva lunga.

– Lei dice che dovrei chiedermelo?

Patanè sorrise.

– Dottoressa Guarrasi, lei secondo me è ancora piú sperta di quello che dicono.

– Grazie, dottor Patanè. Diceva, perciò?

– Quando lessi che nella villa di Burrano era stato trovato il cadavere di una donna, mi tornò alla mente all'improvviso un fatto a cui, devo essere sincero, all'epoca diedi poca importanza. Poco dopo la morte di Burrano venne da me una ragazza, una ex prostituta. Mi cuntò che una sua amica, un'altra ex prostituta assai piú famosa di lei, era sparita da qualche tempo senza dare notizie. La donna scomparsa era conosciuta come Madame Luna, ma il suo vero nome era Maria Cutò. Fino a quando lo Stato non l'aveva costretta a chiudere i battenti, aveva gestito una delle case di tolleranza piú rinomate di Catania, una di prima categoria, per intenderci. La casa… – chiuse gli occhi, concentrato. – Niente, appena mi viene il nome glielo dico, – si voltò verso Spanò, che aveva preso a rimestare tra le carte stampate da Fragapane in cerca di una Cutò. – Lassa stari, Carmelo, – consigliò, abbassando gli occhi come per dire «Tanto è inutile».

Spanò alzò uno sguardo interrogativo, che diventò quasi subito perplesso prima di giungere alla rassegnazione.

Vanina intuí, ma evitò di commentare. Per come la vedeva presa, se avesse cominciato a interrompere la narrazione avrebbero fatto notte.

– Denuncia non ce ne fu. La ragazza non volle sporgerla, e siccome della scomparsa di Maria Cutò, oramai che il bordello era chiuso, non gliene importava piú niente a nessuno… – si drizzò di colpo sulla sedia schioccando le dita. – Casa Valentino, ecco come si chiamava! La piú costosa di Catania era.

– Perché non volle denunciare la scomparsa?

– Questo è il punto, dottoressa, il tarlo che stamattina mi riapparve in mente dopo tanti anni. Luna, da quando era diventata la maîtresse, il mestiere non lo esercitava piú se non per pochi eletti, che la pagavano generosamente. Pare che uno di questi fosse proprio Gaetano Burrano, che poi aveva continuato a frequentarla macari dopo la chiusura della casa. La ragazza si scantava che, facendo regolare denuncia, Luna potesse venire accusata dell'omicidio, mentre secondo lei o le era capitata qualche cosa, oppure se n'era scappata per evitare di essere messa in mezzo.

– E come mai venne a cercare lei, se non voleva farlo sapere alla polizia?

– Ca come mai, dottoressa... – agitò la mano come a significare che erano cose ovvie. – Io ero io. Questioni ne avevo dipanate assai, tra le mura di quei lupanari. Azzuffatine, violenze, persino un paio di ragazze morte ammazzate. Certo, al Valentino cose del genere non ne succedevano, o se succedevano bisognava tenerle ammucciate meglio che in altri posti. Di me le ragazze si fidavano. Non mi poteva pace, però. Perché la sua amica poteva giurare e spergiurare quanto voleva che non era possibile, ma il pensiero che Luna c'entrasse con l'omicidio di Burrano non me lo levava dalla testa nessuno. Insistetti, indagai per conto mio. Poi contro Di Stefano furono trovate altre prove, e il caso fu chiuso. Ma che fine avesse fatto Maria Cutò me lo sono chiesto per molto tempo.

– Perciò lei pensa che il cadavere su cui stiamo indagando possa essere di questa Maria Cutò.

– Penso solo che sia un'ipotesi. Naturalmente tutta da verificare.

Vanina fece oscillare all'indietro la poltroncina, che da quando ci si era dondolato Macchia era diventata instabile e produceva movimenti esagerati. Afferrò il bordo della scrivania per recuperare l'equilibrio.

– Sí, da verificare come? 'Sta Cutò parenti prossimi non ne aveva, se ho capito bene. Lasciamo perdere eventuali prove del Dna, ma almeno qualcuno che possa risalire a lei dagli abiti, o da qualche particolare, è pressoché impossibile da trovare. Lei stesso ha detto che a nessuno importava che fine avesse fatto. Come si chiamava l'amica?

– Il nome d'arte me lo ricordo, era Jasmine, ma su quello vero... mi ci sto amminchiando da stamattina. Mi ricordo che abitava di fianco al Valentino. Si era affittata due stanze. Ma oramai...

– È morta?

– Non lo so. Ma, ammesso che sia viva, capace che non abita piú là.

Spanò se n'era stato tutto il tempo ad ascoltare e a prendere appunti.

– Capo.

Si voltarono entrambi.

Carmelo si rivolse al vicequestore Guarrasi. – Le case di San Berillo sono quasi tutte abbandonate. Alcune crollate, altre occupate abusivamente. È un quartiere degradato.

– E questa Casa Valentino era a San Berillo?

– Quello era, il quartiere, – spiegò Patanè. – Prima che lo sventrassero per costruirci sopra corso Sicilia era piú grande, popolato macari da famiglie e botteghe di artigiani. La Casa Valentino però non era in mezzo alle straduzze sgarrupate che ti stai immaginando tu, Carmelo, quelle dove i bassi oggi sono occupati da prostitute e travestiti. Era in via Carcaci. Se vuoi ti ci accompagno, – si offrí, speranzoso.

Vanina ebbe la netta sensazione che di quel vecchietto non si sarebbe liberata facilmente, tanto piú che Spanò pareva pendere dalle sue labbra. Ma la cosa non la infastidiva, anzi.

– E andiamo a farci 'sto giro in via Carcaci, – disse, alzandosi e raccogliendo dal tavolo il telefono e le sigarette.

Patanè si levò lentamente dalla sedia, incerto, e la seguí, precedendo Spanò fuori dall'ufficio. Non sapeva cosa ci fosse adesso al posto del Valentino, probabilmente un'abitazione privata, o magari una birreria, però l'idea di tornare nel postribolo della sua giovinezza in compagnia di una donna lo imbarazzava un poco. Era cosí e non ci poteva fare niente. Ma la voglia di infilarsi in quell'indagine, che sentiva sua, se lo stava mangiando vivo. Se c'era una sola speranza che la sua cooperazione fosse accettata, questa non poteva prescindere dalla volontà del vicequestore Guarrasi. E qualcosa gli diceva che esternare la sua perplessità non sarebbe stata una mossa azzeccata.

Lungo le scale incrociarono Fragapane, di ritorno dalla Banca d'Italia.

– Allora? – gli chiese Vanina.

– Le banconote sono della serie delle Repubbliche Marinare, emessa dal '48 al '63, che poi era quello che avevamo già visto con Lo Faro su internèt. L'emissione di quelle che trovammo noi è del gennaio 1959 –. Il vicesovrintendente si avvicinò abbassando la voce, mentre lanciava una breve occhiata diffidente al tipo anziano che lo ascoltava con un sorrisetto divertito. Si girò di scatto, stavolta a bocca aperta. – Commissario!

Si abbracciarono. Appurato di chi si trattava, Fragapane si sentí autorizzato a continuare il resoconto.

– L'impiegato fece una considerazione che mi colpí. Disse che all'epoca la banconota da diecimila era una specie di titolo al portatore. Persone che maneggiavano banconote di taglio cosí grosso ce n'erano poche. E assai difficilmente erano donne. Nella cassetta di sicurezza c'era un milione di lire in pezzi da diecimila. A quei tempi un milione di lire erano bei soldoni. Come avevano fatto a farceli entrare?

– Ragionando con le lire, ora sarebbero... circa venti milioni. In euro diecimila. Ma dove li trovasti 'sti soldi, Salvatore? – s'intromise Patanè.

Spanò e Vanina alzarono simultaneamente lo sguardo su di lui. Probabilmente l'informatore che aveva servito la storia ai giornalisti aveva dimenticato di riferire quel dettaglio.

L'ispettore evitò di rispondere per primo. Dubitava che la Guarrasi avrebbe gradito un'intromissione esterna nell'indagine.

Ma fu il vicequestore a spiegare. – Nel montacarichi, accanto al cadavere.

Il commissario rimase pensieroso.

– Ora, dottoressa, – seguitò Fragapane, – io mi domando e dico: chi è che ammazza una donna e poi la seppellisce assieme a un milione di lire?

C'era arrivato anche lui.

– È la prima domanda che mi sono posta. La cassetta di sicurezza che nessuno ha mai recuperato è l'unico indizio utile che abbiamo. Chiami l'amico suo alla Scientifica e gli chieda se per caso sulla superficie sono riusciti a trovare qualche residuo di impronta digitale, anche se dopo tutto 'sto tempo...

Il telefono del vicequestore squillò. Era Marta.

– Capo, ma dove sei?

– Sulle scale.

– Sta arrivando il figlio della donna scomparsa, la Vinciguerra.

– Me l'ero completamente dimenticato. Il figlio, dici. Ma quanti anni aveva questo quando la madre sparí?

– Non saprei, sette-otto anni piú o meno.

– E che si deve ricordare! Vabbe', occupatene tu. Mostragli le fotografie, vedi se per caso riconosce qualcosa: un oggetto, un indumento... Io e Spanò torniamo tra poco.

Spedí Fragapane in sostegno dell'ispettore e salí sull'auto di servizio che nel frattempo Spanò aveva tirato fuori dal parcheggio.

Approfittando dell'assenza di Marta, appurato che Patanè non soffriva di nessuna malattia polmonare o cardiaca, Vanina si accese una sigaretta, che durò giusto il tempo del tragitto: il giro della piazza, poi un tratto di via di Sangiuliano. Il parcheggiatore abusivo di stanza in piazza Manganelli rimase indifferente al loro arrivo. Anzi, per comprovare la sua estraneità alla logistica dei parcheggi, si allontanò di qualche metro.

Risalirono a piedi fino a via Carcaci. Patanè si fermò davanti a una casa a due piani, vecchia ma non decrepita, di sicuro non abitata ma neppure abbandonata. Accanto a un portoncino scrostato, rinforzato da un catenaccio, si distingueva sul muro un'apertura piú larga, murata e mal camuffata da un intonaco che cadeva a pezzi mettendo a nudo i blocchetti. Dall'altro lato, un portoncino piú modesto, riverniciato in tempi relativamente recenti. Spanò andò a leggere la targhetta sul citofono, ma senza occhiali e con la plastica di copertura cotta dal sole concluse poco.

Vanina gli fece segno di mettersi di lato, sfottendolo.

– Non è cosa per lei, Spanò. Con un po' di fantasia, e una vista acuta, potrebbe essere Frasca... Frasta... o Fresta, – lesse.

– Come dice? Fresta? – si risvegliò Patanè.

– Forse.

L'uomo si accarezzò il mento, con gli occhi socchiusi e la testa all'indietro. Spanò riconobbe nel gesto il vecchio commissario Patanè in azione, e senza volerlo ne sorrise.

– Le dice qualcosa il nome Fresta? – lo incalzò il vicequestore.

Per tutta risposta, il commissario tirò fuori dalla tasca un telefono antidiluviano, di quelli piccoli con lo sportellino. Pigiò i tasti con una lentezza estenuante, poi si mise in attesa.

– Rino? Senti... col telefonino ti staiu chiamannu, sí... tu che hai la memoria fina: per caso ti ricordi come si chiamava Jasmine, la butt... ehm, la prostituta che travagghiava al Valentino? Pensaci bonu, può essere Fresta?... Sicuro sei?... Me lo ricordo, me lo ricordo, pi' chistu chiamai a ttia. Grazie, Rinuzzo, stammi bonu che domani ti vengo a trovare.

Chiuse il telefono con un sorriso che metteva in mostra o una dentatura incredibilmente perfetta o una dentiera fatta molto bene.

– Tombola!

Vanina iniziò a spazientirsi. – Se poi ci vuole illuminare.

– Alfonsina Fresta. Lei è.

– O era, – commentò il vicequestore alzando lo sguardo sul balconcino, che però, a giudicare dalla salute delle piante, pareva vissuto. – Siamo sicuri?

– Della memoria del maresciallo Iero? La mano sul fuoco ci metterei.

Certo, all'epoca di Patanè in polizia esistevano i marescialli.

Spanò annuí, sorridendo. Pigiò due volte sul pulsante. Nessuno rispose. Bussò forte alla porta, ma senza risultato.

– Ispettore, si segni quest'indirizzo e controlliamo chi ci abita.

Patanè guardava con insistenza il balconcino, deluso. Ora che aveva detto tutto e che le aveva dato una pista, capace che il vicequestore non avrebbe piú ritenuto opportuno il suo coinvolgimento, mentre se solo avessero trovato Jasmine...

Vanina si avvicinò all'altro portoncino, quello che un tempo doveva essere la porta d'accesso al lupanare. Non c'era scritto nulla, ovviamente, anzi mancava proprio il citofono. C'era solo un battente, tenuto da una specie di medaglione ossidato che non si capiva cosa rappresentasse. Una testa di animale, forse.

Provò a muoverlo, fino a sbatterlo sulla porta.

Doveva ragionare senza lasciarsi influenzare dal commissario, che in quell'indagine stava riponendo la speranza di risolvere un caso che sicuramente doveva averlo ossessionato per anni. Lo sapeva bene, lei, che significa dover chiudere un'indagine senza vederci chiaro. Sapeva quanto potesse destabilizzare. Solo che in questo lei, fino ad allora, era stata piú fortunata. Gli unici casi dubbi che le erano capitati risalivano all'epoca in cui era alla Criminalità organizzata. Ammesso che, magari per colpa di una soffiata equivoca o di una pista sbagliata, il risultato finale non l'avesse convinta del tutto, grossi pesi sulla coscienza non gliene sarebbero rimasti. In quei casi, piú ne sbatteva dentro e meglio era. Tanto qualcosa da scontare ce l'avevano tutti, in mezzo a quella melma. L'unico rammarico poteva essere quello di averne lasciato fuori uno in piú. Ma se l'incertezza le fosse capitata in seguito, per un omicidio comune in cui se avesse sbagliato sarebbe finito in galera un innocente, era sicura che il pensiero avrebbe perseguitato per sempre anche lei.

La pista della prostituta andava seguita senz'altro, anche perché era l'unica che lasciava intravedere qualche indizio, ma senza trascurare nessun'altra traccia.

– Penso che ce ne possiamo andare, dottoressa, – concluse Spanò.

Vanina annuí. Mentre si dirigevano verso l'auto, notò un uomo anziano che avanzava caracollante sul marciapiede sotto il peso di due sacchi di plastica color verde marcio, quelli tipici del mercato.

Lo vide fermarsi a osservarli. La cosa non doveva stupirla: in fin dei conti lei e Spanò erano due facce conosciute. Due sbirri, per la gente del quartiere, che pur essendo ormai molto frequentato, pieno di pizzerie e di locali, sempre una zona difficile restava.

Però quel vecchio pareva piú confuso che diffidente.

– Commissario Patanè?

Il commissario si voltò, le mani allacciate dietro la schiena. Fissò l'uomo, che aveva poggiato i sacchi per terra e stava attraversando la strada per raggiungerlo.

– Commissario... lei è?

– Io sono, sí. Ma, mi perdoni, ci conosciamo?

– Giosuè sono... si ricorda? M'ava parsu ca stava cercannu a mmia.

Il commissario strinse gli occhi, impegnandosi in uno sforzo di memoria che non lo condusse da nessuna parte.

– A me' casa stava tuppuliando, quel signore, – chiarí meglio, indicando Spanò.

Vanina si avvicinò.

– Quel signore è l'ispettore capo Spanò, squadra Mobile. Sono il vicequestore Giovanna Guarrasi, con chi ho il piacere di parlare?

– Giosuè Fiscella. Ma... pirchí, chi fici? – rispose quello, d'un tratto spaventato.

– Niente, non si preoccupi. Conosce una certa Alfonsina Fresta, che tempo fa abitava in quella casa?

– Me' mugghieri. Ma... pirchí?

Patanè, che fino a quel momento era rimasto in silenzio, proruppe in un'esclamazione.

– Ma che sei, Giosuè «curri curri»?

– Visto ca s'arricordò!

– Un picciutteddu eri! Dottoressa Guarrasi, Giosuè era lo sbriga faccende della Casa Valentino. Ma perciò: ti maritasti a Jas… ad Alfonsina?

– Non si preoccupasse, commissario: macari che la chiama Jasmine nun m'affennu.

Vanina riprese la conduzione.

– Senta, signor Fiscella, noi dovremmo parlare con sua moglie. Avremmo bisogno di alcune informazioni.

– Certo, certo, signora.

– Dottoressa, – lo corresse, fulminandolo. Non c'era cosa che la mandasse in bestia piú del sentirsi chiamare «signora» in servizio. Una volta era capitato persino l'assurdo che uno dei suoi ispettori venisse qualificato come «commissario», e lei «signorina».

L'uomo li precedette sulla soglia del portoncino e aprí con le chiavi.

– Alfonsina, iu sugnu! – gridò.

La rampa di scale, scure e umide, partiva dalla soglia. Spanò, mosso a compassione, si caricò i pacchi, vigilando di sottecchi che il commissario Patanè non avesse difficoltà.

– È sulla sedia a rotelle, mischina. Però la testa ce l'ha perfetta, – spiegava Giosuè, ansimando lungo le scale.

Li mise ad aspettare in un ingresso angusto.

Vanina sbirciò attraverso l'unica porta un soggiorno luminoso, dal quale si sentiva l'uomo parlottare in modo sommesso. Poco dopo, accartocciata su una sedia a rotelle nella quale pareva perdersi, le gambe coperte da un plaid dall'aria consunta, comparve una donna dall'età indefinibile. Minuta, gli occhi vivi, quasi spiritati, si posarono ammiccanti sul commissario Patanè, che la fissava. Pareva stralunato ma, a guardarlo meglio, Vanina si accorse che era soltanto impressionato.

– Buongiorno, dottoressa Guarrasi, – la salutò la donna, allungando la mano.

– Buongiorno, signora Fresta.

Giosuè li condusse nel soggiorno. Modestissimo ma tenuto bene.

– Siamo qui per alcune informazioni riguardo a una sua amica, la signora Maria Cutò. A quanto ci risulta, cinquantasette anni fa scomparve improvvisamente, senza dare piú notizie di sé. È corretto?

– Sí, è corretto. Il commissario sa tutta la storia –. Al contrario del marito, Alfonsina Fresta si esprimeva in un italiano quasi corretto.

– Da allora lei non l'ha piú vista né sentita?

– No, mai piú.

– Ha mai considerato che potesse essere morta?

– Lo pensai. Cosí come pensai pure che potesse essere viva. Certezze non ne ho avute mai, dottoressa, né per un verso né per l'altro. E siccome la speranza è sempre l'ultima a morire… Ma come mai mi chiedete di lei, dopo tutto questo tempo? Oramai, pure se è viva, magari è combinata come a me –. Diresse lo sguardo verso Patanè, che se ne stava seduto in un angolo, in silenzio.

– Senta, signora, lei ricorda che tipo di rapporti c'erano tra Maria Cutò e Gaetano Burrano?

La donna ebbe un sobbalzo impercettibile, che però Vanina notò. Il marito invece pareva solo perplesso.

– Perché vuole sapere queste cose, dottoressa?

– L'altra sera, nascosto nella villa dove fu ammazzato Burrano, è stato ritrovato il cadavere di una donna. Un cadavere che molto probabilmente risale all'epoca dell'omicidio.

La vecchia impallidí di colpo. Gli occhietti neri sembrarono ancora piú spiritati di prima.

– No, no, no, no… – cominciò a ripetere, oscillando il capo. – Luna no…

Giosuè si era messo in punta di sedia, serio.

– Ma per davvero lei può essere? Per davvero Luna? – chiese.

– L'unica cosa certa è che si tratta di una donna, morta da molto tempo. Quanto all'identità, potrebbe essere chiunque. Ci serve l'aiuto della signora Fresta, per cercare di identificare qualcosa, anche un dettaglio che possa indicare oppure escludere che sia la vostra amica.

– Significa... che la dobbiamo vedere? – Giosuè deglutí, sempre piú pallido.

– No, non è necessario, anche perché non servirebbe a molto, – evitò di spiegargli il perché, – ma gli oggetti che sono stati trovati assieme a lei, gli abiti, quelli sarebbe utile che la signora Fresta li vedesse.

– No, no, no... Luna no.

Patanè si alzò e si avvicinò alla carrozzella.

– Senti, Jasm... Alfonsina: può essere che non si tratti di lei. Però l'unica che ce lo può dire sei tu.

– Ma dobbiamo venire alla polizia? Perché portare fuori a mia moglie è un'impresa, cu tutti 'ddi scaluna... – chiese Giosuè, preoccupato.

– Non si preoccupi, non è necessario. L'ispettore Spanò vi porterà alcune fotografie, e la signora ci dirà se riconosce qualcosa.

– No, no, no... – La cantilena continuava.

– 'A scusari, dottoressa. Alfonsina è un poco stramma. Ogni tanto s'incanta. Sempre accussí è stata.

Il vicequestore si alzò, fece per andarsene. Come prevedeva, il gesto risvegliò Alfonsina, che rimase in silenzio. Un silenzio pesante, pensoso.

Con la coda dell'occhio, Vanina vide Spanò avvicinarsi alla finestra e affacciarsi guardandosi intorno.

– Cos'è? Un cortiletto interno? – chiese l'ispettore a Fiscella, con indifferenza.

– Sí. Prima Alfonsina ci faceva l'orto. Oramai...

– E quelle finestre chiuse, mezze sdirrupate, a chi appartengono?

– Alla casa, – rispose l'uomo, come se fosse ovvio.

– A quale casa?

– La casa di Luna.

Il vicequestore si voltò di scatto. – La casa di Luna?

Alfonsina si avvicinò, spingendosi sulle ruote della carrozzella, lo sguardo di nuovo vigile.

– La casa, quella casa, se l'era accattata Luna.

Vanina percepí un'incertezza.

Era solo una sensazione, ma gli occhi della donna non la convincevano.

Quella storia presentava troppi tratti ambigui. Malgrado potesse benissimo non avere nulla a che fare col cadavere di villa Burrano, valeva la pena di approfondirla.

– E quando se l'era accattata? – s'intromise il commissario Patanè, risentito per essersi lasciato sfuggire quel particolare. Oppure era lui che non se lo ricordava? Il dubbio lo indispose ancora di piú.

– Appena chiusero il bordello.

– Signora Fresta, cerchiamo di fare chiarezza. La sua amica Maria Cutò è sparita cinquantasette anni fa, giusto? – chiese Vanina. Quel continuo chiamare Luna la donna scomparsa cominciava a innervosirla. C'erano un nome e un cognome: certi sentimentalismi inutili le davano fastidio.

Alfonsina annuí.

– Lei ne parlò col commissario Patanè, ma non volle mai denunciare la scomparsa, giusto?

Annuí di nuovo.

– Mi pare di capire che il commissario non avesse idea che l'ex casa di tolleranza fosse di proprietà della signora Cutò. Come mai non glielo disse?

– E che c'entrava?

– Minchia, Jasmine! Ma come sarebbe a dire «che c'entrava»? – proruppe il commissario.

La donna abbassò lo sguardo, ma solo per un attimo. Poi lo rialzò, piú spiritato di prima.

– E non s'incazzasse, commissario. Tutta ve la giraste, la casa, lei e il maresciallo Iero, quando Luna sparí. Non se lo ricorda? Il fatto che era sua che cambiava?

Vanina vide il colorito di Patanè sempre piú purpureo. Poco ci mancava che le vene del collo gli si gonfiassero sotto il colletto della camicia. Speriamo che non gli pigli un colpo, pensò. Certe collere per uno della sua età possono rivelarsi fatali.

– Lasciamo stare quello che successe allora: adesso che fine ha fatto 'sta casa? – chiese.

Alfonsina si strinse nelle spalle.

– E che fine deve avere fatto, dottoressa? Là è.

– Vuole dire che da allora non c'è mai entrato nessuno?

– Solo io e Giosuè, ogni tanto, per controllare. Ma senza toccare niente, – precisò, come se fosse quella la questione principale.

– E voi avete custodito per una vita una casa la cui proprietaria poteva essere morta?

– Almeno se Luna tornava la trovava come l'aveva lasciata. Se non tornava... pazienza. Ma perlomeno la casa non finiva in mano a chissà chi.

Il commissario Patanè scosse la testa lentamente.

Vanina iniziò a capire.

Il telefono di Spanò suonò, rompendo l'atmosfera strana che si era creata.

– Dimmi, Salvatore –. Ascoltò, spostando lo sguardo sul vicequestore. – Ho capito, – annuí. Le passò il telefono: – Fragapane è.

Vanina si allontanò.

– Fragapane, mi dica.

– Quelli della Scientifica sono riusciti a isolare del materiale analizzabile sulla spazzola che abbiamo consegnato ieri.

– *Deo gratias*. Il figlio della Vinciguerra è arrivato?

– Sí. Ha parlato un poco con Bonazzoli, ha guardato le fotografie. Solo che si fissò che vuole aspettare a lei.

– A me? E perché? Marta non è stata esauriente?

– Macari assai. Però… lo sa lei com'è l'ispettore Bonazzoli. Quello, secondo me, è chiú confuso che persuaso. Parla, divaga, e lei lo blocca e gli fa la domanda precisa. Invece se lo facesse sfogare capace che qualche cosa in piú salterebbe fuori.

Quanto di piú, rispetto a Maria Cutò?, si chiese il vicequestore. Del resto, fino a quel momento neppure lei aveva appreso nulla di concreto, se non che la donna fosse proprietaria di un ex bordello.

– E fatelo aspettare, – concluse.

Restituí il telefono all'ispettore, che nel frattempo aveva intavolato una conversazione dal tono amichevole con Fiscella, e tornò su Alfonsina.

– Signora Fresta, lei non ha risposto ancora alla prima domanda che le ho fatto: che rapporti c'erano tra Maria Cutò e Gaetano Burrano?

– Un cliente speciale era il cavaliere, dottoressa. Altro non so.

Il marito la guardò strano, ma non proferí parola.

Vanina capí che la donna stava mentendo, ma per il momento le resse il gioco.

– Da molto tempo?

– Quando ancora Luna era una semplice prostituta, lui era il cliente piú affezionato. Poi diventò uno dei pochi.

– E dopo la chiusura?

– E che ne posso sapere. Dopo la chiusura ognuno faceva la sua vita.

Continuava a mentire, ma da come la guardava negli occhi doveva essere consapevole che il vicequestore non le stava credendo.

– A me dicesti che erano amanti macari dopo, – s'intromise Patanè.

– E allora vuol dire che era cosí. Cinquantasette anni passarono, e la memoria non è piú come una volta.

– Signor Fiscella, per cortesia, ci può accompagnare all'interno della casa? – chiese Vanina.

– Certo.

L'uomo tirò fuori un mazzo di chiavi da un cassetto.

Alfonsina non mosse un solo muscolo facciale. Alzò una mano con indifferenza.

– Vada, vada, dottoressa. Giosuè conosce la casa stanza per stanza.

Uscirono da una porta che si apriva a metà di una scala, illuminata solo dalla luce che filtrava da un'apertura con una grata a raggiera, sopra il portoncino in basso. Salirono gli ultimi gradini prima di raggiungere un'altra porta, piú grande. Giosuè aprí con la chiave e, per lo stupore dei tre ospiti, accese la luce. Mentre spalancava le finestre, ricordò i tempi del Valentino, quando per legge quelle persiane dovevano rimanere chiuse.

All'ingresso seguiva un corridoio e poi un saloncino arredato con divani, poltrone e una seduta centrale circolare costruita intorno a una statua: una Venere di pessima fattura. Una sorta di banco da reception di dimensioni ridotte, con un sediolino dietro, era addossato a un angolo. Alle pareti una stoffa di cui l'umidità dei muri non aveva avuto pietà, e delle applique di dubbio gusto. Il colore preponderante era il rosso, in tutte le sue gradazioni.

– Ma questo ancora il Valentino è… – mormorò Patanè, impressionato.

Salirono al piano superiore: un corridoio su cui si aprivano sei stanze da letto, tutte piú o meno simili, tutte arredate secondo lo stile del salotto, tutte provviste di lavabo e di bidet. Se si escludevano la polvere, l'umidità e le ragnatele, tutto sommato le stanze si erano mantenute abbastanza bene. L'ultima, la piú grande, aveva persino il letto a baldacchino, e una vasca da bagno cosí grande da occupare un terzo dello spazio.

Il commissario Patanè, che non riusciva a ignorare una stretta allo stomaco, ritrovò quegli ambienti tali e quali se li ricordava lui.

– La stanza di Luna era questa, – disse Giosuè.

– Immaginavo, – commentò il vicequestore.

Infilò le mani in tasca, abitudine acquisita negli anni per non rischiare di cedere all'istinto di rovistare a mani nude nella vita di chi finiva nella rete delle sue indagini, e fece un giro nella stanza.

Ma quella prima occhiata non registrò nulla. Nulla di particolare, nulla di personale, nulla che potesse somigliare vagamente al contenuto delle borse.

Spanò le andò vicino.

– Dottoressa, secondo me qua stiamo perdendo solo tempo.

– Sí, probabilmente è cosí.

Ma non ne era del tutto convinta.

Usando la manica come guanto, che non si sa mai, aprí i cassetti. Tutti pieni di corsetti e guêpière, che nulla avevano a che vedere con quella che indossava il cadavere; e poi boa di piume di struzzo, calze a rete, vestaglie di voile trasparenti. Ognuno indossa la propria divisa. Solo l'ultimo cassetto era semivuoto, con qualche oggetto disseminato qua e là, tra cui un pettine. Altri capelli disponibili, annotò, casomai dovesse servire. Posò gli occhi su un dettaglio. Tirò fuori il telefono e lo fotografò.

Al piano di sotto c'erano altre tre stanze da letto: stesso arredamento, stesso genere. Una cucina, e una stanzetta accanto, ingombra di scatole e casse di legno. A terra, rotolati via da un sacchetto di velluto che giaceva mezzo aperto, erano sparsi una decina di gettoni metallici. Vanina non resistette alla tentazione di chinarsi a raccoglierne uno. La penombra non le consentí di capire cos'era, ma le permise di metterselo in tasca senza farsi notare.

Quella che invece si distingueva piuttosto bene, appoggiata a una scatola e illuminata dalla poca luce che passava attraverso la porta, era un'insegna di legno che riportava il tariffario della casa e altre scritte, tra cui assicurazioni di massima igiene e riservatezza, e la raccomandazione per i clienti «a scanso di equivoci» di pagare subito le prestazioni alla cassa. Il tutto sovrastato da uno stemma incomprensibile – forse per la distanza – e dal nome del lupanare arricchito da ghirigori e disegni vari: «Casa Valentino» e, sotto, «da Madame Luna».

Tornando indietro, trovarono Alfonsina immobile a fissare la finestra, nella medesima posizione in cui l'avevano lasciata. Salutò il vicequestore con uno sguardo ambiguo, lasciando sottinteso che si sarebbero riviste presto.

Il figlio di Vera Vinciguerra si chiamava Andrea Di Bella. Sessantacinque anni, di professione docente universitario alla facoltà di Lettere. Si era presentato in compagnia della moglie, che assisteva in silenzio, composta e con le mani incrociate in grembo.

Aveva portato con sé una decina di fotografie della madre, che giacevano sulla scrivania di Vanina, insieme a un fascicoletto vetusto che Fragapane era riuscito a recuperare in archivio.

– Mi deve scusare se ho chiesto di parlare con lei, dottoressa Guarrasi. Non volevo essere scortese nei confronti dell'ispettrice, ma... questa è una situazione in cui da anni ormai non pensavo che mi sarei piú trovato. Dio lo sa, quante volte siamo stati convinti di aver rintracciato mia madre. Da ragazzo credevo che fosse meglio immaginarla morta, poi crescendo cambiai idea. Preferivo pensare che fosse viva, e che magari avesse perso la memoria. Non ho mai tollerato l'idea di un allontanamento volontario, come dicevano i suoi colleghi. Sa, dottoressa, è un po' come quando uno è molto malato, vede tanti medici, ma poi vuole un confronto col primario. Ecco, in una circostanza come questa ho sentito il bisogno di chiedere di lei.

Vanina trattenne un ghigno sardonico. Di Bella era sicuramente un benpensante, uno che ci teneva a far vedere le cose nella luce che lui considerava piú decorosa. Una di quelle persone che le smuovevano i nervi già solo a sentirle parlare. Uno cosí necessitava di un interlocutore attento, capace di ascoltare tutti i dettagli inutili che lui riteneva di dover raccontare, per poi introdurre le domande piú dirette. E Marta non era cosa di fare quei giochi di astuzia. Senza contare che, per quelli come lui, una carica piú alta era garanzia di maggior diplomazia. Per un attimo fu tentata di comunicargli che, per essere precisi, il «primario» assoluto lí non era lei, e passare quella rottura di scatole dritta dritta nelle mani di Macchia. Ma poi preferí immolarsi in nome di qualche possibile indizio. Scambiò un'occhiata con Marta, che se ne stava appoggiata al muro dietro la scrivania, e si sedette sulla sua poltrona.

Mostrò ancora una volta le foto del cadavere.

– Dio Santo, – esclamò l'uomo, ritraendosi.

– Ricorda se sua madre possedeva una pelliccia?

– Mi pare di sí… Lo sa, da bambino mi piaceva nascondermici dentro. Mi sentivo al sicuro. Forse nel mio inconscio sentivo che qualcosa sarebbe successo…

– Saprebbe riconoscere l'etichetta?

– No, dottoressa. L'ho già detto all'ispettrice, non ho mai guardato l'etichetta.

– Senta, suo padre usava la brillantina Linetti?

Quello la guardò stranito. – E chi non la usava! Anch'io, da giovane.

– E sua madre?

– No. La brillantina non era un articolo da donna, – disse, con un sorriso indulgente da insegnante, che la irritò.

– Sua madre aveva un amante.

Quello sobbalzò. – Ma io… non credo…

– Non era una domanda. È scritto nel suo fascicolo. Del resto lei era un bambino, all'epoca, capisco che certe cose non poteva saperle. Suo padre non le raccontò mai niente in proposito?

L'uomo si raddrizzò sulla sedia.

– Ma ormai, a cosa può servire rivangare queste cose… Sí, forse una volta, un accenno… anche se non vorrei che venisse fuori un quadro di mia madre…

– Professor Di Bella, l'unico quadro che a noi interessa è l'identità di questo cadavere. Qualora dovesse venire fuori che si tratta di sua madre, fossi in lei l'unica cosa che mi premerebbe sapere è chi l'ha ammazzata e perché. Perciò cerchi di mettere da parte i perbenismi e mi dica quello che ricorda, se ricorda qualcosa.

L'uomo abbassò il capo, interpellò con gli occhi la moglie, che continuava a starsene con le mani in grembo, l'espressione un po' meno distaccata di prima.

Il telefono del vicequestore iniziò a squillare. Vedendo sul display il numero di sua madre pigiò due volte sul tasto laterale, per rifiutare la chiamata. Come temeva, il telefono riprese a squillare dopo dieci secondi. Lo mise in modalità vibrazione e inviò un messaggio precompilato: «Non posso rispondere».

Di Bella si schiarí la voce, come per prepararsi a un lungo discorso. – Una volta, quando oramai era anziano, mi disse che mia madre, secondo lui, se l'era portata via il diavolo. Io gli chiesi che cosa volesse dire, e lui mi rispose che solo il diavolo poteva essere stato a mettere una donna come lei sulla cattiva strada. Poi capii che si riferiva a un amante... Ma, ripeto, era anziano, già non ragionava piú.

Vanina gli mise davanti la boccetta di colonia e i gioielli. Fissò per un istante il pezzo di carta con i numeri e il simbolo poco distinguibile, prima di mostrarlo a lui.

– In casa avevate carta da lettere, o biglietti con disegni simili a questo? – gli chiese.

L'uomo fece segno di no. – Forse solo l'acqua di colonia, può essere la stessa, – disse, dubbioso.

Vanina chiamò Lo Faro e si fece portare l'agendina telefonica. Gliela mostrò.

– I numeri le dicono qualcosa? O i nomi?

– No, no, dottoressa. Niente. Ma come si fa? Sono passati talmente tanti anni...

La verità era quella. Finché si trattava di riesumare ricordi e testimoni risalenti a quindici, anche vent'anni prima, la cosa era fattibile. Anche le indagini archiviate erano condotte con metodi simili. Ma nel 1959 le cose erano troppo diverse, i metodi erano meno rigorosi e i risultati dipendevano unicamente dalle capacità deduttive degli investigatori. E non tutti erano dei commissari Maigret.

– Va bene, professore, – disse, radunando le fotografie

e porgendole a Marta. – Lei sarebbe disposto a sottoporsi al test del Dna?

Il professore s'illuminò. – Glielo devo confessare, poco fa avevo temuto che non me lo chiedesse! Stavo per permettermi di suggerirlo.

I danni della televisione. Vanina evitò di commentare.

– Marta, occupatene tu.

Spedí i due con la Bonazzoli, che avrebbe senz'altro espletato la pratica seguendo tutte le procedure piú corrette.

La mattinata con Patanè le aveva lasciato addosso non poche perplessità. Il commissario aveva confidato a Spanò di essere rimasto parecchio impressionato da quella perlustrazione in casa di Maria Cutò. Davanti a lei non l'avrebbe mai ammesso, questo Vanina l'aveva capito immediatamente, ma al Valentino lui ci aveva passato molto piú tempo come uomo di quanto non avesse dovuto fare come poliziotto. Ed era convinto che anche cosí, a sensazione, qualche dettaglio del cadavere avrebbe potuto suggerirgli se si trattava davvero della prostituta piú celebre del dopoguerra catanese.

Vanina mise di lato i reperti, soffermandosi ancora una volta sul pizzino con quella specie di stemma.

Tirò fuori dalla tasca il gettone che aveva trafugato nella dispensa della Cutò. Era pesante, di un materiale che somigliava all'ottone, e aveva un buco al centro intorno al quale si leggeva una scritta che iniziava e finiva in una testa femminile in rilievo: «Casa Valentino».

Aprí il computer e cercò: «case di tolleranza, anni Cinquanta». Si aprirono una serie di voci correlate, con tanto di immagini, molte delle quali risalenti al ventennio fascista. Scoprí com'erano gestiti i bordelli di Stato, le categorie in cui si suddividevano, le regole cui erano sottoposti. Apprese che le ragazze spesso ruotavano ogni due settimane, spostandosi da una casa all'altra della stessa categoria ma magari in città diverse, per la «quindicina». Passando di voce in voce finí in una pagina dedicata al vecchio quartiere di San Berillo, quello che un tempo ospitava quasi tutti i bordelli di Catania, vide le «straduzze» cui aveva accennato Patanè, e persino le immagini antiche di quando il cuore del quartiere era stato raso al suolo per costruirci sopra.

Bastava cercare tra le immagini di Google per trovare decine di targhe come quella che aveva visto in casa della Cutò, anche piú esplicite e meno eleganti. Alla fine, proprio mentre stava per chiudere, le comparve davanti un gettone simile a quello che aveva conservato in tasca. Una marchetta, ecco cos'era. I contrassegni con cui venivano pagate le prestazioni.

Spanò bussò due volte sulla porta socchiusa, ed entrò.

– Capo?

Vanina staccò gli occhi dallo schermo e lo invitò a raggiungerla.

L'ispettore fissò il monitor incuriosito. – Che cos'è?

– Anche lei è troppo giovane per saperlo, eh? Una marchetta, Spanò.

Si avvicinò al computer, non troppo, per non dover inforcare quegli occhialetti da presbite che proprio non riusciva ad accettare. Spostò lo sguardo sulla scrivania del vicequestore e vide un oggetto simile.

– E questa dove la pigliò?

– In casa della Cutò. Per terra nel ripostiglio ce n'erano un mucchio.

Spanò si sedette davanti a lei.

– Dottoressa, mi dica la verità: lei sospetta veramente che la morta possa essere la prostituta.

– Quello di cui sono quasi certa è che Alfonsina ci abbia contato la mezza messa. E sono sicura che pure Patanè non ci veda chiaro.

– E macari io ne sono sicuro, anche perché il commissario ce lo fece capire in tutti i modi. E perciò? Come ci comportiamo?

– Oggi pomeriggio stesso lei e Fragapane ve ne andate a casa dei Fiscella e vi portate tutte le fotografie della morta e dei reperti. Gliele mostrate una per una, iniziando dalle piú babbe fino ad arrivare alle piú raccapriccianti, e osservate la reazione. Soprattutto della donna. Poi verbalizzate tutto quello che vi dicono.

– Secondo lei vedendo il cadavere s'impressionano e parlano?

– Mi ci gioco qualunque cosa che non diranno niente.

– E perché?

– Perché loro Maria Cutò la vogliono tenere in vita il piú possibile.

Spanò si fermò a riflettere.

– Non mi dica che sospetta di loro.

– Che l'abbiano ammazzata loro? Ma manco per idea! Che Alfonsina non abbia mai sporto denuncia per timore che, qualora Maria fosse morta, la polizia potesse scoprirlo, questo sí.

– Ho capito, ma perché?

– Ragioni, Spanò: dove abitano i Fiscella?

– In un ammezzato attaccato alla casa della Cutò.

– Un ammezzato che ha una comunicazione diretta con la scala d'ingresso della casa. Ora, secondo lei, quelle tre stanze a chi appartengono?

– Alla Cutò.

– Ma se la Cutò fosse morta...

– Minchia! Certo. Se la Cutò è morta, senza parenti e senza eredi, la casa chissà in che mani finisce.

– E loro pure.

Si guardarono in faccia senza parlare, rielaborando ognuno per conto proprio la deduzione.

– Perciò probabilmente oggi non otterremo niente, – concluse l'ispettore.

– Invece qualcosa otterremo, si fidi.

Spanò non approfondí oltre. Quando il vicequestore parlava a mezze frasi, voleva dire che un'idea se l'era già fatta, ma non si voleva sbilanciare.

Vanina allontanò la poltrona, sempre piú basculante. – Devo ricordarmi di farla controllare. Non vorrei che un giorno di questi mi scaraventasse per terra, – considerò, alzandosi in piedi. – O peggio, che scaraventasse a terra il dottor Macchia, che ama tanto dondolarcisi sopra, – concluse.

Spanò rise. Si avvicinò, spinse sulla spalliera e valutò l'inclinazione. Concordò che era eccessiva.

– Mi raccomando, Spanò, prima di andare dai Fiscella cerchiamo di essere sicuri che la casa risulti effettivamente a nome della Cutò, e che le tre stanze ne facciano parte. Dica a Lo Faro di fare una ricerca. E controlli pure se Giosuè Fiscella e Alfonsina Fresta hanno qualche precedente, di qualunque genere. Anche se non credo.

– Agli ordini. E lei che fa adesso?

– Io? Me ne vado a mangiare, che sono le due passate.

Uscí dall'ufficio a piedi. Era stata seduta quasi tutto il tempo e aveva voglia di camminare. Girò per via Teatro Massimo e andò verso il Teatro Bellini, che si ergeva monumentale con la sua facciata bruna. L'architetto che l'aveva progettato, Carlo Sada, a detta di Burrano era lo stesso che il capostipite aveva spedito in Africa in cerca d'ispirazione per costruire la famosa torre.

Passò davanti alla cancellata e svoltò ancora verso via di Sangiuliano. Estrasse il telefono dalla tasca e si accorse che l'aveva lasciato silenzioso. C'erano quattro chiamate, tre delle quali di sua madre.

Fece il giro largo e passò di nuovo davanti alla casa di Maria Cutò, che distava poco dalla trattoria *da Nino*, dov'era diretta. Si chiese a quale parte dell'edificio corrispondesse l'apertura murata.

Se l'istinto non le avesse suggerito che fosse piú utile spedire lí Spanò, quel pomeriggio avrebbe fatto volentieri un altro sopralluogo al Valentino. Ma il vicequestore Guarrasi sapeva che certe volte starsene dietro le quinte a osservare serviva piú che riempire la scena.

Su quella riflessione, incentivata dalla voragine che si allargava sempre di piú nel suo stomaco, decise di allungare il passo. Attraversò due isolati ed entrò nella trattoria.

Nino le indicò il solito tavolo e le fece portare subito il pane e una ciotola di olive, mentre dava conto nel frattempo a un'altra trentina di avventori.

Era stato Spanò a farle scoprire quella trattoria casalinga, dove tutta la squadra sbarcava spesso e volentieri. Perfino l'ispettore Bonazzoli accettava di buon grado la sua cucina perché comprendeva anche piatti «inconsapevolmente» vegani, tipo il macco di fave. Con l'ispettore capo Nino si abbracciava, e si davano del tu. A Marta baciava la mano. Al vicequestore Guarrasi, invece, riservava un accenno d'inchino. Forse era per la posizione che ricopriva, o forse perché il suo atteggiamento schivo non incoraggiava confidenze. Un contegno intimidatorio, lo definiva sua madre.

Vanina approfittò per richiamarla.

– Vanina, gioia mia.

– Ciao mamma.

– L'altro giorno te ne sei andata di corsa e poi non ti sei piú fatta sentire. Ti pare normale?

– Ti ho mandato un messaggio quando sono arrivata.

– E quello che è, farsi sentire?

– Sono dovuta uscire subito.

Sentí un sospiro dall'altro capo del telefono. La immaginò seduta a metà sul tavolo da pranzo ancora mezzo apparecchiato, la sigaretta in mano e la tazzina del caffè appena bevuto poggiata accanto. Incarnato perfetto, capelli raccolti, perle al collo.

– Comunque, non ti avevo chiamata per questo. Volevo dirti che domani Federico verrà a Catania per un congresso. Gli farebbe molto piacere vederti. Potresti cercare di trovare dieci minuti?

Federico Calderaro, il secondo marito di sua madre. Insigne cardiochirurgo, nonché docente universitario. Colui che aveva elevato Marianna Partanna Guarrasi dallo status di vedova di un ispettore di polizia morto sul campo, con tanto di figlia a carico, a quello di signora elegante della Palermo bene.

Vanina alzò gli occhi al cielo. Solo questa ci mancava.

– Ah… e dove?

– Non lo so, ma ti chiamerà sicuramente. Cerca di essere carina. Ti vuole bene, lo sai.

Era vero, Federico le voleva bene. Era lei che non riusciva a digerirlo.

Alfio Burrano si materializzò all'improvviso davanti a lei, sorridendole a denti spiegati.

– Ora ti devo lasciare, mamma.

– Sí, ma promettimi che…

– Che vedrò Federico, va bene.

Burrano era rimasto impalato in attesa che lei concludesse la telefonata.

– Potresti anche invitarlo a casa tua. Gli è dispiaciuto tanto non esserci stato, l'altro giorno, per la commemorazione di papà. Ma lo sai com'è messo, è sempre in giro per congressi. E poi... credo che parlare un po' con te potrebbe aiutarlo.

Non capí a cosa si riferisse, né ci fece troppo caso. Quelle scuse non richieste l'avevano disturbata.

– Certo. Se è disponibile a seguirmi in un paese alle pendici dell'Etna a sera inoltrata, perché prima di quell'ora a casa mia non riesco ad andarci manco io.

– Va bene, Vanina, ricevuto. Almeno trattalo bene.

– L'ho mai trattato male?

– Spesso non l'hai trattato per niente, se è per questo. Ma lasciamo stare, non andiamo a rivangare.

– Ecco, appunto. Anche perché devo proprio staccare.

– Stai attenta, – si raccomandò sua madre.

Una raccomandazione premurosa, in fondo, tipica di ogni madre. Era il retrogusto di quelle parole a renderle pesanti. Amaro. Impercettibilmente accusatorio. Potevi evitare di rischiare la pelle ogni giorno; potevi sceglierti un mestiere tranquillo; potevi vivere la vita da nababbo che ti ho procurato.

– Buongiorno, dottoressa Guarrasi, – la salutò Burrano, appena ebbe messo giú il telefono.

– Buongiorno, dottor Burrano.

– Stamattina volevo chiamarla, ma poi ho pensato che forse non era il caso...

– Voleva dirmi qualcosa?

– Mia zia mi buttò giú dal letto alle otto di mattina, santiando per quell'articolo comparso sulla «Gazzetta Siciliana». Quasi quasi ce l'aveva con me! Lei l'altra sera mi aveva assicurato...

– Io non le avevo assicurato niente, dottor Burrano.

I giornalisti fanno il loro mestiere, e hanno un'infinità d'informatori. Non è in mio potere bloccarli tutti.

– Scusi, dottoressa. Sa, mia zia ha la sua età e per lei non è un bel momento. Quell'articolo ha scatenato una quantità di curiosi che lei manco se l'immagina. Pure un'intervista ci hanno chiesto.

– No no, me lo immagino eccome.

Invece ai fini dell'indagine quell'articolo era una mano santa. Capitava, certe volte.

– Ma lei… è sola, – constatò Burrano.

– Sí.

– Anch'io.

Ora ci mancava solo che le proponesse di pranzare insieme.

– Nino non ha un solo posto libero, oggi. Le darebbe fastidio se mi sedessi al suo tavolo? – azzardò, con la naturalezza di un frequentatore di bistrot parigini, quelli in cui ti siedi e dividi il tavolo con chi capita.

Vanina trattenne una risata. Un marpione, il Burrano. Detta cosí non sembrava neppure una proposta, e negargli l'unico posto disponibile diventava quasi una scortesia. Gli fece cenno di accomodarsi pure, con aria di condiscendenza.

Nino comparve subito a prendere le ordinazioni.

– Allora, dottoressa, come vanno le indagini? Siete riusciti a dare un'identità alla donna? Prima finisce tutta 'sta storia e prima recuperiamo la tranquillità! – attaccò Burrano, appena se ne fu andato.

– Stiamo lavorando, dottor Burrano. Non so quanto tempo ci vorrà, ma le garantisco che una celere risoluzione è sempre tra le mie priorità assolute, – gli rispose, piú secca di quanto avrebbe voluto, quasi ostile.

– Scusi, non volevo irritarla.

Vanina mitigò il tono. – Vede, dottor Burrano, ci sono dei problemi oggettivi. Il cadavere risale a un'epoca difficilmente valutabile, e non aveva documenti addosso.

– All'epoca di mio zio, sicuramente, – ragionò Burrano.

– Possibile.

– Considerato quante donne aveva, potrebbe essere chiunque.

Il vicequestore non commentò. Ma quanto ci tenevano i Burrano a far sapere a tutti che il cavaliere era un fimminaro. Un po' troppo, forse. Alfio, però, per motivi anagrafici, non poteva saperne granché.

– Gliel'ha detto sua zia? – indovinò.

– Mio padre ogni tanto ne parlava. Buonanima. Mia zia mi accennò qualche cosa oggi, per la prima volta. Ha un brutto carattere, dottoressa. È la mia unica parente, ma le assicuro che non è semplice starle dietro. È una vecchia... una donna un po' irascibile.

Una vecchia stronza, annotò mentalmente Vanina. Burrano si era frenato appena in tempo ma questo stava per dire. Corrispondeva all'idea che grosso modo s'era fatta lei.

Davanti alla caponata e al misto di polpette e involtini di Nino, che concordavano nel ritenere inimitabili, Burrano cambiò argomento. In dieci minuti sciorinò la storia della sua vita. La sua attività di produttore vinicolo; suo figlio che viveva a Milano insieme alla madre, con cui lui non era mai stato sposato; la villa che cadeva a pezzi ma che sua zia Teresa si rifiutava di aggiustare.

Il quadro che Vanina si fece fu impietoso: un gaudente sfaccendato. Ma piacevole.

– Un dolcino? – propose Nino, materializzandosi al loro tavolo dopo aver eseguito una gimcana in mezzo agli altri.

Vanina fece appena in tempo a finire una fetta di torta ricotta e pistacchio, prima che la faccia vibrante dell'ispettore Spanò illuminasse il suo telefono. Si alzò e si allontanò verso l'uscita per rispondere. Burrano si alzò appresso a lei. Lo vide con la coda dell'occhio passare alla cassa e pagare il conto, scambiando qualche battuta con Nino.

– Capo, mi scusi se la disturbo, sta pranzando?

– Ho appena finito. Perché?

– C'è una cosa strana che venne fuori controllando la proprietà dell'immobile dov'era la Casa Valentino.

– E cioè?

– È cointestata.

– A chi?

– A Cutò Maria e a Cutò Rita.

Vanina aggrottò la fronte. Uscí sulla strada.

– E ora chi è 'sta Rita? – biascicò, stringendo la sigaretta tra le labbra e tentando di accenderla con la mano libera. Burrano le venne in aiuto con l'accendino pronto.

– E questo è il fatto strano: non esiste.

– Come sarebbe non esiste, Spanò?

– O meglio: non si sa che fine abbia fatto.

– Pure lei? E che camurría è!

– Che fa, capo, torna in ufficio?

– E certo.

Burrano si era rispettosamente allontanato, e stava fumando un sigaro.

Vanina lo salutò, ringraziandolo per il pranzo. Avrebbe preferito pagarselo da sola, ma ovviamente non glielo disse.

8.

– Eccola qua: Cutò Rita, nata a Catania il 26 novembre del... Minchia! Del 1956, – esclamò l'ispettore Spanò.

La Bonazzoli avvicinò il foglio che Fragapane si era fatto stampare, e lo rilesse. Non c'erano dubbi: quando Maria Cutò era scomparsa, quella Rita aveva sí e no tre anni. Non ci voleva un intuito particolarmente raffinato per capire chi potesse essere.

– Qua la cosa diventa sempre piú nebulosa. Non è che per dare troppo conto al commissario Patanè ci stiamo imbrogliando in una storia che con la nostra morta non ci trase proprio per niente? – disse Fragapane, con aria allarmata. Al vecchio commissario lui era affezionatissimo, e mai avrebbe messo in dubbio una sua intuizione. Ma era pure vero che Patanè aveva ottantatre anni suonati, e la sua memoria poteva non essere piú tanto attendibile.

Spanò rimase serio e pensoso. Lui invece non la vedeva cosí, ed era sicuro che la Guarrasi la pensava allo stesso modo. Quella novità complicava le cose, sí, ma aggiungeva alla storia un tassello che, non sapeva nemmeno lui perché, focalizzava ancora di piú la sua attenzione su Maria Cutò.

– Non potremmo telefonare al commissario e chiedergli se ha mai sentito questo nome? – suggerí la Bonazzoli.

Spanò e Fragapane controllarono simultaneamente l'orologio. Le tre e mezzo. Si guardarono scuotendo la testa. Di sicuro i Patanè a quell'ora erano in pieno riposo postprandiale. Alla Bonazzoli il fatto che in Sicilia, con estensione a tutto il Meridione d'Italia, non fosse buona creanza telefonare in casa della gente nel primo pomeriggio, ancora non le era entrato in testa.

Il vicequestore Guarrasi aprí la porta e si affacciò nell'ufficio.

– Venite da me, – ordinò.

I tre presenti raccolsero il materiale e le andarono dietro.

Guardinga, si accomodò sulla sua poltrona oscillante, e si stupí di sentirla piú stabile.

– E che fu? Non mi dite che già è venuto qualcuno ad aggiustarla!

– No, dottoressa, ci pensai io. Bastava attrantare meglio la levetta che c'è là sotto, – rispose Spanò.

La Bonazzoli lo guardò interrogativa.

– Attrantare: tirare, fissare… non c'è un sinonimo italiano preciso, – spiegò l'ispettore.

– Ricapitoliamo, – sollecitò Vanina.

Spanò riferí quello che avevano trovato.

Il particolare dell'età che la misteriosa Cutò numero due doveva avere al momento in cui si erano perse le tracce della numero uno fece aggrottare la fronte del vicequestore. Qualcosa non le tornava nelle dichiarazioni sibilline di Alfonsina.

– Andate dai Fiscella. Fate quello che avevamo deciso, ma mettete sotto il naso di Alfonsina per prima cosa questo foglio. Voglio vedere come reagisce. Poi proseguite con le fotografie e tutto il resto.

Il sovrintendente Nunnari bussò sulla porta semiaperta ed entrò, pieno di cenere vulcanica appiccicata sul viso.

– Ma che ricominciò a piovere cenere? – chiese Vanina.

– A Catania no, capo. Il vento girò.

– E perché, tu da dove vieni?

– Da Zafferana Etnea. Cenere là sopra ne continua a cadere a tinchitè. Pare che ieri, a un certo momento, sia caduto addirittura qualche pezzo piú grosso.

– Che ci sei andato a fare, a Zafferana Etnea?

– Là abita, Masino Di Stefano. In una stradduzza che per trovarla mi dovetti girare il paese tre volte. Poi alla fine parcheggiai e ci andai a piedi. Davanti all'indirizzo che mi risultava dalla ricerca che avevo fatto stamattina c'è un bar. Entrai, mi pigliai una cioccolata calda e un paio di sciatori e mi misi a conversare col barista.

– E a noi non ne hai portati? – chiese il vicequestore, confidando che il sovrintendente avesse approfittato per fare scorta di quei biscotti morbidi, ricoperti di cioccolato fondente, che in origine dovevano servire a rianimare, per l'appunto, gli sciatori discesi dalle nevi dell'Etna.

– Ca certo, – rispose il sovrintendente, battendo la mano sullo zainetto Invicta, che doveva risalire ai tempi del liceo e di cui andava particolarmente fiero. Vintage, diceva lui.

Gli fece cenno di proseguire.

– Piano piano, una parola tira l'altra, arrivai a sapere vita morte e miracoli di tutti i vicini di porta, ma a qualcosa serví. A quanto pare Masino Di Stefano non solo è vivo, ma è pure in ottima salute, tant'è vero che ogni mattina si fa una passeggiata di cinque chilometri col cane. È vedovo, abita lí da dieci anni e tutti sanno che è stato in carcere, ma non sanno il perché. Dicono che è una persona tranquilla, ma che si fa i fatti suoi e non dà troppa confidenza a nessuno.

Vanina meditò.

– Convochiamolo.

– Scusi, dottoressa, ma non aspettiamo i risultati della Scientifica? – si fece avanti Spanò.

– I risultati la Scientifica ce li potrebbe dare pure tra

dieci giorni. Quell'uomo è l'unico che può dirci qualcosa di utile. Ed è anche un possibile indiziato. Perciò basta aspettare: domani lo voglio qui. Se riesce a venire per conto suo bene, altrimenti, Nunnari, vai a prenderlo tu, e ti porti Lo Faro.

– Signorsí, capo, – rispose Nunnari.

La faccia dubbiosa di Spanò le chiedeva il perché dell'improvviso cambio di programma, ma Vanina non accennò a rispondergli. Non lo sapeva neppure lei, il perché. Era come se il vento di sud che aveva liberato la città dalla pioggia vulcanica avesse iniziato a dissolvere anche la caligine nera che avvolgeva quell'indagine.

Osservò il fascicolo dell'omicidio Burrano, che giaceva sul suo tavolo dal giorno prima, nell'attesa che lei si decidesse a dargli una sbirciata. Aveva ascoltato il resoconto di Fragapane, preso per buoni i ricordi del padre di Spanò, ma il momento giusto per affondare il naso in quelle carte e ricavarne una sua opinione ancora non era arrivato. E non era questione di mancanza di tempo. L'impulso di aprire l'incartamento e magari passarci sopra una nottata intera, lei ne era certa, l'avrebbe assalita da un momento all'altro, probabilmente dettato da un particolare all'apparenza insignificante ma che poteva rivelarsi decisivo. Quel caso chiuso da piú di cinquant'anni non la convinceva, e non solo per il possibile collegamento con il cadavere della donna. Qualcosa non quadrava, e la testimonianza del commissario Patanè aveva suffragato ulteriormente i suoi sospetti.

Da Vassalli aveva ricevuto solo una breve telefonata in mattinata, appena prima che apparisse il commissario. Dalle poche opinioni che si erano scambiati le era parso evidente che il pm non avrebbe ritenuto l'indagine degna di alcuna nota se non vi fosse stata coinvolta la famiglia Burrano. Di conseguenza, tentava di spegnere qualunque attenzione nei confronti del vecchio fascicolo, che in mano a una come il vicequestore Guarrasi poteva trasformarsi in una bomba a orologeria.

Prima o dopo, pur con la sua flemma, il pm avrebbe iniziato a chiederle qualche risultato e non sarebbe stato da lei presentarsi senza nulla di concreto in mano. Soprattutto adesso che la faccenda era diventata di pubblico dominio.

Il sovrintendente Nunnari tirò fuori dallo zaino una guantiera di *sciatori* e la depose sul tavolo del vicequestore. Attinsero tutti, tranne la Bonazzoli.

– Ma io non arrivo a capire perché uno si deve infelicitare la vita, – considerò Spanò, mentre avvolgeva in un tovagliolo un paio di biscotti da offrire al Grande Capo.

Marta scrollò le spalle, punta sul vivo come sempre. – Io non mi *infelicito* nulla! Sto benissimo cosí. Tutti starebbero meglio, se lo capissero.

Vanina richiamò l'attenzione dell'ispettore capo, sottraendolo a un dibattito assolutamente improduttivo con la Bonazzoli.

– Basta, picciotti, la ricreazione è finita. Appena l'orario si fa consono, Spanò e Fragapane si prendono tutto il materiale che serve e se ne vanno a casa dei Fiscella. Ispettore, lei per caso sa dove abita il commissario Patanè?

– Certo, dottoressa. All'inizio di via Umberto. Perché?

Non gli rispose.

Il fascicolo dell'omicidio Burrano avrebbe richiesto ore e ore di approfondimenti, cui nessuno fino ad allora aveva avuto modo di dedicarsi.

Vanina estrapolò dal faldone le fotografie scattate sulla scena del delitto. Attraverso l'ombra opaca del tempo, s'intravedeva qualche immagine: un uomo riverso su una scrivania, il buco insanguinato sulla nuca, una decina di fogli sparpagliati sul pavimento. Cercò un'immagine d'insieme, che mostrava lo studio di Burrano in condizioni un po' migliori di come l'avevano trovato loro a distanza di cinquant'anni, durante il secondo sopralluogo. Osservò un ingrandimento dello scrittoio. Ebbe la sensazione di ritrovare le stesse identiche suppellettili e gli stessi libri che aveva visto lei. Possibile che nessuno li avesse prelevati, studiati, catalogati? Vero era che sembravano libri del tutto comuni, che poco avrebbero potuto giovare alle indagini, però si chiese se lí in mezzo non potesse esserci qualcosa che magari allora era sfuggito e che riconducesse in qualche modo a Maria Cutò. O a Vera Vinciguerra, si ricordò di aggiungere al suo monologo mentale. Anche se lei a quell'ipotesi, in realtà, credeva sempre meno.

Notò che sullo scrittoio, davanti al capo reclinato di Gaetano Burrano, c'era qualcosa che somigliava al posacenere che aveva visto lei, ma a guardarlo con la lente d'ingrandimento era pieno di cicche. Annotò mentalmente quel dettaglio, di certo oggetto d'esame da parte della Scientifica di allora, che però con i pochi mezzi di cui disponeva altro non avrebbe potuto fare se non definire la marca delle sigarette o rilevare eventuali tracce di rossetto. Di lato c'era la tazzina da caffè. Ma il tutto finiva lí. Iniziò a cercare tra i fogli il rapporto della Scientifica e lo lesse velocemente. Poi lasciò perdere. Le era venuta un'idea migliore.

Spanò e Fragapane uscirono che erano appena passate le cinque.

L'orario era buono anche per andare a scomodare Patanè, che di sicuro avrebbe accolto quel disturbo con immaginari salti di gioia. Vanina raccolse il fascicolo e lo infilò in una borsa di stoffa, di quelle che si trovano in libreria. Sopra c'era scritto «Leggere può creare indipendenza». Era la sua preferita. Prese una foto del cadavere di villa Burrano che un attimo prima aveva sottratto a Spanò e se la mise in tasca.

Passò dalla stanza attigua a prelevare l'ispettore Bonazzoli. La beccò che stava parlando al telefono, tutta piegata in avanti come per non farsi sentire, anche se le postazioni di Nunnari e Lo Faro erano vuote. Appena la vide entrare interruppe subito.

– Guarda che potevi pure continuare, – l'avvertí Vanina. Le fece segno di alzarsi. – Vieni con me, andiamo a casa di Patanè.

– Del mitico commissario Patanè? Spanò e Fragapane me ne hanno parlato per un pomeriggio intero, – fece Marta, scattando in piedi e afferrando la giacca appesa dietro la sedia.

Vanina la scrutò di sottecchi: era ulteriormente dimagrita. Sfido, si nutriva di tè e di verdurine! Eppure non doveva essere un problema di scelte alimentari. Non mangiare proteine animali non vuol dire per forza fare la fame. Lei, per esempio, se un giorno in preda a un attacco di follia avesse deciso di abbracciare il veganesimo, eventualità cui non riusciva neppure a pensare, avrebbe potuto campare benissimo di pasta, cioccolata fondente e scacce di Bettina fatte con le bietole selvatiche. Tutta roba con indice glicemico altissimo, che di certo non l'avrebbe fatta dimagrire. Perciò doveva esserci sotto qualcos'altro. Il suo fiuto le diceva che l'ispettore Bonazzoli non doveva essere una persona felice. Il perché, conoscendola, sarebbe rimasto un mistero, che Vanina avrebbe collocato nel suo casellario personale alla voce «Marta», vicino a quello insoluto di come l'ispettore dalla Questura di Brescia fosse finita alla squadra Mobile di Catania.

La voce di donna che aveva risposto al citofono taceva perplessa.

– Chi? – chiese, dopo che Vanina ebbe scandito il suo cognome e, soprattutto, la sua qualifica.

– Sono il vicequestore Giovanna Guarrasi. Ho bisogno di parlare col commissario Patanè.

La parte centrale del portone si aprí con uno scatto, schiudendo l'accesso di un androne buio. A fianco di una scala grigia con la ringhiera di ferro battuto, trionfava un ascensore posticcio di epoca senz'altro piú moderna. Vanina vi si diresse risoluta.

– Guarda che la tipa non ha specificato il piano, – obiettò Marta, già pronta a infilare le scale per raggiungere la meta pianerottolo dopo pianerottolo.

– Hai ragione. Facciamo cosí: tu che sei bella allenata sali con le scale. Appena hai il piano giusto me lo urli nell'ascensore. Che ne dici?

– Secondo piano, – si udí, dalla voce del commissario in persona.

L'ispettore Bonazzoli prese a salire i gradini.

Vanina si lasciò coinvolgere. Ma sí, in fondo erano solo due piani. Di una casa antica, d'accordo, con scala ripida e scura, ma pur sempre due piani.

Patanè attendeva sulla soglia con tutti i denti, veri o finti, in evidenza.

– Dottoressa! Non immaginavo di rivederla cosí presto. E questa bella fanciulla chi è?

– Ispettore Marta Bonazzoli, – si presentò Marta.

Una donna giunonica sulla settantina, in grembiule da cucina e pantofole ortopediche, si piantò a fissare le due arrivate.

– Angelina, queste sono il vicequestore Guarrasi e l'ispettore Bonazzola.

– Bonazzoli, – corresse l'ispettore, occhieggiando Vanina che non era riuscita a trattenere un ghigno.

– Bonazzoli, mi scusi! E questa è mia moglie Angelina.

– Giovanna Guarrasi, – si presentò Vanina, allungando la mano.

– Ah! Perciò ora la Omicidi lei la comanda? – commentò la donna, girando gli occhi verso il marito, che rimase indifferente.

– Sí, – confermò Vanina, incerta se leggere tra le righe meraviglia o rammarico.

Il commissario le fece accomodare nel salotto buono, una stanza non grande, arredata con mobili in stile e ricolma di suppellettili. Invece di dirigersi verso il divano che sua moglie stava indicando alle due ospiti, andò ad accendere una lampada da terra ricurva che illuminava un tavolo tondo e spostò due sedie per Vanina e per Marta.

– Immagino che per essere venuta fino a qui di persona, non debba solo parlarmi, ma che probabilmente ha qualcosa da mostrarmi. Vero?

Vanina annuí con un accenno di sorriso. Quell'uomo iniziava a piacerle.

Soddisfatto, Patanè tolse di mezzo il centrino beige ricamato a tombolo e il relativo vaso di fiori finti. Li consegnò ad Angelina, spedendola a preparare un caffè.

– Commissario, lei sa se Maria Cutò aveva una figlia? – attaccò subito Vanina, sedendosi accanto a lui.

L'uomo si grattò il mento, pensoso.

– Una figlia, dice. Mah... non mi pare... Però potrebbe essere benissimo. Vede, dottoressa, di ragazze madri tra quelle povere disgraziate ce n'erano assai. Spesso era proprio per campare i propri figli che finivano a fare la vita. Luna era una scaltra, una che sapeva come muoversi, tant'è vero che giovane com'era era già una maîtresse. Se aveva una figlia di certo non lo andava a sbandierare ai quattro venti. Ma perché me lo chiede?

– La casa risulta cointestata, a Maria e a questa Rita Cutò. Nata nel… quando è nata, Marta?

– Nel 1956, – rispose l'ispettore.

– Ah… – commentò il commissario, staccando lentamente gli occhi da Marta.

– Nel '56 la Cutò era già la maîtresse? – chiese Vanina.

– Mi pare di sí, ma non posso esserne sicuro. Potrei chiedere al maresciallo Iero. Lui allora stava nella Buoncostume e magari i particolari se li ricorda meglio. Non è facile risalire a certi dettagli, perché tutti i documenti, le schede, le basse di passaggio delle ragazze tra un bordello e l'altro per la quindicina, tutto venne distrutto dopo l'entrata in vigore della legge Merlin. Ma, mi scusi, questa Rita che fine avrebbe fatto?

– La stessa di sua madre, presumo.

– Scomparsa macari lei, – indovinò Patanè.

– Senta, commissario, esattamente Giosuè Fiscella che mansioni svolgeva al Valentino? – chiese Vanina, seguendo i suoi pensieri.

– Giosuè? Era il *serafino*. Cosí si chiamavano i carusi che lavoravano nei bordelli. Sbrigava faccende, aggiustava tubi, faceva lavori di fatica. E fungeva da buttafuori nel caso di avventori indesiderati. Era un ragazzone muscoloso, all'epoca. Un bravo caruso, era, dottoressa. Io non ci perderei troppo tempo.

Marta ascoltava in silenzio. Quando andava in giro con la Guarrasi, le toccava ascoltare interrogatori condotti seguendo dei ragionamenti che faceva una fatica immane a intercettare. In quell'occasione, però, c'era un ulteriore aggravante, che la faceva sentire ancora piú tagliata fuori: il vecchio commissario e il vicequestore sembravano in sintonia come se avessero lavorato insieme per anni.

Aprí il fascicolo dell'omicidio Burrano, che ancora non aveva mai avuto in mano, e buttò un occhio sulla prima fotografia che incontrò. Era un'immagine d'insieme del luogo del delitto, presa da una prospettiva che non riusciva a capire. Smise di ascoltare e si concentrò sull'immagine. Estrasse il telefono e cercò le foto della Scientifica che aveva immortalato su richiesta di Vanina, per averle sempre a portata di mano. Era talmente presa da non accorgersi che gli altri due avevano smesso di parlare.

– Bonazzoli? – la richiamò Vanina.

Marta alzò gli occhi e trovò quelli del commissario Patanè che la fissavano curiosi.

– Trovasti qualcosa d'interessante? – le chiese il vicequestore, perplessa.

– Forse sí, – rispose, girando la foto e mostrandogliela, affiancata a quella sul suo Samsung. – Guarda la statua, – suggerí.

– È la stessa che copriva la porta del montavivande al primo piano, – constatò Vanina, pensosa. Solo che la stanza non era la stessa. Anzi, se ricordava bene, erano proprio zone diverse della casa. Recuperò sul suo iPhone una foto che aveva scattato lei il giorno dopo il ritrovamento, quando erano passati nello studio dov'era stato ucciso Burrano. Non c'era nessuna statua, lí.

Patanè aveva inforcato gli occhiali e si era avvicinato per vedere meglio.

– La statua del vecchio Burrano. Era nella stanza del delitto, me lo ricordo benissimo. Che ci fa là?

– Là era. Occultava una delle aperture del montacarichi dov'era nascosto il cadavere della donna.

Il commissario aggrottò la fronte e si accarezzò il mento, meditabondo.

Vanina tirò fuori il telefono e cercò un numero in rubrica.

– Dottor Burrano?

– Dottoressa Guarrasi! Felice di risentirla cosí presto.

– Ho bisogno di un'informazione: la statua che avete spostato quando avete scoperto il montavivande, è sempre stata lí?

– Non lo so. Ma credo di sí… Anzi, ne sono sicuro, ora che ci penso.

– E non ce ne sono altre uguali in giro per la casa, magari una che era nello studio e poi è stata spostata…

– No, no, dottoressa. Quello è un pezzo unico. E poi mi sembra che l'avesse fatta uno scultore famoso, perciò doppioni non ce ne possono essere.

– Va bene, grazie.

– Perciò mi faccia capire, – disse Patanè, appena la vide riporre il telefono, – il cadavere della donna è stato rinvenuto in un montacarichi, la cui apertura era nascosta dietro una statua del Burrano capostipite, statua che ai tempi dell'omicidio del cavaliere si trovava invece sul luogo del delitto. Cosí è?

– Per l'esattezza una delle due aperture, anche se il montacarichi era fermo al piano inferiore.

– E non le quadra il fatto che la statua sia stata spostata proprio là.

– Non mi quadra perché, a quanto pare, nella villa da allora non è entrato piú nessuno. Non è stato toccato niente, abbiamo trovato persino le tazze usate e un tavolo apparecchiato. Perciò se qualcuno ha spostato la statua, l'ha fatto con il preciso intento di occultare meglio la porta.

Il commissario ci rifletté su. In effetti, non quadrava.

Vanina prese il fascicolo e glielo girò. Cercò tra le immagini, fino a trovare quella che le interessava, e su cui voleva interpellarlo.

– Quelli della Scientifica, ai tempi, sicuramente analizzarono i mozziconi di questo posacenere, giusto?

– Certo.

– Non trovarono niente di particolare, che ne so, un mozzicone sporco di rossetto?

Patanè sfogliò le carte ed estrasse a colpo sicuro il primo rapporto della Scientifica. Lo lesse velocemente, concentrato. Vanina reclinò il capo e gli si avvicinò, per leggerlo insieme a lui.

Marta contemplava affascinata l'energia che il vecchio commissario trasmetteva.

In quel momento, spuntò la signora Angelina armata di caffè e biscotti di mandorla. L'occhiata che lanciò a quella forestiera che sembrava pendere dalle labbra di suo marito, e all'altra *picciotta* che lo trattava come un compagno d'armi, non fu delle piú benevole. Si piazzò lí accanto e non si mosse piú.

– Due marche diverse di sigarette, – fu il responso. – Ma una era quella che fumava Di Stefano, e l'altra quella che fumava Burrano. C'è scritto.

Vanina lo sapeva ancora prima di chiederglielo, ma spingendolo a rileggere sperava di risvegliare la sua memoria su un particolare di cui nei rapporti della Scientifica non si faceva menzione.

– Non si ricorda se per caso ci furono altri ritrovamenti di mozziconi, di altre marche… tipo Mentola, per esempio?

Il commissario si tolse gli occhiali e la guardò divertito. – Dottoressa Guarrasi, io la ringrazio per la fiducia che lei ripone nelle mie capacità mnemoniche, ma dopo cinquantasette anni un dettaglio del genere non si può ricordare manco con tutta la buona volontà. Se non è scritto qua, deduco che non se ne ritrovarono –. Cercò ancora tra le carte, poi scosse il capo per ribadire che non c'era nulla.

– Madre Santa, che impressione! – disse, restituendo l'incartamento al vicequestore. – Qualcuno di quei rapporti lo scrissi io, e ora dopo tutto questo tempo me lo ritrovo tra le mani. Chissà che vuol dire.

Lui lo sapeva, che voleva dire. Voleva dire che quel caso era rimasto lí ad attenderlo per cinquantasette anni. E dal momento che era venuta a cercarlo fino a casa, sicuramente l'aveva capito pure la Guarrasi.

Vanina ripose il fascicolo.

– C'è un'ultima cosa che vorrei mostrarle, commissario.

Patanè si rimise gli occhiali. Guardò con la coda dell'occhio Angelina, che non si muoveva da dietro le sue spalle.

– Angelina, gioia mia, di un caso di omicidio stiamo parlando. Perché non ti vai a leggere un bel libro, o a taliare un poco di televisione, che queste non sono cose per te?

La donna non nascose il suo disappunto. Lasciare Gino solo tra le grinfie di due donne giovani e piacenti, pure se erano poliziotte, per lei era qualcosa d'inammissibile.

A malincuore, recuperò tazzine e vassoio e batté in ritirata.

Anche Gino era dispiaciuto di averla allontanata in quel modo, ma non aveva potuto fare altrimenti. L'intuito gli diceva che sarebbe stato fondamentale osservare quell'ultima cosa che la Guarrasi voleva mostrargli con un'obiettività che la presenza di sua moglie non gli avrebbe consentito.

Vanina estrasse dalla tasca la fotografia che ritraeva il cadavere mummificato di villa Burrano, e gliela porse. Vide che la prendeva subito in mano e la osservava imperturbabile, ma concentrato. Capí che se l'aspettava.

Patanè inspirò rumorosamente.

– Le sigarette Mentola le avete trovate addosso al cadavere, vero?

– Nella borsetta, per l'esattezza.

– Ho capito. Mah… vista cosí, in queste condizioni, potrebbe essere chiunque. Tutte le donne che avevano soldi da spendere si vestivano cosí, all'epoca.

– E Maria Cutò soldi da spendere ne aveva?

– Se ne aveva? Luna gestiva un giro di prostitute che lei manco si può immaginare. E soldi per le mani gliene passavano assai. Fuori la vedevi sempre vestiva elegante. Certo, un'eleganza un poco vistosa, ma neppure tanto, sa? Per essere quello che era, si sapeva vestire anche troppo bene. Perciò, tornando al cadavere, se quello che mi sta chiedendo è di riconoscere qualche dettaglio, io purtroppo non la posso aiutare. Ma se la richiesta è di valutare, in base all'abbigliamento, se potrebbe trattarsi di Maria Cutò, le rispondo che sí, potrebbe benissimo essere lei. Cosí come potrebbe essere un'altra delle tante amiche che allietavano l'esistenza di Gaetano Burrano. E mi creda, dottoressa: era un puttaniere di prima categoria.

– Lo so.

Marta si schiarí la voce, imbarazzata.

– Scusi, commissario, ma era normale che una prostituta fosse cosí elegante e ben vestita? – chiese.

– Una prostituta normale no, ma Luna non era una qualunque.

– È scomparsa in quei giorni, si vestiva in quel modo, aveva un rapporto particolare con Burrano… non vi sembra che ci siano un po' troppe coincidenze?

– Già, – fu l'unico commento di Patanè.

Vanina preferí non pronunciarsi. Per lei di coincidenze non ce n'erano. La probabilità che il cadavere fosse di

Maria Cutò diventava sempre piú alta, anche se sostanzialmente nulla lo provava.

Il cellulare di Marta squillò, rompendo il silenzio.

– Mi dica, ispettore, – rispose. Vanina si fece attenta.

Marta le passò subito il telefono.

– Spanò, avete finito?

– Sí, dottoressa, abbiamo finito. Andò esattamente come diceva lei. Non hanno riconosciuto niente, ma quando ce ne siamo andati Giosuè era pallido come un lenzuolo. E Alfonsina pareva imbambolata.

Vanina annuiva, mentre Patanè si allungava sempre piú in avanti sul tavolo, come per partecipare alla telefonata.

– E della casa cointestata che hanno detto?

– Niente, hanno fatto finta di cascare dalle nuvole. Ma mi ci gioco qualunque cosa che lo sapevano.

– Va bene, ci vediamo in ufficio tra poco.

– Alfonsina e Giosuè non hanno riconosciuto Luna, vero? – indovinò Patanè.

– Com'era prevedibile.

– Anche se fosse lei, quei due non lo ammetteranno mai. Non la faranno morire.

– No. A meno che, dopo oggi pomeriggio… – Si fermò. Era una sua idea, campata in aria, eppure ebbe la netta sensazione che Patanè l'avesse afferrata.

– Staremo a vedere, – concluse infatti il commissario, mentre lei e Marta raccoglievano i documenti sparpagliati sul tavolo e si avviavano verso l'uscita.

La signora Angelina si materializzò nell'ingresso. Piantata al centro della stanza, attese che la porta si chiudesse alle loro spalle prima di puntare le mani sui fianchi con aria battagliera.

– Chistu era perciò, il vicequestore con cui passasti tutta la mattinata? Ma sempre 'u stissu si', Gino, macari a ottant'anni!

Gino la guardò sorpreso. Poi esplose in una risata fragorosa, che alla fine la contagiò.

Vanina aprí la porta di casa che non erano ancora le sette. Un evento senza precedenti.

Passando davanti alla portafinestra di Bettina, aveva visto che era tutto sprangato, segno che non era ancora rientrata, oppure che era uscita con le vedove. Anche le luci del giardino erano spente.

Inna, la ragazza moldava che a giorni alterni Bettina le prestava per le pulizie, le aveva lasciato sul tavolo da pranzo un biglietto con una lista di detersivi da rimpiazzare. Per evitare di dimenticarlo, rispose subito con un altro foglietto in cui la pregava, come sempre, di pensarci lei. Allegò cinquanta euro e lo piazzò nel medesimo posto.

Depose sul ripiano della cucina la cena appena comprata da Sebastiano e andò subito a liberarsi di scarpe e pantaloni. Si acciambellò sul solito divano e accese la televisione. Era talmente strano essere in casa a quell'ora che si sentiva quasi a disagio. Avrebbe potuto cenare a un orario civile, vedere un film, magari iniziare un libro. Troppe cose per una sera sola.

Però si sentiva meglio. La crisi annuale del 18 settembre era passata anche stavolta.

Girò i canali velocemente, scartando tutti i programmi finché intercettò la sigla del Tg Regione, che di solito vedeva in differita sul computer, in streaming. Essendo in diretta, stavolta non poteva saltare le notizie di cui non le importava nulla per concentrarsi su quelle piú interessanti. Il primo servizio riguardava la politica regionale; Vanina ne approfittò per andare in cucina a prepararsi uno spritz, con qualche mandorla tostata d'accompagnamento, e accendersi una sigaretta. Controllò il telefono, e lesse tutti i messaggi WhatsApp che aveva ricevuto durante il pomeriggio. Inviò un messaggio di saluto in una chat di ex colleghi di università, cui si rammaricava di non riuscire a partecipare mai in modo attivo. Rispose a Giuli, mentre con un orecchio ascoltava distrattamente il conduttore del Tg che introduceva il secondo servizio.

«Un'auto rubata con i fili dell'accensione scoperti è stata parcheggiata nottetempo davanti all'abitazione del pm palermitano Paolo Malfitano, da anni impegnato nell'attività di contrasto alla criminalità organizzata. Questo sarebbe il piú eclatante della serie di avvertimenti ricevuti dall'apertura di importanti processi nei quali il magistrato svolge un ruolo di primo piano. Intercettazioni ambientali, disposte dalla Procura di Palermo nel corso di una recente operazione, avrebbero svelato addirittura che un quantitativo di materiale esplosivo...»

Sollevò lo sguardo, incredula, e afferrò il telecomando per alzare il volume. Poggiò il bicchiere sul tavolino accanto al divano e spense la sigaretta nel posacenere lí accanto. Si accorse di non riuscire a fermare il tremore inconsulto delle mani, e sentí un senso di nausea assalirla sempre piú forte. Respirò a fondo per allontanare un conato di vomito.

«Non è la prima volta che Paolo Malfitano si trova al centro di intimidazioni cosí pesanti. Ricordiamo ancora l'attentato del 14 agosto del 2011, nel quale perse la vita un agente della scorta, e il magistrato stesso rimase ferito. Un attentato che, ricordiamo, fu sventato dall'intervento fortuito dell'allora commissario capo Giovanna...»

Vanina riuscí a raggiungere il bagno appena in tempo per non vomitare lo spritz sul pavimento appena lucidato.

Riprese a respirare normalmente, asciugò le lacrime che continuavano a offuscarle la vista. Vide la sua faccia sconvolta riflessa nello specchio, gli occhi cerchiati dal trucco colato. Tornò indietro nel soggiorno e raggiunse a tentoni il divano. Afferrò l'iPhone, cercò un numero in rubrica e fece partire la chiamata.

– Giacomo, – disse, con una voce strozzata che non sembrava neppure la sua.

– Vanina.

– Scusami se ti disturbo, non sapevo chi chiamare.

– Non mi disturbi per niente. Anzi, dopo le notizie di oggi dovevo aspettarmi la tua telefonata.

– Ho visto il Tg. Come sta… lui?

– Lui sta bene. O almeno, cosí pare. Lo conosci: sdrammatizza. Sostiene che l'hanno sparata cosí grossa per fare piú spettacolo. Io spero solo che non si stia sbagliando.

Vanina valutò quell'analisi tutt'altro che azzardata. Se la sua proverbiale razionalità non si fosse data alla macchia in modo cosí indegno, probabilmente l'avrebbe pensato subito anche lei.

– Sono sicuro che tu queste cose le conosci meglio di me, e anche lui. Però io, quella volta che lo colpirono, me la ricordo ancora. Benissimo. E mi ricordo pure come sarebbe andata a finire se non fossi arrivata tu. L'hai sentito il giornalista che ti ha menzionata?

– No, non ho sentito –. Non poteva, stava vomitando.

– Comunque, hanno rafforzato la scorta.

– Certo.

Come se aumentare il numero dei bersagli bastasse a scongiurare il peggio.

– E tu, stai bene?

– Sí, sto bene, grazie –. Stava bene, fino a mezz'ora prima.

Giacomo cercava di chiacchierare, ma era evidente che faceva fatica. Come lei faceva fatica a rispondergli.

– Mi dispiace averti disturbato, – ribadí Vanina, prima di salutarlo.

– A me invece fa piacere averti sentito. Il fatto che io

sia il fratello di Paolo non significa che non siamo piú amici. È vero?

Da signore qual era, aveva soprasseduto sul perché di quella telefonata sconvolta. Non era stata lei ad allontanarsi da tutti loro?

– Grazie, Giacomo.

– Vanina? – esitò un attimo. – Vuoi che gli dica che hai chiamato?

– No, meglio di no.

– Sicura?

– Mi basta sapere che sta bene. E... Giacomo? – lo richiamò. – Promettimi solo una cosa: che semmai dovesse succedere qualcosa, qualunque cosa, io non lo verrò a sapere dal Tg.

Giacomo glielo promise.

Vanina scaraventò l'iPhone in un angolo del divano. Afferrò il pacchetto di sigarette e se ne accese una. Rimase cosí, con la testa appoggiata indietro, per un tempo indefinito. Sentí Bettina che rientrava, e si accorse che erano le dieci. Si trascinò in cucina e ripose il sacchetto della spesa in frigorifero, cosí com'era. Di cucinare non era piú cosa.

Mise sul fuoco un pentolino con il latte, sua salvezza nei momenti peggiori. Iniziò a sorseggiarlo e poi c'inzuppò dentro un numero imprecisato di biscotti al cioccolato.

Recuperò il telefono. Prima di spegnerlo, mandò un messaggio di buonanotte a sua madre, e si ricordò che il giorno dopo sarebbe arrivato Federico. Non era piú cosí sicura che la cosa le dispiacesse davvero.

Quella reazione, cosí violenta, l'aveva annientata.

E il dubbio peggiore adesso, a distanza di anni, era che tutto quello che aveva fatto fosse stato inutile.

9.

– Dottoressa, mi dica che l'aveva previsto! Al telefono c'è Alfonsina Fresta, che chiede di parlare con lei, – annunciò con aria concitata l'ispettore Spanò entrando nell'ufficio del vicequestore.

Vanina nascose l'impulso di battersi le mani da sola dietro un mezzo sorriso soddisfatto. Ci aveva azzeccato.

Si fece passare la telefonata.

– Dottoressa Guarrasi?

Si finse stupita.

– Signora Fresta. Buongiorno.

– Posso chiederle di venirmi a trovare?

Vanina fece una pausa studiata. Ora toccava a lei tenerla sulla corda.

– Le è tornato qualcosa alla mente? Le mando subito l'ispettore Spanò.

– No... Dottoressa, io con lei personalmente ho bisogno di parlare. È importante.

Era quello che aveva sperato.

– Cercherò di venire prima possibile.

– Grazie, dottoressa Guarrasi.

Vanina percepí un'incertezza.

Alfonsina salutò e chiuse.

Spanò era rimasto immobile davanti alla scrivania, attentissimo.

– Torniamo dai Fiscella? – chiese.

– No, ci vado da sola. La Fresta dice che vuole parlare solo con me.

– Secondo lei che vuole dirle?

– La verità.

L'ispettore annuí.

– Lei se l'aspettava, vero? – disse con un sorrisetto complice. Ormai la conosceva, la Guarrasi, tanto che in certi momenti ne prevedeva perfino le mosse. Per quello gli veniva cosí bene farle da spalla. Il pomeriggio prima, avrebbe calcato un poco di piú la mano con quei due, per fargli sputare il rospo che continuavano palesemente a ricacciare indietro, ma se il vicequestore gli aveva ordinato di non andare oltre un certo limite significava che aveva in mente qualcosa. E ora la telefonata di Alfonsina ne era la riprova.

Il vicequestore aprí un cassetto. Tirò fuori la marchetta trafugata al Valentino e il sacchettino trasparente con il frammento di carta, e glieli mise davanti.

– Guardi il disegno che c'è su questo pizzino che abbiamo trovato nella borsa del cadavere, – disse.

Spanò si tastò tutte le tasche in cerca degli occhiali. Se li infilò *santiando.* Raffrontò i due oggetti.

– Potrebbe essere lo stesso simbolo, – disse, con un sorriso sornione, della serie «lo sapevo che aveva qualcosa nel cappello».

– E non è tutto. Ha presente il cassetto che ho aperto in casa della Cutò? Guardi cosa c'era dentro –. Tirò fuori l'iPhone e cercò la fotografia, ingrandí l'immagine di una scatola verde.

– Brillantina Linetti, – constatò Spanò.

Vanina annuí, soddisfatta.

L'ispettore si appoggiò con le mani sulla scrivania.

– Mi sa che il test del Dna al figlio della Vinciguerra ce lo potevamo pure risparmiare.

Il corridoio si animò di passi e di voci, tra cui spiccava quella stentorea del capo della Mobile.

Il vicequestore si alzò e uscí dalla stanza andandogli incontro. Scorse l'agente Lo Faro impalato davanti all'ufficio, che combatteva con sé stesso per non profondersi in salamelecchi. La lavata di capo aveva fatto il suo effetto.

Macchia allungò la mano per salutarla, mentre continuava a parlare con il commissario capo Giustolisi, della Criminalità organizzata. Le fece cenno di seguirli nel suo ufficio. C'era anche un ispettore, piú un assistente della Narcotici.

Vanina dovette vincere la sua riluttanza nei confronti degli argomenti che si stavano trattando lí dentro. Si sentiva le gambe spezzate per la nottata insonne, e l'ultima cosa che avrebbe voluto in quel momento era un'immersione temporanea in quel fango melmoso che aveva rimestato a mani nude per anni e dal quale era fuggita via.

Attese appoggiata alla parete, pentita di essere uscita dal suo ufficio, mentre i colleghi disquisivano di traffico di droga, faide tra famiglie e affiliamenti. Nominarono pure gli Zinna, il che stimolò Macchia a coinvolgerla con uno sguardo eloquente. Ma il ruolo che quella famiglia aveva ricoperto nel caso che interessava a lei, quello cioè del delitto Burrano, era talmente marginale e indefinito, oltre che lontano nel tempo, da risultare quasi indifferente.

– Se hai bisogno di notizie sulla famiglia Zinna chiedi all'ispettore. Lui conosce tutto l'albero genealogico fino alla quarta generazione, – si raccomandò il commissario capo, prima di accomiatarsi lasciandole campo libero.

Lo ringraziò, spiegandogli che si trattava di fatti risalenti a un'epoca troppo lontana.

Si era appena accomodata davanti alla scrivania di Macchia, quando Giustolisi fece dietro front.

– Ah, Tito, hai visto che successe a Palermo? – chiese.

Il capo della Mobile annuí lentamente, il sigaro appena acceso tra le labbra, girando un'occhiata pensosa sul vicequestore Guarrasi, che impallidí ma non batté ciglio.

Vanina sentí la bocca asciugarsi e temette per un momento di replicare la reazione della sera prima. Per fortuna il collega si limitò a commentare il lato tecnico della faccenda, con qualche riferimento alle inchieste scottanti che il giudice Malfitano stava portando avanti. Non andò oltre.

– Cambiamo discorso, che è meglio, – disse Macchia, appena il commissario capo ebbe chiuso la porta.

Vanina annuí, grata. Qualcosa evidentemente Tito doveva saperla, riguardo a lei e a Paolo.

– Allora: che mi dici della nostra «sciantosa» assassinata cinquant'anni fa?

S'era fissato che quello era il nome adatto per denominare l'indagine.

Lo aggiornò sugli ultimi sviluppi, suscitando la sua curiosità nei confronti del commissario Patanè.

– La prossima volta che viene qua lo voglio conoscere anch'io, – dichiarò.

Vanina gli parlò anche del Di Bella, ma gli fece intendere che ormai considerava il test cui lo aveva fatto sottoporre solo un modo per escludere definitivamente che si trattasse di sua madre.

– Dunque, riassumendo: tu credi che il cadavere sia di questa ex maîtresse di cui ti ha parlato il commissario Patanè, scomparsa nel periodo in cui Burrano fu ammazzato, e a quanto pare una delle amanti del medesimo. Giusto?

– Giusto.

– E sei convinta che la testimonianza di quei due, marito e moglie, sarà decisiva per determinarlo? Ma se tu stessa dici che hanno tutto l'interesse a mantenerla in vita, per non dover uscire fuori da quella casa...

– Sí, però non sono stupidi. Sanno benissimo che se lo scopriamo da soli, la loro situazione si complica.

Gli riferí anche della marchetta e del disegno sul pizzino.

– Un bordello con la carta intestata? Mi pare difficile, Vani', – disse, scettico.

A rigor di logica aveva ragione. Aggiunse il dettaglio della brillantina Linetti.

– Siamo in un mondo parallelo! – fu il commento esilarato del capo.

L'ispettore Bonazzoli bussò timidamente alla porta ed entrò.

– Ispettore! – la accolse Macchia, sorridendole.

Marta rimase impalata davanti alla porta, imbarazzata.

Vanina si chiedeva spesso come fosse possibile che una ragazza sveglia come lei provasse tutta quella soggezione nei confronti di Tito. Forse era colpa della stazza imponente, della barba o della voce impostata. Oppure era il ruolo che lui ricopriva: il Grande Capo.

– Scusami, Vanina, c'è il commissario Patanè al telefono. Dice che è importante.

Macchia si drizzò sulla poltrona, incuriosito.

– Glielo passi qua, – ordinò.

Marta scomparve e il telefono squillò. Rispose direttamente Vanina.

– Dottoressa, mi deve scusare ma poco fa mi chiamò Giosuè Fiscella. Disse che Alfonsina le ha chiesto di andare da lei, perché deve contarle una cosa molto importante. E disse macari che sua moglie gradirebbe che io fossi presente. Perciò, a quanto ho capito, dovrei mettermi d'accordo con lei per sapere quando ha intenzione di andarci.

Questa Vanina non se l'aspettava. Però era comprensibile. Patanè nei ricordi della donna era una persona amica, che lei conosceva molto bene, e non solo come commissario, questo si era capito.

– Va bene, commissario. Vediamoci direttamente lí tra... – guardò l'orologio. Doveva prima capire per che ora era stato convocato Masino Di Stefano, al cui interrogatorio non poteva mancare. L'ideale sarebbe stato riuscire a sentire prima Alfonsina, per avere qualche notizia in piú.

Mise il commissario in attesa e uscí a chiamare Nunnari. Il sovrintendente le confermò che sarebbe andato a prendere Di Stefano nel pomeriggio.

– Ci vediamo lí tra un'ora, – disse, riprendendo il telefono.

Macchia si dondolava sulla poltrona, in attesa. Vanina gli spiegò tutto brevemente, poi con la sua benedizione si congedò.

Il commissario Patanè era arrivato in anticipo e l'aspettava davanti al portoncino dei Fiscella fumando una sigaretta.

– Commissario, ma che fa? Fuma?

– Perché, lei non fuma?

– Ma io ho trentanove anni, – gli rispose, con aria canzonatoria.

– Lo sa che pare piú nica? E comunque, casomai è il contrario: è peggio se fuma lei, piuttosto che se fumo io. Io oramai quello che dovevo fare l'ho fatto e pure nella migliore delle ipotesi non ho piú tanto tempo, perciò sigaretta piú sigaretta meno poco cambia. Lei no. Incatramarsi i polmoni all'età sua, sapendo il danno che ne può derivare, non è furbo.

Vanina si prese la paternale con un sorriso.

– Almeno se domani qualcuno mi spara e mi ammazza non mi resta il rammarico di aver rinunciato ai miei pochi vizi per vivere qualche anno in piú.

Si avvicinò al portoncino con due falcate e schiacciò il citofono. Un piccione che se ne stava fermo sul cornicione, disturbato, spiccò il volo smuovendo dieci centimetri cubi di sabbia nera che le finirono addosso.

– Lo sa, – disse Patanè, – pure cinquantasette anni fa, quando ammazzarono Burrano, la Muntagna stava eruttando. Quant'è strana la natura...

Giosuè Fiscella li accolse nel solito soggiorno, dove Alfonsina stava seduta sulla sua carrozzella, gli occhi rivolti alla finestra. Li fece accomodare di fronte alla moglie, che aveva allungato entrambe le mani per salutarli contemporaneamente.

– Dottoressa Guarrasi, lei si chiederà perché ho voluto rivederla insieme al commissario.

– I miei uomini ieri non sono stati abbastanza esaurienti? – le chiese Vanina.

– Macari assai! Spietati furono, dottoressa. Tutte quelle fotografie, quelle immagini cosí forti...

– Signora Fresta, se mi ha chiesto di venire per lamentarsi dell'operato dei miei uomini, allora posso benissimo andarmene. E non vedo per quale motivo abbia convocato anche il commissario.

– Aspittasse, dottoressa... non s'arrabbi. Quando ieri sera io e Giosuè salutammo gli ispettori, eravamo impressionati. Quelle fotografie ci rimasero davanti agli occhi e non ci dormimmo tutta la notte. Vedete, in questi anni io ho sempre pensato che Luna, prima o poi, sarebbe tornata. Forse mi sono voluta convincere, o forse sono veramente pazza, come dice la gente, ma ho pensato che se non si era piú fatta sentire voleva dire che non poteva farlo. E all'inizio poteva essere benissimo cosí, vero, commissario? Io glielo dissi: capace che Luna scappò per non essere messa in mezzo. Quando ammazzano qualcuno, la polizia deve trovare un colpevole. Secondo voi, una ex prostituta che possibilità aveva di rimanerne fuori? Pensai che se n'era scappata, e che quando la questione si sarebbe risolta, me la sarei vista spuntare di nuovo a casa, bedda com'u suli e con la picciridda per mano.

Vanina e Patanè si scambiarono un'occhiata.

– Sí, lo so, dottoressa: ieri all'ispettore gli dissi che non sapevo chi era Rita Cutò. Il fatto è che mi pigliò di sorpresa. Io non lo sapevo che la casa era intestata pure a lei. Rita Cutò è la figlia di Maria, – tacque e abbassò lo sguardo, come se stesse per dire qualcosa di troppo pesante da sostenere, – e di Gaetano Burrano.

Il vicequestore e il commissario sobbalzarono in simultanea.

– Alfonsina, ma che stai babbiando? – disse Patanè, incredulo.

– No, commissario, non babbío.

– Ma perché ai tempi non mi dicesti niente?

– E che le dovevo dire? Burrano era stato ammazzato, Maria era scomparsa e Rita manco sapevo dove andarla a cercare. Se lo immagina che cosa si sarebbe sollevato? Io sola lo sapevo. Come crede che se li sia fatti Luna i soldi per diventare la maîtresse e poi per comprarsi la casa, a forza di marchette? Dieci vite ci sarebbero volute, commissario, macari se era la piú ricercata. Tutto Burrano le comprò: prima il bordello, perché cosí avrebbe smesso di andare con gli altri uomini, e poi i gioielli, i vestiti. Il collegio per la picciridda. E poi la casa. Impazziva per Luna, Gaetano Burrano. E pure lei gli voleva bene, assai.

Vanina si accorse che la conversazione stava assumendo il tono di un racconto romanzesco, e che Patanè ci si stava infilando con tutte le scarpe.

– Signora Fresta, nelle fotografie che ieri le hanno mostrato i miei uomini ha riconosciuto qualcosa che apparteneva a Maria Cutò? – chiese, diretta.

– Tutto, dottoressa.

– Ma in particolare che cosa?

– La pelliccia, il foulard, il vestito, i gioielli, le sigarette alla menta, il pizzuddu di carta con lo stemma del Valentino. Lei è.

Ci aveva visto giusto. Quel bordello di lusso aveva perfino la carta intestata.

– Perché ieri ha detto ai miei uomini che non riconosceva nulla? Lei lo sa che per una menzogna del genere si configura il reato di falsa testimonianza?

– Niente so, io, dottoressa Guarrasi. Ignorante sono, come a Giosuè. Se mi sente parlare un poco meglio, con l'italiano giusto, è solo perché al Valentino ragazze zaurde non ce ne potevano essere. E siccome nella disgrazia di fare la prostituta lavorare in un bordello di lusso era l'unica fortuna che ti poteva capitare, pur di restare lí imparai l'italiano e macari 'u francisi. Per questo mi chiamavo Jasmine. Perché non ho detto subito che avevo riconosciuto Luna? Perché quando hai ottant'anni e sei sulla sedia a rotelle, e tu e tuo marito messi insieme non pigliate manco ottocento euro di pensione, se ti levano la casa sei morto. Questa casa me l'aveva data Luna, gratis. Potevo starci finché volevo. Ma se Luna moriva...

Vanina faticò a rimanere distaccata.

– E ora cos'è cambiato? Com'è che si è decisa a parlare? – chiese.

– Mi ci fece pensare Giosuè ieri sera, ma era troppo tardi per chiamarla. Capii che non si trattava solo della scomparsa di Maria, della sua morte. Maria l'ammazzarono, giusto giusto a casa di Burrano, giusto giusto negli stessi giorni in cui in quella stessa casa ammazzarono macari a lui. E allora pensai che non poteva essere un caso, e che io sapevo certe cose che... potevano aiutarvi a scoprire la verità, a sapere chi fu il bastardo che l'ammazzò. L'unica cosa che posso fare è dire tutto, tutti i segreti che mi sono portata dentro per cinquantasette anni. A costo di perdere la casa e macari la vita, che tanto oramai non servo piú a niente. Ecco che cos'è cambiato da ieri. E mi pareva giusto che fosse presente anche il commissario, che se lo merita –. Sorrise a Patanè.

– Alfonsina, la avverto che tutto quello che sta dicendo a me, poi lo dovremo verbalizzare. Lo dovrà ripetere, – comunicò Vanina, smorzando il tono.

– Lo so. Ma quello che le dissi ancora niente è, dottoressa, – rispose la donna.

Il vicequestore non nascose la sorpresa.

– Perché? Che altro ha da dirmi?

– Cose che cambiano tutto, mi creda.

– Me le racconti.

– Quando chiusero i bordelli, ognuna se ne andò per conto suo. Per molte si trattò solo di un trasloco: dalla casa alla strada. E non credo ci sia bisogno di dirle che di sicuro non fu un cambio conveniente. Altre, invece, dopo essersi finalmente riprese i propri diritti civili, riuscirono a cambiare vita. Alcune, come me, si sposarono e incominciarono a fare lavori dignitosi. Io per esempio ho fatto la sarta, per una vita. Qualcuna, ho saputo, è finita persino in un convento di clausura. Maria problemi non ne aveva. Aveva i soldi, una casa, un uomo che la manteneva e che era pure il padre di sua figlia. Era generosa, Maria. Queste stanze me le offrí subito, appena le dissi che mi sarei sposata con Giosuè. Mi farete da guardiani quando sarò fuori, diceva. Era l'unico compenso che ci chiedeva. A me e a Giosuè manco ci pareva vero.

– Lei conosceva di persona il cavaliere Burrano? – chiese Vanina.

– Di vista. Da prostituta non ci avevo mai... avuto a che fare, e dopo cercavo di farmi gli affari miei. Era un bell'uomo. Un poco superbo, come tutti i ricchi e i potenti. Luna diceva che comandare gli piaceva assai. Ma a lei andava bene cosí.

– E la bambina?

Alfonsina sorrise con tenerezza.

– La picciridda era bellissima. Io ero l'unica che la conosceva. La tenevano in un collegio. Maria mi raccontava che Burrano, malgrado la situazione difficile, voleva bene alla bambina. La sua unica figlia era.

Nell'immaginazione di Vanina, poco propensa a lasciarsi trascinare dal lato sentimentale della narrazione, iniziavano ad aprirsi scenari d'indagine impensabili.

– Cosa successe nel 1959? – chiese, restringendo il campo al racconto. Era certa che la donna ci sarebbe arrivata, ma con tempi infiniti.

– Maria, oramai, passava tutte le notti con Burrano. Certe volte era lui a venire qui, ma piú spesso era lei a raggiungerlo in quella villa dove ora... l'avete ritrovata. A un certo punto cominciò a parlare di grandi cambiamenti: Gaetano voleva partire, cambiare città per un poco di tempo, e voleva portarsi appresso pure la picciridda. Mi ricordo che parlava di Napoli. Poi a poco a poco il progetto diventò sempre piú concreto, tanto che pigliarono a Rita e la portarono in collegio lí. Era appena passato il Natale, e Maria partí da sola con la picciridda. Tornò dopo qualche giorno e iniziò a preparare il trasferimento. Mi pare che mi disse che lei e Burrano dovevano realizzare degli affari insieme là.

Vanina drizzò le orecchie. – Che genere d'affari?

– Non lo so. Di queste cose Maria mi raccontava sempre poco. Ai tempi del bordello mi diceva che meno sapevo e meglio era per me. Lei oramai era passata dall'altra parte...

Per un attimo sembrò perdere il filo. Proprio ora che la cosa si faceva interessante.

Patanè ascoltava in silenzio, serio.

Alfonsina riprese a parlare. – Era il primo giorno di Sant'Agata, me lo ricordo preciso, il 3 febbraio, quando Maria mi comunicò che era tutto pronto per partire e che io e Giosuè ci dovevamo occupare della casa. Ci lasciò pure un sacco di soldi, per le cose di tutti i giorni. Quella sera venne Burrano, e parlò con Giosuè. Gli disse che si fidava di noi. Te lo ricordi Giosuè?

Il marito annuí.

– Mi disse che qualunque problema succedeva a casa, dovevo rivolgermi a Di Stefano, che era persona di fiducia. Se ci penso che invece proprio Di Stefano lo ammazzò, mischino!

Persona di fiducia, annotò Vanina mentalmente.

– E poi che accadde? – chiese ad Alfonsina.

– Poi se ne andarono a Sciara, e Maria mi disse che sarebbe tornata a salutarmi la sera di Sant'Agata, e che sarebbero partiti da qui. Non la vidi mai piú.

Man mano che ascoltava il racconto, il vicequestore andava rielaborando l'interrogatorio cui avrebbe sottoposto Masino Di Stefano. Le questioni che non le tornavano iniziavano a essere troppe.

Alfonsina pareva sfinita: il colorito terreo, il respiro affannoso. Giosuè arrivò subito con una pillola e un bicchiere d'acqua. La donna la prese e chiuse gli occhi, inspirando a fondo.

– Alfonsina, se solo mi avessi raccontato tutte queste cose cinquantasette anni fa... – la rimbrottò il commissario Patanè, alzandosi appresso al vicequestore Guarrasi.

La donna non replicò.

– Dottoressa Guarrasi, la prego: mi prometta che prenderete il bastardo cornuto che ammazzò l'amica mia.

Vanina glielo promise.

– Alfonsina? – la richiamò poi, prima di andarsene.

– Sí, dottoressa?

– Che c'è dietro quell'apertura murata accanto al portoncino?

– Il garage, – rispose la donna, come se fosse ovvio.

– Ah, ecco. Ed è vuoto, immagino.

– No, la macchina ancora là è. Glielo dissi, niente toccammo, io e Giosuè.

– La macchina di Maria?

– No, Maria non sapeva guidare. La macchina di Burrano.

Vanina allibí. Piantata al centro della stanza, ci mise qualche secondo a elaborare la notizia.

Patanè, anche lui sgomento, guardò Giosuè che assentiva.

– Mi mostri questo garage, signor Fiscella, – ordinò il vicequestore, con ferma rassegnazione. Vedi tu se era logico tralasciare un dettaglio del genere. E la totale assenza di dolo in quella dimenticanza era evidente.

Giosuè li accompagnò di nuovo in casa della Cutò.

Aprí una porta laterale e s'infilò in un corridoietto di servizio, che finiva in una scala strettissima. Accese la luce, una misera lampadina da quaranta watt appesa al soffitto.

– Come mai avete mantenuto la luce elettrica? – chiese Vanina. Anche il giorno prima ci aveva fatto caso.

– Perché la luce nostra è attaccata con quella di questa casa. Perciò pagai sempre tutte le bollette di Luna, se no dovevamo fare un contratto nuovo e chi lo sa se ci chiedevano documenti della casa... complicazioni. E poi me l'aveva detto Luna: Giosuè, mi raccomando, quando io non ci sono pensa a tutto tu. Macari i soldi mi lassava.

Alla base delle scale, in un pianerottolo semibuio, tirò fuori un'altra chiave e aprí una porta, stavolta di ferro, che conduceva in un ambiente dall'aria cosí pesante e umida da risultare quasi irrespirabile.

Patanè prese a tossire.

– Commissario, si sente male? – si allarmò Vanina.

– No, no. La polvere è, – alzò gli occhi. – Giosuè ma dove minchia siam... – La domanda rimase a metà.

Vanina seguí la direzione del suo sguardo attonito, fisso su un'automobile che giaceva sepolta sotto una montagna di polvere, in un garage dall'apertura murata. La prima cosa che controllarono, entrambi, fu il modello: era una Lancia Flaminia.

Si avvicinarono lentamente alla macchina. Patanè spostò la polvere con un dito per vedere il colore, che alla flebile luce dell'ennesima lampadina appesa a Vanina parve blu, o nero.

– Commissario! Ma questa non è la Flaminia rubata da Di Stefano?

Patanè annuí, interrogando con lo sguardo Giosuè, che se ne stava pacifico in un angolo, ignaro del significato di quell'auto.

– Luna mi chiese di non fare entrare mai nessuno qui, e io cosí feci. Per essere piú sicuro, dal momento che lei non tornava, di notte e notte murai l'entrata, – spiegò.

Era assurdo da credere, ma quei due, marito e moglie, avevano vissuto tutta la vita in una sorta di realtà parallela. La serenità con cui Giosuè confessava di aver obbedito semplicemente agli ordini della sua ex padrona, eseguendoli e basta, senza mai chiedersene il perché, ne era la riprova.

Patanè si avvicinò alla maniglia della portiera, fece per aprirla ma Vanina gli bloccò il braccio.

– Mai a mani nude, commissario, – gli ricordò, tirando fuori dalla tasca un paio di guanti in lattice che portava sempre con sé. – Uno io e uno lei.

Patanè accennò un sorriso. Infilò il guanto e aprí la portiera dal lato del guidatore.

– Aperta la lasciasti, Giosuè, – constatò.

– Aperta la trovai, commissario. Chiavi il cavaliere non me ne diede. Per questo murai l'entrata, perché se no, macari se io e Alfonsina abitavamo qua sopra, 'sta macchina 'sa quante volte se la sarebbero arrubbata. Lei se lo ricorda che era 'sta zona fino a qualche anno fa, commissario?

Vanina focalizzò l'attenzione sul sedile posteriore. Aprí la portiera di dietro e contemplò i bagagli: tre borse di cuoio di dimensioni diverse, e due scatole incartate e infiocchettate. Non toccò nulla e ricordò a Patanè di fare altrettanto.

Da quell'automobile, lei ne era sicura, sarebbe saltato fuori un tesoro inestimabile d'indizi, che lei non aveva nessuna intenzione di alterare.

10.

L'ispettore capo Spanò raggiunse il vicequestore Guarrasi al solito tavolo d'angolo.

– Dov'è il commissario? – chiese.

– A casa, a onorare il pranzo della moglie. Sfinito.

Si accomodò accanto a lei. Notò che era già al dolce.

– I colleghi della Scientifica trovarono la carta d'identità di Maria Cutò e la patente di Gaetano Burrano. Erano conservate in un portadocumenti, nel cruscotto dell'auto.

Manenti e i suoi uomini erano arrivati da poco. L'operazione sarebbe andata per le lunghe. L'automobile andava rimossa dal garage, il che richiedeva l'abbattimento del muro di blocchetti edificato da Fiscella. Tra baule e sedile posteriore della Flaminia, erano stipati a occhio e croce tutti i bagagli che Burrano e la Cutò avrebbero portato a Napoli. Per repertare il materiale ci sarebbero volute ore, e nel garage, dopo tutto quell'andirivieni di gente, non si respirava piú.

Era inutile stare lí ad alitare sul collo alla Scientifica. Tanto valeva mangiare un boccone.

Il commissario Patanè era uscito quasi subito insieme al vicequestore Guarrasi, esagitato.

«Lo sapevo io, lo sapevo! – ripeteva. – Lo capisce che significa, dottoressa? Che se solo avessi continuato a indagarci io… Ma che era normale che tutte le prove, dico tutte, portassero alla stessa persona? Me lo dica lei: è normale? Secondo me no. Anche perché, parliamoci chiaro: Burrano non era uno stinco di santo. Intrallazzi, a Catania e provincia, ne aveva fatti assai. E l'amministratore l'aveva sempre aiutato. Di Stefano sprovveduto non era di sicuro, ma soprattutto non lo erano gli Zinna. Gli Zinna, dottoressa! Ha presente di che stiamo parlando?»

Aveva presente, Vanina, eccome se aveva presente. E non le faceva per niente piacere ritrovarsi nomi del genere tra i piedi.

«Dovevo fare come volevo io. Me ne dovevo fottere dei miei superiori, e macari delle loro evidenze. Sí, evidenze di 'sta minchia!» aveva battuto la mano sul tetto della sua Panda bianca. Si era scusato per essersi lasciato andare, imbarazzato ma neanche poi troppo.

Le aveva chiesto di fargli rileggere il fascicolo dell'omicidio Burrano, stavolta per intero.

Vanina aveva rilanciato, e l'aveva invitato addirittura ad assistere all'interrogatorio di Masino Di Stefano. Forse era stata un'impressione sua, ma l'aveva sentito partire sgasando.

Era d'accordo con lui, su tutta la linea, e non voleva privarlo del piacere di partecipare a un'indagine in cui il suo contributo si stava rivelando fondamentale. Un'indagine che poteva portare alla riapertura di un caso assai piú spinoso, nel quale l'appoggio del vecchio commissario sarebbe stato indispensabile.

Davanti alla casa della Cutò si andavano formando piccoli capannelli di gente, attirata dal viavai di poliziotti. Che fu? Stavano arrestando qualcuno? Oppure c'era stato un furto, o un morto ammazzato? Si tenevano a debita distanza, fingendo indifferenza, timorosi di essere coinvolti in qualche modo – perché quando c'è la polizia di mezzo non si sa mai – ma divorati dalla curiosità. Vanina non osava immaginare cosa sarebbe successo quando avrebbero buttato giú il muro e portato fuori la macchina di Burrano. Aveva già avvistato un paio di volti noti della stampa locale, e un fotografo che se ne stava appollaiato come un avvoltoio su uno scooter, pronto a scattare. Sapeva di essere già stata immortalata, e la cosa bastava da sola a farle girare gli immaginari attributi maschili dei quali l'opinione di molti la riteneva dotata.

Rifugiarsi *da Nino*, che era proprio lí dietro e tuttavia abbastanza distante da garantire un minimo di tranquillità, le era parsa l'unica via di scampo.

Ora il cadavere aveva un nome e un cognome, e un legame col defunto Burrano che andava oltre qualunque supposizione elaborata in quei giorni.

Spanò si mise in pari, spazzolandosi in cinque minuti una porzione di pasta coi masculini che sarebbe bastata per tre persone. Vanina lo aspettò per bere in fretta il caffè e raggiungere di nuovo il resto della squadra.

Davanti alla casa della Cutò la confusione era aumentata. Manenti, in maniche di camicia, sbraitava a destra e a manca convinto di darsi importanza di fronte alla gente che si fermava a curiosare. Una volante di supporto era stata piazzata all'inizio della strada, dietro ordine diretto del vicequestore, per evitare il passaggio delle auto. Un paio di agenti scafandrati, muniti di piccone, si stavano accingendo ad abbattere la barriera di blocchetti.

– Vicequestore Guarrasi! Mi pareva strano che non fossi qui a supervisionare il lavoro fetente che ci procurasti. In quel cazzo di garage non si respira. Una cosa da rimanerci secchi.

– Ma come, ancora cosí siamo combinati, Manenti? Dammi un piccone per favore, che te lo smonto io quel muro, almeno la finisci di soffrire.

– Che vorresti dire, non ho capito? I miei uomini stanno lavorando da un'ora, instancabilmente.

– Certo. Loro il lavoro fetente lo stanno facendo per davvero. Loro.

Uno dei due scafandrati assestò il primo colpo sulla parete, che iniziò a sgretolarsi pezzo per pezzo sotto l'azione congiunta dei due picconi. Manenti si avvicinò quel tanto che bastava a impolverarsi i pantaloni a vita ascellare anni Ottanta, le Timberland marroni e la camicia a quadri dal collo di tre centimetri piú largo.

La gente iniziò ad assembrarsi sul marciapiede dirimpetto al garage, dove Vanina si era piazzata per avere una visuale piú completa.

– Signori, siete pregati di spostarvi da qui, – disse, allontanando con garbo un nugolo di passanti muniti di smartphone. Ottenne poco. – Per cortesia, non è uno spettacolo divertente, e neppure interessante. Vi invito ad allontanarvi.

Quelli annuivano, ma intanto non si spostavano.

Vanina iniziò a perdere le staffe.

– Va bene. Fragapane, Bonazzoli: prendete le generalità di tutte queste persone. Non si sa mai, magari fra loro c'è qualcuno che conosce i proprietari della casa, – bluffò, con il tono alterato. La folla si diradò di colpo.

L'ispettore Bonazzoli la raggiunse.

– Devo prendere davvero le generalità? – chiese, perplessa.

– No. Tutto a posto con i Fiscella?

– Sí, sí. Mi hanno ripetuto quello che hanno raccontato a te. Che storia!

La testimonianza di Alfonsina Fresta aveva colpito il suo animo romantico.

– Doveva essere un grande amore, quello di Burrano per Luna, se stava addirittura per lasciare la città insieme a lei, – considerò.

– Di qualunque natura fosse il legame tra i due, l'unica cosa certa è che era imprescindibile, tanto da accomunarli persino nella morte, – replicò Vanina.

Un affarista con pochi scrupoli e un'ex tenutaria: forse era un suo limite, ma lei in quella relazione non riusciva a cogliere un solo briciolo di romanticismo.

– E che difficilmente può averla ammazzata lui, – concluse, abbassando la voce.

Rimase in un silenzio pensoso, che né Marta né Spanò, che nel frattempo si era avvicinato, si azzardarono a disturbare. Era uno di quei momenti cruciali in cui la Guarrasi non comunicava granché. E non era questione di fiducia, o di scarsa considerazione nei loro confronti. Spesso, soprattutto in quella fase, una strategia vera e propria il vicequestore non ce l'aveva. Andava a braccio, anzi, a naso.

Dal portone dell'ex Valentino comparve Fragapane, congestionato, seguito da un agente.

– Fragapane, prenda aria. Non mi dica che è stato tutto questo tempo dentro quel garage?

– Dottoressa, – ansimò il vicesovrintendente, – può venire un momento su? C'è il mio amico della Scientifica, il sovrintendente capo Pappalardo, che vorrebbe farle vedere una cosa.

Vanina lo seguí per le scale.

– Capo, non se lo può immaginare che c'era dentro quella macchina! Bagagli per un reggimento di persone, e poi giocattoli e cose per picciriddi che ci si potrebbe costruire un parco giochi.

Il sovrintendente capo Pappalardo era parecchio piú giovane di Fragapane, e sensibilmente piú basso del normale. Anche lui congestionato per colpa dell'aria viziata del garage, la aspettava in piedi sotto la Venere, con una valigetta di cuoio aperta in mano.

– Salvatore mi disse che forse i documenti che abbiamo trovato dentro questa borsa potrebbero giovarle per un interrogatorio.

Il vicequestore prese dalla valigetta una cartella da ufficio con dentro quattro fogli dattiloscritti tenuti insieme da una molletta fermacarte, e una busta aperta indirizzata al notaio Arturo Renna. Mittente Gaetano Burrano. Stava per estrarre la lettera che conteneva, quando lo sguardo le scivolò sul primo dei documenti che aveva tirato fuori. Sbigottita, accantonò un momento la busta e prese in mano il foglio in questione. Lo lesse fino in fondo, due volte, con le labbra piegate in un mezzo sorriso. Lo fotografò. Diede uno sguardo agli altri fogli, che non aggiungevano nulla alla notizia bomba contenuta nel primo. La lettera, infine, mise il carico da undici.

Il sorriso del vicequestore Guarrasi si aprí del tutto.

– Vi servono, oppure posso portarli con me in ufficio?

– Li ho già repertati, perciò se il dottore Manenti non ha niente in contrario…

Doveva provarci, ad avere qualcosa in contrario, il dottor Manenti.

Ringraziò Pappalardo e raggiunse Spanò e Bonazzoli in strada.

– Io me ne torno in ufficio, ad aspettare Masino Di Stefano. Marta, tu resta qui a presidiare il garage insieme a Fragapane. Occhio, mi raccomando. E fai in modo di fargli prendere aria, e mangiare qualcosa o bere un caffè, prima che mi svenga qua. Spanò, lei invece venga con me, che le novità sono assai.

L'ispettore capo obbedí.

Malgrado l'ufficio fosse vicino, ore prima era arrivato lí con un'auto di servizio, su cui Vanina salí concludendo una telefonata.

– A dopo, commissario, – disse.

Spanò capí che si trattava di Patanè e, dato l'orario, se ne stupí.

– Il commissario Patanè sta per raggiungerci, – gli comunicò.

L'ispettore la interrogò con gli occhi, buttando uno sguardo sulla carpetta verde scolorita che teneva stretta tra le mani.

– Sa cosa c'è qui dentro, ispettore? Un contratto firmato da Burrano e da Gaspare Zinna per la costruzione di un acquedotto.

Spanò inchiodò suscitando un coro di clacson impazziti.

– Minchia!

– E non è tutto: c'è anche una lettera mai spedita a un notaio, tale Arturo Renna. Contiene un testamento olografo, datato 1° febbraio 1959.

– Aveva fatto testamento prima di morire ammazzato?

– Non credo che morire ammazzato fosse tra i suoi programmi, Spanò! Evidentemente pensava di spedirlo una volta arrivato a Napoli.

– Se olografo, capace che è valido lo stesso. E che dice?

– Divide il suo patrimonio in due parti uguali, una per la moglie e l'altra per Maria Cutò. Col vincolo per entrambe, apra bene le orecchie ispettore, di tramandare alla loro morte tutto a Rita Cutò. Il che naturalmente non avvenne, perché il testamento rimase chiuso nella Flaminia, che non si ritrovò piú.

– Perciò Di Stefano poteva non trasirci veramente niente con l'omicidio?

– La cosa non mi stupirebbe affatto.

Entrarono nel parcheggio e ne uscirono a piedi, attraversando la strada per varcare il portone sempre sprangato dell'edificio che accoglieva gli uffici della Mobile.

– Lei sospettava che fosse innocente già da prima?

– Ragioni, Spanò: Burrano si tiene come amministratore per anni un parente degli Zinna, poi un bel giorno si sveglia e decide che non li vuole piú in mezzo ai suoi affari. È pensabile?

– Perché dice che non li vuole *piú*? Aveva fatto affari con gli Zinna, in precedenza?

– Magari non ufficialmente. Magari Di Stefano era la faccia pulita della famiglia Zinna, non so se mi spiego. Burrano intrallazzava, comprava bordelli… in che mani poteva essere secondo lei la prostituzione di Stato a Catania, ispettore?

– Scusi, dottoressa, ma che vuole fare? Riaprire il caso Burrano? – domandò cautamente Spanò.

Il silenzio ambiguo del vicequestore bastò a fornirgli una risposta.

– Minchia… non sarà facile, capo. Se lo immagina il casino che succederà? Alla televisione finiamo.

Vanina sorrise a metà. Aveva una voglia di armarlo, quel casino…

Il telefono iniziò a vibrare alla terza pagina del famoso fascicolo, in cui il vicequestore aveva sentito l'impulso di infilarsi appena si era abbandonata sulla sua poltrona non piú basculante.

– Federico! – rispose. L'aveva completamente rimosso.

– Vanina, tesoro mio, scusa se non t'ho chiamata prima! Mi sono appena liberato. Come stai?

Sorrise pensando che se l'avesse chiamata prima probabilmente neanche l'avrebbe sentito.

Federico aveva terminato i suoi impegni congressuali e non vedeva l'ora di abbracciarla. Bel casino, si disse il vicequestore. Il sazio di rinfacciarle che era sempre la solita e che aveva trattato male il patrigno, a sua madre, non aveva nessuna intenzione di darglielo. D'altra parte, in tutta sincerità, le sarebbe dispiaciuto dare a Federico l'impressione di volerlo evitare.

Mancava ancora un'ora all'arrivo di Di Stefano con Nunnari. Dopo sarebbe stato peggio: non sapeva per che ora si sarebbe sbrigata, e neppure se si sarebbe sbrigata.

Calcolò che dal centro fieristico Le Ciminiere, dove si teneva il congresso, a lí c'erano dieci minuti scarsi di taxi. Gli disse di raggiungerla in ufficio.

Prese il vecchio fascicolo del caso Burrano e cominciò a sfogliare le carte con l'attenzione che fino ad allora non aveva sentito l'urgenza di dedicare loro. Era arrivato il momento di calarsi nell'indagine del 1959 e rivederla, argomento per argomento.

Le dichiarazioni di Di Stefano, giudicate mendaci, nei documenti che erano appena saltati fuori avrebbero trovato qualche sostegno. La collaborazione di Patanè, a quel punto, era imprescindibile.

Il commissario arrivò pochi minuti prima di Federico, il passo piú veloce del solito e gli occhi luccicanti per l'emozione. Vanina gli affidò la cartellina verde riemersa dal bagagliaio della Flaminia, che lui maneggiò con l'accortezza che si riserva a una reliquia, e il fascicolo Burrano. Poi consegnò tutto l'insieme, commissario compreso, nelle mani di Spanò.

Federico la aspettava davanti al portone. Giacca blu e pantaloni grigi, il soprabito ripiegato sul braccio. I capelli quasi tutti bianchi, ma ancora folti. Sembrava non invecchiare mai.

Non lo vedeva da mesi.

– Ehi! Eccola, la mia poliziotta preferita!

L'abbracciò forte, con il solito trasporto che le sarebbe piaciuto riuscire a ricambiare.

Si sedettero nel bar piú vicino, in via Vittorio Emanuele.

– Mi dispiace non esserci stato l'altro giorno, ma settembre, lo sai, è un periodo di congressi continui. Stavo rientrando da Berlino, – esordí Federico, con rammarico.

– Non preoccuparti, sapevo che eri fuori, – si sforzò di far assomigliare a un sorriso il piegamento di labbra che le uscí.

Lui la guardò con la solita comprensione, la stessa con cui per ventitre anni aveva incassato la sua indifferenza, in cambio delle mille attenzioni che le dedicava ogni giorno. Ci aveva provato in tutti i modi, Federico Calderaro, a farle da padre. Ora, da adulta, Vanina riusciva a capirlo. A quindici anni no, non avrebbe mai potuto. Povero Federico, era una battaglia persa in partenza, la sua. Una lotta ad armi impari contro la rabbia dolorosa di una ragazzina che suo padre, il suo vero padre, l'aveva amato visceralmente e se l'era visto morire davanti, massacrato.

Senza sapere come, le tornò in mente un accenno di sua madre a qualcosa di cui Federico doveva parlarle. Per rompere il ghiaccio decise di intraprendere quella strada, incrociando le dita che non implicasse qualche incombenza da svolgere in prima persona.

– Tua madre ha il vizio di parlare assai, – disse Federico, buttandola sullo scherzo. Trasferí la conversazione su un argomento neutro. Parlò di Costanza, la sorella che le seconde nozze di sua madre le avevano regalato, di sedici anni piú piccola e lontana da lei come il giorno dalla notte, che stava per sposarsi con l'allievo numero uno del padre. Dimenticò che cosí facendo l'avrebbe solo stimolata ad approfondire l'argomento.

Sotto il fuoco amico delle sue domande, Federico iniziò a cedere e alla fine si lasciò andare del tutto. Le rivelò la crisi professionale che l'aveva investito a sessantotto anni, dopo quarant'anni di carriera felice, per colpa di un paio di denunce immeritate, con richieste di risarcimento assurde, ricevute da due pazienti. Con l'amaro in bocca le raccontò di avvocati piazzati come faine all'uscita degli ospedali, di gente ormai insensatamente convinta che la medicina sia una scienza esatta, della quantità di denunce ingiuste intentate ogni giorno contro i medici spesso a scopo speculativo. E della reazione che questo poteva provocare.

La sua era stata terribile: aveva tirato i remi in barca. Il grande professor Calderaro, la cui abilità richiamava pazienti da tutto il Meridione, chirurgo per vocazione prima che per professione, non aveva piú voglia di rischiare.

A Vanina, per la prima volta, dispiacque doverlo lasciare. Gli promise che quella sera l'avrebbe portato a casa sua.

Tommaso Di Stefano sedeva composto davanti alla scrivania del vicequestore. Gli occhi neri, vicini, divisi dalla radice di un naso sproporzionato, le labbra piegate in un ghigno storto. Gli ottantasette anni, di cui trentasei passati in pensione completa a Piazza Lanza, si riconoscevano tutti, ruga per ruga. Ebenezer Scrooge prima della redenzione, pensò Vanina.

Il commissario Patanè si era accomodato sulla sedia che Spanò aveva piazzato accanto a lei. Non aveva proferito parola, fino a quel momento.

Di Stefano lo fissava con un'ostilità rassegnata, che pareva voler dire: «Vediamo ora questo che vuole da me».

Il vicequestore prese posto dietro la scrivania. Aveva insistito che l'interrogatorio non si svolgesse nella sala apposita ma nel suo ufficio, come un qualunque colloquio. Di Stefano era lí in qualità di persona informata sui fatti, questo doveva essere chiaro.

– Buonasera, signor Di Stefano. Sono il vicequestore Guarrasi.

L'uomo spostò gli occhi su di lei, guardingo.

– Buonasera, vicequestore, – rispose, accentuando il ghigno con una smorfia. – Posso sapere finalmente perché sono stato convocato?

– Non gliel'hanno detto? – finse di meravigliarsi Vanina.

Di Stefano negò col capo lentamente, rivolto verso Nunnari.

L'espressione del sovrintendente si fece perplessa. Non era stata lei a ordinargli di mantenersi sul vago?

– Avrà saputo sicuramente quello che è accaduto a villa Burrano due sere fa, – iniziò Vanina.

– M'ha scusare, signora vicequestore, ma di quella villa meno ne so e meglio sto. Perché, che successe due sere fa?

Pareva sorpreso sul serio.

– Lei non legge i giornali, signor Di Stefano?

– No. E campo piú tranquillo. Tanto, per quello che vale...

– Perciò non sa che l'altra sera, a villa Burrano per l'appunto, è saltato fuori un cadavere risalente a circa cinquant'anni fa?

Di Stefano rimase in silenzio, sbigottito.

– Un cadavere... E di chi?

– Una donna, quasi certamente identificata come Maria Cutò.

L'uomo chiuse gli occhi un istante, quasi in segno di assenso. Poi li riaprí rattristati.

Scosse la testa lentamente. – Malafine fece, mischinazza, a bedda Luna... – Alzò lo sguardo di scatto. – Un momento: non è che state pensando di accusarmi macari di questo omicidio? – Si voltò da una parte e dall'altra: da Spanò a Nunnari, passando per il commissario Patanè.

Vanina sollevò la mano rassicurandolo. – Non è per questo che l'abbiamo convocata oggi.

L'espressione interrogativa dell'ex amministratore precedette di poco quella dei poliziotti.

– Questa mattina è stata ritrovata una Lancia Flaminia blu targata CT12383, di proprietà di Gaetano Burrano, – comunicò il vicequestore.

Di Stefano la fissò, dapprima impassibile. Poi il suo ghigno sprezzante si fece piú accentuato fino a esplodere in una risata fragorosa, finta: quasi isterica.

– Cinquant'anni p'attruvari 'na machina arrobbata! – cantilenò.

Spanò scattò subito, infastidito dallo scherno.

– Oh, Di Stefano! Moderiamo i toni.

Vanina gli fece cenno di sorvolare.

– Non le interessa sapere dove? – chiese, calma.

– Cambia qualche cosa? Tanto oramai la galera tutta me la feci.

– A suo tempo lei dichiarò di non sapere dove fosse quella macchina, anche quando i miei colleghi ipotizzarono che l'avesse venduta per far fronte ai suoi debiti di gioco.

L'uomo spostò gli occhi su Patanè.

– Ma secondo lei, dottoressa Guarrasi, accussí deficiente ero da arrobbàrimi giusto giusto la macchina di Burrano?

Il commissario Patanè rimase impassibile. La provocazione era rivolta a lui.

– Ne deduco che il cavaliere Burrano non le avesse comunicato dove l'aveva lasciata, – continuò Vanina.

– Mi pare ovvio, altrimenti l'avrei detto. Almeno un'accusa me la risparmiavo, per quello che valeva.

– A meno che questo non aggravasse ancora di piú la sua posizione.

Il commissario la fissava senza perplessità, come se sapesse perfettamente dove voleva andare a parare con quell'improvvisazione. Gli altri, invece, parevano piú confusi che persuasi.

– In che senso? – chiese Di Stefano, diffidente.

– Vede, signor Di Stefano, c'è un fatto strano: la Flaminia del cavaliere Burrano è stata conservata per cinquantasette anni in un garage, che una persona premurosa ha pensato bene di murare per evitare che qualcuno se la rubasse veramente. Sa qual era il garage? Quello di Maria Cutò. Sotto l'ex casa di tolleranza Valentino. Ha presente?

Lo stupore di Di Stefano traspari chiaramente.

– Indicando ai colleghi che l'auto era lí lei avrebbe rischiato di portarli sulle tracce di un altro omicidio, di cui ancora una volta lei solo sarebbe stato il sospettato.

Il vecchio sbarrò gli occhi. – Un altro omicidio? – chiese.

– Quello di Maria Cutò.

– Ma che sta dicendo? Ma se manco lo sapevo che quella mischina era morta? – Si agitò sulla sedia. – Avevo ragione a dire che mi stavate accusando di nuovo. Questa però è soverchieria, dottoressa. Voglio il mio avvocato.

– Non la sto accusando di niente, signor Di Stefano. Sto solo ragionando. E non l'ho convocata come sospettato.

– Io non ne avevo idea che la macchina di Tanino fosse a casa di Luna. Che motivo avrebbe avuto di dirmelo? Le uniche questioni di mia competenza erano quelle economiche. Che Maria era sparita, quando lo ammazzarono, lo capii subito. Ma che dovevo fare? Tirare dentro a lei per cercare di difendermi? Tanto non poteva essere stata lei ad ammazzarlo.

– Come fa a esserne cosí sicuro?

– Primo perché era il padre di sua figlia, e un giorno o l'altro aveva macari intenzione di riconoscerla, e secondo perché per lei era una miniera d'oro. No, il vero assassino era ammucciato chissà dove, dottoressa, e parlare di Maria con gli sbir... con la polizia, avrebbe solo fatto scandalo e sollevato polvere inutile. Polvere nera, che fa l'aria fumosa. Come quella dell'Etna.

– Accanto al corpo di Maria Cutò c'era una cassetta di sicurezza, con dentro un milione di lire. Erano soldi di Burrano?

Il vecchio si perse dietro i suoi pensieri. – Difficile mi pare.

Vanina dissimulò la sorpresa tirando fuori una sigaretta.

Patanè aprí il fascicolo dell'omicidio Burrano e lo sfogliò fino a ritrovare un punto che si era segnato. Glielo mise sotto gli occhi, indicandole un dettaglio. Il vicequestore lo sbirciò prima di rialzare lo sguardo su Di Stefano.

– Cos'è che le pare difficile? – gli chiese, neutra.

– Tanino cassette di sicurezza non ne usava. I soldi li teneva sempre in una ventiquattrore, di quelle con la combinazione e macari con le manette di sicurezza. In quel viaggio, milioni se ne stava portando appresso tre, non uno. E questo lo so per certo, perché alla banca a ritirarglieli ci andai io stesso. Glielo dissi, al commissario Torrisi, che la valigetta con i soldi era scomparsa, ma quello la prese come un'altra prova contro di me –. Sorrise, sardonico. – Mi stavo autoaccusando, perciò, secondo lui. Accussí fissa dovevo essere!

Nel foglio che indicava Patanè, i tre milioni comparivano tra le prove a carico di Di Stefano.

– Posso domandare dove l'avete trovata, a Maria Cutò? – chiese il vecchio, all'improvviso.

– In un montacarichi.

Quello si straní. – Il montacarichi della torre?

– Perché, ce ne sono altri?

– Non penso. Soltanto che non lo usava nessuno. Funzionava male, si bloccava sempre, e poi era difficile da azionare. Tanino ogni tanto lo usava come nascondiglio, ma non per cose di valore perché era troppo facile aprirlo.

– Tutte le aperture erano nascoste da qualcosa. In cucina c'era una credenza. Al piano di sopra una statua. Spanò, mostri le fotografie, – ordinò Vanina.

L'ispettore tirò fuori le foto della statua, nella prima e nella seconda collocazione.

Il vecchio inforcò un paio di occhiali che dovevano essersi fatti trent'anni di carcere assieme a lui. La sua reazione fu immediata. – Bella questa! E chi la spostò? Ma poi... m'ha scusare, può ripetere il fatto della credenza?

Vanina si fece passare i rilievi fotografici del ritrovamento e glieli mise davanti.

– Perciò il montacarichi in cucina era? – chiese l'uomo.

– Perché? Non doveva essere lí?

Di Stefano scosse il capo. – No, no, no. C'è qualcosa che non quadra.

– Signor Di Stefano, c'è un cadavere dentro. È questo che non quadra. Non crede?

– No, vicequestore, non quadra niente. Ma del resto, non quadrava niente manco cinquantasette anni fa, quando fu di Tanino... Oh, mi scusi, dimenticavo: là il colpevole si trovò subito, – riprese il ghigno sprezzante. – Che dice, commissario Patanè? A lei le quadravano le cose, nel '59?

Patanè non aveva fiatato per tutto il tempo. Non sapeva come comportarsi. La Guarrasi stava conducendo il gioco in modo abile, non c'era che dire. Piano piano stava arrivando dove voleva lei. Ma era agghiacciante vedere quanto fosse evidente l'innocenza di Di Stefano. Quelle frecciate e quegli sguardi sdegnosi servivano a ricordargli di averlo abbandonato alla mercé dei suoi superiori. Perché Di Stefano lo sapeva bene che lui della sua colpevolezza non ne era mai stato convinto, che avrebbe allargato il raggio d'azione. Il commissario Patanè, allora ispettore, non se l'era mai raccontata fino in fondo, ma il sospetto che fosse stato proprio quello il motivo della sua estromissione dall'indagine l'aveva sfiorato piú di una volta.

– Cosa non le quadra, signor Di Stefano? – ribadí Vanina.

– Tanto per cominciare: il montacarichi, me lo ricordo preciso, era fermo al primo piano e la porta non era coperta da niente. La statua del padre nello studio era, anche il giorno che Tanino morí. In cucina idem: la credenza era messa da tutt'altra parte.

– Chi sapeva attivare il montacarichi?

Il vecchio alzò le spalle. – Boh. Tanino, immagino. Erano cose di tanti anni prima, dei tempi di suo padre. Manco i domestici lo sapevano usare. C'era un macchinario strano, una specie di motore –. Respirò a fondo, in debito d'ossigeno.

Vanina si appoggiò allo schienale e allontanò la poltrona dalla scrivania.

– Per oggi non ci serve altro.

Di Stefano si alzò dalla sedia come da un cuscino di spine su cui era stato costretto a sedere.

Il vicequestore gli si avvicinò.

– Un'ultima domanda, signor Di Stefano, – fece, a bruciapelo. – L'acquedotto che doveva essere costruito sul suo terreno, era il primo affare che Gaetano Burrano avrebbe intrapreso con la famiglia Zinna?

Il vecchio alzò gli occhi, drizzando la schiena piú che poteva per arrivare ai suoi.

– Vicequestore Guarrasi, lei è libera di non credermi, come non mi credettero prima di lei i suoi colleghi di allora, – indirizzò a Patanè un cenno col mento. – Tanino Burrano non lo ammazzai io, e manco gli Zinna.

– Di Stefano, io le ho fatto una domanda precisa.

– No: quell'affare non era il primo e non sarebbe stato l'ultimo.

Erano rimasti soli, faccia a faccia, Vanina e Patanè.

– Dottoressa, mi dica che la pensiamo allo stesso modo, – fece il commissario, scartando il terzo cioccolatino in un'ora.

Il vicequestore si alzò e andò verso il balcone. Aprí un'imposta e si accese una sigaretta. – Non so quello che pensa lei, ma posso dirle su cosa stavo riflettendo poco fa: che per ogni giorno che Di Stefano si è fatto a Piazza Lanza, un delinquente vero è stato amnistiato per svuotare le carceri, – disse, fissando le finestre di fronte. Erano armate di sbarre. Un tempo, prima di diventare una caserma e di ospitare i locali della Polizia di Stato, quell'edificio borbonico era stato il Carcere Vecchio di Catania.

Patanè accennò un sorriso amaro. – E secondo lei basta per chiedere la revisione del processo?

– Intanto basta a indirizzare l'indagine. Sono convinta che Maria Cutò fu ammazzata dalla stessa persona che ammazzò Burrano. E siccome mi pare abbastanza chiaro che Di Stefano sia colpevole quanto mia nonna…

– E come lo proviamo? – Ormai Patanè parlava direttamente al plurale.

– Ragioniamo sugli elementi nuovi, commissario: la macchina, il contratto per l'acquedotto, il testamento. L'acquedotto c'è, questo è certo, perciò qualcuno lo costruí. L'acqua dei Burrano di sicuro avrà destato interesse, e mi giocherei qualunque cosa che gli Zinna avessero qualche avversario, presumibilmente della loro stessa pasta. Mi spiego?

– Si spiega benissimo, dottoressa Guarrasi. Avversari degli Zinna, tali da poter competere con loro, ce n'erano pochi. I Cannistro e i Tummarella sicuramente erano i piú titolati. Suggerirei di non perdere tempo sui primi, però.

– Direi, – concordò Vanina. I Cannistro erano stati decimati, per non dire estinti, a suon di kalashnikov verso la metà degli anni Ottanta. Era storia.

Richiamò Spanò.

– Cerchiamo di scoprire il piú possibile sull'acquedotto che passa per le terre dei Burrano: progettisti, costruttori. Notizie ufficiali e non. Soprattutto non. Lo faccia da solo, senza troppo chiasso, che in questo momento non ci gioverebbe.

– Lassassi fare a mmia, capo, – assicurò l'ispettore, annuendo e partendo verso l'uscita.

– Quel ragazzo è prezioso, – disse Patanè, con l'orgoglio di un padre.

Vanina sorrise. Prezioso era prezioso, ma *ragazzo*…

La telefonata con Vassalli andò avanti per piú di mezz'ora; Vanina riuscí a mettere giú che erano le sette e mezzo di sera.

Patanè se n'era tornato a casa da un bel po' e l'avviso di un messaggio di Federico illuminava lo schermo del suo iPhone. A eccezione di Spanò, già in azione da quando si era concluso il colloquio con Di Stefano, il resto della squadra aveva rotto le righe. L'ultima a congedarsi era stata Marta, dopo averle consegnato un post-it con tutte le notizie e i numeri telefonici che le aveva chiesto.

Subito dopo, scortato dal solito codazzo d'accompagnamento, Vanina aveva visto passare davanti alla porta aperta anche Tito Macchia. Abbandonata sullo schienale, la voce di Vassalli che litaniava ancora implacabile nell'orecchio, aveva risposto con un cenno rassegnato al saluto, traboccante di esilarata compassione, che il Grande Capo le aveva rivolto dalla soglia dell'ufficio.

Il fascicolo dell'omicidio Burrano ora piú che mai la attirava come una calamita.

Lo infilò nella sua borsa di stoffa: se doveva passarci la notte sopra, tanto valeva farlo spalmata sul divano, in conclusione della serata che stava per trascorrere col patrigno.

C'era solo un'ultima cosa che doveva fare, prima di levare le tende anche lei. Staccò dal monitor del computer il post-it minuziosamente redatto da Marta, e compose il numero telefonico sottolineato. Viva la longevità, sogghignò leggendo gli appunti dell'ispettore.

– Il notaio Nicola Renna?... Vicequestore Giovanna Guarrasi, squadra Mobile. La disturbo perché avrei bisogno di parlare con suo padre...

Era un'idea vaga. Una sensazione. E andava verificata di persona.

Federico Calderaro era entusiasta della dépendance vicino all'agrumeto. Per non parlare poi dell'amaca: quante volte aveva pensato di comprarsene una e piazzarla nella casa di Scopello? Bello doveva essere, rientrare la sera dopo una giornata di lavoro, buttarsi là e non pensare piú a niente. Ma poi, sai com'è, tra una cosa e l'altra, il tempo sempre risicato, uno rimanda ogni volta. E gli anni passano, eh sí gioia mia, passano uno appresso all'altro manco fossero giorni, o minuti... e uno si ritrova anziano senza rendersene conto. Ma da ora in poi non ce n'era piú per nessuno: il professor Calderaro tornava padrone del proprio tempo.

Parlava. Beveva birra, fumava la Gauloises che gli aveva offerto Vanina – basta che non mi fai sgamare da tua mamma, eh! – e parlava. Parlava tanto che la metafora della puntina di grammofono sarebbe stata riduttiva.

Vanina non lo riconosceva. Non sapeva se attribuire la cosa all'alcol – quando mezz'ora prima l'aveva prelevato all'hotel *Excelsior*, il prof aveva già al proprio attivo un Negroni post congresso – o allo stress psicologico cui le aveva confessato di essere sottoposto in quel periodo. Era un'allegria forzata, di sicuro non una condizione normale, per lui.

Bettina era stata come al solito provvidenziale.

Certo, co' sto fatto che il vicequestore doveva fare la dieta – perché deve farla poi solo lei lo sa. Che dice, professore? – le aveva preparato solo verdure: melanzane in agrodolce, zucchine ripiene e peperoni al forno. Valore calorico incalcolabile. A sapere che il vicequestore aspettava ospiti l'avrebbe aiutata con qualche cosa di piú sostanzioso. Non l'avrebbe ammesso neppure sotto tortura, ma non riponeva troppa fiducia nell'abilità culinaria della sua inquilina. E aveva ragione. La dottoressa Guarrasi apprezzava la buona tavola, ma coi fornelli non ci sapeva fare. Invece Vanina aveva risolto con gli involtini alla messinese che aveva comprato da Sebastiano la sera prima.

Di dieta ovviamente non se ne parlava nemmeno, ma venne fuori una cena piú che dignitosa, che Federico parve gradire. Soprattutto, poi, in confronto alla serata di gala che era riuscito a schivare con quella scusa. Era inutile: gli eventi sociali, se non c'era Marianna, l'abbuttavano troppo.

Sua madre sarebbe stata contenta. In tanti anni, era la prima volta che Vanina concedeva a Federico l'attenzione che meritava. Forse proprio la sua assenza in questo era stata una circostanza favorevole. Certo era che se solo sua madre non avesse tanto cercato di spingerla verso di lui, presentandoglielo come un perfetto nuovo padre, forse il professore sarebbe potuto diventare per lei un buon amico. Chissà, magari era ancora possibile recuperare.

Vanina stava togliendo di mezzo gli avanzi, prima di riaccompagnare il patrigno in albergo, quando un primo piano a 42 pollici di Paolo Malfitano occupò lo schermo del televisore appena acceso.

Federico la guardò di sottecchi.

La quieta, attenta impassibilità che Vanina riuscí a ostentare le costò piú fatica di un chilometro in salita con uno zaino di venti chili sulle spalle. Federico riferiva a Marianna qualunque cosa; una reazione come quella della sera prima avrebbe aperto il varco a una cascata di recriminazioni a base di «te l'avevo detto», di cui sua madre era maestra. Andava evitata a ogni costo.

Con la naturalezza di un gesto programmato, aprí un mobile basso e tirò fuori due bicchierini. Esplorò l'interno alla ricerca di un qualunque superalcolico, magari dimenticato lí per caso da qualcuno. Trovò solo una bottiglia di mosto muto: un vino liquoroso artigianale che produceva un conoscente di Bettina. Non le era mai piaciuto, ma era dotato di un grado alcolico appropriato alla circostanza. Lo rifilò a Federico come una specialità locale che assolutamente doveva assaggiare, e con la scusa ne tracannò un bicchierino colmo.

Si misero in macchina appena conclusa l'intervista, che durò cinque minuti scarsi. Piú di tanto Paolo non avrebbe mai concesso, in una circostanza simile, a nessun giornalista. Anzi, già era assai che gli avesse accordato quelle quattro domande, considerò Vanina.

Fu il suo unico commento, che non soddisfece del tutto Federico.

Lui invece qualcosa gliela doveva dire, questo era evidente. Com'era pure evidente che non sapeva da dove cominciare.

– Vedi tu che cosa, povero Paolo, – esordí, quand'erano già al semaforo di piazza Verga, fissando il Palazzo di Giustizia come se gli avesse ispirato quella riflessione.

L'hotel *Excelsior* era davanti a loro, dall'altro lato della piazza, dove un gruppo di uomini in abito grigio e donne in tailleur stava scendendo da un pullman granturismo. I reduci della cena di gala.

Quattro parole vaghe, preparatorie. Esplorative. Posso continuare o non gradisci?

Vanina non commentò.

– Ce ne vuole coraggio, ad andare avanti per la propria strada nonostante tutto, – proseguí Federico.

Ci voleva coraggio, sí. Anche un po' d'incoscienza. O di senso di giustizia, che poi spesso è la stessa cosa, pensò Vanina.

– In questo momento, giusto giusto, solo le intimidazioni ci mancavano. Povero figlio, – buttò lí il professore, addentrandosi a poco a poco nell'argomento.

– Perché? Per ricevere una minaccia di morte che ci sono momenti migliori e momenti peggiori? – ironizzò. Vediamo che mi deve dire.

– No, certo. Però quando uno accanto ha una famiglia, le situazioni le affronta meglio.

La stava pigliando alla lontana, ma Vanina iniziò a capire. E la cosa non le piacque.

– Mi dispiace contraddirti Federico, ma oltre un certo livello d'angoscia la famiglia non può fare granché.

– Ma se oltre alla preoccupazione per la propria incolumità, ci metti pure il dispiacere di una famiglia che manco il tempo di nascere già si sta disgregando…

– Federico, facciamo prima se mi dici direttamente quello che mi vuoi fare sapere. O che mia madre mi manda a dire.

Il professore esitò, a disagio per il gelo improvviso che era calato.

– Lasciala stare a tua madre, che non c'entra niente, – protestò. Guai a toccargli Marianna. – Ci ho pensato io prima, solamente perché l'ho visto in televisione. Lo sapevi tu che la moglie di Paolo se n'è andata di casa, dopo manco tre anni di matrimonio e con una figlia piccola?

No, non lo sapeva. Chi gliel'avrebbe dovuto raccontare? Nessuno dei suoi pochi amici rimasti a Palermo s'azzardava mai a toccare l'argomento. Non lo sapeva e manco lo voleva sapere. Ma ormai Federico aveva preso la calata.

– Dice che lui la tradiva. Ma ti pare una cosa possibile? Con la vita incasinata che ha, il pericolo sempre dietro l'angolo, votato al lavoro com'è... si mette a tradire sua moglie? Io ho i miei dubbi. Ce lo raccontò Costanza, qualche settimana fa. Lo sai che lei e Nicoletta Malfitano sono amiche, no?

Se lo ricordava, eccome, che erano amiche. Era stata il suo punto di forza, quell'amicizia. Sapere che c'era una bella ragazza innamorata persa di Paolo, in agguato e pronta a consolarlo al momento opportuno, le aveva reso tutto piú facile. Era bastato violentarsi, ferirlo con il suo abbandono improvviso, mentire a tutti, perfino a sé stessa, e scappare. Lontano. Cosí tutto sarebbe andato nel modo piú giusto.

Ma ci sono realtà, nella vita di ognuno, di cui solo a posteriori è dato valutare l'importanza. Spesso le cose non sono come sembrano, mai dimenticare questa regola basilare.

E certe scelte possono rivelarsi delle solenni minchiate, anche se sul momento ti erano sembrate inevitabili, se non addirittura salvifiche.

Anche questa era una regola basilare, ma a suo tempo, forse, doveva esserle sfuggita.

11.

Il notaio Nicola Renna aveva preso il posto che era stato di suo padre Arturo, di anni novantuno. Alto, allampanato, capelli grigi folti e occhiali alla Oliviero Toscani, rossi. Li accolse con una trentina di starnuti di fila. – Un'allergia potentissima, – spiegò, tirando su col naso e scusandosi. Addirittura non sentiva piú gli odori.

L'ufficio del notaio era un capolavoro hi-tech degno dello spazio espositivo del MoMA di New York. Una versione svuotata e passata dalla mano di qualche interior designer di grido della stanza attigua, dove il notaio senior Arturo Renna ricevette il vicequestore Guarrasi e l'ispettore capo Spanò.

A Vanina, neanche a dirlo, il confronto parve impietoso. Lo studio del vecchio era un insieme armonico di mobili antichi, poltrone di cuoio, arazzi, tappeti e due librerie tracimanti, che davano all'ambiente un calore e un'aria vissuta fuori dalla portata di qualunque arredatore del terzo millennio.

Come persona, invece, il padre e il figlio le fecero l'effetto esattamente opposto. Tanto cordiale era Nicola Renna quanto altero era il padre. Corpulento, media statura, mascella volitiva. La brutta copia di Marlon Brando versione *Padrino*. Se il post-it di Marta non avesse specificato l'età, Vanina gli avrebbe dato dieci anni di meno.

Che oltre alla buona salute il vecchio notaio conservasse ancora un cervello perfettamente funzionante, l'aveva appreso Spanò con una telefonata a suo padre. Un racconto di un quarto d'ora circa, che gli aveva affumicato ancora di piú le idee, ma che gli aveva fornito le risposte utili. Sí: il notaio Renna era ancora fresco e pimpante. E sí: conosceva bene don Gaetano Burrano.

Dopo aver accennato una sorta di baciamano e averla esaminata da capo a piedi con l'accuratezza di un body scanner, Arturo Renna spostò l'attenzione su Spanò, e gli rivolse la domanda destinata al capo della brigata: – A cosa debbo questa visita, vicequestore?

L'ispettore buttò l'occhio in direzione di Vanina, che fissava il vecchio, sardonica. Davanti a errori di questo tipo, era raro che il vicequestore lasciasse correre, e se succedeva era solo perché il malcapitato le ispirava benevolenza. E non era quello il caso.

Nicola Renna si schiarí la voce, imbarazzato, tirando su col naso come un disperato.

– Papà, non è lui il...

– Notaio Renna, ho bisogno di farle alcune domande, – intervenne Vanina, imperturbabile davanti alla faccia sorpresa dell'uomo.

L'ispettore capo sospirò, sollevato. Per com'era presa la faccenda, la Guarrasi era capace di partire in quarta, e poi chi la fermava piú. Ma quel tono intenzionalmente moderato, nel quale l'ispettore riconosceva ben occultato un sibilo tra i denti, significava che non erano lí per una semplice acquisizione di elementi, ma per chiarirsi le idee su qualcosa. E lui non aveva ancora afferrato cosa.

Vanina aveva passato metà della notte sul vecchio fascicolo Burrano. Appena arrivata in ufficio, con il cappuccino ancora intonso in mano e senza aver salutato nessuno, aveva fatto due telefonate: la prima a Masino Di

Stefano, la seconda ad Alfonsina Fresta. Aveva acquisito informazioni utili ai fini di quel colloquio.

– Un cliente morto ammazzato non è cosa che capita ogni giorno, – rispose il notaio.

Per quello che poteva ricordare, dal suo punto di vista le cose erano state piú che semplici. Niente figli, divisione dei beni di famiglia col fratello già definita dal padre. Unica erede la moglie.

– Come mai state indagando di nuovo su un caso risolto da tempo? – le chiese. Se per un morto vecchio di mezzo secolo si stava scomodando un vicequestore della Polizia di Stato, la faccenda doveva essere seria.

Vanina eluse il quesito con un'altra domanda.

– Lei era a conoscenza della relazione tra Gaetano Burrano e una donna di nome Maria Cutò?

Le labbra di Renna si piegarono in un sorriso vago.

– E chi non aveva *relazioni* con Maria Cutò?

– Quindi non le risulta che Gaetano Burrano e la Cutò fossero amanti?

– Non è nelle mie abitudini parlare di certi argomenti in presenza di una signora, ma siccome qui il poliziotto è lei… Immagino sappia che mestiere faceva la signora Cutò. Se Tanino Burrano era il suo amante, allora io ero… vabbe', non scendiamo nei dettagli.

Eccolo lí: il grande maschio siciliano. *Le physique du rôle* per una bella divisa nera da federale. Riusciva a immaginarlo, tutto tronfio, che saliva le scale del Valentino.

– Meglio, vuol dire che può esserci d'aiuto. Essendo lei un cliente cosí affezionato, presumo che fosse anche il notaio della Cutò. Oppure preferiva tenere la sua professione lontana dalle stanze da letto del Valentino?

All'orecchio di Spanò, il sibilo stava virando verso il ruggito.

Il notaio tacque, spiazzato dall'assenza di mezze parole e dal tono secco del vicequestore. Renna junior si schiarí la voce un paio di volte, saettando il padre con occhiate incerte. Ma il vecchio non ci badò.

– Forse. Non ricordo, – rispose. – Posso chiederle perché la sezione Omicidi della squadra Mobile s'interessa cosí tanto a un'ex prostituta, che a Catania non si vede in giro da... non lo so, cinquant'anni?

– Perché è stata ritrovata appena qualche giorno fa, a villa Burrano. Morta. O meglio: mummificata. Sí, notaio, in effetti da circa cinquant'anni. Cinquantasette, azzarderei.

Il notaio stavolta accusò il colpo. La guardò in silenzio, ma con lo sgomento dipinto in viso.

– Il cadavere del montacarichi, certo! C'è un articolo su «Repubblica» di oggi, – esclamò Nicola Renna.

Scomparve nella stanza hi-tech, mentre Vanina interrogava con un'occhiata Spanò. L'ispettore allargò le braccia, desolato. Nel suo bar abituale «la Repubblica» non era contemplato tra i comfort. «La Gazzetta Siciliana» bastava e avanzava.

Renna junior tornò indietro con un quotidiano spaginato in mano.

Vanina e Spanò si scambiarono una seconda occhiata.

Renna senior parve aver realizzato d'un tratto che si stava parlando di un omicidio, e che lui era uno dei pochi superstiti ad aver conosciuto la vittima. Sí, ripensandoci forse un atto l'aveva stipulato, la Cutò. Bisognava andare a vedere nell'archivio notarile, però. Spanò si prese l'appunto. Che fosse diventata un'amante di Burrano? Poteva essere. Ne aveva avute tante, Tanino. E in fondo, dopo la chiusura delle case di tolleranza, di Madame Luna nessuno aveva avuto piú notizie. Una maîtresse era, ormai. E non era tipo da andare per strada o in situazioni troppo equivoche, come altre invece avevano fatto. – Per la gloria della Merlin, – aggiunse, recuperando il ghigno.

– Ricorda se Burrano le aveva mai accennato alle sue ultime volontà? Un testamento che aveva intenzione di redigere? – chiese il vicequestore.

– Non lo ricordo. Ma non mi pare. Troppo giovane era. Ripeto: morí senza testamento.

– Un'ultima domanda, notaio Renna, – fece Vanina, in piedi e già sul punto di congedarsi.

Spanò drizzò l'orecchio: ecco, quello era il momento tipico in cui il vicequestore sparava per direttissima la domanda che s'era tenuta da parte durante tutto il colloquio, la piú importante.

– La sua amicizia con Burrano era di lunga data, oppure derivava dai rapporti professionali?

Il vecchio serrò le mani dietro la schiena, impettito.

– Né l'uno né l'altro. La mia famiglia era molto amica dei Regalbuto, la famiglia di Teresa.

– Ah, ecco, – assentí Vanina, come se la notizia le giungesse inaspettata. – Perciò fu lei ad assistere la signora quando il progetto dell'acquedotto andò in porto?

Il vecchio la fissò, tradendo un attimo d'incertezza.

– Che c'entra questo con Madame Luna?

– Mah. Probabilmente nulla. Curiosità. È una grande risorsa alle volte, lo sa, notaio? Ho risolto piú casi seguendo la mia curiosità che attenendomi alle informazioni ufficiali –. Lo osservò, in attesa della risposta.

– Sí, naturalmente. La seguii io, Teresa. Una donna sola e inesperta, sarebbe stata una preda facile per gente senza scrupoli. E quel progetto una vittima l'aveva già mietuta.

– Una vittima del progetto, certo. Bene, notaio, spero di non doverla piú disturbare, – lo salutò, col sorriso smagliante che riservava alla gente che sapeva di rivedere.

Vanina strinse la mano attorno alla fiamma dell'accendino, schivando una folata di vento, e si accese una sigaretta. Gli occhi stretti, per evitare quella sabbia nera che finalmente pareva aver smesso di cadere ma che nessuno si era ancora preso la briga di spazzare dalle strade.

Via Umberto era nel pieno del bailamme tardo-mattutino. Macchine in fila, scooter che sgusciavano da tutte le parti, pedoni timorosi – le strisce pedonali non hanno mai garantito l'incolumità. I marciapiedi sempre piú brulicanti via via che ci si avvicinava all'incrocio con via Etnea. E poi sovrano, al top delle zone di massimo caos, l'ingresso di via Corridoni al mercato cittadino: *'a Fera 'o Luni*.

Il silenzio di Spanò era piú eloquente di una domanda diretta.

– Avanti, ispettore, sia sincero. Mi dica che c'è.

– La verità? A parte che il vecchio ha una faccia che viene voglia di stampargliela su un muro, di tutta 'sta conversazione ci capii picca e nenti. Ora, sempre a essere sinceri, capo, non è che questo non capita mai quando uno va in giro con lei. Però, visto e considerato che pure io sto raccogliendo informazioni…

– E anche lei ha ragione, Spanò. Venga, andiamo a prenderci un caffè e facciamo il punto.

Senza nessuna incertezza, puntarono dritto verso l'angolo, svoltarono su via Etnea e si fiondarono sul primo tavolino libero. I caffè diventarono due granite di mandorla macchiate al caffè con relativa brioche calda cui, come l'ispettore insegnava, non ci si poteva sottrarre, perché come la facevano lí non la facevano da nessuna parte.

– Badi bene, Spanò, che quello che sto per dirle non ha nessuna base concreta. Sono elucubrazioni. Mie. Idee che mi vennero in testa stanotte, mentre spulciavo per bene il fascicolo Burrano. Il notaio Renna compare piú volte tra i testimoni, in particolare proprio quando si parla del famigerato acquedotto. A testimoniare che Burrano era in rotta con Di Stefano, e che non aveva nessuna intenzione di mettersi in affari con la sua famiglia, furono in particolare tre persone: Teresa Regalbuto vedova Burrano, Vincenzo Burrano, che credo fosse il padre di Alfio Burrano, e Arturo Renna. Con quello che racconta Alfonsina Fresta c'è una discordanza assoluta. Solo la versione di Di Stefano coincide in molti punti con la sua. Perciò: o Di Stefano e la Fresta sono appattati, il che mi pare come minimo strano dato che se cosí fosse almeno la macchina sarebbe saltata fuori subito, oppure a mentire erano quei tre. E che Renna fosse molto amico della signora Burrano me l'ha confermato Di Stefano stamattina.

L'ispettore era rimasto col cucchiaino in una mano e il tuppo della brioche nell'altra.

– E perché la vedova, il fratello e l'amico avrebbero dovuto mentire, scusi?

– Eh, perché, Spanò? Per coprire l'assassino, per esempio.

– Ma no, dottoressa... Poi, perché mai avrebbero dovuto farlo fuori, a Burrano? Quello finanziava a tutti e tre. Manco il fatto che se ne stava andando con la Cutò avrebbe cambiato la vita a nessuno di loro.

– Dimentica il testamento.

– Che però era ancora là, bello imbustato, perciò nessuno ne sapeva niente.

Il ragionamento di Spanò filava, forse piú di quello che si stava ingarbugliando nella mente di Vanina. Tanto piú che Alfonsina le aveva confermato che nessuno era mai venuto a reclamare la macchina di Burrano. Però lei una strana sensazione nei confronti di Renna continuava ad averla.

– Invece le informazioni che le avevo chiesto sull'acquedotto?

– Piú tardi ce le avrò tutte, e anche qualcuna in piú. Stia tranquilla, dottoressa, – assicurò l'ispettore, lanciandosi sulla granita con in mano un pezzo di brioche pronto a essere inzuppato.

Vanina sorrise divertita di fronte a quel gesto, inconfondibilmente targato Catania.

Che poi, a essere precisi, Giuli le aveva raccontato che il catanese vero, quello purosangue, la zuppetta non la faceva neppure con la brioche. La faceva col pane. La mafalda, possibilmente calda.

Appena addentò il tuppo, soffice e croccante di zucchero granellato, odoroso di burro al punto giusto e senza aromi fasulli, dovette ammettere che una brioche cosí buona in vita sua l'aveva mangiata poche volte. Anzi, per l'esattezza una sola volta: a Noto, in un famoso caffè dove l'aveva portata Adriano Calí.

Mentre l'ispettore ripuliva il fondo del bicchiere, Vanina aprí la versione digitale del quotidiano che aveva tirato fuori Nicola Renna. In entrambe trionfava la fotografia del muretto abbattuto davanti al garage della Cutò, oltre a una serie di voli pindarici sul caso. Un paio di riferimenti all'omicidio Burrano, con cui questo «nuovo mistero» non poteva non avere un nesso, comparivano nella parte centrale dell'articolo, seguiti da allusioni che tiravano in ballo gli Zinna, con espressioni come «uomo d'onore», «esecuzione mafiosa» e via dicendo. Dulcis in fundo, entrambi i cronisti concludevano soprannominando il cadavere «la sciantosa», come si diceva fosse stata battezzata dagli stessi poliziotti della Mobile.

– Un'altra cosa, ispettore: possiamo sapere chi è questo deficiente che fa la vuccazza larga coi giornalisti riferendo tutte le nostre indagini? No, perché a meno che Macchia non sia diventato pazzo e non abbia deciso di sprecare il poco tempo che ha rivelando alla stampa le indagini, cosa che mi pare come minimo improbabile, il riferimento alla «sciantosa» mi fa pensare che la testa di cazzo di turno sia qualcuno a lui vicino.

Spanò assentí, rassegnato.

– Piú che vicino, direi… prono, – precisò.

Vanina non ebbe bisogno di rifletterci neppure un minuto.

– Ma sempre lui, è. Pure amicizie tra i giornalisti, ha?

– Amicizie poi… Una, amicizia. Femminile. Però nel giornale di Palermo. Per quello di Catania invece non ne ho idea. Ma mi pare che quelli dopo l'articolo iniziale non abbiano piú scritto niente. E niente scriveranno, finché non gli daremo la versione ufficiale, e sempre che non pesti i piedi a nessuno… – concluse, sarcastico.

– Spanò, giuro che se 'sto cretino non si dà una regolata, raccomandato o no, un giorno o l'altro si ritrova a mangiare polvere all'archivio della questura.

Il commissario in pensione Biagio Patanè aveva passato una notte agitata. Che riguardo a quella storia le cose non gli quadravano lo sapeva da piú di cinquant'anni, e a quel pensiero ormai ci aveva fatto l'abitudine. Stavolta però si trattava di qualcosa di nuovo. Qualcosa che doveva averlo colpito, anche se non abbastanza da imprimersi nella sua mente. E finché non fosse venuto a capo di quel dilemma, di prendere sonno non sarebbe stata cosa.

Per il cruccio di Angelina, che l'aveva sentito rigirarsi nel letto e lo guardava preoccupata come se dovesse vederlo crollare da un momento all'altro, le occhiaie come due solchi ma gli occhi luccicanti per la sospirata intuizione, alle dieci e mezzo si era andato a piazzare nell'ufficio del vicequestore Guarrasi. Giusto giusto pochi minuti dopo che lei e Spanò erano usciti.

Ci aveva pensato l'ispettore Bonazzoli, quella venere bionda – un poco troppo magrolina per i suoi gusti ma dalla bellezza inopinabile – a farlo accomodare. Addirittura il dirigente della Mobile in persona, un titano barbuto dall'aria autorevole, si era mosso dal suo ufficio e gli aveva dedicato dieci minuti del suo tempo. Aveva perfino acconsentito a fargli ficcare il naso tra le carte di quel caso, che aveva definito «della sciantosa».

Una volta recuperato il foglio che stava cercando, il commissario ci aveva messo un attimo a confermare l'origine della sua insonnia. Sollevato, aveva deciso che però ne avrebbe parlato solo con la Guarrasi. Aveva scartato due cioccolatini e s'era messo comodo ad aspettarla.

Vanina lo trovò lí, assorto nella lettura del codice di procedura penale, che aveva estratto dalla libreria.

– Ogni tanto fa bene ripassarselo, – disse Patanè, vedendola sorpresa.

Marta le riferí con accuratezza tutte le richieste del commissario che, col permesso del dottor Macchia, aveva preso visione di piú di un documento.

– Ma perché 'sta carusa dev'essere accussí rigida... Graziosa assai, non c'è che dire, ma pare 'na timpa di sale! – commentò il commissario, appena la Bonazzoli se ne fu andata.

A Vanina venne da ridere.

Patanè arrivò subito al punto.

– Dottoressa, stanotte non mi poteva sonno. C'era qualche cosa che mi ronzava per la testa e continuavo a non afferrare cosa. Perciò sono venuto ad arriminare tra le sue carte. Anzi, ringrazi da parte mia il suo dirigente, che fu gentilissimo e mi fece cercare quello che m'interessava. Meno male che c'era lui, perché l'ispettrice non m'avrebbe fatto mettere mano da nessuna parte!

E meno male che lei era già passata dall'ufficio e aveva avuto il tempo di riporre il fascicolo vecchio. Il pensiero di Macchia che ravanava tra le sue carte col commissario Patanè, con la sorpresa di non trovare quello che doveva essere lí, non le piaceva per niente. Certe disinvolture che lei si permetteva, tipo portarsi a casa documenti importanti, non riscuotevano l'approvazione del Grande Capo.

– Perciò? Che trovò, commissario? – l'incalzò.

– Guardi questa lettera, il testamento. È piena di sbavature d'inchiostro e d'imprecisioni. Perfino qualche cancellatura c'è. Ecco, vede qua? – gliela mostrò.

Vanina esaminò il foglio con maggior attenzione.

– Ai tempi computer non ce n'erano, – continuò Patanè. – Le lettere si scrivevano a macchina, o a mano, e si ricopiavano sempre in bella copia. Sempre. Mi capisce, dottoressa Guarrasi? Specialmente poi uno scritto di quest'importanza.

– Perciò lei pensa che quella che abbiamo trovato noi sia la brutta copia, e che la bella fosse stata già consegnata, – concluse Vanina.

– 'Sto fatto che Burrano doveva spedire la lettera da Napoli non mi persuadeva per niente, dall'inizio. Però lo sa com'è: sono idee...

– Lo so, com'è. Sensazioni, vaghe, che uno non sa spiegare. Ma quante volte ci azzeccano, però, eh commissario?

Patanè annuí con convinzione.

– Sono stata a parlare con il notaio Renna.

Il commissario esibí un sorriso quasi gioioso.

– Lo sapevo che ci sarebbe arrivata subito pure lei! – disse, col volto dipinto di soddisfazione. Manco si trattasse di una sua allieva, e non di un funzionario commissario di pubblica sicurezza con cui fino a qualche giorno prima non aveva mai scambiato una sola parola. Per giunta con una carriera tale che veniva spontaneo chiedersi perché mai una come lei sprecasse il suo tempo appresso a un caso cosí assurdo, invece di riconsegnare le sue capacità investigative al servizio della cattura dei criminali. Quelli veri. Quelli di cui proprio lei aveva riempito le carceri per anni, senza fare sconti a nessuno. Patanè aveva seguito le sue indagini sui giornali, e se le ricordava tutte. Compresa quella in cui l'allora commissario capo Guarrasi aveva sbattuto al 41 bis, in mezzo a una decina di uomini d'onore della peggior specie, il mandante dell'omicidio di suo padre. L'aveva ammirata.

E ora era lí, a disquisire con lei di un suo caso di quasi sessant'anni prima.

– Ho sguinzagliato Spanò. Ha detto che doveva parlare con una sua zia, che faceva la *pettinatrice*. 'Sti termini arcaici solo lui li conosce.

– Maricchia Spanò! Ancora vive? – chiese il commissario unendo le mani, festoso.

– Se è lei la zia pettinatrice presumo di sí.

Era contento, Patanè. Come non capirlo? Per una persona della sua età, scoprire che qualcuno piú anziano di lui è ancora vivo e vegeto, tanto da fornire addirittura informazioni alla polizia, doveva essere un pensiero confortante.

– Se conserva la memoria fina per la quale era famosa, Maricchia sí che ci può essere d'aiuto. Quella, con la scusa della pettinata, si girava le case di mezza Catania. Una cuttigghiara di prima categoria. Col suo piglia e porta ha ingarbugliato matasse che lei manco può immaginare, dottoressa.

Patanè si alzò in piedi, risoluto. Pimpante come un novellino alle prese con la sua prima indagine importante.

– Ora, se lei permette, io andrei a chiedere un paio d'informazioni al mio amico Iero, il maresciallo. Lavorava alla Buoncostume, gliel'avevo già detto?

– Sí –. Varie volte, sarebbe stato piú esatto. Esatto ma scortese, e Patanè non meritava il suo scherno.

– Magari ci può tornare utile sapere chi era che reggeva le fila del Valentino. Non so se mi sono spiegato...

– Come no. Luna era solo una maîtresse. Dietro il Valentino doveva pur esserci qualcuno, un tenutario. Dico bene?

– Iero 'ste cose se le ricorda sicuro, – confermò il commissario, infilando la porta con un cenno di saluto.

Vanina lo tenne d'occhio fino alla fine del corridoio.

Il maresciallo Iero, pensò rientrando nella sua stanza e avvicinandosi al balconcino, la sigaretta in mano. Spanò aveva detto che era piú anziano di Patanè, perciò come minimo doveva avere novant'anni. Un altro valido elemento pronto a unirsi alla truppa dei vecchietti disposti a collaborare. O costretti a farlo.

Dalla casa della zia Maricchia, Carmelo Spanò usciva sempre con un paio di chili in piú, e carico come un mulo di dolciumi di ogni genere.

La signorina, che malgrado l'età con le mani in mano non ci sapeva stare, da alcuni anni si era reinventata pasticciera. Ma non di torte qualunque, ben inteso. Solo ricette antiche, solo siciliane e preparate alla sua maniera. E dal momento che certi dolci tradizionali, da qualche tempo tornati in auge, all'atto pratico erano in pochi a saperli realizzare come si deve, un po' alla volta Maricchia Spanò a Catania era diventata un *must*. La sua attività un vero business, gravato di una mole di lavoro che avrebbe steso chiunque, e cui l'ultraottantenne signorina riusciva a stare dietro senza perdere un colpo. Certo, ora sotto di lei c'erano due lavoranti, piú una ragioniera che le teneva i conti in ordine – perché la zia Maricchia scuola ne aveva fatta poca. Tutte donne, e tutte giovani ed energiche. Ma la testa pensante, che decideva ogni cosa, fino all'ultimo granello di zucchero dell'ultima cassatella, era sempre lei.

Dato il periodo, a Carmelo e al suo collega Fragapane quel pomeriggio erano toccate la mostata, un dolce fatto con il mosto, e una quantità industriale di cotognata, la marmellata di mele cotogne.

Quel carico glicemico, di cui avrebbe volentieri fatto a meno, aveva fruttato all'ispettore Spanò l'equivalente del suo peso in notizie, pettegolezzi e indiscrezioni, di cui preferiva non conoscere l'origine, ma sulla veridicità dei quali sapeva di poter fare affidamento.

Cosí Gaetano Burrano era stato definito «uno che arriminava, macari nell'acqua lorda certe volte». Sua moglie Teresa, nata Regalbuto «'na jatta morta, scansàtini piffavúri!», a rimarcare una profonda disistima, che Maricchia aveva poi giustificato con una serie di rivelazioni.

Ora, che la Guarrasi avesse già subodorato qualcosa era fuori discussione. Però la conversazione col notaio, quella tanticchia di acredine che traspariva piú dall'espressione del vicequestore che dalle sue parole, in fondo misurate... Insomma, qualche sentore doveva averlo avuto.

Fragapane, invece, ci aveva capito poco e niente. L'unica cosa che sapeva per certo era che quel caso si andava complicando ogni giorno di piú, e secondo il suo punto di vista questo non era un bene. No, non era un bene per niente.

– 'Mpare, ma quello che volevamo sapere almeno l'abbiamo saputo? – domandò, una volta raggiunta l'auto di servizio, ferma da due ore in via Principe Nicola.

L'ispettore capo Spanò agitò la mano destra, come per dire «non hai idea quanto». Incredibilmente chiese al vicesovrintendente di guidare l'auto di servizio. Sarebbero arrivati qualche minuto dopo, ma almeno lui avrebbe avuto modo di parlare al telefono con la Guarrasi. Se era vero com'era vero che la zia Maricchia non sbagliava un colpo, meglio sfruttare al massimo il fattore tempo ed evitare che troppe notizie iniziassero a circolare tra i protagonisti dell'indagine.

E dire che solo qualche giorno prima lui stesso aveva giudicato eccessivo il fervore che il vicequestore stava dedicando a quel caso, vecchio e fumoso. Ora invece era lí a preoccuparsi che qualcuno potesse batterli sul tempo. Ma si stava delineando un quadro che cambiava l'intera prospettiva.

Quel caso grondava ingiustizie da tutti i lati. E se c'era una cosa che Carmelo Spanò non tollerava, in nessuna forma, era proprio l'ingiustizia.

Fece il numero della Guarrasi e si mise in attesa, buttando un occhio a Fragapane. In silenzio, l'aria offesa per non essere stato coinvolto in modo piú consapevole, il vicesovrintendente aveva appena lasciato via Principe Nicola e si stava immettendo a dieci all'ora in via Giacomo Leopardi, sollevando un coro di clacson che manco una carrozza in tangenziale.

– 'Mpare, appena finisco col capo ti conto tutto, per filo e per segno, – gli assicurò Spanò.

Quando chiuse la telefonata, la faccia sbalordita del compare dichiarava da sola che non c'era piú bisogno di raccontargli nulla.

Il sovrintendente Nunnari infilò la porta dell'ufficio che divideva con Bonazzoli e Lo Faro, spalancandola proprio mentre il vicequestore Guarrasi stava per varcarne la soglia.

– Nunnari, ecchemminchia! Abbiamo sfiorato la collisione.

– Mi scusi, capo! Da lei stavo venendo, – ansimò quello, piú per la vergogna di aver quasi travolto il suo superiore – questo nei film americani non succedeva – che per la fatica di aver affrontato di corsa i cinque metri che lo dividevano da quella porta.

– Fammi indovinare: trovasti l'assassino della donna mummificata e stavi andando a recuperarlo in qualche casa di riposo? O magari ai Tre Cancelli a portargli qualche crisantemo? – scherzò lei.

Il sovrintendente s'impappinò.

– L'assassino della donna... Ma va', dottoressa, che ha voglia di scherzare? No, è che chiamarono quelli della Scientifica per comunicare che le cose rinvenute nel portabagagli della Flaminia sono state tutte repertate, e che se vogliamo sono a nostra disposizione. Il rapporto è arrivato ora ora.

– Ottimo. Guardatelo bene. Da loro invece mandaci Fragapane, e digli di farsi due chiacchiere aggiuntive con il suo amico, che mi pare uno sveglio e magari può tornare utile. A proposito, Fragapane dov'è?

– Con l'ispettore Spanò, ovviamente.

– Ovviamente. Chiamalo e digli di accompagnare qui Spanò e poi passare alla Scientifica, prima di rientrare in ufficio. Marta?

L'ispettore alzò gli occhi dal cellulare, con l'aria spersa.

– Sí?

– È interessante?

Aria sempre piú spersa.

– No, dico la chat, – chiarí Vanina.

– Ma no, che chat... Stavo rispondendo al messaggio di un amico... cioè, di un'amica.

– Ah, amica. Peccato. Sempre chat è, comunque. Però, Marta mia, devi darti da fare. Bella come sei, non se ne può piú di vederti sempre sola. Dico bene, Nunnari?

Il sovrintendente assentí appena, preso in contropiede dalla domanda diretta.

Marta Bonazzoli era arrivata alla Mobile di Catania da un anno, due mesi, quattro giorni e all'incirca tre ore. E da un anno, due mesi, quattro giorni e all'incirca due ore e quarantacinque minuti, il pingue sovrintendente Nunnari dedicava alla collega piú di un pensiero al giorno. Con la quieta rassegnazione di chi sa di non avere chance.

– Dice benissimo, dottoressa, – intervenne Lo Faro, dal fondo della stanza, dov'era relegata la sua scrivania sempre ingombra delle carte piú inutili.

Vanina non si girò neppure. Il solo vedere quel deficiente dondolarsi sulle due gambe posteriori della sedia masticando chewing gum, manco fosse in un'aula scolastica, sarebbe bastato a tirarle fuori gli insulti peggiori che la lingua italiana, anzi meglio siciliana, contemplava.

– Attenzione a come rispondi, Marta. Che se parli assai in presenza di questo qua, capace che sul giornale di domani esce un articolo sulla poliziotta bionda in forza alla sezione Reati contro la persona della Mobile di Catania. Che ci farà la bella settentrionale Marta Bonazzoli in una città come Catania? Cosa l'avrà spinta a trasferirsi al Sud? Alla fine è quello che ci chiediamo tutti, giusto, Lo Faro?

Due sguardi interrogativi e uno gelido si posarono sull'agente Lo Faro, confuso. Sedia in bilico, occhi sbarrati, gomma stretta tra i denti e faccia colpevole senza opzione di beneficio del dubbio.

– Perché... dice cosí? – rispose, incerto.

Vanina lo fissò a lungo, in silenzio.

– Rifletti, Lo Faro. Vedrai che ti risponderai da solo. Poi piú tardi, quando io e Bonazzoli saremo rientrate, da una destinazione che tu non saprai mai, e tutta la gente che lavora sul serio qui dentro avrà finito, ne riparliamo. Stasera.

Marta non chiese nulla. In silenzio seguí il vicequestore lungo le scale, fino al portone.

– Andiamo a piedi, – disse Vanina, girando in direzione di via Vittorio Emanuele.

– Scusami, capo, ma dove stiamo andando? – osò Marta.

– A trovare la vecchia. La Burrano.

Marta controllò l'orologio.

– A quest'ora? – fece, perplessa.

Da un anno non facevano che ripeterle che in Sicilia non si telefona, né si fa visita alla gente prima di un certo orario. Erano appena le quattro e mezzo.

– Sí, a quest'ora.

– E la signora non starà riposando?

– Se sta riposando si sveglierà.

La Bonazzoli non obiettò. Doveva esserci un motivo. Però quest'abitudine del vicequestore Guarrasi di andare a trovare a domicilio la gente che voleva sentire, invece di convocarla in ufficio, non riusciva a capirla. La signora Burrano, per esempio, aveva sí un'età, ma non era mica invalida.

Non le era ben chiaro se lo facesse per una sorta di riguardo verso alcune persone, che tuttavia non le sembrava da lei, oppure per giocare sul fattore sorpresa. Nel caso specifico, Marta propendeva nettamente per la seconda ipotesi.

La calma del vulcano, temporanea quanto surreale, pareva aver aperto il varco al primo venticello fresco della stagione. Il sole se n'era andato e nubi temporalesche ingrigivano il cielo. Un piccolo accenno d'autunno, secondo le previsioni destinato a durare poco.

Vanina si abbottonò la giacca di pelle e avvolse meglio

la sciarpa. Due dei pochi pezzi che componevano il suo nuovo guardaroba autunnale. Pochi ma selezionati. Minimali, quasi maschili ma mai fino in fondo, gradazioni di colore dal nero al grigio chiaro con qualche punta di mastice, tanto per variare un po'. Niente firme evidenti, o riconoscibili dai piú. Niente classicismi, niente accoppiamenti di colore troppo studiati, qualche strappo nei punti giusti, effetto usato ma non per davvero. Roba da intenditori, insomma. Il genere che costava un occhio della testa e però non lo urlava in faccia alla gente. Solo chi sapeva poteva capire, e non erano in molti.

Era il suo unico vizio, se cosí lo si poteva chiamare, e le costava uno stipendio intero a stagione.

Sperò che almeno per una volta le previsioni meteorologiche non avessero sbagliato nell'annunciare un'ondata di alta pressione per il weekend. Se tutto andava bene, se il caso non si complicava tanto da richiedere lo straordinario e se non si aggiungevano nuovi ammazzati, quel fine settimana si sarebbe concessa due giorni di pace a Noto, nel buen retiro di Adriano e Luca.

Vanina e Marta svoltarono per via Etnea. Lasciarono sulla sinistra l'elefante di piazza Duomo, *'u Liotru*, con la sua colonna piantata sul dorso e gli attributi virili in bella mostra, e proseguirono verso piazza Università. Non fosse stato per la pietra grigia con cui erano edificati, la bellezza di quei palazzi si sarebbe potuta definire abbagliante. Alcuni ristrutturati e ripuliti, altri no, ma non per questo meno pregevoli.

Ammettere di apprezzare Catania per un palermitano non era cosa facile. Ma confessarlo a sé stessa era servito a Vanina per fugare del tutto il senso di provvisorietà che l'aveva perseguitata per mesi.

Mioara, la ragazza rumena al servizio di Teresa Burrano, accolse le due poliziotte con un'espressione perplessa. Sí, la signora era in casa. No, non stava riposando. Era nel salotto piccolo con «la sua amica signora Clelia».

Scomparve per annunciarle alla signora, poi le scortò fino al salotto.

Teresa Burrano alzò gli occhi da una scacchiera popolata di torri, cavalli, pedoni e tutto il repertorio di pezzi.

– Dottoressa Guarrasi, a che debbo questa sorpresa?

– Se ricorda bene, signora Burrano, sto conducendo un'indagine per un omicidio avvenuto in casa sua.

– Quella villa non è mai stata casa mia, – puntualizzò, invitando il vicequestore e l'ispettore a sedersi attorno al tavolino.

La Santadriano si fece da parte e uscí dalla stanza.

A Vanina fu chiaro che la donna risiedeva in quella casa. La faccenda la incuriosiva, ma per il momento aveva altro cui pensare.

Nel sentire il nome e il cognome con cui era stata identificata la donna ritrovata a villa Burrano, la vecchia signora non fece una piega. Da suo marito c'era da aspettarsi questo e altro. Quanto al ritrovamento della Flaminia, non nascose di averlo già appreso dai giornali.

– Lei era a conoscenza del fatto che suo marito stava per lasciare la città per un lungo periodo, in compagnia della signora in questione? – chiese Vanina.

La vecchia fece una smorfia.

– «Signora» poi... No, non ne ero a conoscenza. Ma mi pare assai improbabile che mio marito volesse lasciare la famiglia per una prostituta.

– La famiglia cui si riferisce era costituita solo da lei, se non erro.

– Da me, da suo fratello e da sua madre. Moribonda.

– La Flaminia era carica all'inverosimile di bagagli. Al suo interno sono stati rinvenuti i documenti di suo marito insieme a quelli della signora Cutò. Questo avvalora l'ipotesi che stessero per intraprendere un viaggio insieme.

Un tremolio leggero smosse la palpebra sinistra della Burrano, che però mantenne la sua imperturbabilità.

– Se ne è tanto sicura, non vedo per quale motivo allora lo stia chiedendo a me. Posso solo dirle che, quand'è cosí, è probabile che l'assassino sia lo stesso. Non le pare?

– Già. Parrebbe proprio di sí.

– Rintracciarlo non è difficile. È ancora vivo, lo sa? Abita…

– A Zafferana Etnea?

– Dimentico sempre che lei non è una che perde tempo. Del resto, la sua fama la precede.

– Se conosce cosí bene la mia fama, dovrebbe anche sapere che non accetto mai un'ipotesi formulata da altri se non dopo averla verificata personalmente. E alla luce di vari nuovi elementi, emersi grazie al ritrovamento della macchina, non metterei la mano sul fuoco che il responsabile dell'assassinio di suo marito sia lo stesso che ne ha scontato la pena.

La signora non batté ciglio. – Perciò?

– Perciò la ricerca sarà laboriosa. Chissà, anche lunga. Potrebbe rendersi necessaria la revisione del vecchio processo. Sa com'è: oggi disponiamo di mezzi investigativi che allora non erano neppure nella mente di Dio. E per fortuna la villa da allora è rimasta disabitata. Qualora succedesse, avremo bisogno della piú completa collaborazione, sua, di suo nipote, e di tutti i testimoni ancora in vita.

– Mio nipote… – sbuffò, sprezzante. – Mi dica cosa vuole sapere –. Allungò la mano sul tavolino d'angolo e prese in mano un pacchetto di Philip Morris. Con grande difficoltà, per la deformità delle dita, ne estrasse una. Cercò qualcosa intorno.

– Dov'è il mio accendino d'oro? – latrò.

Ne afferrò uno di plastica e riuscí ad accendersi la sigaretta, poi lo gettò sul tappeto quasi schifata.

Un telefono grigio, che doveva riposare su quel tavolino dagli anni Settanta, prese a squillare, ma la signora parve non badarci.

– Suo marito, che lei ricordi, aveva mai dichiarato apertamente di non voler intrecciare affari con la famiglia del Di Stefano? – chiese il vicequestore.

– Non ce n'era bisogno. Macari se è palermitana, lei lo sa chi sono gli Zinna. Mio marito secondo lei poteva volersi mettere in affari con loro?

– E non le venne mai il dubbio che invece suo marito quel famoso contratto per l'acquedotto volesse firmarlo, o meglio ancora, che lo avesse già firmato?

– Questo lo dichiarò Di Stefano, ma era impossibile credergli. Tant'è vero che il famoso contratto non comparve mai. Se mio marito avesse firmato un documento del genere, ne avrebbe conservata una copia in un luogo sicuro. Certamente nel suo ufficio. Invece anche lí non ce n'era traccia. Se vuole perdere tempo a cercarlo però faccia pure.

– Non è piú necessario, signora.

La tracotanza della vecchia signora vacillò.

– Perché?

– Perché l'abbiamo trovato. Come diceva lei, ben custodito.

In quel momento ricomparve Mioara.

– Signora! Cos'ha? – urlò la ragazza, fiondandosi accanto alla sua padrona, che era impallidita.

La Burrano scansò la ragazza con un gesto di stizza e la

cacciò via dalla stanza. Gli occhi stretti come due fessure, il tono alterato.

– Dottoressa Guarrasi, che cosa mi sta venendo a dire? Che mio marito faceva affari con una famiglia mafiosa? Che il patrimonio della nostra famiglia è stato costruito con mezzi poco leciti? Che…

Vanina la bloccò con un cenno della mano.

– Signora, questioni del genere non sono piú di competenza mia da parecchio tempo. Il mio unico interesse è capire chi cinquantasette anni fa ha ammazzato Maria Cutò, e se qualcuno ha pagato con trent'anni di galera un reato che non ha compiuto. E dal momento che entrambi i delitti sono stati commessi in casa sua, non posso evitarle la seccatura di rispondere alle mie domande.

– Le consiglio vivamente d'interrogare il signor Di Stefano, allora, invece di perdere tempo con me. Se mio marito aveva firmato davvero quel contratto, probabilmente l'aveva fatto sotto minaccia. Poi magari se n'era pentito. I parenti di quel signore sono… Inutile che glielo dica, lei lo sa meglio di me.

La tesi della colpevolezza di Di Stefano, nell'opinione della signora Burrano, era immutabile. Aveva argomenti per smontare qualunque ipotesi che dimostrasse il contrario. L'amministratore poteva benissimo essere d'accordo con la prostituta per circuire Gaetano. Perciò poi aveva dovuto eliminarla, perché poteva essere una testimone scomoda. Oppure ancora, chi lo sa, suo marito, in un accesso d'ira nei confronti di quella donnaccia che voleva incastrarlo, l'aveva uccisa e poi nascosta lí prima di morire lui stesso. Sí, lei per prima aveva detto che lo riteneva impossibile, ma… chi può sapere cosa passa nella mente di un uomo in certe situazioni? E chi fa quel mestiere lí, il rischio di finire male ce l'ha nel conto dalla prima ora.

– Signora Burrano, mi dispiace doverla deludere, ma la persona in questione condivideva con suo marito piú di un interesse. Tanto per cominciare: avevano una figlia. Per proseguire: combinavano affari insieme da anni, e intendevano espandersi anche su altre città. Non so ancora in che campo, ma le assicuro che lo scoprirò presto. E soprattutto compariva nel testamento olografo che abbiamo ritrovato nella Flaminia, nello stesso portadocumenti che ospitava il famigerato contratto per l'acquedotto firmato da Gaspare Zinna.

– Mio marito morí senza testamento, – sibilò la signora. – E figli non ne aveva. Stia attenta a quello che dice, dottoressa Guarrasi.

Vanina si alzò in piedi. – No, stia attenta lei, signora Regalbuto. Quello che dico io, e sappia che se non ne fossi certa non gliel'avrei mai notificato, è scritto nero su bianco tra le carte di suo marito, che si trovavano nella Flaminia di cui lei denunciò la scomparsa, ed erano insieme ai documenti d'identità suoi e di Maria Cutò. Il tutto repertato e messo agli atti.

– Non esiste nessun testamento, dottoressa Guarrasi, e il notaio Renna glielo potrà confermare, – insisté la donna.

Il telefono del vicequestore prese a vibrare. Era Patanè.

Incerta se rifiutare o no la chiamata, Vanina optò per la prima soluzione. Ma il commissario non demorse e riprovò, piú volte.

Il telefono di Patanè pareva scovato in un deposito di residuati bellici, e la possibilità che lui fosse in grado di inviare o leggere messaggi era assai remota. E giacché tutta quell'insistenza annunciava novità come la sigla di un telegiornale, non le restava che allontanarsi per rispondere.

Non se ne pentí.

L'ultima informazione che Vanina diede alla signora

Burrano, rimasta ad aspettare tutto il tempo col fiato sospeso, fu lapidaria: Gaetano Burrano aveva una vita parallela, ed era su quella che lei aveva intenzione d'indagare.

La lasciò livida.

Alfio Burrano aveva sudato sette camicie per parcheggiare in modo decente la sua Range Rover appena uscita dall'autolavaggio. Se quella camurría di vulcano non si rimetteva a sputare cenere, forse il bianco della carrozzeria aveva qualche chance di mantenersi intatto.

Dalla sera del ritrovamento del cadavere, per un motivo o per un altro, non gliene andava una giusta. Suo figlio – con il supporto della madre che piú rompicoglioni non poteva essere – a stento gli rivolgeva la parola. La vecchia sfogava su di lui tutti i malumori che la circostanza assurda le stava causando, in primo luogo quello verso i giornalisti ricamatori di storie. E poi, dulcis in fundo, c'era lei: il tormento degli ultimi quattro mesi. Colei che per sicurezza preferiva non nominare neppure alla sola presenza di sé stesso, ma che non riusciva a fare a meno di frequentare.

La zia Teresa l'aveva convocato, per l'ennesima volta. Con tono piú grave e piú glaciale del solito. Sembrava voler addossare a lui la colpa dei fastidi degli ultimi giorni. Anzi, con la schiettezza che le veniva fuori in certe situazioni, per giunta umiliandolo davanti alla sua amica napoletana, l'aveva accusato di aver contravvenuto a un suo preciso volere e di aver contribuito cosí, con la sua smania di preservare la villa, al ritrovamento di quella disgraziata che chissà chi era e che ci faceva lí. Che ci mancava solo quello per «funestare» il passato della famiglia Burrano.

In tutta franchezza, ad Alfio del passato della sua famiglia – e di quel ramo della famiglia specialmente – non gliene poteva fregare di meno. Suo zio Gaetano era uno stronzo, che si era approfittato della debolezza del fratello per accentrare nelle proprie mani l'intero patrimonio. E meno male che la giustizia divina ogni tanto si ricordava di farsi viva, dato che alla fine tutto sarebbe finito in mano a lui. Sopportare quella vecchia stronza era lo scotto da pagare.

Il vicequestore Guarrasi gli tagliò la strada proprio davanti al portone. Sigaretta in mano, passo veloce, parlava concentrata con la poliziotta segaligna già incontrata la sera del ritrovamento.

Il suo amico avvocato s'era portato la testa con quella bionda, che invece a lui non diceva niente. Una fotomodella, l'aveva definita. Molto meglio il vicequestore, che sotto quei vestiti di taglio maschile doveva nascondere un fisico da femmina alfa.

Accelerò il passo e la raggiunse.

Vanina aveva appena raggiunto il marciapiede di via Etnea insieme a Marta, quando all'improvviso Alfio Burrano le balzò davanti con lo scatto di un centometrista, avvolto da una scia di profumo da far impallidire il suo sosia hollywoodiano nella pubblicità di Givenchy Gentleman. Attraente, senz'altro, ma in quel momento anche piuttosto importuno.

Le propose tutte: caffè, granita, gelato, perfino accompagnamento in ufficio col suo potente automezzo. Sempre col sorriso da orecchio a orecchio e rivolto solo al vicequestore Guarrasi. Invano, ovviamente.

Chiese lumi sulla storia dell'automobile ritrovata nel garage in via Carcaci, che aveva letto sul giornale. Vanina lo informò sulle novità che aveva appena comunicato a sua zia Teresa.

– Perciò le cose si stanno complicando, – concluse Burrano, impensierito.

Era evidente che il problema per lui non fosse tanto l'indagine in sé, quanto le conseguenze che essa gli avrebbe causato in termini di quieto vivere. L'idea che quelle «complicazioni» potessero riportare alla luce il caso di suo zio Gaetano non creava ad Alfio Burrano nessun fastidio. Anzi, la faccenda pareva incuriosirlo parecchio.

– Cosa posso fare per aiutarvi? Avete bisogno di documenti, o magari di altre notizie sulla villa? Chiedete pure a me, cosí magari solleviamo mia zia, e facciamo dormire piú tranquilli sia lei che me. Per esempio posso cercare...

– Signor Burrano, facciamo cosí: se avrò bisogno di qualche informazione sarò io a chiamarla. Purtroppo in questo momento sua zia non può essere risparmiata, dato che è una delle pochissime persone in grado di ricordare gli avvenimenti.

In piazza Stesicoro, davanti agli scavi dell'Anfiteatro Romano, Vanina si fermò e gentilmente ma fermamente lo congedò.

– Mamma mia che uomo fastidioso! – commentò Marta, sottovoce, appena quello ebbe girato i tacchi.

– Incutto, direbbe Spanò –. Uno di quei termini dialettali che il vicequestore Guarrasi si sforzava di apprendere, e che annotava in una nota creata apposta nel suo iPhone, e intitolata «Catanesate». Il suo dialetto palermitano era e palermitano sarebbe rimasto, ma la terminologia locale andava studiata, anche a livello puramente nozionistico.

L'ispettore prese a camminare accanto a lei. A un certo punto s'infilò la mano in tasca e tirò fuori un involto.

– Tieni. Fanne quello che credi.

Vanina guardò sbalordita l'accendino di plastica colorata che occhieggiava dal fazzoletto di carta.

– Ora posso chiederti un piacere? – disse Marta. – Posso iniziare a capirci qualcosa anch'io anziché continuare ad appiccicare pezzi del puzzle senza seguire una logica precisa?

C'era sempre un momento dell'indagine in cui l'ispettore Bonazzoli alzava la testa e chiedeva di essere messa al corrente delle teorie che il vicequestore tendeva a condividere solo con Spanò, relegando tutti gli altri al ruolo di manovalanza.

Era un desiderio legittimo, e Marta se lo meritava. Vanina spesso lo dimenticava, ma la ragazza le aveva dimostrato piú di una volta che dietro la sua timidezza, di cui in tutta onestà lei iniziava a dubitare, si nascondeva un intuito sorprendente. E quel pomeriggio l'aveva tirato fuori.

Erano tutti lí, nella stanza del Grande Capo: Vanina di fronte a lui, Marta seduta rigida in pizzo all'altra sedia, e Spanò all'impiedi dietro di loro. Macchia le aveva intercettate sulle scale, anche lui di ritorno proprio in quel momento, tutto contento per la colossale operazione antidroga che la squadra Narcotici aveva portato a termine quella notte, insieme ai colleghi della Criminalità organizzata, con sei arresti e il sequestro di ingenti quantitativi di svariate sostanze.

Vanina aveva avuto appena il tempo di combinare le informazioni di Patanè con quelle raggranellate tra la notte persa sul fascicolo e i vari incontri della giornata. Non era arrivata a parlare con Spanò delle ultimissime, né ad ascoltare l'opinione di Marta.

Macchia se ne stava sprofondato nella sua poltrona oversize, il sigaro spento tra le labbra, una ruga pensosa sulla fronte. Aspettava in silenzio che il vicequestore Guarrasi dipanasse per lui la matassa di elementi che era riuscita a recuperare su quel caso a dir poco romanzesco.

– Maria Cutò e Gaetano Burrano erano legati da tempo. E non parlo dei legami pseudo-sentimentali, o della figlia che avevano insieme. Burrano dirigeva tre case di tolleranza: il Valentino, che gestiva insieme alla Cutò, piú altre due di categoria inferiore. Queste ultime, secondo fonti non ufficiali, pescavano da una rete di ruffiani e di adescatori affiliati alla famiglia Zinna.

– E 'ste cose noi come le sappiamo? – chiese Macchia.

– Il commissario Patanè l'ha saputo dal maresciallo Iero, un suo uomo fidato, che aveva lavorato per anni alla Buoncostume.

– Un suo uomo? Perciò ora quanti anni ha questo?

– Che ne so. Una novantina, piú o meno.

– Vani', ma tu ti rendi conto che stai facendo affidamento sulla memoria di un novantenne?

– A parte il fatto che è la memoria a breve termine quella che manca alla gente anziana, non quella storica. Ma poi, altre possibilità ne ho?

Macchia ci rifletté su un momento. – Effettivamente no. Prosegui.

– Tutto va bene finché la legge Merlin non arriva a sconzargli i piani. Il Valentino, che era cosa sua, viene intestato alla Cutò. Degli altri due bordelli non se ne sa piú niente. Nel '59 la relazione tra i due si è ormai consolidata, e Rita Cutò è rimasta l'unica figlia che Burrano abbia mai avuto. Forse per furbizia della madre, o magari chissà anche per un fatto affettivo, Burrano è legato alla bambina, cui decide di dare un futuro. I due pensano perciò di cambiare città e di mettersi in affari a Napoli. Come, dove e con chi, ovviamente non ci è dato saperlo, ma sappiamo che per fare ciò Burrano è disposto perfino a lasciare Catania per un tempo imprecisato. Prima, però, deve assicurarsi che il suo affare piú grosso, quello dell'acquedotto, vada in porto secondo i suoi piani. Firma il contratto con Gaspare Zinna, lo stesso con cui probabilmente aveva fatto affari per anni sulla prostituzione, e decide di affidare tutto nelle mani del suo uomo di fiducia: Masino Di Stefano. Conserva copia del contratto firmato in una cartella, dove ha inserito anche una lettera-testamento indirizzata al notaio Arturo Renna, aperta e non affrancata, che indica come eredi sia la moglie che la Cutò, e che vincola tutto il patrimonio in modo che alla morte delle due donne passi interamente a Rita. La sera prima di partire muore ammazzato. Maria Cutò sparisce, e ora sappiamo dove. A scontare trentasei anni di galera per l'omicidio chi è? Masino Di Stefano, il solo che non avrebbe avuto alcun vantaggio ad ammazzarlo.

– Come mai Zinna o Di Stefano non avevano in mano una copia del contratto, scusami?

– Con ogni probabilità quella che abbiamo trovato noi era la copia che il cavaliere aveva tenuto per sé. L'altra, quella che doveva essere consegnata all'amministratore, sparí e non si ritrovò piú. Questo avvalorò l'ipotesi che Di Stefano stesse mentendo e costituí un'altra prova contro di lui. L'ennesima.

– Qualcuno ha fatto sparire il contratto, – ipotizzò Spanò.

– E non solo quello, – precisò Vanina, attirando l'attenzione del Grande Capo, che corrugò la fronte. – Mi ci ha fatto pensare Patanè. Quando abbiamo trovato il testamento, abbiamo dato per scontato che fosse una lettera che Burrano non aveva fatto in tempo a spedire. Guardando bene, però, ci si accorge che è piena di cancellature. Troppe per un documento importante come quello. Pare piú una brutta copia di una lettera che con ogni probabilità invece era già stata spedita al notaio Renna, ma di cui non esiste traccia. E cosí Burrano morí senza testamento, tutto il patrimonio andò in mano alla moglie, e il progetto per l'acquedotto trovò una nuova strada.

Il capo la fissò concentrato, masticando il sigaro.

– Quale? – chiese.

– Quella della Idros Srl, il cui amministratore indovina un po' chi era?

– Vani', e che giochiamo agli indovinelli?

– Arturo Renna.

Macchia si tolse il sigaro dalla bocca e rimase in silenzio. Il noir della sciantosa stava per abbandonare l'universo parallelo e intraprendere la via molesta del mondo reale.

– E di questo siamo sicuri, oppure è un'altra testimonianza raccolta in qualche reparto di Geriatria?

Spanò intervenne alzando la mano, con l'aria di uno scolaro davanti al preside in visita.

– Sono informazioni sicure, dottore. Di là ho tutte le carte. Fino alla fine degli anni Ottanta la Idros era amministrata da Renna. Dopo subentrò il genero.

– Altro argomento importante: l'amicizia speciale che intercorreva tra il notaio Renna e Teresa Burrano. Una storia di cui, a quanto pare, a Catania si chiacchierava molto, – aggiunse Vanina.

– Anche questa proviene da fonte sicura? – chiese Macchia.

– Sicurissima, dottore, – intervenne Spanò. – Mia zia Maricchia è meglio di un archivio storico.

– Dunque secondo te, – sintetizzò Macchia, rivolto a Vanina, – la signora c'entrerebbe con l'omicidio del marito, e di conseguenza anche con quello della Cutò. Mentre il notaio Renna, per favorirla, avrebbe fatto scomparire un testamento. Quindi bisognerebbe rimettere in ballo anche il vecchio processo.

– È plausibile.
– E Vassalli tutta ’sta storia la sa?
– Non ancora.
Macchia si appoggiò allo schienale e si rimise in bocca il sigaro, sornione.
– Non vedo l’ora di sentire come ti risponderà.

12.

A fine settembre, caldo o freddo che ci sia, Aci Trezza torna in modalità invernale. Niente piú solarium né passerelle, niente lidi aperti, i pontili nel porto turistico in fase di dismissione.

Il catanese tipico, diceva Adriano, chiude la casa al mare già alla fine di agosto, al rientro dalle ferie, e si trasferisce in montagna. Quella stessa montagna che da giorni vomitava fuoco senza sosta.

E invece i primi di settembre spesso c'è il mare migliore di tutta la stagione.

In quel borgo marinaro, davanti ai faraglioni neri, Vanina ci aveva trascorso quasi tutta l'estate. O piú correttamente: gli unici giorni estivi in cui nessuno aveva ammazzato nessuno in territorio catanese.

Era la prima volta, dal ritrovamento del cadavere a villa Burrano, che Vanina si concedeva una pausa pranzo piú lunga del solito. Ma non era un buon segno.

Vassalli la stava tirando per le lunghe già da alcuni giorni. L'aveva ascoltata senza batter ciglio, un paio di volte perfino annuendo, aveva preso atto della sua richiesta di mettere sotto controllo i telefoni della Burrano, e di riaprire un'indagine anche sul processo a Masino Di Stefano. Ma la risposta finale era stata che doveva pensarci su. Si trattava di indagare su una persona incensurata, sulla base di indizi che lasciavano il tempo che trovavano, e di richiedere la revisione di un caso risolto da piú cinquant'anni con tanto di colpevole che aveva scontato una pena.

I giorni erano passati. Le previsioni meteorologiche avevano fallito in pieno, e il fine settimana a Noto era saltato anche quella volta.

L'unica buona notizia, fino a quel momento, proveniva dalla Scientifica. Il Dna ricavato dalla spazzola e dal pettine che avevano trovato a villa Burrano, e quello estrapolato dagli oggetti presi dal cassetto del Valentino corrispondevano al Dna del cadavere mummificato. Il che confermava in modo definitivo che la vittima era Maria Cutò. Manenti l'aveva stupita con effetti speciali, per la prima volta in undici mesi. Da un paio di oggetti poggiati sulla scrivania di Burrano, che giorni prima lei lo aveva obbligato a esaminare minuziosamente, era riuscito a ricavare addirittura qualche vaga impronta.

Peccato che da quando Vanina aveva messo a parte il pm, l'indagine pareva entrata in una fase di stallo assoluto, che di sicuro non le avrebbe giovato.

Maria Giulia De Rosa la colse alle spalle seduta sotto il gazebo del pontile, mentre fissava l'isola Lachea persa nei suoi pensieri.

– Secondo te Visconti la scena del porto in *La terra trema* la girò qui o nell'altro porticciolo? – chiese Vanina.

L'avvocato la guardò interrogativa. La scena di… cosa?

– *La terra trema*, il film di Visconti basato sui *Malavoglia* di Verga, girato qua ad Aci Trezza usando attori non professionisti… Dài, non mi dire che una catanese purosangue come te non lo conosce!

– E quando sarebbe stato girato 'sto film?

– Nel 1948, Giuli. Ma lascia stare, in effetti era difficile che lo conoscessi.

– Vani, io capisco la collezione, capisco il cinema d'autore, ma vedi che non è normale che una della tua età passi il tempo a guardare film girati nel '48.

Il vicequestore le rivolse un'occhiata rassegnata. Meno male che c'era Adriano.

– Comunque secondo me nel '48 'sto schifo non c'era, – divagò l'avvocato.

L'occhiata di Vanina divenne perplessa.

– No, dico, hai visto l'acqua? – fece Giuli, sdegnata.

Il vicequestore abbassò lo sguardo sul mare all'interno del porto, sporgendosi un po' in avanti.

Da un'apertura sotto la banchina, proprio accanto al pontile, scorreva uno scarico d'acqua marrone di dubbia provenienza. Libero e diretto. Ora che ci faceva caso anche parecchio maleodorante.

– E che è 'sto schifo?

– Fogna, tesoro.

– Stai scherzando, spero.

– Perché? Non lo sapevi che la fognatura di questa costa finisce a mare?

– E tu, meno di un mese fa, mi hai lasciato toccare le cime del tuo gommone senza avvertirmi?

– Tranquilla, vicequestore. Quando sei venuta tu lo scarico non c'era. O meglio, c'era ma schifezze non ne fuoriuscivano. Sotto questo piazzale c'è una vasca enorme, che contiene tutta la fognatura di Aci Trezza. Normalmente un meccanismo primitivo, regolato da una sorta di pompa, convoglia parte dei liquami in una condotta che sfocia dall'altro lato del paese.

– Sempre a mare? – s'informò Vanina.

– Ovvio. Ma che domande fai? – fece Giuli, sarcastica. – Quantomeno però non arriva dentro un bacino chiuso, in mezzo alle barche. Quando 'sta pompa arcaica si rompe, la vasca si riempie. E la fogna tracima dalle aperture sotto la banchina.

– Ma questa non era un'area marina protetta, che se butti un'ancora vengono a farti la multa in mezzo secondo perché disturbi la fauna?

– Lo conosco io un tipo di fauna che bisognerebbe disturbare pesantemente. È bipede, e non ha branchie.

– Ma perché non l'aggiustano?

– Di solito passano almeno quattro-cinque giorni, prima che la sistemino.

– Di solito? Perché, si sfasciò altre volte?

– Quasi ogni anno. E t'è andata bene che non è successo quando sei venuta tu. Una volta capitò ad agosto. Ti lascio immaginare i tempi biblici che ci sono voluti per farla aggiustare in quel periodo. Interlocutori ovviamente zero. E nessuno che si smuovesse per aiutarmi. Tutti rassegnati. Tutti speranzosi che il famoso collettore fognario di cui si parla da anni venga finalmente costruito. Tanto le cime le fanno sistemare a quei poveretti di marinai, che sui pontili ci lavorano e ogni volta che succede 'sto schifo si disperano. Ho sollevato un polverone che manco puoi immaginare. Telefonate, Guardia Costiera, pure Legambiente ho chiamato.

Maria Giulia De Rosa non faceva sconti a nessuno. In questo lei e il vicequestore Guarrasi s'intendevano alla perfezione. Senza contare che il gommone Clubman 26, dotato di due motori quattro tempi da 250 cavalli, era forse l'oggetto cui l'avvocato teneva di piú. Un bestione di quasi nove metri che le permetteva di scorrazzare per tutta la costa orientale, Eolie comprese.

– Scusa se t'ho fatto arrivare fino a qua, ma dovevo saldare i conti col pontile. Se ti va ci mangiamo una cosa insieme, – disse Giuli, allontanandosi dal porto e puntando una trattoria fronte mare di cui era un'habitué. Lí sapevano, senza che lei lo dovesse specificare, che non voleva il prezzemolo sulla pasta, che era allergica sia al pepe che al peperoncino, che il tonno lo mangiava pressoché crudo, e che in ogni caso aveva fretta. Sempre.

E soprattutto, i proprietari erano clienti storici di suo padre.

– Ho pianificato tutto per New York. Se mi dài l'ok procedo, – se ne uscí l'avvocato, appena si sedettero al tavolo.

Vanina rifletté che forse non era stata una grande idea quella di raccontare a Giuli che le sarebbe piaciuto tornare a New York. Aveva buttato lí l'idea cosí, senza pensarci troppo, e lei, che notoriamente afferrava al volo qualunque possibilità di trasvolare l'oceano, ci si era attaccata come una ventosa.

– Fine novembre. Dopo il giorno del ringraziamento, cosí ci sono già gli addobbi natalizi, – aggiunse Maria Giulia, avventandosi sul cestino del pane con l'entusiasmo che traspariva dagli occhi.

Vanina già se la vedeva, a girare per New York con la piantina di tutti i santuari dello shopping in mano, immedesimata in Sarah Jessica Parker con qualche digressione alla Audrey Hepburn davanti alle vetrine di Tiffany.

Lontana da lei come il giorno dalla notte, ma rilassante come nessun'altra compagnia.

– Girami il programma, e ti faccio sapere, – le rispose, cauta.

New York per lei era un luogo eletto, dove le piaceva rifugiarsi per estraniarsi dal suo mondo. L'ultima volta che l'aveva fatto era stato prima di trasferirsi a Milano. Aveva dato fondo ai suoi risparmi e c'era rimasta un mese intero, a leccarsi le ferite che si era appena autoinferta.

– Possiamo anche cambiare periodo, se non ti va bene. Dimmi tu quando è piú tranquillo per te.

– Cioè quando sono sicura che non ammazzeranno nessuno per cinque giorni?

– Vabbe', Vanina, ho capito. Non sei in vena. Basta che non te ne penti, per me va bene tutto, anche un last minute. Però peccato perché avevo trovato una super offerta su Booking per un hotel fichissimo.

Vanina faceva fatica ad associare il termine «fichissimo» a una reale occasione di risparmio. Conoscendo Giuli e i suoi standard, doveva trattarsi come minimo di un cinque stelle progettato da Philippe Starck che, con un grande colpo di fortuna, l'avvocato aveva trovato in offerta a trecentonovantanove dollari a notte anziché cinquecentocinquanta. Un'opportunità da non farsi scappare!

Posti che lei non si sarebbe neppure sognata di prendere in considerazione.

– Ci penso seriamente, – le assicurò.

Ordinarono due piatti di linguine con la zoccola, la cugina trezzota dell'aragosta, uno dei quali ovviamente arrivò senza prezzemolo e senza peperoncino.

– L'altra sera ti ho pensato, – disse Giuli con aria seria, dopo il primo boccone.

Vanina scese dall'ultimo piano dell'Empire State Building, dove si era rifugiata col pensiero.

– Ed è un fatto strano? – scherzò, in allerta.

– Idiota! Ho visto il telegiornale. Ti hanno nominata.

Vanina si raddrizzò sulla sedia.

– Giuli, preferisco non parlarne.

– L'ho immaginato. Infatti, come vedi, non ti ho chiamata subito come avrei voluto. Poi però ho passato un giorno a pensare che credevo di sapere ormai quasi tutto di te, e invece ignoravo cose cosí importanti. Mi è dispiaciuto.

– Sono fatti che evito di ricordare.

– Hai salvato il giudice Malfitano, amica mia. Non è cosa da tutti. Dovresti andarne fiera.

– Giuli, credimi, non è cosí semplice, – tagliò, buttandosi sulle linguine prima che lo stomaco le si chiudesse.

Giuli la lasciò finire.

– È lui, vero? – esordí, mentre aspettavano il conto.

– Chi?

– Quello che hai lasciato a Palermo e di cui non mi hai mai raccontato niente.

– Sí, Giuli, è lui, – sospirò Vanina, esausta. – Contenta?

– E gli hai pure salvato la vita.

– Sí, gli ho salvato la vita –. Quella volta l'arma in mano ce l'aveva. Non era indifesa. Quella volta aveva potuto ammazzare tutti.

– E poi l'hai lasciato.

Vanina non rispose.

Giuli rispettò il suo silenzio.

– Perciò, ho saputo che hai conosciuto Alfio Burrano, – disse, saltando di palo in frasca.

Parlarono un po' dell'indagine, e di Vassalli che si era *ammazzarato* sulle ultime novità. L'avvocato era una di cui ci si poteva fidare, e in piú conosceva mezza città.

– E figurati! La signora Burrano sta sulle palle a tutta Catania, ma nessuno mai osa allontanarla in modo esplicito o estrometterla da un giro, – commentò subito.

– Perché?

– Perché è potente, tesoro. E ha amicizie potenti. Pure quel poveretto di Alfio, che non è mai stato una cima, è legato mani e piedi a lei.

Niente di nuovo, in fin dei conti, tranne un particolare, che le si attaccò nell'orecchio come una pulce molesta.

Teresa Burrano non era solo ricca e stronza. Era potente. E temuta.

Qualcosa le diceva che non lo era diventata in vecchiaia.

Spanò le venne incontro sulle scale.

– Meno male che arrivò, capo!

– Che fu, Spanò? Non mi dica che il dottor Vassalli ha deciso di smuoversi, – scherzò Vanina, vedendolo in ansia.

– No, dottoressa. Il dottore Macchia vuole vederla subito nel suo ufficio. Cosa importante è.

Il vicequestore affrettò la salita.

– E noi non abbiamo nessuna idea di cosa voglia dirmi?

Per riguardo Spanò non l'avrebbe mai ammesso esplicitamente, ma l'ufficio di Macchia per lui non aveva segreti. Con o senza la benedizione del Grande Capo, le notizie che potevano interessargli lo raggiungevano con la velocità di un sms, assai prima di riceverne comunicazione ufficiale.

– Veramente... qualcosa avrei intuito, – rispose l'ispettore, sottovoce.

Vanina si fermò a metà scala.

– Cioè?

– Una telefonata per lei da Palermo. Da un certo avvocato Massito. Lo conosce?

Il vicequestore si concentrò in uno sforzo mnemonico. Massito. Qualcosa le ricordava, quel nome.

Spanò avanzò verso di lei, abbassando ancora di piú la voce.

– Credo sia il legale di qualche pezzo da novanta.

Vanina riprese a salire, seria. Quell'informazione non le piaceva. Coi pezzi da novanta palermitani aveva smesso di averci a che fare da anni, e non aveva nessuna intenzione di riprendere i contatti. E doveva essere pure una faccenda delicata se Tito Macchia aveva preferito aspettare che tornasse invece di farla richiamare per telefono.

I gradini parevano moltiplicarsi in misura direttamente proporzionale alla tensione che cresceva. E diventava irritazione, e infine rabbia. Chi cazzo era 'sto Massito?

– Ugo Maria Massito, avvocato penalista, patrocinante in Cassazione, – illustrò Tito, allontanando il foglio per non inforcare gli occhiali. – Difensore di tutta la feccia di Palermo e dintorni, ma questo qui non c'è scritto, – aggiunse. Aveva mandato via tutti, segno che la questione non riguardava la squadra, o le indagini, ma solo lei: il vicequestore Giovanna Guarrasi. Che ora lo guardava col fiato sospeso.

– Un cliente di questo avvocato Massito dice di voler parlare con te, – disse Macchia, sintetico. Tornò sul foglietto, stavolta con gli occhiali sul naso. – Rosario Calascibetta, detto Tunisi, da otto anni detenuto nell'ala dei collaboratori di giustizia dell'Ucciardone. Uno che a rigor di logica tu dovresti conoscere.

Vanina restò in silenzio, sorpresa.

Tunisi. Le veniva il voltastomaco al solo ricordare la sua faccia. Un mafioso vecchio stampo, un confidente della peggior specie, di quelli che le cose non le dicono chiaramente ma le fanno capire a colpi di metafore e di personaggi inventati. Uno con cui aveva chiuso la partita anni prima, e in modo definitivo. E ora era un collaboratore. Che poteva volere da lei?

– Come no. Certo che lo conosco. Un galantuomo. Lo sai perché lo chiamano Tunisi? Perché negli anni Ottanta diventò un pezzo da novanta nel business dell'eroina smerciando a Palermo carichi provenienti dalla Tunisia.

Tito si tolse gli occhiali. – Vani', parliamoci chiaro. Lo so che si tratta della tua vita privata, ma io ho bisogno di sapere in che rapporti sei con Paolo Malfitano –. Vanina trasalí leggermente e Macchia se ne accorse. – Voglio dire: sei a conoscenza di qualcosa che può comprometterti? Hai raccolto sue confidenze?

– Allora, Tito, – disse, schiarendosi la voce, che s'era arrochita. – Ho bazzicato l'antimafia abbastanza da sapere che quando ci sono di mezzo individui come Tunisi non c'è privato che tenga. Perciò ti rispondo subito, e in sequenza. Uno: non vedo né sento Paolo da piú di tre anni. Due: ovviamente non so nulla del suo lavoro. Tre, ma questa è una mia opinione perciò prendila con beneficio d'inventario: non credo che uno come Tunisi verrebbe a cercare proprio me come intermediaria per raggiungere Paolo Malfitano.

– Significa che non avrebbe motivo di farlo o che non gli converrebbe farlo? Vanina, sii chiara per piacere, – chiese Tito, guardingo.

– Diciamo che Rosario Calascibetta detto Tunisi, se a settant'anni suonati si trova ancora all'Ucciardone nonostante le numerose collaborazioni con la giustizia, lo deve alla sottoscritta.

– Perciò potrebbe avercela con te?

– Leverei il condizionale, – tirò fuori una sigaretta, ma il dito indice di Macchia partí con un movimento negativo che la costrinse a non accenderla. Ed era un fumatore. – Mi stupisce che uno come lui abbia ancora voglia di parlare con me, – concluse il vicequestore.

– In ogni modo, questo è il numero di Massito, – disse il capo, allungandole un foglietto. – Può darsi che con te sarà piú esplicito. Però qualora dovessi decidere di andare, ti consiglio di portarti dietro qualcuno. Spanò, o Fragapane, o chi vuoi tu.

– Perché, pensi che potrebbe aver organizzato un attentato nella sala colloqui del carcere? – disse il vicequestore, con mezzo sorriso ironico.

– Guarrasi, vedi di smetterla col sarcasmo, e fammi sapere cosa vuole da te questo tizio.

Macchia era uno disponibile, tollerante, ma se la chiamava col cognome significava che s'era innervosito.

Vanina raccolse il foglietto col numero e si ritirò nel suo ufficio.

Lo sguardo apprensivo di Spanò la seguí fin dietro la sua scrivania.

– Tutto bene, capo?

– Tutto bene, Spanò. Non se la prenda ma dovrei fare una telefonata, e vorrei farla da sola.

L'ispettore batté in ritirata, non senza prima averle lanciato un'occhiata indagatrice. Ma a parte un notevole fastidio, che non poteva negare, Vanina non provava piú nessuno sgomento. Sapere che c'entrava Tunisi, la cui partita con la giustizia, e pure con la mafia, a rigor di logica doveva essere veramente chiusa da tanto tempo, escludeva quasi del tutto il coinvolgimento di Paolo. Quasi.

Massito fu breve: niente voli pindarici, né giochi di parole. Il suo cliente era a conoscenza di alcune informazioni che potevano essere utili al vicequestore Guarrasi ed era disposto a condividerle con lei. Nel piú breve tempo possibile.

Chiaro come il messaggio di un risponditore automatico.

E non lasciava spazio a dubbi di sorta: se voleva sapere di che si trattava, la strada era una sola, e portava all'Ucciardone.

13.

La decisione di muoversi subito, in realtà, Vanina l'aveva presa prima ancora di sentire l'avvocato. Sarebbe partita al piú presto e senza portarsi dietro nessuno.

Non era per sfiducia, né per quella scarsa capacità di lavorare in squadra per cui l'avevano sempre rimproverata tutti i superiori che si erano avvicendati sopra la sua testa. Tutto quello che riguardava Palermo apparteneva a un'altra vita, dalla quale Spanò e gli altri della squadra erano automaticamente esclusi. Tito ogni tanto indulgeva con lei in un atteggiamento protettivo che, Vanina ci avrebbe scommesso, non avrebbe mai avuto se non fosse stata una donna. E le pareva ovvio che nel caso specifico non fosse necessaria nessuna scorta. Dal momento che una bonaccia uggiosa continuava a impantanare il caso sciantosa, tanto valeva approfittarne e non perdere altro tempo.

La telefonata di Adriano Calí la raggiunse all'area di servizio Sacchitello nord, mentre meditava sulla salubrità della Coca-Cola Life rispetto alla Zero, meno calorica, ma piena di dolcificanti, o peggio ancora alla Coca-Cola autentica che restava sempre la numero uno, specie se in bottiglia di vetro.

– Ma dove sei, che si sente un baccano infernale? – chiese il medico legale.

Vanina si accorse che una scolaresca schiamazzante aveva appena fatto irruzione nell'autogrill e si accingeva a svuotare il bancone dei panini con la rapidità di un branco di lupi affamati.

– Vicino Enna, – rispose, abbandonando il bar in direzione della Mini, parcheggiata là davanti.

– Non mi dire che sei andata all'outlet senza dirmelo, – s'inalberò.

Vanina dovette fare uno sforzo mnemonico per ricordarsi che prima di Enna c'era una città dello shopping scontato, di quelle che prima si vedevano solo al Nord. E prima ancora solo negli Stati Uniti.

All'outlet! Certe idee potevano venire solo a lui.

– Ma quale outlet, Adriano. A Palermo sto andando.

– Ahhh, mi pareva. Ricordati che mi hai promesso di andarci insieme.

Non se lo ricordava proprio, ma lo fece contento e gli disse di sí.

– Per questo mi chiamasti? – lo punzecchiò.

– Ma se manco lo sapevo che eri in viaggio. Ero venuto in ufficio, a portarti una cosa. Un dvd. Speravo che potessimo vedercelo insieme, da te o da me.

– Luca è partito?

– No, ma sta lavorando per essere libero di venire a Noto il prossimo fine settimana. Ehi, non è che te lo sei scordato, vero?

– No, no. Anzi, sono quasi sicura di poterci venire.

A meno che quello che stava andando a fare a Palermo non la facesse precipitare in qualche acquitrino putrido, di quelli che non avrebbe voluto piú vedere neppure in lontananza. Ma francamente le pareva un'ipotesi surreale.

– Quando torni?

– Domani pomeriggio, credo.

– Ok, allora non ti anticipo niente. Domani sera cineforum piú pizza, scegli tu se da me o da te. Ti assicuro che non te ne pentirai.

– ’Sto fatto che fai il misterioso non promette niente di buono. Comunque va bene, a qualunque ora mi sbrighi ci vediamo. Ma da me. Le pizze che ordini tu a domicilio sono cosa di giocarci a frisbee, mentre a Santo Stefano tra la pizzeria accanto al teatro e il bar vicino casa mia ce la passiamo molto meglio.

– Minchia quanto sei difficile, vicequestore. Però vedrai che alla fine mi ringrazierai.

La lasciò con quella promessa, che in un’altra occasione avrebbe sortito l’effetto voluto, ma che in quel momento, con la prospettiva dell’incontro che avrebbe fatto l’indomani, lasciava il tempo che trovava.

Appena dopo il tratto del viadotto Himera, quello crollato, da poco riaperto a una sola corsia di marcia sul lato sano, Vanina s’infilò l’auricolare e schiacciò il tasto di chiamata.

– Capo! – le rispose la voce dall’altra parte del telefono.

– Manzo, come stai?

– E come vuole che stia! Infognato in un caso che piú rompipalle non potrebbe essere.

Il sovrintendente Manzo era stato il suo braccio destro – lui diceva anche il sinistro – prima al commissariato Brancaccio e poi alla sezione Criminalità organizzata della Mobile di Palermo. Sempre al suo fianco, fedele. Tanto fedele che ancora adesso, a dispetto del suo nuovo superiore che di sicuro non avrebbe gradito la cosa, continuava a chiamarla «capo».

– Senti, Angelo, io sto per arrivare a Palermo. Ho bisogno di vederti. Pensi di farcela a liberarti per dieci minuti, diciamo... alle sette?

– E che c’è dubbio, capo? Per lei mi libererei pure se non potessi.

– Finiscila co’ ’ste sviolinate, e non fare minchiate. Se non puoi non puoi. Che t’ho insegnato in tanti anni?

– Posso, dottoressa, non si preoccupi. Dove vuole che ci vediamo?

– Ti viene complicato raggiungermi in via Roma? Potremmo vederci al solito bar vicino casa di mia madre.

Manzo non la fece neppure finire. – Alle sette là. A dopo, capo.

Ecco la parte di autostrada che le piaceva di piú.

Era sempre tentata di fare una deviazione. Perdersi tra le Madonie e raggiungere Castelbuono, il paese di suo padre. Comprare un panettone alla manna, e poi fermarsi a guardare il castello dov'era stata girata una parte di *Nuovo Cinema Paradiso*, uno dei piú bei film della sua collezione. Ma non lo faceva mai.

Poi arrivava il mare. La visuale si apriva sulla costa, massacrata da zone industriali e obbrobri edilizi, che deturpavano lo scenario. Che peccato a Dio, pensava ogni volta.

A Capo Zafferano, Palermo ormai era vicina.

La vista del Monte Pellegrino le fece battere il cuore. Perché Vanina Guarrasi Palermo l'amava come non avrebbe mai amato nessun'altra città nella sua vita. Anche se se n'era scappata e faceva di tutto per non tornarci, anche se quello che aveva lasciato lí era un carico tanto pesante da sostenere da indurla a rinunciarci, anche se era sicura che non fosse piú il posto per lei, Palermo era la sua città.

Vanina sperò che l'ingresso in città non le riservasse sorprese, tipo il traffico piú intenso del solito – e ce ne voleva! – o qualche nuova deviazione. Superò il consueto dilemma se passare per il porto, da via Giafar, o infilarsi in via Oreto fino alla stazione. Optò per la prima, che le piaceva di piú.

Alla Cala, il display del telefono s'illuminò con un messaggio di Manzo: «Sono qua». Erano le sette meno tre minuti.

Il sovrintendente stava smanettando col telefono. La tazzina vuota indicava che aveva già preso il decimo caffè della giornata.

– Manzo, – lo richiamò Vanina.

Quello scattò in piedi.

– Capo! – disse, stringendole la mano con calore.

Pareva quasi commosso. O magari lo era. Come lei del resto, era inutile negarlo.

Si sedettero a un tavolino, si raccontarono gli ultimi quattro anni. Insomma, proprio tutto no. L'essenziale, in modo sintetico.

– Senti, Angelo, ho bisogno di un paio d'informazioni.

– A disposizione, dottoressa.

– Vedi che non mi va che si venga a sapere che te le ho chieste, eh.

Manzo ci rimase male.

– Ma secondo lei c'era bisogno di specificarlo?

Aveva ragione lui.

– Rosario Calascibetta, – disse il vicequestore.

– Ma chi, il vecchio Tunisi? – fece Angelo, sorpreso. – E che vuole sapere, dottoressa? È domiciliato all'Ucciardone da quando ce lo mandò lei. Collabora un colpo sí e l'altro ní, ma intanto sta nel settore dei collaboratori di giustizia. Oramai non conta niente, né fuori dal carcere né dentro. Mi sono spiegato?

Vanina si soffermò sull'ultima frase. Che poi era quello che aveva immaginato pure lei, per questo era sicura che con le indagini di Paolo non c'entrasse. Già questo bastava a tranquillizzarla in parte.

– E niente successe ultimamente, che tu sappia, che può avere smosso le acque in qualche modo? Riportato a galla cose vecchie, cose su cui magari avevamo lavorato noi…

– Che io sappia no, – rispose il sovrintendente, concentrato. – Ma perché mi sta chiedendo queste cose, capo? Non mi dica che si è rimessa con la Criminalità organizzata.

– No, per carità! Ho già dato abbastanza. Solo che stamattina Tunisi ha chiesto di parlarmi e io devo cercare di immaginare cosa possa dirmi. Sono fuori dal giro da troppo tempo, ti confesso che non ne ho la piú pallida idea.

Manzo ragionò in silenzio.

– Ma chissà con che stronzate se ne uscirà, il vecchio delinquente.

– Perché dici cosí?

– Perché quello farebbe di tutto per accorciarsi il soggiorno in carcere.

– Perciò devo aspettarmi di tutto, e devo prendere con le molle tutto quello che mi conterà. È questo che vuoi dirmi? – fece il vicequestore, dopo una pausa di meditazione.

Manzo allargò le braccia. – Sinceramente non riesco a immaginare cos'abbia quel vecchio catorcio da dirle.

Le assicurò che sarebbe tornato in ufficio e avrebbe fatto una piccola ricerca. Se avesse trovato novità l'avrebbe avvertita subito.

– Grazie, Angelo.

– Sempre un piacere lavorare per lei, capo.

Era quasi arrivata alla macchina, quando lo vide tornare indietro ansante.

– Che fu? – gli disse, sorridendogli.

– Senta, capo, preferisce che domani l'accompagni io? No, perché io se lei vuole mi prendo mezza giornata libera e...

– Manzo, levatelo dalla testa. Ti ringrazio in anticipo per la ricerca che farai, e la prossima volta che ci sentiamo ti conto come andò. Basta.

Il sovrintendente fece la faccia incerta di chi non sa se crederci o no, e però deve abbozzare. La risalutò, ancora una volta.

– Io ci spero, capo, – disse, prima di andarsene.

– In che cosa?

– Che prima o poi lei tornerà a Palermo. Questione di tempo.

Se ne andò cosí, speranzoso. E Vanina non ebbe cuore di disilluderlo.

La serata in casa Calderaro era stata un supplizio. Il matrimonio di Costanza era stato l'argomento principale, cui Vanina era stata costretta a partecipare suo malgrado. Il letto era scomodo, la stanza calda. Il pensiero dell'indomani tedioso.

Alle due di notte era arrivato un messaggio telegrafico di Manzo: «Niente di nuovo».

L'agente di polizia penitenziaria che l'aveva scortata dall'ufficio matricole fino all'area magistrati dell'Ucciardone aveva pensato di farle cosa gradita mostrando di ricordarsi di lei attraverso la rievocazione di tutte le sue indagini piú eclatanti. Per aggiungere il carico da undici, infine, aveva riesumato «la piú coraggiosa, la piú indomita, la piú rischiosa» delle sue azioni: la sparatoria in cui «aveva fatto fuori un pericolosissimo killer in azione, salvando cosí un illustre magistrato da morte certa».

Vanina gli avrebbe tappato volentieri la bocca con un metro di nastro isolante, se ne avesse avuto a disposizione.

E ora era lí, nella sala interrogatori di quel carcere borbonico, in attesa che Rosario Calascibetta detto Tunisi fosse condotto a colloquio davanti a lei. Le sembrava di aver fatto un salto indietro di cinque anni, e non era una bella sensazione.

L'uomo che le si materializzò davanti, scortato da due pizzardoni, era piú piccolo e piú curvo di come se lo ricordava lei. Però il sorriso sbilenco che si fermava a metà delle labbra, il naso leggermente schiacciato e lo sguardo storto negli occhi piccoli e scaltri, quelli erano immutati. Tony Sperandeo nella parte di Tano Badalamenti ne *I cento passi*, ma con una trentina d'anni in piú sul groppone.

– Vicequestore Guarrasi, – fece l'uomo, chinando il capo in segno di saluto ma senza abbassare lo sguardo.

– Signor Calascibetta. Aveva chiesto di parlarmi.

– Ha fatto bene a non perdere tempo. Lei lo sa, nelle indagini è questione di giorni, puru di ore, e la verità sparisce definitivamente, – aprí tutte e dieci le dita verso l'alto, mimando una vaporizzazione.

Tre minuti di conversazione e già quel rottame di un mammasantissima le stava smuovendo i nervi.

– Tunisi, cerchiamo di essere chiari e concisi, perché io tempo da perdere non ne ho: se ha qualcosa d'importante da dirmi lo dica. E non mi conti minchiate, che tanto me ne accorgo.

– Non s'incazzasse, dottoressa Guarrasi. Che la facevo venire da Catania per cuntarle minchiate? – fece quello, il sorriso sempre piú sghimbescio.

– La ascolto.

– Lei lo sa qual è stata sempre la fortuna delle famiglie nostre, soprattutto un tempo, qua in Sicilia?

Tunisi non pronunciava mai la parola mafia, Vanina se lo ricordava. Usava altri termini: famiglia, organizzazione, società.

– Quale? – gli chiese, rassegnata ad assecondare tutta la pantomima.

– Le corna. Omicidi nostri che a voi invece risultarono come storie di corna ce ne sono assai. E prima era ancora piú facile, che c'era puru la legge che se ammazzavi a uno che se la faceva con tua moglie, manco tanta galera ti facevi. Un cornuto di turno si trovava sempre, – fece una pausa e la guardò.

– Grazie per la lezione di storia, Tunisi, ma non mi sta contando una grande novità. E perché secondo lei sta cosa delle corna mi dovrebbe interessare?

– Lo sa, dottoressa, in quella cella fitusa il tempo non passa mai, perciò mi pigliai l'abitudine di leggere libri. L'ultimo era di Sciascia. Uomo intelligente doveva essere.

– Tunisi, se ancora perdiamo tempo mi alzo e me ne vado. E da quella cella fitusa lei ne esce con i piedi avanti, magari tra altri quindici anni, nonostante le sue collaborazioni.

– Ma perché la sta pigliando cosí, dottoressa? Oramai dalle questioni grosse mi ritirai io e pure lei. Io da una parte e lei dall'altra, ma sempre fuori siamo. E a me la testa mi disse accussí, che se so qualche cosa che può aiutarvi a non prendere cantonate, mi pare peccato tenermela per me.

Vanina tirò un respiro e contò fino a dieci, per non insultarlo.

– Eravamo rimasti alle corna, – suggerí.

– Le conto una cosa accussí fuodde che lei non ci crederà. Una volta successe che, al contrario, ammazzarono a uno che amanti ne aveva a tignitè: fimmine maritate, schiette, ricche e puru prostitute. Uno che unni pigghiavi e pigghiavi qualcuno che lo voleva morto lo trovavi. E invece giusto giusto a chi incolparono? A un cugino mio. Uno che apparteneva a una famigghia delle piú accanusciute. E temute, se vogliamo precisare. Uno che a quello non aveva nessunissimo motivo di volerlo morto. Ma niente da fare: tutte le prove contro aveva, puru se diceva di essere 'nnucenti. Lei che dice, dottoressa: in questo caso era cchiú potente la famigghia delle corna oppure la famigghia degli affari?

Il vicequestore trasecolò. Ma che stava tirando fuori, quel figlio di buona donna?

Prese respiro e sparò una domanda cifrata. – E la famiglia degli affari non si difese in nessun modo?

– E come, dottoressa? Prove a favore non ce n'erano. Forse si erano perse strada strada, oppure chi lo sa, erano nascoste accussí bene che nessuno arriniscí a trovarle.

– Qualcuno le aveva nascoste di proposito?

– Oppure il morto si era conservato le sue cose cosí bene che non si ritrovarono piú, per tanti anni. E in galera questa volta ci andò un innocente della parte nostra.

Il riferimento era manifesto. Certo, Masino Di Stefano era cugino di Rosario Calascibetta come lei era la sorella del papa, ma questo non cambiava la sostanza delle cose.

– Tunisi, uno della parte vostra innocente innocente non può essere mai. Buoni motivi per finire in galera ne ha a decine, – rilanciò.

– Questo non c'entra. L'omicidio è omicidio. Quella persona non era capace di tenere una pistola nelle mani. Perciò…

– E immagino che questo presunto assassino la vittima la conoscesse bene.

– Il sonno si spartivano. Ma forse proprio questo fu l'imbroglio.

Vanina lo guardò negli occhi, diffidente.

– Tunisi, non è che lei 'sta storia l'ha letta da qualche parte e ha pensato di prendermi in giro, vero?

– Dottoressa, deve fidarsi delle mie parole. E ora le dimostro puru perché. La famiglia di mio cugino e il morto, interessi in comune assai ne avevano. Vero è che questo significava che il signore in questione pulito pulito non era, ma una cosa era sicura: che di no a un affare grosso, soprattutto con loro, non l'avrebbe detto mai. E infatti non lo disse. Lo sa che successe? Che a mio cugino manco il tempo di contare fino a tre e già l'avevano condannato. Primo, secondo e terzo grado. Un fulmine. E basta accussí: caso chiuso. In galera ci va mio cugino, e la famiglia delle corna si fotte l'affare. Però lo vede, dottoressa, quando uno l'assassino non l'ha fatto mai, ci puoi mettere la mano sul fuoco che qualche sbaglio lo fa. Se per caso, o non per caso, ci scappa un altro cadavere, o lo fai sparire dalla faccia della Terra oppure questione di tempo e salta fuori. E un cadavere, se davanti ha qualcheduno capace di ascoltarlo, certe volte può parlare piú di un cristiano vivo e vegeto. Lei lo sa ascoltare un cadavere, dottoressa Guarrasi? Secondo me sí.

Se qualcuno dall'esterno avesse seguito quel dialogo, avrebbe preso per pazzi sia il vecchio mafioso pentito sia il vicequestore che lo stava a sentire. Ma Vanina di quel discorso aveva decifrato anche gli articoli e le virgole, citazione letteraria compresa. E aveva realizzato che una dichiarazione simile poteva riaprire i giochi.

– Senta, Tunisi. Io non so perché lei abbia deciso di aiutarmi, e sinceramente nemmeno lo voglio sapere. Mi basta essere sicura che mi stia dicendo la verità, e soprattutto che questa storia lei sia disposto a raccontarmela meglio e a fare nomi e cognomi, perché altrimenti resta una favoletta inutile e io potevo evitarmi i duecento chilometri.

Ma stavolta Rosario Calascibetta detto Tunisi pareva intenzionato a collaborare per davvero. Appena gli fece capire che la sua parola sarebbe stata determinante, il pezzo da novanta tirò fuori antefatti, dettagli e ipotesi di colpevoli. E di famiglie.

A lei la scelta se pigliarli per buoni.

Quando uscí dal carcere, sigaretta in mano pronta per essere accesa, la faccia del vicequestore Guarrasi tradiva soddisfazione come mai era successo dopo un incontro simile.

Il suo intuito ci aveva azzeccato pure questa volta. E quel colloquio surreale avrebbe avvantaggiato il carattere di gravità, di precisione e di concordanza che Vassalli esigeva per considerare le sue ipotesi degli indizi veri e propri.

Si allontanò dal portone ancora aperto, attraverso cui stava passando una piccola processione di auto e buttò un'ultima occhiata sul muraglione antico di pietra rossiccia che recintava quell'immensa gabbia fatiscente. La scritta «Carceri giudiziarie centrali» le ricordò di quella volta che una lettera *A* era crollata giú scatenando un casino. Quand'era stato? Lei era a Milano già da un pezzo. L'aveva appreso da «Repubblica», l'edizione di Palermo, che leggeva online tutte le mattine. Scese dal marciapiede e andò verso la stradina di fronte, puntando l'ombra di una delle panchine lungo i muretti. Estrasse il telefono dalla tasca e cercò in rubrica il numero diretto di Tito Macchia. Rialzò la testa, il dito pronto sul tasto d'avvio della chiamata. E si bloccò.

Paolo Malfitano scese da una Bmw X5 argento, verosimilmente blindata. Fissò Vanina come se dovesse verificarne la reale esistenza, mentre quattro agenti della scorta si precipitavano subito giú da una delle altre auto circondandolo. Mosse qualche passo verso il marciapiede dirimpetto all'ingresso del penitenziario. Telefono in una mano e sigaretta accesa nell'altra, l'ultima persona che si sarebbe mai aspettato d'incontrare se ne stava lí, ferma in piedi davanti a una panchina, all'ombra di un ficus.

– Non credo ai miei occhi! Il vicequestore Guarrasi di nuovo in servizio sul suolo palermitano?

– Direi piú correttamente in trasferta per motivi di servizio, – disse Vanina, andandogli incontro.

– Sono comunque strabiliato, – fece Paolo, tendendole la mano.

Non si vedevano né si parlavano da piú di tre anni, e nel frattempo acqua sotto i ponti ne era passata a fiumi. Per lui piú che per lei, dal momento che aveva dovuto subire una sua decisione che non condivideva e che gli era piombata addosso all'improvviso come una doccia fredda.

– Ma in trasferta all'Ucciardone ti spediscono, quelli di Catania? – le chiese, spostandosi verso la macchina dietro esortazione degli agenti.

Vanina notò che zoppicava ancora, impercettibilmente.

– Ti risulta che io mi sia mai fatta *spedire* da qualche parte da qualcuno?

– Per come ti conosco io, no. Ma lo sai com'è? Sono passati anni... Che ne so se in un raptus di follia ti sei messa ad accettare gli ordini di un superiore?

Il tono sfottente, data la situazione, aiutava. Buttandola sull'ironia sarebbe stato piú facile scambiare quattro chiacchiere senza imbarazzo.

Dovettero infilarsi per forza all'interno della macchina, che subito si mosse.

– Oh, ma dove stiamo andando? – protestò Vanina. – Guarda che io ho la Mini parcheggiata davanti al carcere.

– Vabbe' non ti preoccupare, poi ti ci riporto. Che ci vuoi fare? Sono fissati che non devo stare fermo troppo tempo da nessuna parte. E se non li accontento restano tutti in tensione, anche se non ce ne sarebbe motivo.

– Ma no, certo. In fin dei conti che è successo? Giusto un paio di minacce di morte.

La necessità di sdrammatizzare di Paolo rasentava l'incoscienza, ma non era una novità.

– Cazzate, – replicò il giudice, allontanando l'idea con un gesto secco della mano. – Ora dimmi tu, in tutta sincerità: ti pare verosimile che Cosa Nostra di oggi stia pianificando sul serio di farmi fuori con un attentato esplosivo, stile anni Novanta? Teatro è, Vanina. Dovevano fare notizia. E la rottura di palle è che ci sono riusciti.

Vanina concordò in silenzio. Il tritolo, le stragi, appartenevano a un'altra epoca, a un contesto molto diverso da quello attuale. Niente era impossibile, soprattutto per quella gente, ma un simile salto indietro le sembrava quantomeno improbabile.

– Questo può essere vero, ma restano comunque le altre minacce. Considerato quello che stai facendo adesso, per non parlare di quello che ti è successo in passato, io eviterei di prenderle sottogamba.

Paolo non rispose, ma dalla faccia scura si capiva che ci stava pensando.

Lo guardò. Qualche capello grigio in piú, il viso un po' allungato, un paio di rughe nuove che però non gli stavano male, anzi.

– Che c'è? – disse lui. – T'eri scordata la mia faccia? Eppure ultimamente basta accendere la televisione e un'immagine mia la becchi. E a quanto mi risulta, qualche servizio al telegiornale l'intercettasti pure tu.

Mai agire d'impulso. Telefonare a Giacomo Malfitano non era stato un colpo di genio.

– Sei dimagrito, – si limitò a rispondergli.

Paolo sorrise a metà. – Che vuoi? Una passeggiata di salute la mia vita non è, in questo periodo.

Perché, lo è mai stata?, le venne di chiedergli, ma ovviamente evitò.

Si stavano allontanando sempre piú dal Borgo Vecchio in direzione del palazzo di giustizia.

– Paolo, io me ne devo tornare a Catania. Dove stiamo andando?

– Stai tranquilla. Te l'ho detto: fermo troppo tempo davanti al carcere non ci potevo stare. E siccome è la prima volta che ti vedo da quasi quattro anni, non mi andava di sprecarla per questo. Quando mi ricapita, scusa?

Vanina guardò fuori dal finestrino, in silenzio. Gli alberi e le vetrine di via Libertà le passarono davanti agli occhi distratti.

– Piuttosto, come mai a Palermo? Non stavi lavorando a quel caso un poco astruso? – chiese Paolo, recuperando il sorriso lievemente beffardo.

– Dovevo vedere una persona.

– All'Ucciardone? E chi?

– Perché? Tu conosci tutti i detenuti dell'Ucciardone?

– Perciò! Ma tutto ti sei scordata di me?

Scherzava, sorrideva, ma gli occhi raccontavano altro.

– Rosario Calascibetta, – gli rispose Vanina.

Paolo aggrottò la fronte. – Tunisi, – disse, meditativo, strofinandosi la barba rasa con il pollice e l'indice della mano destra.

– Non ho deciso di tornare alla Criminalità organizzata, se è questo che ti stai chiedendo, – gli notificò, preventivamente.

– Il dubbio non mi aveva sfiorato. Per questo ora sono curioso di sapere che potevi avere ancora da chiedere tu a uno come Tunisi.

Vanina gli raccontò tutta la storia, che Paolo ascoltò con l'aria divertita di uno che sta assistendo all'opera dei pupi. Tuttavia concordava con lei: per risolvere il caso del cadavere nel montacarichi, toccava riesumare dalla naftalina quello dell'omicidio Burrano.

Se due piú due faceva quattro, o l'assassino era morto, e data l'età ci stava pure, oppure se era ancora capace d'intendere e di volere ora se la stava facendo sotto dalla paura. E la prima cosa che s'impara quando si dà la caccia a un delinquente è che non c'è momento piú propizio per fregarlo di quello in cui è spaventato.

– La paura rende labili i confini della prudenza, – disse Paolo. Si girò verso di lei. – E cala le maschere, – aggiunse, mentre l'auto riprendeva la strada verso il Borgo Vecchio. Con lui a bordo, per il disappunto dei suoi angeli custodi.

– Non era meglio che tu te ne tornassi nel tuo ufficio, dove evidentemente gli agenti della scorta ci stavano accompagnando? – considerò Vanina, ignorando l'allusione.

– No, – rispose. Secco, perentorio. – Perché hai telefonato a mio fratello? – le chiese, dopo un minuto di silenzio, abbassando la voce e alzando gli occhi, all'improvviso stanchi.

Perché è vero che la paura smaschera, pensò Vanina.

– Perché volevo sapere come stavi, – gli rispose.

– Te ne importa qualcosa, come sto?

Erano passati quasi quattro anni, ma quella conversazione stava scivolando là dove sarebbe arrivata se l'avessero affrontata a una settimana dalla separazione.

Te ne sei andata tu, mi hai abbandonato tu. Io ho subito le tue decisioni. Dietro quella domanda astiosa c'erano tutte quelle recriminazioni, cifrate, ma per Vanina evidenti.

– Non c'era bisogno di trascinarmi in giro per Palermo col tuo autoblindo per… – guardò l'orologio, – quaranta minuti, solo per rinfacciarmi un momento di debolezza in cui ho agito senza calcolare le conseguenze. Avevo chiesto a Giacomo di non riferirtelo.

Stavano passando da piazza Sturzo. Davanti ai portici, Paolo si sporse in avanti.

– Aldo, per piacere si fermi qua e ci faccia scendere.

– Ma che fai? – insorse Vanina.

– Voglio un gelato, Vanina. Potrò prendere un gelato quando cazzo dico io? – quasi gridò.

– Dottore... – cominciò Aldo, ma si fermò appena intercettò gli occhi del giudice nello specchietto retrovisore.

Vanina intuí che non era il momento di contraddirlo. Sembrava lui stesso una carica pronta a esplodere. E non era per la rabbia nei suoi confronti, questo era evidente. Anzi, sospettava che quell'incontro fosse stato provvidenziale e che finalmente Paolo stesse tirando fuori la tensione che doveva aver accumulato. Pazienza se aveva deciso di sfogarsi con lei. Lo conosceva abbastanza da sapere che non l'avrebbe fatto con chiunque.

– Amuní, dài. Mangiamoci 'sto gelato. Tanto se si azzardano a romperti le palle lo sai che a tirare fuori la parabellum ci metto mezzo secondo, – scherzò, ma lo fece con difficoltà. Alludere a quel giorno le veniva pesante.

Gli uomini della scorta li guardarono con gli occhi di fuori mentre si allontanavano dalla Bmw per infilarsi tra la folla di una delle gelaterie piú frequentate di Palermo.

– Un vicequestore come scorta. Solo io ho avuto un privilegio simile, – disse Paolo, mentre si mettevano in fila al bancone.

Mangiarono una brioche col gelato in piedi, in un angolo, protetti dalla barriera umana degli avventori assatanati.

– Vani, – disse Paolo, di punto in bianco.

– Dimmi, – rispose, ignorando di proposito il diminutivo confidenziale che aveva riesumato.

– Me lo dici perché mi hai lasciato?

Per non vivere nel terrore di vederti uscire di casa e

non tornare piú. Perché non potevo sperare di trovarmi per caso dietro di te ogni volta che avresti rischiato la vita, per salvartela. Perché cosa significa vedere una persona che ami morire ammazzata l'ho imparato a quattordici anni, e preferivo rinunciare a te pur di non rivivere quei momenti. Perché io ne ero convinta, Paolo, che lasciarti sarebbe bastato a proteggermi dall'incubo di perderti, come avevo perso lui.

Ecco perché ti ho lasciato, Paolo.

Ma non avevo calcolato che dire addio non recide alcun legame, se il legame è saldo com'era il nostro. E non protegge da nessun dolore. È un sacrificio inutile.

Ho fatto i conti senza l'oste, Paolo.

– Sono passati tre anni, Paolo, – rispose, – perché dobbiamo parlare per forza del passato? Abbiamo la nostra vita.

– Tre anni e undici mesi. E non ce l'abbiamo la nostra vita, né tu e né io. Tu perché non te la sei creata, e io perché mi sono illuso di potermela costruire con la persona sbagliata. Ho sofferto come un cane, Vani. E siccome non è detto che mi resti tantissimo da vivere…

– Paolo! – sbottò Vanina. – Finiscila, – abbassò la voce.

Il gelato aveva perso ogni attrattiva, anzi sarebbe stato impossibile mandarne giú un boccone di piú.

– Ma se nel frattempo hai avuto pure una figlia! – disse, sforzandosi di fare dell'ironia. – E poi che ne sai tu se io una vita invece non me la sono creata?

– Non te la sei creata, Vani. Né a Milano né a Catania. Lo so. Quanto a me, è vero: ho avuto una figlia, ed è stata l'unica cosa positiva in due anni di matrimonio. Finito.

Finse di non saperne nulla e non gli chiese nulla, ma ebbe la sensazione che Paolo stesse facendo di tutto per dirglielo. Invece lei non voleva saperlo. Non doveva saperlo. Perché era chiaro che a diventare un casino quella situazione poteva metterci due minuti. Bastava abbassare la guardia un attimo, liberare un solo grammo dei sentimenti che aveva messo sotto chiave, e *zac!* E non doveva succedere.

Era ora di tornarsene a Catania.

Da sotto il tergicristallo anteriore della Mini parcheggiata in via Enrico Albanese occhieggiava un foglietto bianco di chiara provenienza.

– Pure la multa mi fecero, mannaggia alle brioche col gelato, – bofonchiò.

La temperatura nell'abitacolo si aggirava attorno ai cinquanta gradi.

– Minchia, settembre sta finendo e qua ancora ci si possono infornare gli sfincioni! – considerò a voce alta, accendendo l'aria condizionata e uscendo a razzo dalla macchina.

Un vecchietto con al seguito un cane di razza ignota, che passava sul marciapiede, si fermò e la guardò come se lo avesse interpellato.

– Allora, taliasse: cchiú avanti c'è una friggitoria, – indicò a sinistra col dito teso, – sfincione di chiddu bonu n'attrova quantu ni voli.

A Vanina venne da ridere. E pensare che pure l'apparecchio acustico aveva!

Lo ringraziò come se gli avesse chiesto l'informazione per davvero.

Quell'uomo la riportò con i piedi per terra e le ricordò la masnada di vecchietti con cui avrebbe avuto a che fare sempre piú spesso finché non avesse risolto il caso del duplice omicidio a villa Burrano.

Sí, perché il nome giusto era quello: duplice omicidio Burrano-Cutò. Altro che «sciantosa».

Appena riuscí a liberarsi del traffico cittadino in uscita e raggiunse viale della Regione Siciliana, recuperò gli auricolari dal fondo della borsa e fece partire finalmente la telefonata a Tito Macchia.

Il Grande Capo le rispose dopo due squilli. Vanina si sentí lievemente in colpa. Ma vedi tu che era stato veramente in apprensione. E lei se l'era pure presa comoda, scorrazzando per Palermo a bordo di un'auto blindata della procura, con il suo ex fidanzato, quello che a Macchia aveva testé assicurato di non aver piú visto né sentito da anni.

Che era ancora vero, appena il giorno prima.

Ora non piú.

Poteva sforzarsi di ignorare la cosa fino allo sfinimento, ma per metabolizzare quell'incontro non le sarebbero bastati dei mesi. Sempre che nell'arco di quei mesi non fosse successo qualcosa... Ma che stava dicendo? Lo stomaco le si torceva al solo pensarla, una cosa del genere.

A Bagheria, la situazione si era aggravata. Le parole di Paolo le ronzavano già nelle orecchie da dieci minuti buoni. «Non è detto che mi resti tantissimo da vivere...» Come aveva potuto dirlo? Poi tranquillo, come uno che sta contando alla rovescia gli ultimi giorni di ferie.

Si rifugiò in un paio di telefonate. Una piú lunga con Spanò, che nel frattempo un'indagine tutta personale sulla vecchia Burrano la stava conducendo. Perché era potente, e perché era temuta: questo interessava capire, e l'ispettore ci stava lavorando.

L'altra, breve ma piú allegra, anzi perfino chiassosa, con Maria Giulia De Rosa che quel giorno faceva quarant'anni.

– Stasera festone a Stazzo a casa dei miei. Non te lo scordare, – le urlò l'avvocato, prima di chiudere.

Invece se l'era scordato. Non si era nemmeno curata di sapere se da qualche parte ci fosse una lista per il regalo. Aveva pure accettato il cineforum di Adriano, che in tutta sincerità l'attirava molto piú di quella festa, sicuramente a base di Mojito e finger food.

E però uno sgarbo cosí a Giuli non poteva farlo. Intanto il medico aveva già provveduto a toglierla dagli impicci, con un messaggio WhatsApp che lesse mentre faceva benzina, a Termini Imerese. «Film rimandato. Stasera l'avvocato De Rosa fa il compleanno», e il disegnino della torta con le candeline. Di seguito il negozio dov'era la lista e una proposta, premurosa da abbracciarlo all'istante: «Vuoi che ci pensi io anche per te?» Gli rispose che era un tesoro.

Bastava e avanzava per riportarla alla vita reale.

Ma già quasi alla biforcazione, direzione Messina sulla sinistra e Catania sulla destra, la vita reale era stata spodestata di nuovo dal pensiero di Paolo, che si era piazzato lí e non accennava piú a schiodare. Ed era un pensiero molesto, perché non riguardava la loro storia, né i loro sentimenti tutt'altro che archiviati. Riguardava lui. Che in quel momento era in ufficio, a trafficare con le carte che gli stavano facendo rischiare una condanna a morte. Che quella sera se ne sarebbe tornato a casa, da solo. Lo vide, seduto sulla poltrona grigia, compagna di quel divano sfondato che lei si portava sempre appresso. Televisione accesa, sbirciata di tanto in tanto da sopra gli occhiali, e una pila di fogli affastellati sulle gambe.

Ma era un'immagine irreale. Magari quella poltrona non esisteva neanche piú, magari invece in quel momento sulle ginocchia Paolo aveva sua figlia. E magari, malgrado tutto, non era solo... come l'aveva lasciato lei.

«Non è detto che mi resti tantissimo da vivere...» E poi? Cos'altro voleva dirle, prima che lei tagliasse il discorso. Che aveva il diritto di sapere perché l'aveva lasciato? Perché se n'era andata? Dopo avergli salvato la vita a colpi di calibro 9, dopo averlo vegliato in ospedale per ventuno notti, dopo aver fatto l'inferno per sbattere dentro l'unico bastardo sopravvissuto alla sparatoria. Dopo se n'era andata.

Scappata, era il termine piú giusto.

A che era servito? La risposta, spietata, non riusciva a darla neppure a sé stessa.

I due segnali autostradali erano sempre piú vicini, là in alto: Messina sinistra, Catania destra. E forse di proposito, forse perché quando uno la vede troppo nera s'illude che cedere a un desiderio possa aiutare a recuperare l'equilibrio, o forse per colpa di quel pizzicore fastidioso agli occhi che le annacquava la vista, Vanina sbagliò strada. E al primo svincolo la sbagliò di nuovo e tirò dritto, fino all'indicazione Pollina-Castelbuono. Là uscí.

14.

Maria Giulia De Rosa quando faceva una cosa la faceva in grande.

Il bancone dei cocktail pareva quello di un night club di Miami. Sulla pista da ballo c'erano piú cubi colorati che nello studio di Rubik, e sopra ciascuno di essi qualcuno ballava scatenato sudando Caipiroska alla fragola. La scena iniziale de *La grande bellezza* in versione catanese.

L'avvocato saltellava da un lato all'altro del giardino, dal cubo giallo a quello verde, passando per la consolle. Una metamorfosi che a Vanina sarebbe parsa inquietante, se non fosse stata palesemente indotta dall'alcol.

Adriano e Luca conoscevano circa la metà dei duecento invitati, lei appena una decina e nemmeno troppo bene.

Il medico legale e il giornalista erano indubbiamente la coppia piú di tendenza. Uno tirato come in una vetrina di Gucci, l'altro finto trasandato ma con tutti i pezzi giusti al posto giusto, barba e profumo compresi. Il rischio che Giuli, in preda ai fumi del quarto Cosmopolitan, gli si fiondasse addosso incurante del compagno, nonché delle sue preferenze sessuali, era elevatissimo.

Vanina si teneva alla larga dalla bolgia saltellante e dagli altoparlanti, che pareva stessero per scoppiare. Organizzare una festa all'aperto a fine settembre era un azzardo anche in Sicilia. L'umidità si tagliava col coltello e le uniche zone protette erano la pista da ballo, sotto una tettoia, e un gazebo piazzato in mezzo al giardino e fornito di cuscinoni e pouf, che Adriano e Luca avevano requisito come quartier generale delle loro pubbliche relazioni a base di rum Zacapa e sigari cubani.

Il vicequestore se ne stava stravaccata su una poltrona a sacco, fumando una Gauloises, incerta se indulgere o meno al secondo cocktail superalcolico della serata.

Non era da lei, ma ne aveva un effettivo bisogno.

La passeggiata a Castelbuono – con tanto di sosta nostalgica davanti alla casa dei nonni paterni, che chissà ora di chi era, e panettoni e castelli vari – era stata una breve parentesi di ossigeno prima di sfracellarsi nella depressione. E quella festa, tanto vilipesa, era stata provvidenziale.

Chiuse la cerniera della giacca di pelle nera, che adattava sopra qualunque abbigliamento serale. L'unico difetto che aveva, quel capo costosissimo, era che non camuffava granché la fondina. E siccome uscire disarmata era una scelta che Vanina non prendeva in considerazione neppure quando l'occasione l'avrebbe permesso, ogni volta le toccava ripiegare su un revolverino calibro 22 North American che entrava in qualunque borsa, se non addirittura in tasca.

S'issò sui sandali, smadonnando per averli indossati, e andò verso il bancone. Si lasciò convincere da Adriano Calí a ordinare un Old Fashioned. «Il cocktail piú raffinato che esista».

Si appoggiò al bancone e mandò giú un sorso. Caspita se era forte, quell'intruglio.

– Aiuta, – rispose il medico alla sua protesta. Doveva aver capito piú di quanto lei credesse.

S'inoltrò tra la gente, in cerca di Giuli. La localizzò al centro della pista, scatenata, e fece per desistere, ma lei l'aveva già vista e le stava venendo incontro.

– Ehi, tesoro! Vieni a ballare!
– Non se ne parla proprio, Giuli.
– Ma dài, non essere sempre ingessata!
– Giuli, levaci mano.
– Visto quanta gente? – disse l'avvocato, soddisfatta.

Vanina intravide il notaio Renna junior, che la salutava da lontano agitando un bicchiere al ritmo di Enrique Iglesias. Irriconoscibile.

Persone che la conoscevano, ma che lei non conosceva, si avvicinarono e la salutarono. Obtorto collo dovette tollerare uno scampolo di conversazione, urlata per giunta, con gente di cui aveva afferrato a stento il nome.

Giuli fu risucchiata nel vortice dei festeggiamenti e Vanina riuscí ad allontanarsi.

Quante mani aveva stretto quella sera? Cento? E quante ne avrebbe strette, con i suoi criteri di valutazione, se di tutti avesse conosciuto fatti e misfatti?

Suo padre diceva sempre che a Palermo le mani si stringono a occhi chiusi, perché non sai mai a chi appartengono veramente. Era improbabile che Catania in questo fosse tanto diversa.

Mezz'ora al massimo poteva resistere ancora, poi avrebbe finto una chiamata di Spanò e avrebbe abbandonato il campo.

– Dottoressa Guarrasi? – la chiamarono dal bordo pista.

Alfio Burrano schizzò fuori da un capannello vociante, raggiungendola a mano tesa.

Capello scombinato e camicia bagnata incollata addosso. Un'immagine che esigeva una buona dose di appeal per non scadere nel disgustoso. E Burrano, quanto ad appeal, male non era messo.

– È strano vederla… cosí! – disse, sfoderando il miglior sorriso a memoria di odontoiatra.

Vanina gli strinse la mano, che per fortuna era asciutta. Un punto a favore.

– Cosí come? – gli chiese.

– Mah, che ne so... Tacchi, trucco, – si fermò, vedendola inarcare il sopracciglio sinistro. – Mi scusi per la sfacciataggine, però sta veramente bene.

Non lo freddò con lo sguardo, cosa che probabilmente lui invece si aspettava, e questo lo incoraggiò a restare.

Gli chiese cosa ci facesse lí, sebbene fosse una domanda retorica: era un amico di Maria Giulia De Rosa, ovviamente. Chi non lo era, del resto? L'avvocato elargiva amicizia a destra e a manca con l'abilità di un diplomatico in carriera. E poi c'erano gli Amici veri, ma quella era tutta un'altra storia.

Burrano non tornò piú a ballare. Si fiondò sotto il gazebo e si accomodò sulla poltrona a sacco accanto a quella del vicequestore. Attinse alla bottiglia di Zacapa di Luca, ma rifiutò il cubano.

– Solo Antico Toscano, – spiegò, accendendosi un mezzo sigaro che aveva lo stesso aspetto e aroma di quello che Tito Macchia si teneva sempre spento tra le labbra.

Vanina lo studiò divertita, rimandando di mezz'ora in mezz'ora la presunta telefonata di Spanò. Simpatico, inconsistente, conversazione di una superficialità disarmante. E attraente, che non era un aspetto da sottovalutare. Perfetto per farsi un giro e riguadagnare un po' di buonumore. Parlava, curtigghiava, massacrava ogni povero disgraziato che gli passava davanti, con lo spirito di un vignettista satirico. E beveva Zacapa come fosse Coca-Cola.

Dopo dieci minuti erano già entrati in confidenza e passati al tu.

Un uomo alto e biondo, una specie di cestista vichingo, si staccò da un gruppo e partí a razzo verso di loro.

– Alfio! Mi chiedevo dove fossi finito. Come al solito in buona compagnia.

Si presentò a Vanina. – Gigi Nicolosi. Il migliore amico di questo personaggio qua.

Alfio confermò, annuendo, mentre l'amico continuava a parlare. Il sorriso ancora stampato in faccia, ma distante da quello di poco prima. Per qualche motivo che a Vanina sfuggí, dato che il racconto di Nicolosi sui momenti che avevano condiviso e su com'erano cresciuti insieme pareva autentico.

Però Burrano rimase cosí, con mezzo sorriso e mezzo pensiero, finché l'amico non se ne tornò nel gruppo da cui era fuoriuscito.

Nicola Renna passò loro davanti e li salutò, sorridendo al vicequestore.

– Occhio, che quello non sembra ma ci prova con tutte, – l'avvertí Alfio, di nuovo in sé, – quattro moine, tira fuori la Morgan, poi t'invita a vedere la sua galleria d'arte moderna multimilionaria. E *zac!*

– Grazie di avermi avvertito! Sai, indifesa come sono, – fece, sorridendo a mezza bocca.

Alfio sghignazzò, divertito.

– Senti, vicequestore, posso chiederti una cosa? – se ne uscí, dopo un attimo di silenzio.

– Se non sono notizie riservate.

– Sei sposata, fidanzata, impegnata... O sono notizie riservate?

– Riservatissime, – gli rispose, ridendo. – Ma, visto che t'interessa tanto, per stavolta faccio un'eccezione e ti rispondo. No: non ho né mariti né fidanzati né compagni.

Quella risposta suonò come un lasciapassare per una strada interdetta al traffico. Alfio alzò il livello di confidenza. Avvicinò la poltrona a sacco alla sua, cambiò tono.

Partí con qualche avance. Discreta. Velatissima, perché sempre di Vanina Guarrasi si trattava e sbagli era meglio non commetterne, non si sa mai. Vanina decise di divertirsi un po'.

– E la tua fidanzata, invece, come sta? Non la vedo qui in giro.

– Ma chi? Valentina?

– Perché, ne hai altre?

– Valentina non è la mia fidanzata.

– Peccato. È una bella ragazza. Fossi in te ci penserei. E poi, dopo l'esperienza terrificante che le hai fatto fare…

Burrano la guardò senza afferrare. – Che esperienza?

– Il disseppellimento di una mummia ti pare un'esperienza piacevole?

– Guarda che ne avrei fatto volentieri a meno pure io, te l'assicuro, – disse, con una smorfia. – Da quando è saltato fuori quel cadavere è stato un continuo di rotture di balle. E non solo… – Si fermò lí.

Vanina drizzò le antenne.

– Perché, che altro ti è successo?

– Ma niente. È che la vecchia non ci sta dormendo la notte, e sta mettendo in croce me, perché se io non mi fossi interessato a quella parte della villa, che secondo lei non mi doveva riguardare, a quest'ora quella poveraccia sarebbe ancora nel montacarichi. Per sessant'anni non ha messo piede a Sciara, e ora che ci sono i sigilli e non si può entrare lei vorrebbe tornarci. Si può essere piú folli?

Altro che folle. Questo poteva significare che alla villa ci fosse qualche altro indizio da recuperare. O magari, con un colpo di fortuna, addirittura una prova.

– Basta concordare col magistrato, e posso farvi accompagnare da qualcuno dei miei uomini. O magari posso venire io con voi. Tua zia potrebbe ricordare qualcosa.

– Gliel'ho detto, ma mi ha quasi mandato a quel paese. Non sia mai, dover chiedere il permesso a Franco Vassalli per entrare in casa sua? Oggi, poi, pareva particolarmente isterica. E quand'è isterica diventa pure manesca. Forse perché ha saputo che nel montacarichi erano nascosti pure un sacco di soldi. Tirchia e venale com'è...

– Chi gliel'ha detto che c'erano dei soldi? – chiese Vanina, aggrottando la fronte.

Alfio strinse gli occhi in un'espressione beffarda.

– Se pensi che mia zia si accontenti di quello che le comunicate voi la stai sottovalutando. Quella ha i suoi informatori.

E li stava usando, questa era la notizia piú importante.

– Perciò le venne la fantasia di andare a Sciara, – riprese Vanina, con indifferenza.

– Già. E secondo lei io avrei dovuto assecondarla... meglio che non ti dica come, vicequestore –. Prese mezzo sigaro da un astuccio e tirò fuori l'accendino.

Vanina ebbe l'impressione che invece fosse impaziente di dirglielo. Anzi, che avesse portato il discorso lí apposta.

– Alfio, non puoi dire a un vicequestore della Polizia di Stato che preferisci tacerle qualcosa. O non parli dal principio oppure vuoti il sacco. Perché t'avverto che se poi scopro che era importante e che tu non me l'hai detto non è una bella situazione.

Il sigaro di Alfio rimase acceso a metà.

– Per carità, – disse, alzando le mani. – Pendenze con un vicequestore della Polizia di Stato non ne voglio. Soprattutto se sei tu. La vecchia voleva che staccassi i sigilli e dopo li rimettessi a posto. Forse non aveva capito che è un reato. Gliel'ho spiegato io.

– E l'ha capito?

– Immagino di sí.

Burrano recuperò il tono allegro che era svanito al primo accenno all'indagine. Con ogni mezzo a sua disposizione, e un bicchiere di Zacapa in piú, cercò di riportare il vicequestore aggiunto Giovanna Guarrasi in modalità «Vanina». Che gli piaceva assai.

E Vanina glielo lasciò fare.

Le allusioni e gli ammiccamenti con cui Giuli la sferzò, nel suo giro pre-candeline sotto il gazebo, contribuirono a definire meglio la cosa.

Il secondo Old Fashioned fece il resto.

– Perciò, dottoressa Guarrasi, mi faccia capire, – chiese Eliana Recupero, il magistrato della Direzione distrettuale antimafia che le aveva autorizzato in dieci minuti l'incontro con Tunisi all'Ucciardone. Una cinquantina d'anni, fisico minuto, occhi vivi. – Calascibetta l'ha chiamata perché, avendo appreso dal giornale che stava tornando a galla un omicidio per cui cinquant'anni fa era stato condannato un componente di una famiglia affiliata, ha ritenuto necessario contribuire con quello che sapeva?

– Cosí disse.

– E lei ci crede?

– Magari non in questi termini, ma in linea generale sí, dottoressa. Io credo che Tunisi, Calascibetta insomma, sapesse che dietro il cadavere ritrovato qualche giorno fa dev'esserci la stessa mano che ammazzò Burrano. E probabilmente sapeva pure che Di Stefano non è il nostro indiziato numero uno. Ma dubito che l'abbia appreso dal giornale.

– E lei da chi pensa che l'abbia saputo?

– Da Di Stefano stesso.

La Recupero la interrogò con gli occhi.

Il collegamento tra Tunisi e Di Stefano, la millantata cuginanza, Spanò l'aveva rintracciato in meno di mezz'ora.

Saveria Calascibetta, l'unica figlia del collaboratore di giustizia, era sposata con Vincenzo Zinna, nipote in primo grado di Agatina, la moglie di Masino Di Stefano, e di Gaspare, il firmatario del famoso accordo sull'acquedotto.

Le cose, per Vanina, erano abbastanza chiare. Dopo cinquantasette anni, gli Zinna stavano presentando il conto al vero assassino. Che secondo quanto aveva rilasciato e sottoscritto Tunisi, era da ricercare all'interno della famiglia Burrano. La famiglia «delle corna».

– Perciò non ci sarà bisogno di coinvolgere i suoi colleghi della Criminalità organizzata, – concluse la pm.

– Direi proprio di no, dottoressa. Perché, vede, Calascibetta su una cosa ha perfettamente ragione: quella volta andò tutto al contrario. Un mafioso incriminato al posto di un cornuto. O una cornuta. La Criminalità organizzata c'entrava con gli affari di Gaetano Burrano, e forse in seguitò poté entrarci con quelli di chi successe a lui nella gestione degli affari, ma col suo omicidio no. E men che meno con quello di Maria Cutò.

La Recupero le diede ragione.

Vassalli la aspettava al varco con la sua caterva di domande.

Aveva evitato accuratamente di avvicinarsi all'ufficio di Eliana Recupero di cui, conoscendolo, doveva temere l'opinione e i modi spicci, che Vanina invece apprezzava e condivideva.

– E se invece fosse tutta una montatura? – argomentò il pm. – Se gli Zinna avessero armato tutta questa messinscena per evitare al loro congiunto un'altra condanna? E se Burrano all'ultimo minuto avesse cambiato idea su quel contratto? Anche se una copia era rimasta nella sua borsa, quella ufficiale non si trovò piú. È un dato di fatto.

E se lo ammazzarono per vendetta e quella povera disgraziata della prostituta ci andò di mezzo perché sapeva troppo? Non aveva rubato la macchina, su questo siamo d'accordo, ma per ripianare i suoi debiti di gioco Di Stefano potrebbe aver rubato benissimo i soldi che sostiene di aver prelevato per Burrano. Ci ha pensato, dottoressa Guarrasi? Non sarebbe il caso invece di passare tutto in mano alla Direzione investigativa antimafia. Se poi loro pensano veramente che non ci sia alcun legame…

Vanina saltò sulla sedia. – La Dia? Dottor Vassalli, ma lei si rende conto di quello che sta dicendo?

Se avesse potuto farlo, si sarebbe alzata e se ne sarebbe andata, ma non poteva rischiare di compromettere la sua indagine con un colpo di testa.

– Non le sembra un po' eccessivo disturbare i colleghi della Dia per una storia di cinquant'anni fa che, mi scusi se glielo dico, non merita di sicuro la loro considerazione? Mi creda, dottore: io con l'Antimafia ci ho lavorato per molti anni, e le assicuro che tempo da perdere non ne hanno, – disse, pacata ma ferma. E invece avrebbe voluto ruggire.

Vassalli esitò. Aprí un fascicolo, lo richiuse, spostò una penna, poi la rimise a posto. Era evidente che qualcosa lo frenava, qualcosa che non poteva palesare, o qualcuno che non poteva mettere in mezzo.

– Va bene, dottoressa Guarrasi. Io prendo atto della testimonianza del collaboratore, ma per muoverci nella direzione che dice lei dobbiamo avere qualcosa di piú. Qualcosa di concreto, dottoressa. Lo cerchi, e se lo trova allora procediamo. Altrimenti per me l'unico possibile indiziato resta Tommaso Di Stefano.

Piú esplicito di cosí non poteva essere.

Vanina uscí dalla procura che pareva un'Erinni. Avrebbe

spaccato a calci il tubolare di ferro che si trovò tra i piedi uscendo dal piazzale.

Quella negghia di Vassalli – perché cosí si sarebbe chiamato a Palermo uno inutile come lui – l'aveva lasciata sola, a combattere contro i mulini a vento. E l'assurdo era che per la prima volta nella sua carriera, la mafia le dava ragione. Non c'era da stare allegri.

Entrò nel bar all'angolo e affogò la rabbia in un'iris al cioccolato: un panino al latte svuotato e fritto, e poi riempito di crema al cioccolato. Una delle sue *catanesate* preferite.

Quella mattina i suoi rituali giornalieri erano saltati in toto. Niente caffellatte appena sveglia, niente passaggio dal bar sotto casa con incartamento di cornetto e cappuccino da portarsi in ufficio. Solo un caffè veloce nella Nespresso di casa per non arrivare in procura con la faccia di uno zombie.

Aveva dormito tre ore. Quattro, se si contava l'ora di sonno consumata sul divano grigio dopo aver rispedito a casa Alfio Burrano. In bianco.

Doveva ammettere che l'idea iniziale, quando l'aveva fatto entrare nella sua dépendance, era stata un'altra. E viste le premesse, sarebbe stata senz'altro un'idea indovinata. Poi però qualcosa, non sapeva bene cosa, aveva frenato entrambi e la serata era finita lí.

Unico postumo, un mal di testa latente, ascrivibile ai cocktail raffinati suggeriti da Adriano Calí e a una quantità di sigarette che normalmente avrebbe consumato in due giorni.

La scrivania della Bonazzoli e quella di Nunnari erano seppellite sotto una montagna di oggetti imbustati.

Quel fituso di Manenti le aveva reso la pariglia per tutte le volte che gli aveva rotto le scatole con le richieste piú disparate, mandandole l'intero catalogo repertato nella Flaminia.

Marta si rigirava tra le mani un sacchetto con aria contrita. Vanina si avvicinò e vide che conteneva un pupazzo. Un Pinocchio di legno che pareva uscito da un negozio di giocattoli vintage.

– Ma secondo te che fine ha fatto Rita Cutò? – le chiese l'ispettore, con gli occhi umidi.

– Non lo so, Marta, – tirò un sospirò rassegnato. – E di questo passo temo che non lo sapremo mai.

Fragapane e Spanò emersero dal loro ufficio, anche quello ingombro di sacchetti.

– Bentornata, capo, – la salutò il vicesovrintendente.

L'ispettore si limitò a un cenno. Vanina l'aveva già sentito per telefono prima di arrivare in procura, per gli aggiornamenti, ma i risultati delle ricerche su Teresa Burrano fino a quel momento dicevano poco.

– Ho parlato con Pappalardo, il mio amico della Scientifica... – attaccò Fragapane.

– Alt, – lo fermò Vanina. Si voltò verso il fondo della stanza. – Lo Faro, vatti a prendere un caffè.

Il ragazzo alzò la testa dalla scrivania. – Ma... veramente l'ho già preso.

– Allora uno snack, che sono le undici e mezzo ed è ora.

– Grazie, ma io non mangio mai fuori pasto.

– E allora fumati una sigaretta... No, – lo anticipò, – non mi dire che non fumi perché non me ne frega niente. Fatti una passeggiata, vai dove vuoi, basta che ti levi dai piedi.

Lo Faro girò attorno alla scrivania con la faccia da cane bastonato e sfilò verso la porta. Non osò chiedere il perché di quel trattamento, che il vicequestore aveva già motivato ampiamente un paio di sere prima.

– Diceva, Fragapane? – riprese Vanina.

– Portai l'accendino al mio amico Pappalardo, come disse lei, senza fargli capire a chi apparteneva. Lo avvertii che sopra ci saranno sicuramente anche le impronte della mia collega che lo trovò. Lui mi assicurò che avrebbe fatto presto. Solo che quelle del posacenere sono solo tracce, dottoressa. Quattordici punti non li recuperano manco da lontano. Perciò sarà impossibile confrontarle. La novità di oggi, e sicuramente piú tardi il dottore Manenti le telefonerà per comunicargliela, invece, è che riuscirono a isolare qualche frammento di Dna dalla tazzina. Impronte niente, però.

Vanina dovette rifletterci su per realizzare di cosa stava parlando.

– Ah, sí. La tazzina che i colleghi non avevano neppure spostato. Bene. Un giorno potrebbe esserci utile, chi lo sa. Visto che dobbiamo farci bastare il poco che abbiamo.

Ci fu un attimo di silenzio. Tutti si guardarono tra loro, tranne Spanò che rimase impassibile. Marta posò il burattino e si girò verso il vicequestore.

– Cioè, non possiamo fare altre indagini? – disse, incredula.

– Non su cose o persone che non abbiano un legame assodato con la morte di Maria Cutò.

Ci pensarono tutti su.

– Scusi, capo, – intervenne Nunnari, – forse mi sono perso qualche cosa, ma mi pareva che legami assodati, sulla morte della Cutò, ancora non ne avessimo trovati...

Vanina rispose con un'alzata di spalle.

– Buttanazza della miseria, – sbottò Fragapane, sottovoce ma udibile.

– Già. E mi pare che in questo caso possiamo dirlo ancora piú forte, – concluse il vicequestore.

Li lasciò lí a rimuginare sul senso della frase, e andò a rifugiarsi nel suo ufficio.

Aprí la finestra e si accese una sigaretta. E pazienza se era vietato.

Si abbandonò sullo schienale della poltrona, girandosi a destra e a sinistra lentamente, il piede puntato sulla pedana.

Ragionò sugli elementi che aveva a disposizione. Teorici molti, concreti poco o nulla. Ai teorici aggiunse anche quello che le aveva raccontato Alfio la sera prima. Si capiva che doveva avercela a morte con la vecchia, e che godeva nello screditarla agli occhi di un tutore della legge. In confronto a quello che Vanina già sospettava, l'informazione che le aveva dato era una quisquilia, ma questo lui non poteva saperlo. Né sospettarlo, dato che il nome della signora non era mai venuto fuori neppure per un secondo tra i sospetti per l'omicidio di suo marito. Che poi il sospetto era sempre stato uno solo. E volevano che finisse cosí anche quella volta. Ma potevano crepare: lei non era il commissario… come si chiamava? Ah, Torrisi. E manco il povero Patanè, che su quella storia chissà quanto doveva essercisi corroso lo stomaco.

Si drizzò di scatto e afferrò il telefono. Digitò il numero di Patanè, che teneva sempre in bella vista sulla scrivania, e si mise in attesa.

Spense il mozzicone in un residuo di caffè preso alla macchinetta un paio di giorni prima e bevuto solo a metà. Oltre poteva essere gastrolesivo. Si compiacque di constatare che nessuno era entrato nella stanza durante la sua assenza, neanche quelli delle pulizie.

Al cellulare, manco a dirlo, il commissario non rispose. Vanina provò il numero di casa.

La signora Angelina rispose in voce di testa dopo sei squilli.

– No, Gino non c'è, – la informò, con evidente soddisfazione.

– All'ora di pranzo lo trovo?

– Ca certo che lo trova. In pensione è, mio marito –. Mi pare che lei se lo scordò, avrebbe voluto aggiungere sicuramente.

Spanò bussò alla porta mentre Vanina stava mettendo giú la cornetta. Si andò a sedere davanti a lei con l'indignazione dipinta in volto. Lui il comportamento di Vassalli l'aveva previsto.

– Novità? – gli chiese.

L'ispettore si allisciò i baffi sospirando.

– Allora: indigente Teresa Regalbuto non è stata mai, manco da ragazza. Viene da una famiglia di professionisti, ben inserita nella buona società di Catania. Gente benestante, con la puzza sotto il naso, ma dal punto di vista finanziario non piú facoltosa di tante altre. I soldi veri, Teresa li tastò per la prima volta quando si sposò con Gaetano Burrano. Pare, ma questo lo dice mia zia Maricchia, che dalla parte sua combinato combinato non fu, 'sto matrimonio. Per i Regalbuto i Burrano erano una famiglia di arripudduti. E Gaetano non era degno della figlia, che pretendenti a quanto ho capito ne aveva assai. Ma Teresa s'incapricciò, e tanto fece che alla fine se lo sposò. Burrano come marito fu pessimo, però soldi in mano alla moglie gliene dava assai. La signora era una delle donne piú in vista di Catania. I suoi salotti erano famosi per essere una specie di circolo chiuso, dove si facevano amicizie importanti.

– Ed era il marito che le garantiva questa importanza?

– E qua stavo arrivando. Burrano era ricco, influente e spregiudicato. Perciò a rigor di logica doveva essere cosí. Però c'è un fatto strano. Se la moglie avesse goduto solo della potenza di suo marito, una volta morto lui la sua influenza sarebbe precipitata a picco. I salotti magari sarebbero rimasti ambiti solo dalle signore, e le sue feste sarebbero diventate normali occasioni mondane. Invece non solo questo non successe, ma la scalata di Teresa al trono di donna piú potente di Catania diventò inarrestabile. Negli anni Ottanta, quando a Catania soldi ne giravano assai, sotto casa sua c'era sempre parcheggiata qualche macchina con autista e antenna sul tetto. Qualcuno, ma questa è sempre farina del sacco di Maricchia, bisbigliava che se la facesse con qualche nome altolocato. Gente di Roma... Sa com'è, Roma fa sempre presa sulla fantasia della gente, soprattutto di quella che non c'è stata mai.

Vanina lo guardò ammirata.

– Ma me lo dice dove le ha trovate tutte queste informazioni?

– La famiglia Spanò ha i suoi informatori.

– Fidati?

– Ci può mettere la mano sul fuoco, dottoressa.

– Bravo, Spanò. Sempre elementi teorici sono, ma piú ne abbiamo meglio è.

L'ispettore annuí, compiaciuto.

– Almeno questo. Comunque, me ne manca ancora uno. Un informatore dei tempi andati. Uno che in genere sapeva cose grosse. È fuori, ma m'hanno assicurato che dovrebbe rientrare a Catania a giorni.

Altri giorni. Come se avessero davanti tutto il tempo che volevano. Che poi a pensarci non era neppure un fatto contestabile, data l'epoca del cadavere. C'era solo da augurarsi che nessun omicidio piú fresco si mettesse di mezzo a reclamare la sua attenzione.

Il commissario Patanè la richiamò sul fisso dell'ufficio. Mezz'ora dopo, praticamente all'ora di pranzo, era là.

– Ieri le telefonai in ufficio, ma non c'era. Mi passarono la poliziotta bionda... come si chiama?

– Bonazzoli.

– Ecco, lei. Volevo chiamarla al cellulare. Il numero me l'ero segnato l'altro giorno su un pizzino, ma non lo trovai piú. Tutte le tasche rivoltai. Niente. Me lo deve ridare.

Vanina gli allungò un biglietto da visita.

– Però se vuole un consiglio eviti di conservarselo in tasca.

– Certo… – disse Patanè, meccanicamente. Poi alzò la testa insospettito. – Ma perché me lo dice?

Vanina sorrise. – Niente, commissario. Stavo scherzando.

Il commissario capí lo stesso. E rise.

– Ragione ha! Ma che ci vuole fare, dottoressa Guarrasi, Angelina mia sempre cosí è stata.

– Angelina sua è adorabile, e lei invece di rientrare a casa per pranzo è venuto qui. Perciò sua moglie ha pure ragione.

– Torniamo alle cose serie, va', – disse Patanè, tirando fuori dalla tasca un bloc-notes a quadretti modello lista della spesa, con copertina a brandelli e cartoncino di sotto scarabocchiato. – Ieri mattina mi misi di buzzo buono assieme a Iero per cercare di ricordare che cosa non ci quadrava di preciso quando avevamo iniziato a indagare sull'omicidio di Burrano. Lo sa com'è: due mezze memorie fanno una intera, uno ci vede e l'altro ci sente, qualche cosa riuscimmo a tirare fuori. Tanto piú che io il fascicolo ce l'avevo fresco fresco. Mi segnai tutto per non scordarmi i particolari.

– Mi racconti, commissario.

Patanè inforcò gli occhiali e attaccò: – Primo: la valigetta coi soldi sparita. Ovviamente sulla scena del crimine non ce n'era traccia, perciò non l'avremmo mai saputo. Se fosse stato Di Stefano a prenderla, perché avrebbe dovuto riferirci che esisteva? O inventarsela, come disse qualcuno? Secondo: il domestico disse che la sera dell'omicidio, prima dello sparo, aveva sentito trambusto, voci di persone. Iero mi ricordò che questa cosa ci aveva colpito. Nel fascicolo dev'esserci scritto, perché fu tra i primi interrogati. Persone, disse. Ora, se ci fosse stato solo Di Stefano, baccano non ne avrebbe sentito. Adesso noi sappiamo che quella sera doveva esserci anche Luna. Perciò la cosa si complica ancora di piú perché, stando alla versione ufficiale, Di Stefano avrebbe dovuto prima ammazzare Luna, nasconderla nel montacarichi e poi andare a sparare a Burrano, che nel frattempo se n'era stato buono buono ad aspettare alla scrivania. E alla fine avrebbe dovuto far sparire la pistola. Oppure al contrario, aveva sparato a Burrano, dopodiché aveva ammazzato la fimmina e l'aveva nascosta nel montacarichi. Ma cosí non coincidono i tempi con il racconto del domestico che disse di essere corso subito a vedere che succedeva e di essere arrivato nello studio assieme all'amministratore. E c'è un'altra cosa, dottoressa: il domestico non parlò mai di donne che vivevano in quella casa con Burrano. Perciò, se era vero che Luna era stata là per giorni, prima di scomparire, o questo tizio non diceva la verità, magari imbeccato dalla famiglia per non creare scandali, oppure per davvero non l'aveva mai conosciuta e quella sera era lí per caso. Giusto giusto quella sera.

Teresa Burrano, la prima volta che Vanina le aveva parlato, aveva glissato sull'argomento domestici, ma era assai improbabile che uno come Burrano vivesse in una casa senza servitú. Perciò aveva ragione Patanè: qualcuno aveva omesso qualcosa.

Tirò fuori il fascicolo Burrano e cercò tra le prime pagine.

Patanè allungò il collo per sbirciare.

– Quella dev'essere, – indicò, a un certo punto.

Eccola là, la testimonianza del domestico: mezza paginetta sgualcita cui in tutta sincerità non aveva fatto troppo caso, dato che ripeteva piú o meno le solite cose. L'unico fatto diverso era la testimonianza che Di Stefano era arrivato insieme a lui. Inutile, per gli inquirenti di allora, dato che secondo loro l'amministratore nel frattempo era andato a liberarsi della pistola e a nascondere i soldi.

– Demetrio Cunsolo, nato a Catania... nel 1934, – lesse. – Oh, ma lo sa che questo potrebbe essere ancora vivo?

Patanè drizzò la testa, punto nel vivo. – Dottoressa, la prego di ricordare che sta parlando con uno del 1933, vivo e vegeto. E che il mio amico Iero, che ci forní fior di informazioni, è nato nel '27.

Vanina sorrise imbarazzata. – Mi scusi, commissario.

Chiamò la Bonazzoli, ma si presentò Nunnari.

– Dov'è Marta? – gli chiese.

– Sta parlando al telefono con un collega delle volanti. Pare che abbiano ammazzato una donna nel parcheggio davanti all'*Hotel Nettuno*.

Vanina alzò gli occhi.

– Ecchemminchia! – esclamò. Pareva che se la sentisse.

– Ma no, capo, mi sa che hanno già preso pure l'assassino.

– Come sarebbe, scusa?

In quel momento sopraggiunse Marta, piú infastidita che agitata.

– Vanina... Ah, perdonami! Ho dimenticato di riferirti che ieri il commissario Patanè ti aveva telefonato!

– Non preoccuparti. Com'è 'sta storia della donna uccisa?

– Ma una roba assurda! – disse Marta, scuotendo la testa. – Un tipo ha ucciso la moglie a colpi di cric perché litigavano su come sistemare le valigie nel baule dell'auto. La volante l'ha trovato lí, ancora con l'arma in mano, inebetito.

– Questa non m'è capitata mai, – commentò Patanè, strabiliato.

Vanina si rilassò. – Ah, vabbe'. Non capisco che bisogno ci fosse di chiamare noi, ma dato che ormai ci hanno coinvolti. Sbrigatela tu. E portati Lo Faro, cosí distraiamo l'attenzione della stampa.

– Ok, capo. Vado.

– E... Marta? – la richiamò.

– Dimmi.

– L'hai detto a Macchia?

– No... Cioè, l'ho detto a te, – fece l'ispettore.

– Ma io sto lavorando ad altro, in questo momento. Fai la cortesia: bussagli e diglielo tu.

Marta rimase ferma per un attimo, confusa. – Io?

– Sí, Marta. Tu, – Vanina le sorrise. – Non morde, stai tranquilla.

La ragazza schizzò verso la porta di fronte.

– Dev'essere timida, – commentò Patanè, a voce bassa.

Nunnari si perse con lo sguardo dietro di lei.

– Torniamo a noi, – lo riprese il vicequestore. Gli allungò un foglietto con i dati del domestico di Burrano e lo incaricò di cercarlo.

– Agli ordini, capo, – fece il sovrintendente, mano sulla fronte, prima di congedarsi.

– Certo che ha una squadra... – iniziò Patanè.

– Di esauriti uno peggio dell'altro, commissario, – lo anticipò Vanina. – Però sono bravi, sa? Non sembra, ma sono bravi.

– E poi ha Carmelo Spanò, – precisò il commissario.

– Che vale per tre.

Vanina sentí la voce di Macchia nel corridoio, segno che era uscito dalla sua stanza appresso alla Bonazzoli. Tempo due minuti e sarebbe arrivato da lei reclamando gli aggiornamenti, compreso, anzi soprattutto, l'abboccamento con Vassalli in procura.

– Senta, commissario, volevo chiederle una cortesia.

– Dica, dottoressa.

– Se la sentirebbe di fare un sopralluogo con me a villa Burrano, oggi pomeriggio?

Patanè rimase col fiato sospeso. Non aveva osato sperare tanto.

– Certo, dottoressa! Ma che domande… Ne sarei oltremodo lieto.

– Devo rientrare lí con calma e studiarmi la situazione.

In quel frangente Tito Macchia irruppe nella stanza.

– Il commissario Patanè!

Patanè fece per alzarsi, ma fu ricacciato subito sulla poltroncina dalla mano del gigante, che si sedette accanto a lui.

Vanina gli raccontò per sommi capi quello che *non* aveva concluso in procura, con una piccola digressione sulla serietà e la stimabilità di Eliana Recupero, con cui le dispiaceva non poter lavorare.

– Passa alla Sco, e vedrai quanto ci lavorerai, – la provocò Tito. Sco stava per Sezione criminalità organizzata. Capitava che il dirigente tentasse di traviarla verso quella direzione.

Gli rispose con un'occhiataccia e lo aggiornò su tutto il resto.

Il commissario ci mise un minuto buono ad abituarsi alla penombra, giusto il tempo che Vanina impiegò ad aprire le finestre.

Il vicequestore attraversò la sala da pranzo e andò dritta verso lo studio. Accese la luce e aprí le imposte anche lí.

Patanè rimase sulla soglia, turbato. Quella scena l'aveva perseguitato per talmente tanto tempo che gli pareva di essere entrato lí dentro centinaia di volte.

Se lo ricordava come fosse il giorno prima.

Vanina vagava per la stanza in cerca d'ispirazione. Aprí una seconda porta, dal lato opposto, e si trovò ai piedi delle scale.

– Qual è la stanza dove avete scoperto il montacarichi? – chiese Patanè.

Lo portò nel salottino al piano superiore.

– Commissario, – gli chiese, – nel rapporto della Scientifica di allora queste stanze non compaiono. Non furono controllate oppure non si trovò niente di rilevante?

– Erano chiuse a chiave. Le chiavi le trovarono dopo, addosso a Burrano. Iero buttò giú la porta principale con una spallata. Aprimmo tutti i cassetti e gli armadi. Ma non c'era niente, dottoressa. Stanze private sono, che con la scena del crimine non c'entravano.

– Anche ora pensa che non c'entrassero?

Patanè rifletté in silenzio.

– È possibile. D'altra parte il cadavere di Luna lo trovarono nella cucina, giusto? Non qui. Perciò il montacarichi in cucina doveva essere.

– Dunque secondo lei l'assassino ha agito solo giú al piano terra?

– Secondo me sí.

– E allora questa statua qui chi ce la portò? – replicò Vanina, indicando il mezzobusto di Burrano senior.

Patanè non le seppe rispondere.

Scesero in cucina. Un nastro bianco e rosso delimitava l'area dove avevano lavorato quelli della Scientifica.

– Sono riusciti a capire se per caso qua per terra c'era sangue? Lo sa, con quella mavaría che usano adesso, che se ci fosse stata all'epoca mia mi avrebbe risparmiato un sacco di tempo e fatica.

– Il Luminol, – rise. – La *mavaría*! No, non hanno trovato tracce né di sangue né di altri liquidi biologici. È pure vero che è passato un sacco di tempo, però, commissario. Dicono che il sangue resista, soprattutto le tracce, ma cinquant'anni sempre cinquant'anni sono.

– Va bene, ma facciamo un'ipotesi. Mettiamo che l'abbiano ammazzata da un'altra parte e poi l'abbiano nascosta qui.

– Anche se fosse, questo non cambia la sostanza delle cose.

Patanè iniziò a tossire per la polvere. Vanina andò di corsa ad aprire l'unica portafinestra, protetta da una cancellata di ferro. Il commissario si attaccò alla grata e respirò a pieni polmoni l'aria del giardino.

La parete che conteneva il montacarichi, di un metro di spessore, finiva proprio lí. Sul lato corto, ad altezza uomo, c'era uno sportello di legno dipinto di bianco.

– Dottoressa, ce l'abbiamo un paio di guanti? – fece Patanè.

Vanina tirò fuori un guanto di lattice, l'unico che aveva in borsa.

Il commissario lo indossò e aprí lo sportello, svelando un vano tecnico.

La parte inferiore era occupata da un marchingegno meccanico con una grossa manovella. Quella superiore conteneva una sorta di piccolo quadro elettrico antidiluviano, con una levetta abbassata al centro.

– Dottoressa, non vorrei sbagliarmi ma secondo me 'sta levetta azionava il montacarichi, – fece segno con il dito verso l'alto «in su» poi verso il basso «in giú». Mentre la manovella doveva essere il meccanismo piú vecchio, quello iniziale. All'epoca interruttori cosí se ne trovavano pochissimi, e ci voleva una ditta specializzata per montarli. A Catania erano sí e no due.

Alfio raccontava che suo zio aveva convertito tutti gli impianti della villa con la corrente elettrica. Era poco plausibile che avesse escluso solo il montacarichi.

L'idea le esplose in mente tutto d'un tratto.

– Commissario! – quasi gridò.

Patanè sobbalzò.

– Minchia, dottoressa… – fece, portandosi una mano sul petto. – Non è che mi deve fare pigliare un sintomo.

– Non tocchi la levetta, neppure con i guanti. Anzi, richiuda lo sportello.

– E che ero scemo! Qua, per come sono combinati i fili, cosa di restarci fulminati è.

Ma Vanina seguiva i suoi pensieri.

– Ammettiamo che la donna sia stata ammazzata da un'altra parte, – disse.

– E io che dissi?

Il vicequestore non lo ascoltava.

– Ragioniamo, commissario. Se Burrano si trovava nello studio con qualcuno, chiunque fosse, sicuramente la Cutò non era con lui. La cosa piú probabile è che si trovasse al piano superiore.

Patanè scosse l'indice guantato avanti e indietro, stringendo gli occhi, come per dare un ritmo alla sua riflessione. – L'hanno ammazzata e l'hanno nascosta nel montacarichi. Poi hanno chiuso la porta a chiave e sono scesi in cucina. Hanno azionato il montacarichi e l'hanno portato a piano terra, poi hanno chiuso l'apertura con la credenza. Dopodiché hanno preso la statua e l'hanno portata al piano di sopra, – disse, infervorato.

Vanina ponderò il ragionamento, poi scosse la testa.
– C'è un fatto che non torna, commissario.
– Quale?
– La sera dell'omicidio, la statua era ancora nello studio. Si ricorda? L'abbiamo notato insieme.
Patanè non si arrese.
– Potrebbero averla portata su in un secondo momento.
– Può darsi. Quindi doveva essere qualcuno che aveva facile accesso alla villa. E che sapeva come attivare il montacarichi.
– Dottoressa, diciamocelo chiaro, tanto lo stiamo pensando tutti e due. Glielo confermo, l'unica persona che aveva libero accesso alla villa era Teresa Burrano.
Vanina si scostò dalla portafinestra e passeggiò per la stanza.
– Suo marito la sta lasciando e se ne sta andando a Napoli con un'altra donna, da cui ha avuto perfino una figlia. Sta affidando tutto il patrimonio nelle mani del suo amministratore mezzo mafioso, con cui combina pure un affare bello grosso. Da quel momento Di Stefano gestirà ogni cosa, anche le rendite cospicue che Burrano le passa mensilmente. Oltretutto, ha redatto un testamento in cui lei, Teresa Regalbuto, è trattata alla pari con una prostituta e costretta a lasciare dopo la sua morte ogni cosa alla figlia di lei.
– E questo la Burrano come lo sa?
– Lo sa da Arturo Renna, suo grande amico, se non qualcosa di piú. Dopo la morte di Gaetano, lo convince a far sparire il documento. Il testamento è olografo, quindi non è registrato e perciò non ne resta traccia. Cosí lei eredita tutto.
– E il contratto?
– Stessa cosa. Capisce che per incastrare Di Stefano e riappropriarsi anche dell'affare piú grosso deve elimi-

nare per prima cosa quel contratto. Cosí tutto diventa piú facile. È la sua testimonianza contro quella di Di Stefano, per tutti. Anche per gli altri che le dànno man forte, tipo il cognato e il notaio. E se dietro Di Stefano ci sono gli Zinna, dietro Teresa Regalbuto c'è tutto il mondo. La gente che conta, e che comanda.

– Ovviamente deve eliminare anche la povera Luna. La ammazza e la nasconde nel montacarichi, – concluse Patanè.

Vanina annuí.

– C'è solo una cosa che non mi convince fino in fondo.

– Che cosa?

– Che Teresa Burrano non avrebbe mai seppellito Maria Cutò con una cassetta di sicurezza piena di soldi.

– E questo non va.

– No, non va.

– Ci dobbiamo riflettere, se no il ragionamento ce lo facciamo fritto.

– Sí, ci dobbiamo riflettere. Ma tanto in questo momento il ragionamento ce lo facciamo fritto lo stesso, e lo sa perché? Perché non abbiamo niente che lo provi. E Teresa Regalbuto in questi cinquant'anni è diventata ancora piú potente di prima. Non so se mi spiegai, commissario.

– Si spiegò benissimo, dottoressa. Ora capisco perché l'indagine me la levarono di mano appena iniziai a dubitare della colpevolezza di Di Stefano. E capisco anche quello che lei raccontava prima al suo dirigente, il fatto di stamattina in procura. Ecco perché mi ha chiesto di venire qui: deve trovare una prova, e crede che io possa aiutarla. Spero di essere in grado, dottoressa Guarrasi. Lo spero sia per lei, sia per me.

Vanina lo guardò negli occhi. Sentí che di lui si poteva fidare al cento per cento e decise di condividere anche l'ultimo dettaglio, quello che le aveva riferito Alfio la sera prima.

– Perciò qualche cosa qua dentro ci dev'essere. Potrebbe essere macari la pistola stessa. La questione è scoprire dov'è, – disse Patanè, uscendo dalla villa.

– Comunque, un passo avanti oggi l'abbiamo fatto, – concluse Vanina, riattaccando i sigilli.

– Cioè?

– La levetta del montacarichi è di metallo liscio ed è chiusa dal coperchio di plastica. Lo sa questo cosa vuol dire, commissario? Che l'impronta digitale dell'ultima persona che l'ha azionata potrebbe essersi conservata ancora lí. Se siamo fortunati, se è andata come pensiamo noi, è l'impronta dell'assassino. E noi qualcosa su cui recuperare le impronte della Burrano ce l'abbiamo. Il pm non lo sa, ma ce l'abbiamo. Senza contare che abbiamo il Dna estratto dalla tazzina.

Patanè la guardò, sul principio senza capire. Poi sorrise.

– Ma quanto tempo avrei risparmiato con tutte 'ste mavaríe, eh? Quanto?

15.

Adriano Calí non si presentava mai a mani vuote. Nel vero senso della parola, perché di pensieri – cadeau, come li chiamava lui – ne portava sempre due: uno per l'amica sbirra e l'altro per la donnina adorabile che si prendeva cura di lei con la premura di una nonna orgogliosa. E che a sua volta lo adorava. Una sintonia coltivata da ambo i lati, a colpi di orchidee, piantine di peperoncini e vassoi di *viscuttina* freschi freschi, che al dottore piacevano assai.

Quello che Bettina beatamente ignorava era che, tra la sua beniamina e il dottore, storie che andassero oltre l'amicizia non ne sarebbero potute sbocciare manco con l'intercessione di Padre Pio, che nella sua gerarchia celeste veniva prima di qualunque divinità e che le aveva esaudito piú di un desiderio.

E a Vanina era sempre parso brutto disilluderla.

Adriano entrò in casa brandendo un dvd con la mano sinistra. In precario equilibrio, sulla destra, reggeva una zuppiera di caponatina che la vicina aveva cucinato apposta per lui. Ci avrebbero accompagnato le polpette di carne di cavallo che il vicequestore, su suggerimento della donna, si era fatta cucinare da un ristorante all'ingresso del paese. «Sicuramente meglio di una pizza accattata», aveva sentenziato Bettina.

– Eccolo qua: *Giallo napoletano*! – comunicò il medico tutto soddisfatto.

Vanina si rigirò il dvd tra le mani, mentre l'amico depositava la zuppiera in cucina e si lavava le mani nel lavello usando il sapone dei piatti, che secondo lui disinfettava meglio.

1979. Una foto centrale di Marcello Mastroianni con mandolino, baffetto nero e sigaretta in bocca, contornata da primi piani di Ornella Muti, Peppino De Filippo, Michel Piccoli e Renato Pozzetto. No che non l'aveva mai visto. Anzi, s'era pure scordata di cercarlo sul web.

– Grazie!

Si spazzolarono tre polpette di cavallo a testa, concordando che cosí buone in giro non ce n'erano, e un piatto pieno di caponata ancora calda. Finirono con l'uva bianca dolcissima che vendeva un vecchietto alla fine della strada.

Altro che pizza.

Mentre inseriva il dvd e selezionava il canale, un messaggio WhatsApp le vibrò in tasca. Sbirciò il display. «Un'ora insieme a te cambia il senso di una giornata. P.» Numero sconosciuto alla sua rubrica, ovvio, ma non alla sua memoria.

– Scusa un momento, Adri, – disse, allontanandosi veloce verso la camera da letto.

Lo specchio appeso sopra il cassettone le svelò impietoso gli occhi arrossati come non avrebbero dovuto essere. Fissò per due minuti la nuvoletta bianca da cui occhieggiava quella *P* puntata, il dito pronto a cancellare tutto.

Ma non ci riuscí.

– Il bel castellano di Sciara? – chiese Adriano, con un sorrisetto ammiccante, vedendola tornare in soggiorno con l'iPhone in mano.

– Ca certo! Con la sciabola sguainata.

Alfio Burrano era l'ultima persona che in quel momento le sarebbe venuta in mente.

– Ava', non mi dire che ieri sera non ci fu cosa, perché non ti crederò mai.

– Infatti, tanto vale che non ti dica niente.

Adriano incassò senza replicare, ma continuò a saettarla con occhiate indagatorie, finché il tormentone della musica maledetta – motivo centrale di tutto il film – non assorbí la sua attenzione. Tirò fuori dalla tasca un paio di occhiali e si mise in modalità cineforum.

– Ecco! Qua! Che ti dicevo? – gridò a un certo punto, buttando via un cuscino che stava angariando da un'ora. – Non è la stessa atmosfera che c'era l'altra sera nella villa dell'amico tuo?

Vanina stava per replicare alla storia dell'amico suo, ma poi guardò lo schermo ed ebbe un sussulto. Un lampo di genio. Un'illuminazione.

– Certo! – disse, a bassa voce. Afferrò il telecomando e riportò la scena indietro. Una villa disabitata. Un uomo ebreo murato vivo ai tempi della guerra. Ascoltò il dialogo.

– Ma certo! – ripeté, a voce piú alta.

Adriano la guardò preoccupato.

– Che hai?

– Adri, dimmi una cosa: secondo te, la donna del montacarichi potrebbe essere morta di stenti? Cioè, potrebbe essere stata chiusa lí dentro da viva e poi lasciata lí dentro a morire?

– Morte per confinamento, vuoi dire? Sí, è possibile. Perché no. Non ho modo di dimostrartelo però...

– Non importa, Adri, – gli sorrise, – non importa.

Il film andò avanti fino alla fine, ma Vanina non lo seguí piú.

Adriano forní le informazioni che poteva.

– Nel montacarichi c'era un ricambio d'aria, anche minimo, altrimenti il corpo non si sarebbe mummificato.

Questo significa che, se è vero quello che pensi tu, quella poveraccia ha fatto una fine tremenda. Ed è durata giorni, prima di morire. Di sete.

La bottiglietta senza tappo trovata accanto al cadavere emerse dal dimenticatoio e le si piazzò davanti agli occhi. Brutale. Ovvio: se stai morendo di sete e l'acqua di colonia è l'unico liquido a disposizione, bevi anche quello.

Ecco perché la cassetta con i soldi era rimasta intonsa là dentro: perché l'assassino non sapeva neppure che ci fosse. Questo dirimeva l'ultimo dubbio che lei e Patanè si erano posti. E tutto tornava.

Peccato solo che il commissario a quell'ora fosse perso già da un pezzo tra le braccia di Morfeo. O di Angelina, che era pure peggio.

– Secondo me potrebbe essere andata cosí. La sera di Sant'Agata Burrano non si aspetta certo di veder comparire a Sciara sua moglie. Ovviamente non può farsi trovare con la sua amante, perciò fa nascondere la Cutò nel posto che reputa piú sicuro: il montacarichi, che è fermo al piano di sopra. La chiude dentro, tanto sarà questione di poco. Non sa che invece sua moglie è là per farli fuori. Tutti e due. Mentre l'attenzione del domestico e di Di Stefano, che è arrivato in quel momento, si concentra su Burrano, la moglie se ne va in cerca della Cutò, la quale nel frattempo ha sentito lo sparo e ha cominciato a urlare. Teresa intuisce che non ha neppure bisogno di ucciderla, tanto da lí non può uscire. Ma tra poco la casa sarà piena di gente e qualcuno potrebbe sentirla strepitare. E allora si ricorda che il fondo del montacarichi è al piano di sotto. Chiude a chiave l'accesso al primo piano, va in cucina dalle scale di servizio e abbassa la levetta. Poi chiude l'apertura trascinando la credenza. Il giorno dopo, per maggior sicurezza, sposta anche la statua del suocero per occultare l'altra apertura. Da quel momento, vieta a chiunque di mettere piede nella villa.

Macchia la guardava impressionato.

Era capitato, piú di una volta, che la Guarrasi lo stupisse con intuizioni fuori della norma, ma a questi livelli non c'era mai arrivata. Non in quegli undici mesi, quantomeno.

– Fila? – gli chiese il vicequestore.

Tito annuí, pensoso.

– Di filare fila, eccome. Mo' lo dobbiamo provare, però.

Pareva un nastro rotto, ma era la verità.

Ora, in un mondo giusto, in cui tutto va secondo logica, magari con un pm come la Recupero, il vicequestore Giovanna Guarrasi a quel punto avrebbe già avuto carta bianca da un pezzo. Vada, dottoressa, usi tutte le armi di cui dispone per incastrare quella che lei crede la colpevole di un duplice omicidio. Che va bene che è successo cinquantasette anni fa, ma sempre omicidio è. E infatti non va in prescrizione. Mai.

Vanina comunicò a Vassalli di aver richiesto un ulteriore sopralluogo della Scientifica a villa Burrano e quello ne prese atto.

Il sovrintendente capo Pappalardo, accompagnato da un agente, asportò il meccanismo elettrico con la levetta in oggetto, per portarselo in laboratorio e sottoporlo agli esami per rilevare le impronte.

Fragapane, che aveva assistito al sopralluogo, gli aveva chiesto esplicitamente da parte del vicequestore, qualora la ricerca avesse prodotto frutti, di confrontare il risultato con quello dell'accendino.

Poteva essere una svolta, ma come sempre richiedeva dei tempi tecnici.

Nunnari aveva trovato Demetrio Cunsolo, il domestico di Burrano. Vivo, sí, ma ricoverato in una struttura per malati terminali. Una struttura a pagamento, di quelle che si possono permettere in pochi. Era pure andato a verificare di persona se per caso fosse ancora lucido e in grado di rispondere a un paio di domande, ma la risposta che aveva ottenuto dai sanitari era stata lapidaria. Cunsolo non parlava da piú di sei mesi.

Aveva un figlio, sí, di cui gli avevano dato nome e contatti. Salvatore Cunsolo, di anni quarantacinque, di professione commercialista.

E ora il dottor Salvatore Cunsolo si trovava alla sezione Reati contro la persona della squadra Mobile, davanti al vicequestore aggiunto Giovanna Guarrasi che continuava a fargli domande cui lui non sapeva rispondere.

Perché della vita passata di suo padre lui conosceva poco e niente. O meglio: l'aveva visto poco e niente. I suoi genitori non erano neppure sposati, spiegò. Lui aveva sempre vissuto con la madre. Però era suo padre quello che non gli faceva mai mancare nulla, che gli permetteva un certo benessere. Anche se continuava a vivere per conto suo, sull'Etna. Il figlio sapeva solo che aveva lavorato per un'azienda privata e che per un periodo aveva fatto l'autista. Del Demetrio domestico in casa Burrano non sapeva nulla.

Masino Di Stefano confermò che Cunsolo non lavorava sempre a Sciara. C'erano dei periodi in cui Burrano preferiva restare solo, alla villa, ed erano quelli in cui ci portava la Cutò. Allora il domestico rientrava a Catania e lavorava in casa della moglie, e sicuramente doveva avere altri lavoretti, qua e là.

L'atteggiamento del vecchio nei confronti del vicequestore era cambiato. Doveva aver capito che quella poliziotta agguerrita era la sua unica occasione di riscatto e ora faceva di tutto per ingraziarsela.

Vanina cercava di estorcergli piú notizie possibile su Teresa Burrano, senza però fargli domande esplicite. Che del resto non sarebbero state necessarie: Di Stefano diceva quello che sapeva senza che lei glielo chiedesse.

Il conto in banca separato che la donna si era aperta dopo qualche anno di matrimonio e nel quale versava tutti i soldi che non spendeva, ed erano tanti. Le scenate di gelosia che faceva al marito ogni volta che lui passava il segno, ovvero faceva parlare troppo di sé e delle sue avventure extraconiugali, anche se pure lei i comodi suoi se li faceva. Che negli ultimi tempi Burrano era diventato sempre piú insofferente nei suoi confronti, tanto da diventare incauto. E nel dire «incauto» Di Stefano sottintendeva il pericolo.

Parole, che Vassalli non mostrava di prendere in considerazione.

Era sabato, e stavolta faceva un caldo da piena estate.

Data la lentezza con cui stavano procedendo le cose, non era pensabile che si smuovesse nulla fino al lunedí, perciò forse era davvero il momento buono per staccare la spina e andarsene a Noto con Adriano e Luca.

La sera prima era arrivato un messaggio WhatsApp da un contatto che però stavolta aveva in rubrica. Un quarto d'ora dopo, Alfio Burrano aveva suonato al suo citofono. Avevano girato per il paese in cerca di un bar aperto, ma a quell'ora, a fine settembre, a Santo Stefano era un'impresa impossibile. Perciò erano scesi verso il mare. Avevano comprato due birre – piú di quello non era il caso, dati i precedenti – ed erano finiti seduti sulla banchina del porticciolo di Pozzillo, incastonato tra due scogliere di pietra lavica. Quasi deserto.

Alfio era imbarazzato per come era andata a finire la sera della festa. Si scusava, non sapeva cosa dire. Lei gli piaceva, ma c'era troppo alcol in mezzo, e lui aveva creduto che la cosa fosse reciproca. Capiva di aver sbagliato.

Vanina aveva intuito che stava godendo di un trattamento speciale, assicuratole dalla sua autorevolezza sbirresca. Altrimenti col cavolo che quel dongiovanni etneo si sarebbe scomodato a tirare fuori tutta quella filippica solo perché l'aveva mandato in bianco.

Avevano parlato. Un po' a mezza bocca, un po' saltando gli argomenti troppo personali, ma tenendosi a debita distanza dall'indagine, per cui Alfio non nascondeva un disinteresse quasi assoluto. Non aveva piú dormito a Sciara e le aveva confessato che da un paio di giorni non rispondeva neanche piú a sua zia. S'era reso irreperibile.

Sembrava un uomo in piena crisi. Una crisi di mezza età, probabilmente, considerata la data di nascita scritta nel verbale della famigerata sera. Uno che vedeva avvicinarsi il suo mezzo secolo e correva a spararsi le ultime cartucce a disposizione. E che dipendeva pure da una vecchia zia che piú stronza non poteva essere e che lo teneva per le palle senza dargli respiro.

Per non chiudere del tutto la porta a eventuali serate future, in cui magari le avrebbe fatto piacere portare a termine degnamente quel giro che aveva pensato di concedersi, l'aveva lasciato con un accenno di bacio.

Poi era rientrata in casa; anche se si sentiva piú sveglia di quando era uscita, si era infilata nel letto, al buio, e aveva aperto WhatsApp. Per la ventesima volta.

«Un'ora insieme a te cambia il senso di una giornata. P.»

Aveva recuperato il numero per memorizzarlo. Ma non l'aveva fatto.

E ora era alla guida della sua Mini, lanciata a centocinquanta chilometri orari sull'autostrada piú recente costruita in Sicilia. Gallerie mezze spente, asfalto irregolare, restringimenti di corsia immotivati. E poi eccola là, la madre di tutte le genialate mai progettate nel perimetro dell'isola: il casello fantasma edificato in piena carreggiata, e fortunatamente ancora mai attivato. Nessuno slargo, due corsie predisposte entrambe sia al Telepass che al biglietto. Un inferno annunciato, in poche parole.

Noto le piaceva. Era uno dei pochi posti in cui riusciva a sentirsi in vacanza senza dover prendere un aereo. Un po' come Taormina. Entrambe scoperte sul serio solo da quando viveva a Catania.

Adriano e Luca erano stati dei pionieri. L'appartamentino che avevano ristrutturato l'avevano comprato per pochi soldi in tempi antecedenti al vero boom turistico. In pieno centro, ma nella parte alta, vicino a un ostello della gioventú dove Vanina entrava ogni volta, di sera, soltanto per affacciarsi a un balconcino che regalava una vista mozzafiato sulla città.

Lo fece anche quella sera. Dopo aver onorato tutte le tappe obbligate – cena nel solito ristorante con le volte in pietra e la cuoca inimitabile, e gelato sul corso nel caffè piú conosciuto di Sicilia – raggiunse il balconcino e si regalò dieci minuti di pace assoluta.

Faceva caldo, abbastanza da garantire l'indomani una giornata di mare con tutti i crismi.

La mattina, assodato che il vento tirava da levante, Luca decretò che era tempo da *Carratois*, la prima spiaggia che si incontrava dopo aver doppiato l'Isola delle Correnti, già sulla costa meridionale. Selvaggia, nascosta dietro dune e macchia mediterranea. Lí anni prima una settentrionale visionaria aveva deciso di impiantare uno stabilimento vista tramonto, con ombrelloni di paglia e ristorante su tavole di legno. Fuori stagione, con la spiaggia semivuota e quella levantata in corso che appiattiva il mare, era un posto unico. Puerto Escondido col paesaggio della Sicilia meridionale attorno.

S'erano seduti a pranzo da poco, e Adriano stava argomentando da mezz'ora su un articolo in cui si parlava di un suo collega definendolo «anatomopatologo».

– Non è che ce l'abbia con gli anatomopatologi, intendiamoci. Ma il collega di mestiere fa il medico legale, come me, e come tutti gli altri addetti a sventrare i cadaveri che voi graziosamente ci procurate. È il termine che è sbagliato. Bisognerebbe che qualcuno lo facesse presente, – aveva appena finito di spiegare, per l'ennesima volta, quando all'improvviso strinse gli occhi guardando in direzione degli ultimi ombrelloni, quelli piú isolati. Si protese a destra, in allungamento telescopico.

– Vanina, – fece.

– Che c'è?

– Quello là in fondo non è Macchia?

Vanina si girò.

Stazza considerevole, barba scura un po' brizzolata, Persol stile Mastroianni, sigaro in bocca ma stavolta acceso.

– Non ci si può sbagliare, – annuí. Fece per alzarsi e andare a salutarlo, con il medico legale subito pronto alle calcagna. Dopo due passi si bloccarono, strabiliati.

– 'Azz, ma... – iniziò Adriano, – ma quella è chi dico io?

Capello biondo, abbronzatura dorata, fisico asciutto. Marta Bonazzoli in bikini pareva uscita da un cartellone pubblicitario di Calzedonia.

– Dài retta a me: meglio che non li salutiamo, – disse Vanina, affrettandosi dietro la parete di canne del ristorante. Da cui si vedeva senza essere visti, ovvio, perché uno scoop del genere non era cosa da ignorare.

Sembravano in appostamento.

– Ma lei quanti anni ha? – chiese il medico a voce bassa, manco potessero sentirlo.

– Trenta.

– E lui?

– Quarantotto.

– 'Azz, – ribadí Adriano.

Ecco svelato l'arcano di Marta. Certo, a vederla cosí non sembrava neppure lei, la ragazza timida e schiva, che arrossiva e incespicava alla presenza del Grande Capo. E a giudicare dalla naturalezza con cui stavano insieme, non doveva essere cosa recente. Si abbracciavano, si sbaciucchiavano, condividevano il lettino, che con Tito non doveva essere cosa semplice.

– Comunque a me lui piace, – continuò Adriano. – È nettamente sovrappeso, è vero, però è sexy.

– Sexy Tito? – fece Vanina, dubbiosa. – Ma sei sicuro?

– Sicuro, – si mise gli occhiali da sole graduati e lo guardò meglio. – Macho da morire, – concluse.

– La volete finire di spiare la privacy altrui? – intervenne Luca.

– Ma senti qua! Un giornalista che mi parla di privacy, – rispose Adriano facendogli segno di levarsi di torno.

Riguadagnarono il tavolo e recuperarono le bruschette che avevano abbandonato nei piatti. Dal fondo della borsa, il telefono del vicequestore iniziò a reclamare attenzione.

– No! Non me lo dire… – iniziò Adriano, scuotendo la testa.

Vanina rispose in fretta, in allerta.

– Mi dica, Spanò.

– Capo, mi scusi se la disturbo. È successo un fatto grave.

– Cosa?

– Teresa Burrano è morta. Si è sparata un colpo di pistola alla tempia –. Fece una pausa. – Con una Beretta calibro 7,65.

Vanina chiuse gli occhi.

– L'arma con cui è stato ucciso Burrano?

– Al novantanove virgola nove per cento, dottoressa. Il cadavere l'ha trovato l'amica mezz'ora fa, quando è rientrata. Sul luogo ci siamo io e Fragapane, che era di turno e ha raccolto la chiamata dalla questura centrale. Ma sarebbe meglio se lei...

– Arrivo, – l'anticipò. – Il tempo della strada. Sono a Portopalo, mi ci vorrà un'ora e mezza.

– Va bene, dottoressa. Nel frattempo chiamo il sostituto e la Scientifica. E avverto Bonazzoli. Al Grande Capo ci pensa lei? Lo sa com'è, vuole essere informato di tutto.

Ci pensava lei. Certo, sarebbero bastati quattro passi tra le dune e avrebbe preso i proverbiali due piccioni con una fava, ma perché invadere la privacy altrui?

Adriano tirò fuori l'iPhone dalla tasca dei calzoncini e si mise rassegnato in attesa della chiamata, mentre Luca partiva verso la spiaggia per raccattare la roba che avevano lasciato.

Vanina buttò un occhio all'ombrellone sulla destra e capí che Spanò non aveva perso un secondo. Marta parlava al telefono condividendo l'auricolare con Macchia, che si allisciava la barba meditativo.

Fece partire la telefonata e, tra gli echi del medesimo sottofondo, gli sconzò del tutto la giornata.

Aveva ceduto a Luca la guida della Mini e ora stava cercando di ragionare. Per un attimo aveva sperato che il sostituto di turno non fosse Vassalli, ma la telefonata di convocazione arrivata a Adriano cinque minuti dopo che avevano lasciato la spiaggia aveva stroncato ogni illusione.

All'altezza di Cassibile una Bmw Gs monumentale, con una chioma bionda che spuntava da sotto il casco del passeggero, li superò sfrecciando per poi scomparire all'orizzonte.

Neanche cinquanta minuti piú tardi, l'auto del vicequestore Guarrasi fendeva a passo d'uomo la fiumana di *civitoti* che popolavano via Etnea, su cui incombeva di nuovo una nube fuligginosa.

Vanina dovette tirare fuori la chiocciola e piazzarla sul tettuccio per evitare di incorrere nelle bestemmie del passeggiatore domenicale medio, affezionato fruitore dell'isola pedonale.

Davanti al civico di casa Burrano si era formato un assembramento di persone che sbirciavano il furgone della Scientifica, piazzato nel cortile interno, con la stessa ammirazione di una candelora di Sant'Agata. La piccola folla si divise in due, consentendo il passaggio alla Mini con a bordo il vicequestore e il medico legale. Poi, ombrelli antisabbia alla mano, si ricompattò piú gremita di prima.

Pareva la maledizione dei Burrano: ogni volta che un evento funesto li colpiva, il vulcano li omaggiava della sua partecipazione piú sentita.

Il salotto era occupato da una sorta di gineceo. Clelia Santadriano abbandonata sul divano, in lacrime, accanto a Mioara che fissava inebetita la parete. Una donna alta e robusta che versava dell'acqua e gliela porgeva. Infine l'ispettore Bonazzoli, che se ne stava seduta davanti a loro dispensando Kleenex e cercando di ricostruire i fatti.

Nell'aria un odore di bruciato che pareva avessero acceso un barbecue dentro casa.

Spanò presidiava la stanza accanto con la concentrazione di un regista davanti alla scena cruciale di un film.

Uno studiolo con una scrivania monumentale al centro, un paio di poltroncine e una libreria ingombra di statuette di Lalique tra le quali s'intravedeva qualche libro antico. Per terra un tappeto persiano autentico che a contare i nodi sarebbe potuto appartenere allo scià.

Per il gaudio del vicequestore, Manenti aveva mandato sul luogo solo il sovrintendente capo Pappalardo e due videofotosegnalatori, che si muovevano con cautela attorno al cadavere in attesa che il dottor Calí arrivasse a liberare il campo. Avevano già recuperato bossolo e proiettile.

Teresa Regalbuto vedova Burrano era lí, accasciata sulla scrivania. La tempia destra perforata, la testa inclinata a sinistra su una pozza di sangue, il braccio destro abbandonato lungo il fianco. Una vecchia Beretta M35 era buttata sul tappeto accanto alla poltroncina.

Una valigetta ventiquattrore con gli interni in seta, sporca e impolverata, che pareva uscita da una mostra di antiquariato, era appoggiata sul sottomano di cuoio. Il particolare surreale, che però la diceva lunga, erano le manette di sicurezza, arrugginite ma intatte.

All'interno, in bella mostra, una vecchia scatola di munizioni calibro 7,65.

Sulla scrivania, una cartelletta di cartone vuota semiaperta e schizzata di sangue, e un'altra chiusa rimasta indenne. Un insieme di fogli impilati alla rinfusa. Un posacenere piccolo con tre mozziconi di Philip Morris, di cui una consumatasi da sola lí dentro.

Vanina lasciò Adriano a godersi il cadavere e raggiunse Spanò.

– Chi l'ha trovata?

– La Santadriano, quand'è rientrata per pranzo.

Il vicequestore si mosse verso il salotto.

– Dottoressa, – disse Spanò, – ha visto la valigetta?

– Sí, l'ho vista.

– Potrebbe essere…

– Quella di Gaetano Burrano.

La Santadriano s'era calmata e ora se ne stava seduta composta, le mani in grembo. Ogni tanto la scuoteva un singhiozzo.

Vanina prese il posto di Marta davanti a lei.

– Se la sente di rispondere a qualche domanda?

La donna annuí, tirando su col naso.

– A che ora è uscita stamattina?

– Alle nove e mezzo. In una villa, a Mascalucia, c'era un'esposizione di piante. Doveva venire anche Teresa, ma poi all'ultimo minuto ha preferito restare a casa.

– E le è sembrato un comportamento anomalo?

– Mah… no. Direi di no. Teresa è… era imprevedibile. Aveva sempre mille telefonate da fare, e altrettante ne riceveva. Telefonate, visite. In tre mesi che sono qua, ho conosciuto mezza città.

– Lei è molto piú giovane della signora. Vi frequentavate da molto tempo?

– No. Solo da un paio d'anni.

– Ed eravate molto amiche?

– Sí, – rispose Clelia, in un soffio.

– Per curiosità, com'era nata la vostra amicizia?

– Cosí… per caso…

– E ora lei vive qua?

– No, sono stata sua ospite per tutta l'estate e mi sono trattenuta ancora un po'. Sono sola, anch'io… Ma perché mi fa tutte queste domande?

– Be', signora Santadriano, la sua amica si è appena tolta la vita sparandosi un colpo di pistola alla testa. Concorderà con me che non è esattamente una morte naturale.

La donna prese a scuotere piano la testa, gli occhi chiusi di nuovo umidi.

– Io non riesco a capacitarmi! – disse, singhiozzando.

Vanina capí di essere stata troppo diretta. Aspettò che si calmasse di nuovo, con l'assistenza di Marta, che nel soccorso delle anime disperate era molto piú brava di lei.

– Non si era accorta di qualcosa di anomalo? Un comportamento strano, qualche segno di depressione?

La donna esitò un attimo. Poi disse: – Da quando era saltato fuori il cadavere di... quella donna, era nervosa. Temeva sempre che voi veniste a darle qualche altra brutta notizia proveniente da quella casa. Teresa odiava quella villa... Ma è comprensibile, no?

– La signora le aveva raccontato il perché? – chiese Vanina.

– No, dottoressa. Io provavo a chiedere, ma lei mi rispondeva che era una storia troppo lunga. Che non avrei capito. Io penso che non avesse mai dimenticato la morte del marito. Aveva un carattere difficile, Teresa. Molti non la comprendevano, primo tra tutti suo nipote. In questi giorni litigavano spesso... – cedette di nuovo alle lacrime. – Mi scusi, dottoressa, ma è stato cosí terribile! Non rispondeva al citofono, e quando mi sono fatta aprire dalla portinaia... l'ho trovata cosí!

Vanina la lasciò in pace.

La portinaia – Agata si chiamava, manco a dirlo – aggiunse qualche dettaglio sulla mattinata della signora. Alle dieci, prima di andare a messa, le aveva portato il giornale. Le era parsa tranquilla. Sí, per quanto potesse essere tranquilla la signora Teresa Burrano. Ovvio. Aveva aspettato una mezz'ora. Quando era ridiscesa, l'aveva lasciata al telefono, col giornale già aperto davanti. Combattiva, come sempre.

Mioara pareva dissociata. Piangeva, poi rideva, poi si portava le mani alla testa, sconsolata.

– Stamattina mia signora stava bene! Incazzata come solito, perciò bene!

E come darle torto.

– Quando io sono tornata a casa, già c'era polizia. Signora Clelia svenuta! E pranzo in cucina tutto bruciato! – Quell'ultimo concetto lo ripeté tre volte, a voce sempre piú bassa, manco fosse quella la notizia piú importante.

Il pm Vassalli arrivò, rimase lo stretto necessario e se ne andò.

Adriano aveva spostato il cadavere e aspettava quelli della Mortuaria.

– Foro d'entrata, – disse indicando la tempia destra della donna, – foro d'uscita, – mostrò, sul lato sinistro. – Sull'entrata non c'è la camera di mina e manca l'orletto stellato, il che vuol dire che il colpo non è stato sparato a contatto. Ed è ancora calda, le ipostasi sono appena accennate, perciò dev'essere successo poco prima che la sua amica rientrasse.

Il sovrintendente capo Pappalardo e i due videofotosegnalatori stavano lavorando sulla scrivania.

– Pappalardo, – lo richiamò Vanina. Quello si drizzò di scatto. – Pappalardo! Attenzione, che quello è il metodo numero uno per farsi venire il colpo della strega, lo sa? E non mi pare il momento piú opportuno.

– Ragione ha, dottoressa!

– Senta, Pappalardo, a questa valigetta e a questa pistola dobbiamo fare il pelo e il contropelo, mi sono spiegata? Sono piú vecchie dell'arca di Noè, ma sono fondamentali per la nostra indagine.

Il sovrintendente capo annuí.

– Impronte, tracce. E bisogna recuperare qualunque residuo di materiale, con particolare attenzione a eventuali frammenti di carta di banconote.

Si voltò verso Adriano, chino sul cadavere.

– E ho bisogno del Dna della signora.

Il medico la guardò senza capire, assorto nei suoi pensieri.

– Adri?

– Eh? Sí, sí, ho capito. Il Dna...

– E dobbiamo confrontarlo con quello trovato sulla tazzina a villa Burrano, – indovinò il sovrintendente capo.

– Bravo, Pappalardo. Vede? Con lei ci s'intende al volo.

– Per carità, dottoressa, non lo dica forte che se il dottore Manenti lo sa...!

Vanina e Fragapane, accanto a lui, sogghignarono.

Il vicequestore girò lo sguardo un'ultima volta sulla scena.

– Che pensa, dottoressa? – chiese Spanò, con la risposta già in tasca.

– Quello che pensa pure lei, Spanò. Che quella valigetta e quella pistola parlano piú di una confessione scritta –. Che però sarebbe stata molto piú semplice.

– Un'ammissione di colpa, perciò. Chi lo sa. Magari il nostro pressing l'ha fatta uscire fuori di testa. Ha temuto che arrivassimo alla verità e non avrebbe sopportato di concludere la sua vita con una condanna per omicidio. Meglio un suicidio a quel punto. E questo colpo di scena... Ora basta solo incastrare gli altri tasselli.

– Be', io me ne vado a Santo Stefano. Voi aspettate qui che tutti abbiano levato le tende, e poi andate a godervi l'ultimo brandello di questa domenica.

Si diresse nel salotto attiguo e Marta le venne incontro subito.

– Che cosa incredibile! È vero che le persone che sembrano piú forti poi alla fine si rivelano le piú fragili. Chi se lo sarebbe mai aspettato dalla signora Burrano?

– Eh. Cosí è, cara Marta. Le persone non finiscono mai di stupirci, – le sorrise, – nel bene e nel male –. Si avvicinò all'ispettore con lo sguardo puntato sui suoi capelli, legati in una coda. Le tolse un'alghetta che pareva un filo d'erba marrone. – Occhio, che hai le caviglie piene di sabbia.

Marta la guardò senza capire.

– Be'. Vado a togliermi il sale di dosso, – disse Vanina, con un ultimo sorriso velatamente sardonico. S'avvicinò alla Santadriano. – Non è il caso che dormiate qui stanotte, lei e la ragazza. Avete dove andare?

– Ho altre amiche, qui a Catania, – assicurò Clelia. – Amiche di Teresa, – aggiunse, con un filo di voce.

La portinaia si fece avanti. – Mioara dorme da me.

– Bene.

Vanina si accese una sigaretta, pronta per uscire. Un pensiero improvviso la bloccò sulla soglia.

– Spanò!

– Capo, mi dica.

– Ma... Alfio Burrano l'abbiamo avvertito?

– Cento volte ci provai, dottoressa. È irreperibile.

Il vicequestore si tolse la sigaretta dalle labbra sospirando e tirò fuori il telefono. Cercò tra i contatti il numero di Alfio e lo chiamò. Una, due volte.

– Ma dove minchia è finito! – borbottò.

Spanò finse di non carpire il tono confidenziale.

– Non si preoccupi, capo, continuo a provarci io.

Da una stanza vicina si udí un tafferuglio, che attrasse l'attenzione di Vanina. Mioara e la portinaia non erano piú nel salotto. Seguí le voci e arrivò in una cucina arredata con pezzi che non andavano oltre gli anni Sessanta, ed era già una previsione ottimistica. Altro che braccino corto, le mani della defunta dovevano essere attaccate direttamente sotto la spalla.

– Che succede? – disse, perentoria. Pareva un pollaio, per come starnazzavano quelle due. E la puzza di bruciato era pesantissima.

– Si fissò che deve mettere a posto la cucina prima di scendersene a casa mia, – protestò la portinaia.

– Signora non vuole cucina sporca, mai. Signora la domenica prepara buone cose, poi appena io torno dice: Mioara pulisci cucina subito. Io penso che lei ora vede cucina sporca, e cose buone tutte bruciate.

Vanina intercettò la richiesta d'aiuto della portiera e si mise d'autorità.

– Mioara, ora che c'è tutta questa gente in casa non puoi pulire nulla. Butta la roba bruciata e vattene giú dalla signora a riposarti, che sei sconvolta. Capito?

La ragazza incassò. – Capito, dottoressa, – disse, e mentre tornavano indietro: – Mia signora diceva: dottoressa Guarrasi ha attributi. Io non so cosa sono attributi, però penso che signora aveva ragione.

– Ma vedi tu! E a chi lo diceva, Mioara? A te?

– No! Signora diceva a signor Alfio, e una volta al telefono ma non so con chi parlava.

Nel cortile Vanina incrociò la Mortuaria.

Chiamò Adriano. – Vuoi un passaggio?

– No, mi faccio portare in ospedale. Prima comincio prima finisco.

– Vabbe', allora buon lavoro.

– Se ho da dirti qualcosa ti chiamo.

Recuperò la Mini nel cortile e finalmente lasciò la casa dei Burrano, attraversando tre volte piú gente di quanta ce ne fosse prima. Inutile illudersi che i giornalisti non fossero già in prima fila.

Spanò aveva detto che avrebbe riprovato a chiamare Alfio, ma Vanina aveva un pensiero. L'unico parente della defunta andava avvertito. Va bene che non le era troppo affezionato, ma sempre la sua unica parente era. E, anche visti i recenti rapporti amichevoli, magari una notizia del genere avrebbe preferito riceverla da lei piuttosto che dall'ispettore capo.

Oppure no. In fondo, anche Spanò non era uno sconosciuto per lui.

Di nuovo rispetto a prima c'era che, invece di squillare a vuoto, partí la segreteria telefonica. Gli lasciò un messaggio, chiedendogli di richiamarla anche tardi. Probabilmente Spanò aveva fatto lo stesso. Avrebbe scelto lui chi dei due contattare.

Arrivò a Santo Stefano che era quasi buio. Salendo le scale esterne rifletté su cosa prepararsi per cena. Da quel pranzo, interrotto prima dagli scoop da spiaggia e poi troncato in fretta e furia dal richiamo in servizio, Vanina non aveva messo sotto i denti piú nulla di solido. Uno spaghetto aglio e olio ci stava tutto.

Bettina la salvò come al solito.

– Si andasse a fare una bella doccia e poi viene qua e mi fa compagnia, che a cenare da sola stasera mi scunce il cuore.

Sempre cosí, Bettina. Rigirava la cosa come se fosse il vicequestore a farle un piacere omaggiandola della sua compagnia, quando invece la gentilezza era tutta sua. Per non farsi dire grazie, per non farla sentire in debito. E Vanina le era grata due volte.

Resse il gioco delle parti e fece come le aveva suggerito lei, che nel frattempo aveva già staccato l'aglio per gli spaghetti da una treccia cosí lunga che come l'avrebbe consumata solo lei lo sapeva. – Ci metto pure il capuliato, e un'anticchia di caciocavallo grattugiato che è la morte sua.

Mezz'ora piú tardi il vicequestore era seduta al tavolo della vicina, a godersi il capuliato, un trito di pomodori secchi condito con olio e aromi vari, e la compagnia. Sí, perché un fatto era certo, la cucina di Bettina la rallegrava. Anzi, di piú: la rasserenava. E la faceva sentire a casa, come non le capitava da tanto tempo.

– Oggi c'era la fotografia sua sul giornale, – comunicò la vicina.

Vanina cadde dalle nuvole.

– Come?

– Sulla «Gazzetta Siciliana». Un articolo che non finiva mai. Luisa c'impiegò mezz'ora per leggercelo. Perciò ora si sa chi è la donna ammazzata cinquant'anni fa?

– Cosí c'è scritto? – chiese il vicequestore.

– Sí. E poi tutta una storia, che era una... una che faceva la vita, insomma. E che l'assassino probabilmente era lo stesso del cavaliere Burrano, e che forse macari quello che aveva ammazzato il cavaliere Burrano non era quello che era stato in galera...

– Un momento! Ferma ferma ferma... tutte 'ste cose c'erano scritte?

Bettina s'alzò e andò a prendere il quotidiano.

La foto del vicequestore Guarrasi tra i suoi uomini, villa Burrano, il garage del Valentino. Accenni al delitto di Sant'Agata, con particolari, pistole mai ritrovate, allusioni a un assassino lasciato in libertà per quasi sessant'anni, parole solidali per l'uomo che poteva aver pagato a caro prezzo una colpa non sua. Un collage perfetto. E non era neppure difficile immaginare chi avesse fornito tutto quel materiale alla redazione. La faccia di Tunisi le tornò davanti.

Ecco cosa poteva aver scatenato il gesto di Teresa. Un articolo cosí sul giornale di Catania significava che qualcuno iniziava a fregarsene dei suoi diktat. Che c'era qualcuno piú potente di lei. Che prima o poi la sbirra con gli *attributi* sarebbe arrivata a lei.

Eppure, Vanina avrebbe giurato che una come Teresa Regalbuto fosse capace di combattere fino all'ultimo minuto. Ammazzarsi poteva essere un modo per mantenere il controllo di tutto fino alla fine, ma con la pistola incriminata suonava piú come una resa incondizionata. E questo non le sembrava da lei.

La vicina la vide accigliata e cercò di rimediare.

– Perciò con la scusa mi mangiai un bel piatto di pasta pure io! – fece, mettendosi comoda sulla sedia. – Perché lo sa, mangiare bene è importante, macari quando si è soli. Io cucino sempre. Mi conzo la tavola con tutti i crismi, e se posso condividere con qualcuno meglio, se no pazienza. Significa volersi bene.

Vanina le sorrise, ponderando quella filosofia finché non sentí che c'era una nota stonata, qualcosa che non andava. Riavvolse il nastro tornando indietro fino ai ragionamenti sull'articolo. E la sentí. Alta come un acuto di Freddie Mercury sparato nell'orecchio.

– Cazzo! – gridò.

Bettina la guardò perplessa, e contrariata. A lei quel linguaggio scurrile non piaceva.

E aveva pure ragione. Ma in quel momento no. In quel momento prevaleva l'adrenalina, che dell'eleganza se ne infischiava alla grande.

– Bettina, lei è un genio.

– Ma perché, che dissi? – Vanina non la sentiva già piú.

Forza, Adriano, rispondi!

– Lo sapevo che eri tu! – attaccò il medico.

– C'è una cosa importante che devo chiederti. E mi devi rispondere subito. Hai modo di capire se Teresa Burrano...

– Se si è sparata da sola? – l'anticipò Adriano.

– Sto venendo da te.

La cantilena di Mioara continuava a risuonarle in mente. Pranzo bruciato, pranzo bruciato.

Bettina aveva ragione, cucinare per sé stessi significa volersi bene. Una che sta per suicidarsi non cucina un arrosto e lo mette in forno, prima di sedersi alla scrivania, prendere una pistola e spararsi un colpo in testa.

Adriano la accolse nella sua «clinica», come la chiamava lui.

– Il dubbio me l'hanno fatto venire le mani. Lo vedi come sono deformate? La signora soffriva di una grave forma di artrosi. In casi come questo è difficile persino stringere in mano lo spazzolino da denti, figuriamoci poi premere un grilletto.

Afferrò una mano livida adagiata lungo il corpo e la sollevò fin sotto il naso di Vanina.

Di tutti i posti fetenti in cui l'aveva condotta il suo lavoro, la sala settoria era sempre il piú odioso. Non era solo un fatto di odori, che piú nauseabondi era difficile trovarne. Era la morte, che impregnava pareti, lettini e strumenti. Che ammorbava l'aria. I camici imbrattati di sangue, sempre scuro, sempre trapassato. La morte violenta. Quella che giustificava il suo mestiere, quella che le dava da vivere.

– E poi, – continuò Adriano, – il foro d'ingresso. Non c'è neppure l'ustione causata dalla fiamma e non c'è affumicatura. Ma c'è il tatuaggio, causato dai residui incombusti che nel caso di una pistola cosí antica sono parecchi. E questo lo sai che significa?

– No, ma sono sicura che lo saprò a breve.

– Che il colpo è stato sparato a piú di venti di centimetri di distanza. Ora, giudica tu in base a questi elementi se ti sembra possibile che la signora si sia sparata da sola.

Vanina rifletté in silenzio.

Per Teresa Burrano sarebbe stato difficile premere un grilletto già con la canna appoggiata, figuriamoci centrare la tempia a venti-trenta centimetri di distanza, con una pistola che le scalciava in mano per il rinculo. Era praticamente impossibile. E anche quando, per assurdo, fosse riuscita in un'impresa simile, l'arma non sarebbe rimasta cosí vicina a lei.

– La causa della morte mi sembra evidente, – concluse il medico. – Ora però tu schiodi, che io devo completare qui e un paio d'ore vorrei pure dormire. Domani mattina ti do il resto.

Per il vicequestore invece la notte era appena iniziata.

Vassalli rispose al decimo squillo.

– Dottoressa Guarrasi, – fece, basito.

Ascoltò senza parlare, il respiro sempre piú rumoroso.

– Porca miseria, – fu il suo unico commento.

– Dobbiamo cercare un assassino, dottor Vassalli. E gli abbiamo già lasciato un bel po' di vantaggio.

Per una volta furono d'accordo.

16.

Alfio scese dalla macchina mentre Chadi richiudeva il cancello.

Lo congedò subito, rispedendolo nella dépendance, ed entrò in casa. Non dormiva a Sciara dalla sera del cadavere.

Si versò due dita di whisky, un torbato speciale che gli portava un suo amico, e si buttò su una poltrona. Stravolto.

Non ci poteva pensare, a quello che aveva fatto. Avrebbe dovuto tenersi alla larga, far sbollire la cosa, non accettare le provocazioni, ed evitare cosí di commettere la peggiore cazzata della sua vita. Perché quello che aveva fatto, prima o poi, l'avrebbe pagato. Perché quando cedi a una cosa simile, devi essere cosciente che ti stai legando mani e piedi, e che non sarà facile scrollarti di dosso la sensazione di aver tradito la tua coscienza. Perché lui di leggerezze nella vita ne aveva fatte tante, alcune anche imperdonabili, ma una coscienza ce l'aveva, e non l'aveva tradita mai. Fino a quella domenica maledetta.

L'avvilimento, l'improvvisa incertezza del futuro, le prospettive capovolte: tutto questo può sfiancare un uomo. Può sfinirlo. Lui non ce l'aveva fatta piú a resistere a quelle provocazioni continue, alla tentazione di arrendersi a quel desiderio e farla finita, una volta per tutte. E aveva ceduto.

Vide il suo telefono ancora sotto carica sul mobiletto, dove l'aveva dimenticato quella mattina quando era corso incontro alla sua maledizione.

Una caterva di messaggi sull'icona WhatsApp e due in segreteria telefonica. Decise di iniziare da quelli.

La voce di Vanina Guarrasi che gli diceva di richiamarla «anche tardi» peggiorò ancora di piú il suo stato mentale. Fino alla sera prima si sarebbe staccato un braccio per ricevere una sua telefonata. E chissà, magari se fosse successo a quest'ora non sarebbe stato lí a dannarsi. Ma adesso lei era l'ultima persona che avrebbe voluto sentire.

Infine il messaggio di Carmelo Spanò. A quello, però, non poteva esimersi dal rispondere.

Spanò era seduto nell'ufficio del vicequestore e la aspettava.

– Ispettore, me la dice una cosa? Ma com'è che lei è sempre disponibile nel giro di dieci minuti?

L'ispettore storse i baffi.

– Per forza le devo rispondere?

– Se la mette a disagio no.

Ci pensò su.

– E lei com'è che è sempre a disposizione? – chiese, in replica.

– Ho capito, – tagliò corto Vanina.

Spanò giocherellò con un portapenne.

– Perché non ho niente da fare, – iniziò. – E perché se mi fermo penso, e se penso poi mi viene la rabbia. E se mi viene la rabbia poi finisco sotto casa di una persona, e un giorno o l'altro gli spacco la faccia. E poi quello stronzo me ne fa pentire per il resto dei miei giorni. Perciò, per cortesia, mi dia da lavorare.

Vanina si abbandonò sulla sua poltrona e tirò fuori una sigaretta.

– Tanto siamo io e lei. Non si secca, vero, Spanò?

– Io? No di certo. Anzi, se posso… – allungò la mano verso il pacchetto di Gauloises.

– Dobbiamo cominciare da zero, – attaccò il vicequestore. – Cercare tracce, impronte, tutto... Dobbiamo convocare la Santadriano, la portinaia e Mioara. Sappiamo che la signora ha parlato al telefono con qualcuno. Una come la Burrano aveva di sicuro anche un telefono cellulare. Dobbiamo richiedere i tabulati e capire con chi. La pistola, la valigetta rendevano la simulazione perfetta, tant'è che infatti ci stavamo cascando con tutte le scarpe. L'assassino non ha pensato a eliminare le tracce del pranzo che la signora stava preparando, quello è stato il primo errore. E non sapeva, o non si ricordava, che la Burrano non era in grado di premere un grilletto perché aveva quella grave forma di artrosi. Infine, le ha sparato a piú di venti centimetri di distanza. E quello è stato l'ultimo errore, il piú importante.

Il telefono di Spanò prese a squillare. L'ispettore si contorse per tirarlo fuori dalla tasca dei jeans, che gli andavano troppo stretti.

– Oh, finalmente! Alfio è.

– Mi raccomando, Spanò, non divulghiamo.

– Ci mancherebbe altro!

Spanò si schiarí la voce e rispose. Vanina si appoggiò sui gomiti, e si mise in ascolto. Quando chiuse, l'ispettore era serio.

– Mischinazzo. Un colpo gli pigliò. Continuava a dire che non ci poteva credere.

– E neppure noi.

Vanina si alzò e prese la giacca appesa dietro la poltrona.

– Andiamo.

– Dove?

– Secondo lei l'ho fatta venire in ufficio alle dieci di sera solo per scambiarci due opinioni?

L'ispettore la seguí perplesso. Appena fuori andò dritto verso il parcheggio delle auto di servizio.

– Spanò! Ma dove va? – lo richiamò Vanina.

L'uomo si fermò davanti all'ingresso.

– Ancora non l'ho capito, veramente.

– Andiamo con la sua Vespa.

Spanò tornò indietro. – Ma dove dobbiamo andare, dottoressa?

– A sballarci da qualche parte per dimenticare il nostro porco lavoro.

L'ispettore la guardò stranito.

– Ma secondo lei dove dobbiamo andare, Spanò? A casa della Burrano, ovviamente. Io e lei da soli, senza rotture di scatole tra i piedi, e con quattro occhi aperti. Con la Vespa ci sbrighiamo prima.

Vespa 125 Primavera bianca anni Settanta. Ineguagliabile. Vanina gliela invidiava ogni volta.

Peccato solo per il bauletto inguardabile che l'ispettore aveva adattato dietro, e da cui ora stava estraendo un casco minimal effetto scodella, rosa e con un adesivo Naj-Oleari appiccicato sopra.

– È un vecchio casco di mia moglie, – si giustificò. – Ex moglie, – corresse poi.

Vanina non fece domande.

Spanò l'apprezzò. Che avrebbe dovuto rispondere, poi? Che era cosí cretino da aver montato quella schifezza di contenitore pur di tenersi sempre appresso quel cimelio nostalgico, nella speranza illusoria che un giorno per caso sua moglie accettasse un passaggio e, vinta dai ricordi, tornasse sui suoi passi?

Il portone era chiuso.

Vanina citofonò in portineria. Mioara le venne incontro con le chiavi in mano, preoccupata.

– Vuole che io vengo con voi in casa?

– No, Mioara, non serve.

La ragazza rimase a guardarli mentre salivano le scale, poi rientrò in portineria scuotendo la testa.

L'odore di bruciato aveva riempito la casa.

– Da dove cominciamo, dottoressa? – chiese Spanò.

– Dalla cucina, – dove tutto era rimasto com'era, compreso l'arrosto che giaceva lí intonso. Segno che Mioara si era attenuta agli ordini.

Sul tavolo c'era ancora la casseruola col vino in cui la signora doveva aver fatto marinare la carne. Accanto, un quaderno di ricette scritte con una grafia ordinata, antica. Nella prima pagina c'era una firma. *Agata Maria Burrano*. La suocera, probabilmente.

– Questa stava preparando un pranzo con tutti i crismi, – disse Spanò, col naso dentro una pentola.

– Lo sa che cosa mi fa arraggiare, ispettore? Che mi sono fatta prendere per i fondelli per due ore sane da un fituso di killer.

L'ispettore annuí. Lo sapeva, lo sapeva eccome.

Vanina tornò verso lo studio. Accese la luce e rimase a guardare la stanza.

Spanò la raggiunse e s'avvicinò alla scrivania, infilandosi i guanti. – La signora era già seduta, quando l'assassino le sparò. Infatti s'è accasciata sul tavolo, – ragionò.

– Le possibilità sono due. La prima è che l'assassino sia entrato in casa per conto suo, ma senza compiere effrazione, l'abbia sorpresa alle spalle e abbia sparato. Poi abbia messo a posto la valigetta, i proiettili e la pistola in modo tale che non ci fossero dubbi sulla premeditazione del gesto suicida. Però... – Vanina prese un respiro, dubbiosa. – Però io ho la sensazione che non sia andata cosí. Secondo me la signora il suo assassino lo conosceva.

– Perciò la seconda ipotesi è che gli abbia aperto lei e l'abbia ricevuto nello studio, – Spanò guardò il posacenere, – e si sia accesa pure una sigaretta.

– Anche questo indica che lo conosceva bene, altrimenti l'avrebbe portato in salotto. Senza contare che il tizio, o la tizia, sapeva dove fossero sia la valigetta sia la pistola. Ed era sicuro che ritrovandoli lí noi avremmo avuto la conferma che era stata Teresa Burrano ad ammazzare il marito e la Cutò.

– Ci ha indirizzati, insomma, – concluse Spanò.

Vanina si chinò sulla cartella insanguinata e gli chiese di sollevarla. Era vuota.

– Apra un po' quella di sotto, Spanò.

L'ispettore aprí la seconda carpetta. Era grande come un quaderno, ma deformata dal contenuto.

– Sembrano delle ricevute.

Ne prese qualcuna e fece per leggerla, ma non ci riuscí.

– Gli occhiali! – disse. Non li aveva.

Girò i fogli verso il vicequestore, che s'avvicinò.

– Sono delle ricevute. Di... – lesse. – Rate. Mensili, a quello che vedo.

– Rate? Cosí, generico?

Vanina annuí, pensosa. La fronte corrucciata.

– Ispettore, mi dia qualcosa per toccare 'sti fogli.

Spanò si sfilò un altro paio di guanti dalla tasca e glieli porse.

Vanina tirò fuori tutto il mucchio di ricevute e iniziò a leggerle una per una. Erano sempre cifre diverse, ma il nome del destinatario era lo stesso. Per le prime dieci. Poi il nome cambiava per diciotto ricevute, sempre di cifre diverse l'una dall'altra, e cambiava ancora per altre venti ricevute. Tutte cifre a tre zeri.

Aprí il cassetto centrale della scrivania. C'erano solo

fogli bianchi e materiale vario di cancelleria. Si chinò sulla fila di cassetti a sinistra. Il primo, l'unico provvisto di serratura, aveva la chiave girata ed era leggermente aperto.

Dentro c'era un'agenda. L'aprí. Era fitta di nomi, cognomi, e numeri telefonici. Una popolazione.

– Spanò, dobbiamo far controllare dalla Scientifica questo cassettino, per capire se per caso la pistola fosse conservata qui. L'assassino potrebbe averla presa mentre la signora lo apriva. E vediamo se sulla carpetta vuota c'è qualche impronta oltre a quelle della Burrano.

– Non le pare strano che sia vuota? L'altra è piena piena che sta scoppiando, e questa è vuota.

– Ci dobbiamo riflettere. Cosí come dobbiamo capire che sono quelle ricevute. Perciò l'altra carpetta ce la portiamo noi. Ora, prima che domani mattina nel casino se la prendano loro. E portiamoci dietro anche l'agenda.

Tirò fuori dalla borsa la solita sacca di tela, che tutto portava tranne i libri per cui era stata creata, e gliela porse. – Siamo in Vespa, – gli ricordò.

– Dottoressa, – fece Spanò, infilando la carpetta nella sacca, – io un sospetto sulle ricevute ce l'avrei.

– Pure io ce l'ho, ispettore. Pure io…

Ed era un sospetto di quelli rognosi, di quelli che se si rivelano fondati incasinano tutto.

Per questo preferirono non dirselo.

L'aria, sulla via del ritorno, si era rinfrescata parecchio, e del resto era pure normale. Catania non era Milano, dove già per andare in giro in Vespa la sera avrebbe avuto bisogno come minimo di un piumino cento grammi, ma sempre autunno era. Il fatto che appena dodici ore prima lei fosse stata spaparanzata su una spiaggia non escludeva che da un momento all'altro la temperatura potesse crollare di colpo.

Fecero il giro passando da piazza Spirito Santo e si fermarono al chiosco all'angolo.

Il pub accanto era ancora in piena attività, come tutti i locali della zona. Solo la trattoria di Nino, proprio là dietro, la domenica sera storicamente era chiusa.

– Questo ha di bello, Catania, – attaccò Spanò. – Che è viva. Anche a mezzanotte. Anche in centro di settimana. Ma lei 'ste cose non le sa: se ne andò a stare a Santo Stefano!

– E che? Santo Stefano non è quasi Catania?

– Santo Stefano è Santo Stefano. E non dica mai ai suoi compaesani che sono catanesi, per carità! Se la pigliano come un'offesa.

Vanina ordinò un mandarino e limone e Spanò una spuma di caffè.

– 'Sta cosa di andare per chioschi la sera tardi, da qualunque esperienza uno sia reduce, è una catanesata vera. Noi abbiamo lavorato fino a un attimo fa, questi girano per locali da una serata, e tutti ci ritroviamo qui a bere seltz, e mandarino, e menta. Per non parlare poi di quel frappè da tremila calorie con la nutella e la brioscina Tomarchio frullata.

– E non è bello? A Catania i chioschi esistono dalla notte dei tempi. Da quando erano dei banchetti di legno che vendevano acqua e zammú.

– Ah, no! Acqua e zammú era nostro. L'anice viene dagli arabi, e gli arabi ce li abbiamo avuti noi, – puntualizzò Vanina. – Comunque ha ragione, Spanò. Catania non vuole dormire mai. Forse è 'sto vulcano, sempre in attività, che vi trasmette un'energia speciale...

– Perché, a lei non gliela trasmette?

– Non lo so. Forse. O magari su di me non attacca perché ho la scorza palermitana. Perché sempre palermitana mi sento, ispettore. E un palermitano a Catania è convinto di non poterci stare bene, anche se in realtà non è cosí.

Spanò le sorrise. – Lei secondo me a Catania ci starà benissimo. Questione di ammorbidire la scorza.

Fumarono una sigaretta, inseguendo ognuno i propri pensieri, che poi in quel momento andavano nella stessa direzione.

– Ci pensa, Spanò? Siamo a un passo dalla Casa Valentino. Qua intorno a quei tempi doveva essere tutto un bordello.

– Era San Berillo, dottoressa. Bordello era e bordello rimase anche per molti anni dopo. Anzi, pure peggio perché non c'era manco piú il controllo dello Stato. A poco a poco il centro storico la sera diventò infrequentabile. Negli anni Ottanta, poi, volavano proiettili che era un piacere. Dopo c'è stata la rivalutazione della zona, è iniziata la movida, i giovani, i locali…

– Pure a Palermo, alla Kalsa, cosí è stato, in fondo. Però noi andiamo piú lenti, impieghiamo piú tempo –. Buttò la sigaretta nel bicchiere, soffiando via l'ultima boccata. – Sarà perché non c'è il vulcano, che dice?

Spanò sorrise. – Siete fumosi, – sentenziò, montando sulla Vespa e passandole il casco da liceale. Era anni Ottanta, e si vedeva, ma c'era pure una data segnata con un pennarello, dopo una firma. *Rosy*. La moglie di Spanò doveva chiamarsi cosí.

– Questo è l'ultimo scampolo di quartiere a luci rosse che c'è rimasto: San Berillo vecchio, – indicò l'ispettore passando per via Di Prima, una strada lunga su cui si aprivano una serie di stradužze sdirrupate, popolate da un'umanità multietnica di trans, prostitute e giú di lí. Poi piano piano la situazione migliorava: un albergo di lusso nuovo nuovo, un vecchio cinema, qualche pizzeria. Superarono la Stazione Centrale e poi di nuovo indietro verso via di Sangiuliano. Ed ecco il retro delle straduzze sdirrupate, con via delle Finanze capofila. A sinistra la piazza, con la caserma davanti. E la Mobile.

– Se ne vada a letto, dottoressa, che da domani ci toccherà lavorare a tutta manetta per acchiappare il bastardo di turno, – si raccomandò l'ispettore, con fare paterno.

– Vale anche per lei, – disse Vanina, vedendolo andare verso il portone chiuso.

– Io poso queste cose in ufficio e poi me ne vado a casa.

– Buonanotte, Spanò.

Entrò in macchina, fece il giro della piazza e s'allontanò. Mise un po' di musica, quella che le capitò sotto mano frugando nel cassettino. Jacob Gurevitsch: *Lovers in Paris*. Paolo.

Da dov'era uscito quel cd?

Il traffico era cosí intenso che pareva mezzogiorno. Catania, pensò. Ma sarà il vulcano per davvero?

Spense la musica e si accese una sigaretta.

L'indomani il vicequestore Guarrasi arrivò in ufficio alle otto. Spanò e Fragapane erano già attivi e confabulavano controllando le ricevute trovate nella cartelletta della vittima.

Il sovrintendente capo Pappalardo era stato avvertito e a momenti sarebbe tornato sulla scena insieme a una squadra, per approfondire con altri rilievi. Il vice dirigente Manenti sarebbe andato con loro.

Vanina preferiva essere presente.

Passò nell'ufficio di Bonazzoli e Nunnari. Li trovò in piedi che parlavano fitto.

Il sovrintendente si mise sull'attenti, Marta si avvicinò.

– Bonazzoli, sei rossa affarata. Ma quanto sole hai preso?

L'ispettore si toccò il viso, confusa.

– Ragazzi, cerchiamo di darci una mossa e di dividerci il lavoro. Abbiamo un nuovo omicidio, piú l'indagine su quello della Cutò, che potrebbe essere in dirittura d'arrivo, e Vassalli sta chiedendo l'autorizzazione al giudice per la revisione del caso Burrano.

I due annuirono insieme.

– Nunnari, procuriamoci i tabulati telefonici della signora e controlliamo tutte le telefonate ricevute e fatte ieri mattina. E convochiamo Di Stefano.

– Signorsí, capo.

– Ma lo fai apposta oppure ti viene spontaneo? – gli chiese.

L'uomo s'imbarazzò.

– Mi scusi, dottoressa. Credevo che divertisse anche lei…

– Vai, va'. Vai a lavorare, Full Metal Jacket.

Nunnari sorrise e partí verso l'ufficio accanto.

– Marta, tu vieni con me a casa della vecchia e interroghi di nuovo le tre donne. Sappiamo dov'è andata la Santadriano?

– Da un'amica, credo. Ma mi ha dato il suo cellulare. Le telefono subito.

– Vai. Ah, e mi raccomando: appena arriva Macchia chiamami, – fece per andarsene. – Occhio che ti si spella la fronte, – l'avvertí sorridendole.

La ragazza la seguí con gli occhi, incerta.

Passò da Spanò. – Novità, ispettore?

– Mah, dottoressa, io ho la sensazione che si tratti di quello che pensavamo noi.

– Usura?

– Credo di sí. Tornerebbero un sacco di cose, primo fra tutti il fatto che la signora fosse cosí temuta ma che tutti volessero tenersela cara. E anche l'aumento costante del suo patrimonio, troppo regolare per essere legato solo agli introiti degli affari di famiglia. Ci sarà una sorta di registro in cui la signora annotava cifre e nomi, ma evidentemente non era nel cassettino. Per i numeri telefonici dell'agenda ancora non ho fatto nulla.

– Lasci stare, quello è un lavoro che può sbrigare Lo Faro. Cosí lo impieghiamo e la finisce con quell'aria da vittima incompresa. Lei senta Alfio Burrano e si faccia dire tutto quello che sa sugli affari di sua zia, e sulle persone con cui era piú in confidenza. Per quanto, mi pare difficile che sappia molto piú di quello che riusciremmo a scoprire noi. Non credo che la zia lo tenesse in grande considerazione.

Fragapane entrò con un foglio in mano.

– Dottoressa, arrivò il risultato della Scientifica per quelle impronte digitali sul macchinario del montacarichi. Pare che si sono mantenute abbastanza bene perché c'era il tappo di plastica e prendevano poco ossigeno, altrimenti ciao. Corrispondono a quelle sull'accendino in quasi quindici punti, perciò…

– Perciò sono di Teresa Regalbuto.

Marta comparve sulla porta.

– Capo, il dottor Macchia è appena arrivato.

Vanina la fissò con un sorriso accennato.

– Non avrei potuto scegliere vedetta migliore.

La lasciò lí a chiedersi che volesse dire e attraversò il corridoio ad ampie falcate per raggiungere l'ufficio sovraffollato di Macchia. Incrociò Lo Faro che usciva in quel momento.

– Il dottore mi ha chiesto se gli andavo a prendere un caffè, – si giustificò subito.

– Tranquillo, Lo Faro. Per me puoi portare il caffè pure al questore, se ti fa piacere. Basta che ora te ne torni in ufficio e ti metti a lavorare, che abbiamo fretta. Vai da Spanò e fatti spiegare tutto. E tieniti pronto, tra un po' usciamo.

L'agente s'illuminò. – Vado subito!

– Lo Faro, – lo richiamò.

Quello si voltò derapando sul pavimento del corridoio. Vanina lo fulminò. Ma quanto poteva essere deficiente?

– Prima di riferire qualcosa, qualunque cosa, all'amichetta tua, vieni da me e decidiamo insieme cosa dire e come dirlo. Vedi che è una possibilità che ti sto dando. Non te la giocare perché se no ti ritrovi in esilio permanente al centralino senza manco capire come ci sei arrivato.

Lo Faro annuí ripetutamente.

Tito era già piazzato dietro la scrivania, il sigaro spento in bocca e un bicchierino da caffè davanti, di sicuro non proveniente dal distributore automatico. Abbronzato come lei non sarebbe stata neppure dopo un mese alle Maldive. Per non parlare poi di Marta, che manco dopo un anno.

– Mare? – gli chiese, appena la folla si diradò.

– Una meraviglia di mare, – precisò lui. – Che mi dici? – cambiò discorso, ristabilendo i ruoli.

Gli riferí le novità e man mano che parlava lo vedeva accigliarsi sempre di piú.

– Un casino, insomma.

– Dipende. Ora sappiamo con certezza che Teresa Burrano ha ucciso Maria Cutò. E se il Dna sulla tazzina lo confermerà è plausibile che sia andata come penso io. Quanto al suo omicidio, se i sospetti miei e di Spanò sono confermati, la signora prestava soldi a strozzo a un bel po' di gente. Sfido io a trovare tra questi uno solo che non la volesse morta. Se non ci fossero di mezzo la pistola e la valigetta, ti assicuro che il legame tra quest'omicidio e i due vecchi sarebbe molto piú labile. L'assassino sapeva. E sapeva pure dove trovare la valigetta e la pistola.

– Vediamo che cosa esce da questo nuovo sopralluogo della Scientifica. Io sono incasinato con un'indagine su un giro di estorsioni che sta per concludersi, ma voglio essere comunque informato.

– Certo, capo. Da me o da qualcuno dei miei... – concluse alzandosi in piedi. Gli sorrise.

Tito la fissò rigirandosi il sigaro in bocca e ricambiò.

Il commissario Patanè camminava zigzagando sul marciapiede di via Umberto come una scheggia impazzita. Un'occhiata alla prima pagina del giornale e il decaffeinato che gli aveva offerto il geometra Bellia gli era andato di traverso. Minchia, che cosa clamorosa! Teresa Regalbuto Burrano che si suicida. Ovviamente non s'era portato dietro né il cellulare, né il numero della Guarrasi, e manco le chiavi della macchina. E ora avrebbe voluto possedere le ali ai piedi, o anche semplicemente una trentina d'anni in meno, per farsela di corsa e arrivare a casa in due minuti.

– Gino! Che fu? – l'accolse Angelina, spostando il secchio pieno d'acqua. – Matri santa, tutto congestionato sei!

– Unn'i misi! – si dannava Gino, rivoltando tutti gli svuotatasche.

– Ma che cerchi?

– Le chiavi della macchina... Trovate! Cà c'è il telefonino... – aprí un cassetto. – Ma com'è che oggi tutte cose spariscono!

– Ma che stai cercando? – ripeté Angelina, seccata.

– Il biglietto da visita della Guarrasi.

La donna mise giú il mocio Vileda come se stesse piantando una bandiera.

– Pirchí? Che ci devi fare?

– Angelina, cerca di finirla e ’nesci ’sto bigliettino, se no finisce a sciarra –. Sperò che prospettarle un litigio bastasse a spegnerle i bollori. Ma vedi tu se uno a ottantatre anni si doveva sopportare pure le scenate di gelosia.

– Lo strappai. Se la devi chiamare, a ’sta bedda spiccia, ci puoi telefonare macari in ufficio.

Che avrebbe dovuto fare? Questa era, e questa ormai si doveva tenere.

Andò al telefono e fece il numero della questura.

Nunnari richiamò il vicequestore che aveva appena infilato le scale con Bonazzoli, Fragapane e, in coda, Lo Faro.

– Che fu, Nunnari?

– C’è il commissario Biagio Patanè al telefono.

Vanina alzò gli occhi, piú divertita che contrariata. Patanè aveva perso di nuovo il suo numero.

– Digli che lo richiamo io tra cinque minuti.

S’installò nell’auto di servizio, con Marta alla guida, e lo richiamò.

– Commissario, buongiorno. Immagino che abbia già letto il giornale.

– Cose turche! – fece Patanè, esternando la sua incredulità. – Dottoressa, – disse poi, – ma lei è sicura proprio sicura che la signora si sparò?

Inutile. La potevano fare a lei, a Spanò e pure a Macchia, ma al commissario Patanè non la faceva nessuno. E dire che non sapeva neppure che la pistola fosse la stessa, eccetera eccetera, perché questa chicca ai giornalisti non era arrivata.

Il commissario voleva sapere i particolari. Quello che poteva servire a lui, e alla sua coscienza martoriata, era apprendere che il caso Burrano stava per trovare la sua sepoltura definitiva. Ma Vanina capiva che a quel punto, per come l'aveva coinvolto, non poteva aspettarsi che questo gli bastasse.

Gli disse di raggiungerla nel pomeriggio in ufficio.

Le tre donne erano lí, schierate in portineria, ognuna con la sua faccia piú perplessa. Avevano visto di nuovo tutto l'ambaradan del furgone della Scientifica, col signore che era venuto la sera prima, e in piú un tipo nervoso che dava ordini a destra e a sinistra e che non le aveva calcolate manco di striscio. Non avevano capito cosa fosse successo di nuovo.

Entrando in casa della portinaia, Vanina si sentí un po' Maigret. C'era sempre una portinaia, nei gialli di Simenon, con tanto di ragazzini e gatti che giravano per casa.

A Catania era piú difficile, in genere era mestiere di appannaggio maschile. I portieri. Non si trattava di una regola, ovvio, ma di fatto era cosí. Agata era lí perché dopo essere rimasta vedova aveva preso il posto del marito.

Il vicequestore precettò Mioara, se la portò dietro nell'appartamento della Burrano.

Già nell'ingresso c'era una zona interdetta al passaggio, dove un videofotosegnalatore stava lavorando, con Fragapane che lo osservava.

Vanina affibbiò la ragazza rumena ai suoi uomini, per indicare loro tutti i posti in cui «sua signora» avrebbe potuto conservare o nascondere un registro contabile come quello che sospettavano lei e Spanò. Quelli che lei conosceva, ovviamente, che secondo il vicequestore erano un'esigua minoranza.

– Oh, Guarrasi! – l'accolse Manenti. – Perdiamo colpi, eh, eh, eh!

Vanina gli avrebbe scaricato in faccia l'intera collezione di Lalique della signora Burrano, se questo non avesse inficiato tutto il lavoro che il sovrintendente capo Pappalardo stava rifacendo ex novo con pazienza certosina.

– Che avete trovato all'ingresso? – gli chiese, senza raccogliere la provocazione.

– Un'impronta. Ora, per come andarono le cose ieri sera, capace che alla fine scopriamo che è della scarpa di Spanò, però intanto per non sapere né leggere né scrivere facciamo i dovuti rilievi.

La collezione di Lalique piú il vaso di porcellana di Capodimonte, irto di punte. Idealmente perfetto.

– Notizie della pistola?

– Certo! Lo sai, i balistici la notte non dormono, 'nsamai il vicequestore raccatta qualche bossolo da raffrontare con uno di sessant'anni prima.

– Manenti, vedi che è meglio per tutti e due se la finisci con le stronzate e collaboriamo.

Quello sospirò. – Che notizie dovrei avere, scusa? Piú tardi ti faccio sapere. Però se ti può interessare, il sovrintendente capo Pappalardo stamattina ha provveduto per il tampon kit sulla mano della signora. Ovviamente non ci sono tracce né di antimonio né di bario né di piombo.

– Qualcuno lavora la notte, – commentò, sarcastica.

S'avvicinò agli uomini che trafficavano di nuovo attorno alla scrivania, mentre Manenti se ne andò all'ingresso.

Pappalardo si sollevò.

– Dottoressa, volevo dirle che stamattina, prima di venire qui, ho analizzato parzialmente la valigetta. L'esterno era impolverato, pieno di una sorta di fuliggine, con tracce di sabbia vulcanica. Può essere utile per capire dov'era nascosta. Quasi certamente la pistola era lí dentro.

– Bravo, Pappalardo. Cerchi di recuperare il piú possibile.

Gli uomini e Mioara erano nella stanza accanto, la camera da letto della Burrano.

Lo Faro era salito su una scaletta a pioli e seguiva pedissequamente le indicazioni di Mioara, mentre Fragapane frugava in un cassetto.

– Piú destra. No, piú sinistra. Ora centro, dritto per dritto cerca con mano e trova scatola.

L'agente sudato scese con una scatola da scarpe in mano. Fotografie, cartoline, tutte vecchissime. Terzo buco nell'acqua in mezz'ora.

Mioara già spostava la scaletta da un'altra parte.

– Ora tu sali qua, – ordinò.

Vanina restò a osservare il quadretto esilarata per dieci minuti, durante i quali vide l'agente Lo Faro salire e scendere da quella scaletta quattro volte, ogni volta portando giú cimeli di ogni genere. Fragapane se ne stava per i fatti suoi, tirava fuori la roba dai cassetti e la rimetteva dentro ordinatamente.

– Fragapane, – lo riprese, – lei in teoria dovrebbe dettare comandi, non lasciare Lo Faro agli ordini di Mioara!

– 'Sta picciotta fa confondere, dottoressa. Però una cosa la capii: che 'sta casa nascondigli ne ha uno ogni metro. Possiamo fare notte.

– Continuate a cercare. Nei posti piú strani, mi raccomando.

Vanina si portò Mioara in cucina. Partendo dal pranzo della signora, che poveretta aveva cucinato tante cose, la spinse a raccontarle nei dettagli quello che aveva fatto la mattina del giorno prima. Riunione con amiche rumene, pranzo con amiche rumene, passaggio in macchina da amica rumena. Poi era tornata. E lí scoppiò in lacrime. Vanina temette che raccontandole la verità l'avrebbe lasciata sotto shock per una settimana, ma era inevitabile.

La riaccompagnò giú dalla portinaia, dove nel frattempo Marta si stava facendo raccontare per filo e per segno la mattinata delle altre due donne presenti la sera prima. Dal colorito anemico delle loro facce era evidente che l'ispettore aveva già comunicato la notizia.

Agata era stata a messa con sua cugina, alla chiesa della Collegiata, poi aveva comprato un vassoio di cannoli ed era tornata a casa a preparare il pranzo per i figli. Poi la signora Clelia era rientrata, e il resto lo sapevano già. Affezionata alla vecchia certo non si poteva dire, Agata, ma rispettosa questo sí. E motivi per farla fuori non ne poteva avere.

Vanina s'informò su chi fossero e cosa facessero gli altri condomini.

Tutta gente che con la vittima non aveva niente a che fare. L'unico era un signore che abitava al primo piano, un professore di Storia all'università, che un tempo le aveva fatto il filo. Ma era acciaccato forte poveraccio, si diceva che stesse lí lí per andarsene.

Gli altri niente. Una famigliola con bambini piccoli, una coppia di mezz'età, una vedova che viveva col figlio trentenne.

Clelia Santadriano raccontò di aver preso il passaggio che un'amica di Teresa avrebbe dato a entrambe e di essere andata a quell'esposizione di piante in una villa nobiliare. Aveva fatto il giro della villa tre volte, comprato un ulivo bonsai e due collane di cartapesta decorata realizzate da una sua conterranea, un'attrice che s'era data all'arte e ora vendeva le sue creazioni. Dopo due ore, dal momento che l'amica se ne stava ancora beatamente seduta sotto un palmizio a chiacchierare con altre quattro signore, aveva deciso di chiamare un taxi e se n'era tornata a casa. Il resto si sapeva. Quella notte aveva dormito da una conoscente, ma ora aveva preso possesso di una stanza all'*Hotel Royal*. E finché la cosa non si fosse risolta avrebbe alloggiato lí. Poi, probabilmente, se ne sarebbe tornata a casa sua, a Napoli.

Le domandò notizie sulle persone che frequentavano la signora, dove lei le riceveva, come si comportava con loro.

Di gente in casa di Teresa ne passava tanta, uomini e donne. I primi li faceva accomodare nel salottino dove aveva ricevuto lei e l'ispettore l'ultima volta, le seconde di solito nel salotto grande. Nello studio ci entrava solo quando aveva qualcosa da fare alla scrivania, e sí, capitava che qualcuno entrasse appresso a lei. Teresa non era mai espansiva con nessuno, neppure con la gente piú vicina.

– Aveva qualche amico piú intimo? – chiese Vanina.

– A parte me e Arturo nessuno.

– Arturo Renna?

– Sí, il notaio. Con lui c'era un rapporto particolare… Sí, insomma, c'era stato. In questi giorni, da quando è venuta fuori quella storia del cadavere alla villa, non la abbandonava un attimo.

– E il notaio ha saputo della notizia? Voglio dire, prima che stamattina uscisse sui giornali?

– Sí, l'ho chiamato io, ieri sera. Era distrutto. Non si capacitava neanche lui, come me. E alla fine una spiegazione c'era… – Alzò la testa. – Dottoressa, lei ora indagherà per trovare l'assassino?

– Ovvio, signora Santadriano. E le assicuro che non lasceremo in pace nessuno.

Si rivolse anche alle altre due.

– Devo chiedervi di rimanere a disposizione. E sempre reperibili.

Agata e Mioara annuirono convinte.

La Santadriano la guardò in silenzio. Vanina notò che aveva degli occhi verdi straordinari. Era decisamente una bella donna.

Tornò su. Quelli della Scientifica erano ancora in attività, mentre Fragapane era piegato accanto al letto della vittima e frugava sotto il materasso. Lo Faro vagava per la casa col naso per aria e un telefonino in mano.

– Abbiamo trovato questo, dottoressa. Era in fondo al cassetto del comodino insieme al caricabatterie.

Un Nec cromato con lo sportellino. In confronto quello di Patanè era un ritrovato della tecnologia. Vanina lo prese per portarlo a Nunnari.

Lasciò i due uomini lí insieme alla Bonazzoli e uscendo raccomandò a Fragapane di stare addosso al suo amico Pappalardo, l'unico su cui potevano contare per velocizzare i tempi di risposta della Scientifica.

Dalle loro analisi dipendevano sia la chiusura del vecchio caso sia la risoluzione del nuovo. E se c'era una cosa che il vicequestore Guarrasi non sopportava era dipendere da qualcun altro, soprattutto poi se si trattava di Manenti.

Decise di tornare in ufficio a piedi, lasciando lí l'auto di servizio. Aveva bisogno di pensare. Qualcosa non le tornava, in tutto quello che era successo. Non sapeva bene cosa fosse, ma sapeva che c'era. In quella fase, teoricamente, qualche incertezza sarebbe stata pure normale, se a questa non si fosse aggiunta la sensazione che qualcuno stesse cercando di spingerla in una direzione. E quella sensazione l'aveva avuta anche la sera prima, quando aveva disposto che nessuno dormisse in casa della Burrano e che Mioara non toccasse niente in cucina. Di fatto, era come aver messo sotto sequestro l'appartamento, anche se formalmente non era cosí. Se il suicidio l'avesse convinta al cento per cento, anche nel suo subconscio, quella cautela le sarebbe sembrata inutile. Invece le era venuta spontanea.

Cosí come le era venuto spontaneo rimuginarci su.

Si fermò in un bar lungo via Etnea e ordinò il secondo cappuccino della mattinata.

Mentre lo sorseggiava, appoggiata al bancone, guardò due poster antichi appesi alla parete. I tipici cartelloni pubblicitari anni Cinquanta con le donne bamboleggianti e gli uomini brillantinati. L'epoca di Burrano e della Cutò.

Questo era, che non la lasciava in pace. Le prove del vecchio omicidio esposte ai suoi occhi come sotto un riflettore. Gliel'avevano voluta servire su un vassoio d'argento. E se non avesse avuto in mano la concordanza tra l'impronta della signora e quella del montacarichi, avrebbe iniziato a mettere in dubbio tutte le ipotesi.

Alfio Burrano stava uscendo dal portone della Mobile. Sorrise nel vederla arrivare.

Vanina si ricordò che la sera prima le aveva mandato due messaggi, cui lei non aveva risposto.

– Carmelo mi ha raccontato, – disse Alfio. – Ho cercato di dare una mano con quello che sapevo, ma non è granché. Lo sai, mia zia era quella che era e non avevamo molto dialogo. Però una fine simile non la meritava. Chi può averla voluta?

– Nessuno merita mai quella fine, Alfio. Il mio lavoro è capire chi ha deciso di infliggergliela e perché. Ed è quello che ora vado a fare, scusami. Se dovessi ricordare qualcos'altro, anche un dettaglio stupido faccelo sapere.

– Ok, – annuí Alfio.

– Ah, e mi raccomando, evita di renderti irreperibile per ore, come hai fatto ieri.

– Avevo lasciato il telefono a Sciara e sono stato tutto il giorno senza... Non mi capita mai.

Lo salutò e salí in ufficio.

Spanò era da Nunnari e stavano guardando insieme i tabulati telefonici.

Vanina consegnò loro il Nec, di cui il sovrintendente conosceva già l'esistenza.

– La signora ha fatto una sola telefonata, alle 10.13, ad Alfio. Voleva che lui la raggiungesse subito a casa. Era infuriata per la questione dell'articolo che era uscito sulla «Gazzetta Siciliana», ma Alfio non c'è andato. Dice che si era rotto le scatole di essere sempre a disposizione sua.

Si alzò e fece sedere Vanina al suo posto.

– Le altre telefonate sono piú brevi, e sono chiamate ricevute, – disse Nunnari. Girò il monitor del computer verso il vicequestore.

– Una da un fisso, che corrisponde allo studio notarile Renna, ed è durata cinque minuti. Le altre due sono partite da un telefono cellulare. Una brevissima e l'altra un po' piú lunga. Stiamo vedendo a chi corrisponde, ma è un numero che ricorre spesso anche nei giorni precedenti. Quello dello studio di Renna è un altro numero ricorrente.

– E ci sta, visto che la Santadriano mi ha confermato che tra Renna e la vittima c'era un'amicizia particolare.

– Come diceva la zia Maricchia, – intervenne Spanò.

– Che non sbaglia un colpo.

Nunnari li guardò senza capire.

– Hai convocato Di Stefano? – gli chiese Vanina, cambiando discorso.

– Sí, tra poco arriva.

Spanò tamburellò con le dita sulla guancia, pensieroso.

– Ma secondo lei c'entra qualche cosa? No, perché magari può aver agito per vendetta, – fece Nunnari.

– Noi controlliamo se ha un alibi, ma mi pare difficile che sia stato lui, Nunnari. Gli Zinna stavano attuando già la loro vendetta per suo conto. La testimonianza di Calascibetta è stato il primo passo. E poi c'è l'articolo sul giornale di ieri, chissà da chi era stato imbeccato. Sicuramente da qualcuno che aveva una carta in piú rispetto alla Burrano, il che non è da tutti. No, secondo me Di Stefano non avrebbe corso il rischio.

– Allora perché lo stiamo convocando?

– Perché ora sappiamo che Teresa Regalbuto ha ucciso la Cutò, e perché abbiamo riaperto il caso Burrano. Non ci scordiamo che dobbiamo lavorare su due fronti diversi. Non ci confondiamo, mi raccomando.

Spanò le riferí che stava facendo qualche ricerca sui nomi scritti sulle ricevute trovate nella carpetta.

– Uno è un nome grosso, dottoressa. E anche le cifre sono le piú grosse. Un commerciante, pure molto conosciuto, che a quanto pare con gli affari dei Burrano non c'entra proprio niente.

– Questo avvalora ancora di piú la nostra ipotesi. Speriamo di trovare un registro contabile. Spanò, faccia una cosa: convochi Arturo Renna.

– Lo chiamo subito.

Vanina si ritirò nel suo ufficio.

I rapporti del medico legale e quello della Scientifica sui reperti precedenti erano sulla sua scrivania. Li rilesse, tanto per rinfrescarsi la memoria, ma non dicevano niente di piú di quello che sapeva già.

Il telefono vibrò mostrando per la terza volta il numero di Giuli.

– Tanto lo so che non avrò pace finché non ti do conto, – le rispose.

– Scusa, sai, ma ti ho mandato un sacco di messaggi, ti ho chiamato mille volte. Perciò te ne vai a Noto con quei due senza dirmi niente?

Vanina alzò gli occhi.

– Ma non eri in una full immersion di eventi mondani?

– Sí, ma magari mi avrebbe fatto piacere venire con voi.

– Non sarebbe stata una grande idea, Giuli, fidati.

– Ma che vai a pensare! Io dicevo per farmi un weekend da quelle parti, che è sempre bello.

– Come no! Non sarebbe andata bene la compagnia, credimi. E tu sai bene perché. Senti, ora scusami ma io sono sott'acqua…

– Ho letto. Alfio che dice?

Vanina s'irrigidí. Non le piaceva quel tono, troppo da «tu che lo conosci bene».

– L'ispettore Spanò l'ha sentito questa mattina.

Ovviamente non le disse che nel frattempo il caso si era evoluto da suicidio a omicidio. Tanto l'avrebbe saputo anche troppo presto.

– Ah, sí, Spanò, – fece Giuli. – Quello tracagnotto baffuto con cui sbevazzavi ieri sera tardi in piazza Spirito Santo? Un figaccione, eh! S'è pure separato da poco.

Vanina rimase in silenzio un attimo, poi: – Ma a te l'idea di entrare in polizia non t'è mai venuta in mente? Potresti mettere le tue capacità al servizio della comunità. Pensaci, sei ancora in tempo, – ironizzò.

– Dài, scherzavo! Sono passata di là in macchina e t'ho visto. Pensavo che fossi con Alfio Burrano e invece eri col baffone.

– Ero ancora in servizio ieri sera tardi, se t'interessa. E non vedo perché avrei dovuto essere con Alfio. Ma poi che ne sai tu dei fatti di Spanò?

– Sua moglie sta con un mio collega. Un pezzo grosso, un civilista.

Tutto sapeva, quel gazzettino.

– Io dovrei lavorare, Giuli. Volevi dirmi qualche cosa?

– Solo questo: la prossima volta che vai a Noto io vengo con te –. Fu costretta a prometterglielo.

Spanò entrò nella sua stanza proprio mentre lei stava ripensando al casco rosa, che quindi per lui doveva avere un significato particolare.

– Scusi, capo.

– Venga, Spanò.

L'ispettore le si sedette di fronte. Vanina lo guardò con piú attenzione del solito. Camicia colorata, jeans a vita bassa nei quali si vedeva che non era a suo agio.

Ecco di chi era la faccia che voleva spaccare: del pezzo grosso civilista.

– Ho convocato Renna. Verrà nel primo pomeriggio. Non mi è piaciuto quello che mi ha detto.

– Cioè?

– Ha chiesto se avessimo interrogato il nipote della vittima.

– Alfio Burrano?

– E l'ha detto con un tono come per dire che… insomma, che poteva essere il colpevole.

– E non ha aggiunto altro?

– No. Ha solo detto che sarebbe venuto subito, appena finito di pranzare.

Vanina guardò l'orologio: erano le due meno un quarto e manco se n'era resa conto.

– Vediamo che deve dirci, il notaio.

– Sí, solo che riguardo ad Alfio… io mi sto arrovellando su un fatto.

– Che cosa, ispettore?

– Se lo ricorda che ieri era irreperibile? Disse che aveva dimenticato il telefono a Sciara. Fu la prima cosa che mi disse, senza che gliel'avessi chiesto.

Anche a lei l'aveva detto.

– *Excusatio non petita accusatio manifesta*, lei dice?
Spanò la guardò perplesso.
– Vabbe'. Lei dice che Alfio... che Burrano ha messo le mani avanti? – tradusse.
– Non dico questo, però...
– Però lo sospetta.
Squillò il telefono dell'ufficio.
– Guarrasi, – rispose.
– Macchia. Ce l'hai il tempo per pranzare insieme? Dovrei parlarti.
Era una richiesta insolita. In undici mesi lei e Tito avevano parlato fuori dall'ufficio sí e no tre volte, ed era capitato per caso. Calcolò che Renna non sarebbe arrivato prima delle tre.
– Ho un'ora, – rispose.
– Perfetto. Esci.
Vanina mise giú il telefono e si alzò, infilando sigarette e iPhone nelle tasche della giacca.
– Devo andare a pranzo col Grande Capo. Se Renna dovesse arrivare prima, lo porti qui e mi aspetti.

Da Nino c'era meno confusione del solito. Il lunedí era sempre cosí. Macchia si diresse verso la seconda stanza, e scelse il posto piú appartato. Invase un tavolo per quattro appendendo la giacca, immensa, sulla spalliera di una sedia vuota, e poggiando telefono, chiavi e portasigari sulla tovaglia.
Ordinò l'acqua, frizzante seria per carità niente cose sgasate, e aspettò il pane e la ciotola delle olive.
– Ci sono due questioni di cui dovrei parlarti, diversissime tra loro ma serie in egual misura, – attaccò.
Vanina lo guardò per carpire eventuali segnali negativi. Non che se ne aspettasse, ma non si sa mai.

– Dimmi.

– Cominciamo dalla prima, che è la piú importante. In questo periodo quelli della sezione Criminalità organizzata stanno lavorando moltissimo sui legami tra le famiglie catanesi e quelle palermitane. Un lavoro importante che stiamo svolgendo affiancati alla Dia. Ogni tre per due vengono fuori indagini portate a termine da te, che a loro servono da collegamento per altre indagini.

L'intervento di Nino interruppe il discorso.

– Cosa vi porto?

Macchia non ci pensò su. – Carne.

Scelse in due minuti.

Vanina si limitò a un piatto di pasta. Anche perché quel discorso le stava già chiudendo lo stomaco.

– Quindi? – disse, appena furono di nuovo soli.

– Quindi, per farla breve, l'ideale sarebbe se a capo della Sco della Mobile di Catania ci fossi tu. Giustolisi è bravo, senza dubbio, e potrebbe affiancarti benissimo, ma tu... Vanina, a me tenerti a risolvere omicidi comuni pare uno sciupio. È come avere Maradona e tenerlo in difesa!

– Tito, io ti ringrazio per il paragone lusinghiero, detto da un napoletano poi ancora di piú, ma tu sai benissimo che il mio reinserimento alla Sco è un argomento fuori discussione. Ho scelto di uscirne anni fa e non me ne pento. Sto bene dove sto, a ricercare gli assassini comuni, che richiede la stessa bravura, te l'assicuro.

– Non sto sminuendo il tuo lavoro, né togliendo importanza alla tua squadra. Dico solo che di gente capace, che potrebbe stare dove stai tu adesso, in giro ce n'è, mentre quello che sai fare tu, quello che hai imparato tu, non lo imparano in molti. Poco fa ne parlavo con Eliana Recupero, è rimasta colpita da te e dev'essersi andata a studiare il tuo curriculum –. La buttò lí, come una carta in piú da giocare.

– Ti dico una cosa, Tito. Quello che so fare io è né piú né meno quello che possono fare tutti i miei colleghi. E quello che ho imparato io può impararlo chiunque abbia voglia di calarsi nella fogna e venirne sommerso giorno dopo giorno con l'obiettivo di toglierne di mezzo il piú possibile, pur sapendo che ci si può affogare dentro. Il problema non è quello che so, il problema è come lo so, perché lo so e quando l'ho imparato. Ed è quello che mi ha fatto scegliere di andarmene, e che ogni giorno mi ricorda di aver fatto la scelta migliore. Vigliacca, forse, ma migliore.

Tito rimase in silenzio.

– Io ho sempre pensato che non fosse vero quello che dicono di te, che hai vendicato tuo padre e poi ti sei ritirata in buon ordine senza rischiare piú. E continuo a non crederci.

– E fai male, – gli rispose.

– Va bene. Prendo atto del tuo rifiuto. Io dovevo provarci, Vanina. Ma se dovessi cambiare idea... sappi che potrei darti carta bianca.

Vanina chiuse il discorso annuendo, proprio mentre Nino e un ragazzo mettevano in tavola un quantitativo di salsicce che avrebbe sfamato tutta la squadra.

– Scateniamo la nostra natura carnivora, eh, – divagò il vicequestore, sogghignando.

Tito la guardò dritto negli occhi piegando le labbra in un sorriso ambiguo.

– E questa è la seconda questione di cui dobbiamo parlare.

La Bonazzoli era rientrata in ufficio dopo aver fatto firmare i verbali alle tre donne. Aveva lasciato Fragapane e Lo Faro ancora lí a ravanare tra cassetti della biancheria, scarpiere e dispense, con qualche puntata sopra gli armadi. Questione di poco e sarebbero tornati indietro, sconfitti e a mani vuote.

Passando davanti al suo ufficio e vedendola sulla soglia, tesa, Vanina le aveva sorriso. Con la coda dell'occhio l'aveva vista lanciare uno sguardo interrogativo a Tito. Che attorno all'argomento, prima, non ci aveva girato neppure mezzo minuto: so che c'eri perché ti ho visto, come tu hai visto me, incasso le battute ma ti prego di non mettermi in difficoltà, anzi se puoi dammi una mano. Con lei. Perché il problema, incredibile a dirsi, era lei.

I due notai Renna, Arturo e Nicola, arrivarono cinque minuti dopo il loro rientro. Uno impettito, a passo quasi marziale, e l'altro che tirava su col naso come un disperato.

Spanò li accompagnò nell'ufficio di Vanina, che li fece accomodare davanti a lei.

La mascella serrata del notaio senior mostrava tutta l'alterigia della volta precedente, piú il fastidio di essere lí.

Vanina partí diretta, senza preamboli.

– Notaio, in che rapporti era con la signora Teresa Regalbuto?

– Eravamo amici.

– E lo eravate sempre stati?

– Quasi sempre.

– Sempre solo amici?

Il notaio la fissò.

– Che importanza ha adesso?

– Lei risponda.

– No, – rispose, con un sospiro spazientito.

– Ai tempi dell'omicidio di suo marito, eravate piú che amici?

– Cosa... Ma che c'entra questo con la morte di Teresa? – si alterò. – Credevo di essere qui perché una mia amica è stata uccisa e io potrei aiutarvi a far luce sul suo omicidio, non per rivangare fatti del passato che...

– Notaio, l'omicidio della sua amica ha riaperto le indagini anche su quello del marito. Perciò, per piacere, le chiedo di rispondermi senza lasciarsi andare a commenti.

– Su, papà, – intervenne il figlio, – sii collaborativo. Teresa te ne sarebbe grata.

Il notaio parve rabbonirsi.

– Siamo stati piú che amici per molto tempo, – rispose.

– Lei ha mai sospettato che Teresa potesse essere autrice dell'omicidio di suo marito?

Renna ebbe un guizzo, ma si trattenne.

– Ovviamente no.

– Ma l'ha sostenuta nel dimostrare che il colpevole fosse Masino Di Stefano?

– Perché, il colpevole non è Masino Di Stefano?

– In questo momento, come cinquantasette anni fa, il colpevole è da ricercare. È stata disposta la revisione del caso.

Il notaio non reagí alla notizia.

Vanina tirò fuori il testamento olografo di Burrano.

– Ha mai ricevuto una copia di questo documento?

Arturo Renna indossò un occhialetto a mezzaluna e lo studiò.

– No.

– Ha mai visto questa valigetta? – chiese Vanina tirando fuori una foto scattata la sera prima.

Il notaio la fissò per un istante, poi distolse lo sguardo.

– È una vecchia ventiquattrore con manette di sicurezza. Chi maneggiava molti soldi era abituato a vederne spesso.

– L'ha mai vista in mano a Teresa Regalbuto?

– Non mi pare cosa adatta a una donna. Non era nello stile della povera Teresa.

Vanina si drizzò sulla poltrona, appoggiando i gomiti sul tavolo.

– Notaio, lei ha idea di chi potesse volere la morte di Teresa Regalbuto?

Arturo Renna prese vigore.

– Purtroppo sí, – rispose.

Spanò si chinò sul tavolo dal lato del vicequestore, che portò le mani in avanti, intrecciando le dita.

– E sarebbe?

– Alfio Burrano.

Vanina non mostrò lo stupore.

– Cosa glielo fa pensare?

Renna senior fece cenno al figlio e quello aprí una cartella di cuoio, estraendone una busta.

– Il fatto che appena l'altro ieri Teresa aveva depositato presso lo studio notarile di mio figlio un testamento, con cui lascia erede suo nipote solo dell'azienda vinicola e della piccola parte della villa di Sciara che lui possiede già. E lo esclude dal resto dell'eredità, cioè dalla porzione piú cospicua.

Il vicequestore e Spanò si scambiarono un'occhiata carica di interrogativi.

– E il dottor Burrano era a conoscenza delle ultime volontà di sua zia?

– Lei gliele aveva rese note qualche giorno fa, prima di redigere il testamento. Ovviamente lui non l'aveva presa bene. L'aveva aggredita con insulti di ogni genere, e l'aveva persino minacciata. Questo non aveva fatto che avvalorare la sua disistima nei confronti di quel buono a nulla. Non credo sia arrivata a comunicargli che il testamento era stato depositato. O chissà forse lo ha fatto e questo ha scatenato la furia omicida.

Vanina fece una smorfia.

– Mi pare difficile che si sia trattato di una furia omicida improvvisa, notaio. Perché, vede, l'assassino ha fatto in modo che noi trovassimo, come una sorta di ammissione di colpa, tutte le prove che cercavamo per incriminare la signora dell'omicidio di suo marito, oltre che di quello di Maria Cutò.

Il notaio ammutolí per un attimo. Il figlio prese a tirare su col naso furiosamente.

– Teresa incriminata per l'assassinio di Maria Cutò? Ma… non è possibile, – disse Arturo.

– Purtroppo è cosa certa, notaio. Abbiamo le prove.

– E come… l'avrebbe ammazzata? Anche lei con un colpo di pistola?

– No. Crediamo che l'abbia sepolta viva dentro il montacarichi dove probabilmente l'aveva nascosta Burrano.

Arturo Renna la guardò fisso. Pallido, la mascella sempre piú serrata.

Vanina sostenne lo sguardo.

– E mi dica, notaio, chi sarebbe il nuovo erede del patrimonio dei Burrano?

Nicola Renna s'irrigidí. – Ma io non so se…

Il padre lo zittí con un cenno.

– Vi rispondo io: Clelia Santadriano.

Vanina trasecolò, Spanò inghiottí un'esclamazione di sorpresa.

– E la signora Santadriano è al corrente di questa eredità? – chiese il vicequestore.

– Assolutamente no. Non finché non verrà aperto il testamento. Teresa non voleva che lo sapesse –. Era tutto quello che Arturo Renna aveva da dire, ma pareva provato.

Vanina comunicò al notaio junior che avrebbe chiesto al giudice di disporre il sequestro del testamento.

Spanò tornò indietro dopo averli accompagnati all'uscita e si sedette di fronte al vicequestore, che nel frattempo s'era accesa una sigaretta e s'era avvicinata alla finestra.

– Dottoressa, temo che dovremo convocare di nuovo Alfio.

– Prima di tutto cerchiamo di capire se ha un alibi.

– Giusto. Una cosa non quadra, comunque. Ad Alfio chi glielo doveva dire dov'erano la valigetta e la pistola?

– Già, – disse Vanina, guardando fuori dalla finestra. Invece era proprio quello il punto che la inquietava di piú.

Cosí come lei aveva pensato che Teresa Burrano volesse violare i sigilli per cercare qualcosa all'interno della villa, allo stesso modo poteva averlo immaginato anche Alfio. E se la valigetta fosse stata nascosta nella villa lui sarebbe stato pure l'unico in grado di cercarla.

Ma questo Spanò non lo sapeva.

Il commissario Patanè entrò nel portone della Mobile alle cinque e mezzo spaccate. Prima la Guarrasi non era disponibile. Salí le due rampe di scale ed entrò nel corridoio. Lo percorse tutto, salutando chi lo riconosceva, o quelli che aveva avuto modo di conoscere in quei giorni di assidua frequentazione che l'avevano ringiovanito di vent'anni. Fragapane lo intravide e si precipitò a salutarlo. Aveva quasi guadagnato la meta quando, con suo grande disappunto, incappò nel primo dirigente Macchia che rientrava nella sua stanza.

– Commissario Patanè! Ma non è che dobbiamo reintegrarla in servizio?

– Magari! Purtroppo oramai… Ero venuto a fare visita al…

– Al vicequestore Guarrasi, – lo anticipò Macchia, divertito.

Patanè si sentí a disagio. Simpatico era simpatico, non

c'era dubbio, ma pure se gli poteva venire figlio sempre un superiore era. E lo sfotteva apertamente. Una sfottuta garbata, ovvio, ma bastava a farlo sentire ridicolo. Che poi magari l'effetto che faceva era proprio quello: ridicolo. Sempre appresso alla Guarrasi. Qualcuno poteva pure pensare che si fosse preso una sbandata senile per quella poliziotta agguerrita, che gli ricordava tanto sé stesso.

– Commissario, – lo risvegliò Vanina aprendo la porta dell'ufficio, dietro cui aveva visto la sua sagoma, ferma.

– Eccomi.

– Che fa lí dietro?

– No, niente... Salutai il dottore Macchia.

Lo fece accomodare e gli offrí subito una Gauloises e i cioccolatini.

Rasserenato, Patanè se ne fece fuori due. Poi esternò tutta la sua curiosità, che aveva avuto una giornata sana per lievitare e farsi imperiosa.

Vanina tendeva a raccontargli quello che riguardava il caso vecchio, cercando di non coinvolgerlo in quello piú fresco, che in fin dei conti non lo riguardava. Ma per com'erano incastrate le due indagini, purtroppo l'una richiamava sempre l'altra.

– C'è una cosa che da stamattina non mi può pace. Forse se la sarà chiesta pure lei. Anzi, ne sono sicuro.

– E me la dica, commissario.

– Mi domandavo: ma non è che 'sta valigetta l'hanno messa lí, assieme alla pistola che hanno usato, per farci arrivare alla conclusione piú in fretta? E magari senza scavare ancora piú a fondo?

Era una lettura inedita del dubbio che aveva assalito anche lei. Anche se poi era uscito il risultato dell'impronta della Burrano.

Glielo ricordò.

– Sí, certo. Questo però prova solo che fu la signora ad abbassare il montacarichi con quella mischina dentro. Che sia stata lei a fare fuori il marito ancora non è scritto da nessuna parte. Comunque, se avesse funzionato la messinscena del suicidio, ora noi lo daremmo per scontato e buonanotte ai pupi. Non so se mi sono spiegato.

Si era spiegato benissimo, altroché.

– Commissario, ma com'è che lei mi lascia sempre indietro?

Patanè rise, compiaciuto.

– Ma quale! È che sono abituato a ragionare, ragionare, ragionare su tutto. È la cosa piú importante, il ragionamento. Uno può imparare a memoria tutti i codici penali del mondo, ma se non sa ragionare se li può fare fritti.

Sembrava pari pari il discorso che Gian Maria Volonté, nei panni di un professore in pensione, faceva a un giovanissimo Ricky Tognazzi poliziotto nel film tratto da *Una storia semplice* di Sciascia. Il ragionare.

– Voi giovani siete fissati con quelle mavaríe, e cosí vi legate mani e piedi a quelli della Scientifica –. Con questo l'aveva stesa definitivamente. E s'era guadagnato di saperne di piú sull'omicidio di Teresa Regalbuto. Cosí ora ragionava anche su quello, che la posizione di Alfio Burrano gli pareva traballante assai.

– Certo, tutto sta a capire dov'erano nascoste 'sta maledetta pistola e 'sta valigetta. Se pensiamo al fatto che la Burrano voleva entrare alla villa dopo tutto quel tempo...

Vanina non poteva fare finta di niente. Lui sapeva di quell'informazione raccolta in confidenza in una serata di bagordi con – non riusciva nemmeno a pensarci – il suo possibile prossimo indagato.

– Però è anche vera una cosa, – continuava Patanè, – doveva essere fesso ma proprio fesso Alfio Burrano a raccontarle il fatto dei sigilli attirando la sua attenzione su una cosa che poteva tornare utile a lui.

E anche a questo ci aveva già pensato pure lei. Vedi? In fondo, sapeva ragionare.

Alfio guardava Spanò disorientato.

– Ma perché vuoi sapere 'ste cose, Carmelo?

Vanina era appena entrata e s'era messa di lato. Lo scrutava. Vediamo se m'hai preso per i fondelli, Alfio Burrano.

– Alfio, tu devi solo rispondermi. Ricostruisci la tua mattinata, dalla telefonata di tua zia in poi.

– Ma... ero a Sciara. Poi sono uscito.

– E hai lasciato il telefono, – aggiunse Spanò.

– Sotto carica. Ho sbrigato cose... sono stato in giro...

– Solo? Non ti sei portato il tunisino?

– No, Chadi la domenica è libero.

– Dove sei andato?

– Non me lo ricordo... Ho comprato delle cose. A Sciara non avevo niente da mangiare.

– Hai gli scontrini?

Alfio lo guardò stranito.

– Gli scontrini? Ma no, quelli non sono posti dove ti danno lo scontrino. Ma perché vuoi lo scontrino, Carmelo? Questioni di Finanza?

Spanò lanciò un'occhiata al vicequestore, che se ne stava in silenzio. A me questo pare in alto mare, cercava di dirle.

Se è colpevole, è un attore consumato, pensò Vanina. Ma che conoscenza aveva lei di Alfio Burrano? Magari era un attore per davvero. La parte del dongiovanni la faceva bene, e lei ne sapeva qualcosa. Ma non era indicativa. Il maschio siciliano medio, quella, ce l'ha nel codice genetico.

– Lascia perdere la Finanza e andiamo avanti, Alfio. Qualcuno può ricordarsi di averti visto, diciamo intorno a mezzogiorno e mezzo? – chiese Spanò, che pareva la calma personificata ma dentro di sé stava friggendo.

Alfio esitò. – Non lo so...

Spanò lo guardò in silenzio.

– Alle dodici e mezzo, – ripeté Alfio, piano, come se non volesse crederci. – Non è l'ora in cui hanno sparato a mia zia?

Dall'altro lato non si udí risposta.

– Ma... mi state accusando di aver ammazzato mia zia? – chiese. Ora il suo colorito assomigliava a quello della parete. – Non ci posso credere... Ma perché? – si voltò verso Vanina, che non smetteva di fissarlo. Studiarlo, era piú giusto.

– Non ti stiamo accusando, Alfio. Stiamo solo cercando di capire se hai prove per dimostrare che non puoi essere stato tu.

– Un alibi? Questo cercate?

– Un alibi, – confermò Spanò.

Alfio si perse con lo sguardo davanti a sé. Poi scosse la testa, chiuse gli occhi.

– Non ce l'ho.

Vanina e Spanò si guardarono sconfitti.

– Lo sai che vuol dire questo, Alfio? – intervenne Vanina.

L'uomo alzò gli occhi, in silenzio. Erano cerchiati di rosso.

– Che al novanta per cento, con quello che abbiamo in mano, saremo costretti ad aprire un procedimento. Riceverai un'informazione di garanzia, e se dovesse spuntare fuori qualcos'altro...

– Ho capito, – l'interruppe Alfio.

Rimase col mento basso per qualche minuto, nel silenzio rotto solo dal ticchettio dell'orologio a muro che segnava le otto di sera.

– Posso andarmene a casa? – chiese.

Vanina gli fece segno di sí.

Lui si voltò e camminò verso l'uscita, spalle curve e passo lento, accompagnato da Spanò.

Appena fuori dalla porta tornò indietro e si trovò di fronte a Vanina.

– Ma tu non credi che sia stato io, vero?

Lei non gli rispose.

– Vai a casa, Alfio. E cerca di ricordare il piú possibile.

Burrano si voltò di nuovo e oltrepassò la porta.

– E se vuoi un consiglio, – gli disse Vanina, raggiungendolo alle spalle, – non tornare a Sciara.

Alfio annuí e se ne andò.

Santo Stefano quella sera le pareva un'oasi di pace piú del solito. Aveva passato mezz'ora al telefono con Vassalli, che l'indomani avrebbe chiesto al gip l'autorizzazione al sequestro del testamento.

S'era acciambellata sul divano grigio, infreddolita. Quella casa era tanto carina, ma coibentazione zero. Caldo d'estate e freddo d'inverno. Una dipendenza assoluta dagli impianti di climatizzazione, che però per fortuna erano moderni.

Tempo per passare da Sebastiano non ne aveva avuto, e Bettina era uscita con le vedove e ancora non era tornata.

Si trascinò in cucina e mise su il pentolino col latte. Tirò fuori i biscotti che comprava in un panificio lungo la strada del ritorno e preparò la cena che avrebbe consumato sul divano, davanti a un film scelto a caso tra quelli della sua collezione. Li aveva visti tutti ma li rivedeva sempre volentieri.

Quella sera non le andava di rimuginare troppo sul lavoro. Ci aveva già «ragionato» troppo per piú di dodici ore, e ora voleva solo distrarsi.

Tirò fuori un cult girato a Catania. *Il bell'Antonio*. Fotografò il titolo e lo inviò a Adriano, che le rispose subito con un emoticon.

Antonio Magnano/Marcello Mastroianni aveva appena sposato Barbara Puglisi/Claudia Cardinale quando un messaggio comparve sul suo telefono. Lo prese in mano incerta, preoccupata che fosse Alfio. Era brutto dirlo, e anche pensarlo, però non era l'ideale che il suo numero comparisse tra i tabulati di un indiziato.

Ma non era Alfio. Era quel numero che non aveva in memoria, e che ogni volta le faceva l'effetto di una mazzata sulle gambe.

Stavolta niente frasi sentimentali da colpo al cuore. Solo «Che fai? P.»

Recuperò la foto che aveva appena mandato a Adriano e gliela inviò in risposta. Lo vide scrivere e fermarsi, poi scrivere, poi fermarsi. Alla fine «Sei sempre tu. E mi manchi. Buonanotte. P.» Il resto del film Vanina lo vide offuscato.

17.

Vassalli stavolta aveva fatto in fretta.

Il testamento di Teresa Regalbuto era stato sequestrato e Alfio Burrano era entrato capofila nella lista dei sospettati. Se non avesse fornito un alibi serio la sua posizione si sarebbe aggravata, senza che né Vanina né Spanò potessero fare nulla per evitarlo.

Il commissario Patanè espresse chiaramente la sua opinione, che in gran parte coincideva con quella della Guarrasi.

– Dottoressa, non per essere negativo, ma a me sta parendo la stessa cosa precisa che successe con Di Stefano.

Vanina aveva la sensazione che Alfio non le avesse detto tutta la verità. Sembrava frenato, come se qualcosa di utile a fugare i sospetti ce l'avesse, ma per qualche motivo inafferrabile non volesse, o peggio non potesse, dichiararlo. Neppure il telefono poteva essere d'aiuto, perché era risultato effettivamente agganciato alla cella che corrispondeva a Sciara per tutto il tempo. Anche questo a Vanina non tornava. Perché se Alfio avesse voluto crearsi un alibi, sarebbe bastato dichiarare di essere rimasto a Sciara e il telefono gli avrebbe dato ragione. Invece lui aveva raccontato di essere uscito di casa, di essere andato in giro. L'idea non l'aveva neppure sfiorato.

Piú sprovveduto di cosí un assassino non poteva essere.

Intanto le indagini proseguivano nelle altre direzioni.

Lo Faro si presentò alla porta del vicequestore, chiedendo permesso, con l'agenda trovata nel cassetto della Burrano.

– L'ispettore Spanò mi ha chiesto di controllare questi numeri di telefono. Io ho iniziato ma... non sono numeri di telefono.

Vanina lo guardò stranita.

– Come sarebbe? E cosa sono?

– Non lo so. C'è il prefisso di Catania, lo 095, ma poi ogni numero è diverso dall'altro, alcuni a cinque e altri a sei cifre. Non possono essere numeri telefonici, dottoressa, al cento per cento. E poi c'è un altro fatto: ci sono nomi ripetuti due volte, a distanza di molti fogli, ma i numeri sono diversi.

Si bloccò con lo sguardo e gli strappò l'agenda dalle mani. La sfogliò e la risfogliò, sempre piú veloce.

– Bravo Lo Faro, – disse, con un'occhiata che mandò in orbita per dieci secondi l'agente.

Afferrò il telefono e compose l'interno di Spanò, che arrivò subito.

– Abbiamo trovato il registro dei clienti di Teresa Regalbuto, – gli annunciò.

Spanò prese in mano l'agenda e guardò Lo Faro. Non capiva.

– Astutamente camuffate da numeri telefonici ci sono le cifre che la signora prestava alle persone indicate accanto.

Spanò guardò la prima pagina, incredulo.

– 'Sta figlia di buona madre! – commentò.

– Bene, dato che il merito è di Lo Faro, a lui l'onore di studiarsi i nomi di tutti i clienti.

Il ritmo di masticazione del chewing gum di Lo Faro si fece frenetico. Era un lavoraccio, ma l'agente non si sognò di protestare.

Marta Bonazzoli aveva ricevuto dal vicequestore Guarrasi il compito ingrato di dare una sbirciata a quello che combinavano le tre donne di casa Burrano. Soprattutto, quella che andava sorvegliata era Clelia Santadriano, ancora ignara della fortuna colossale che avrebbe ereditato di lí a poco. L'unica che aveva un buco di qualche minuto nel suo alibi, per il resto invece confermato dall'amica con cui era andata all'esposizione.

La donna era sempre piú affranta.

– È stata Teresa a uccidere la... donna del montacarichi? – chiese a Vanina.

La risposta le provocò una crisi di pianto.

– Io non posso crederci... Teresa... Proprio Teresa... – sussurrò.

Le raccontò come si erano conosciute. Due anni prima, lei era ancora proprietaria di un piccolo negozio di abbigliamento al centro di Napoli. Via Chiaia, sa? Un negozio particolare, di quelli che vendono roba selezionata. Cara, indubbiamente, ma esclusiva. I primi che la crisi colpisce insomma. E già le cose andavano male da tempo. Un giorno una signora anziana di Catania era entrata e aveva comprato uno stock di sciarpe. Da regalare alle amiche, aveva detto. Si era trattenuta, un discorso tira l'altro, alla fine s'erano ritrovate a pranzo insieme. Cosí era nata la sua amicizia con Teresa Regalbuto. Ed erano cominciati i soggiorni a Catania. Sempre piú frequenti, dal momento che il negozio era fallito definitivamente e la signora insisteva tanto per ospitarla.

Era una bella storia, che però non collimava con il quadro che Vanina s'era fatta di Teresa Regalbuto. Non fosse altro che per lo stock di sciarpe comprato per regalarle alle amiche. Perché un dato di fatto era certo: non c'era stata persona fino a quel momento che non avesse indicato la signora Burrano come una donna avida e glaciale, opportunista come nessun'altra.

Quanto a lei, Clelia Santadriano, la sfiorava il dubbio che fosse un'avventuriera, che si era votata al sacrificio di condividere le sue giornate con una vecchia strega allo scopo di fregarsene il patrimonio.

E a Vanina non piaceva tenersi i dubbi.

Recuperò i dati della signora e afferrò il telefono, determinata a farsi passare la Questura di Napoli. Ma le venne un'idea migliore.

Appena sentí rientrare Macchia, si alzò e lo raggiunse.

Il vicequestore parcheggiò l'auto davanti all'entrata laterale di villa Burrano e si avvicinò al cancello. Si mise a osservare la facciata posteriore della villa, senza un motivo preciso. Per la verità, anche quella deviazione verso Sciara non aveva una ragione ufficiale.

Chadi comparve dal nulla dietro l'inferriata, mimetizzato nella penombra del fogliame incolto.

Vanina si fece aprire il cancello.

Il tunisino la guardava storto, come se fosse lei la colpevole delle disgrazie di *dottori Alfio*.

– Senti, Chadi, – gli disse. – Tu vuoi aiutare Alfio? Dimmi se sai qualcosa che lui potrebbe voler nascondere. Aveva attività strane, affari illegali? Siamo io e te, non ci sente nessuno.

– Dottori è una buona persona. Affari onesti fa, con tutti. Lui solo vizio di femmine, assai femmine. Ma per l'uomo è normale cosí, no?

E nella sua logica islamica non faceva una grinza.

Andò a controllare i sigilli e li trovò intonsi. Girò attorno alla casa, fino a tornare dal lato di Alfio. Notò che la casa era sorvegliata da tre telecamere.

– Chadi, quelle sono vere?

Un sacco di gente si riempiva la casa di telecamere finte, convinta di creare cosí un deterrente per i potenziali ladri.

– Certo, vere!

– E i filmati chi li vede?

– Nessuno. Dottori Alfio controlla su telefono e io su televisore, se di notte sento rumore.

– E si può tornare indietro ai filmati dei giorni precedenti?

Il ragazzo esitò. – Sí...

– Fammi vedere quello di domenica mattina.

– Ma dottori Alfio non sa...

– Chadi, sentimi bene. Dottori Alfio si sta infilando in un gran casino, perciò se gli vuoi bene cerca di dare una mano, se no torno qui con un mandato del giudice e poi quello che succede succede.

Sperò di averlo scosso abbastanza.

Quello la guardò, ancora incerto, poi la fece entrare nella sua casupola.

Pareva di essere entrati in una rivendita di kebab, uno dei pochi cibi che il vicequestore detestava. Un odore pesante di spezie poco identificabili, proveniente da una pentola che sobbolliva sul cucinino, impregnava l'aria nonostante la finestra aperta.

Chadi s'avvicinò a un tavolino occupato da un vecchio pc. Aprí la schermata delle telecamere.

Vanina gli chiese di tornare sul video di domenica mattina della telecamera centrale, quella da cui si vedeva l'ingresso dell'appartamento di Alfio. Seguí tutta la scena: lui che usciva, si fermava, poi camminava velocemente verso il cancello, poi tornava in casa, fermandosi un secondo a metà percorso, e infine entrava in macchina. Qualcosa la colpí, non capí bene cosa.

– Torna un po' indietro, – disse.

Il ragazzo eseguí, timoroso.

Uscita, fermata... ecco, prima cosa strana, sembrava che Alfio avesse visto qualcuno al cancello. Camminata veloce. Ritorno indietro... altra anomalia, fermandosi s'era girato, aveva alzato un braccio, come a bloccare qualcuno...

– Ferma qua, – ordinò, – torna indietro un secondo.

E la vide, l'anomalia. Un braccio che invadeva il fotogramma.

Lo guardò attentamente. L'unico dettaglio che si riusciva ad afferrare era uno scintillio sul polso destro.

Doveva fare due chiacchiere con Alfio.

Il vicequestore rientrò in ufficio e chiamò Nunnari.

– Abbiamo i tabulati del telefono di Burrano? – gli chiese.

– Certo, capo.

– Hai controllato a chi corrispondono i numeri delle chiamate ricevute quella mattina?

– Come no! – Prese un foglio dalla scrivania. – Pure quelle della sera prima, se vuole. Comunque niente di utile, dottoressa. A parte quella di sua zia, Burrano ricevette solo due telefonate. Una corrisponde a Vozza Valentina, e l'altra a Nicolosi Luigi.

L'amico e la presunta fidanzata - non fidanzata, che in quei giorni era dispersa tra le cantine del Chianti.

– Alfio, te lo chiedo per l'ultima volta: hai qualcosa da dirmi?

Burrano pareva l'ombra, pallida e trasandata, di sé stesso. La fissò incerto, poi scosse il capo.

– Niente.

– Qualunque cosa è meglio di un'accusa per omicidio volontario, lo capisci questo, vero?

La guardò, ma non le rispose.

Vanina si spazientí. Tirò fuori il telefonino e gli piazzò davanti agli occhi l'immagine della sua telecamera.

– Con chi stavi parlando?

Alfio trasalí. Non se l'aspettava.

– Nessuno... Una persona che chiedeva un'informazione.

– In casa tua?

– Il cancello era aperto.

– E tu le vai incontro, poi torni indietro, ti giri, le fai cenno di fermarsi, poi di corsa t'infili in macchina ed esci dal fotogramma?

Silenzio.

– Ti rendi conto che sto cercando di aiutarti, Alfio?

Lui si puntò in avanti coi gomiti sul tavolo. – Vanina, tu mi devi credere, io non c'entro niente.

– Non serve a nulla che io ti creda, lo vuoi capire? Né che ti creda Spanò.

– Altro non ti posso dire, Vanina... Non posso –. Quelle parole furono una conferma.

Vanina stava per uscire dall'ufficio per andarsene a pranzo, quando il telefono squillò.

– Dottoressa, Pappalardo sono.

– Oh, Pappalardo.

– Volevo anticiparle quello che abbiamo trovato sugli oggetti sequestrati l'altra mattina. Il rapporto lo sta scrivendo il dottore Manenti e...

– Ho capito. Mi dica tutto.

– Cominciamo dalla balistica. Il bossolo rinvenuto accanto alla Regalbuto corrisponde perfettamente a quello dell'omicidio Burrano. Questo conferma che l'arma è la stessa. Sulla pistola c'erano solo due impronte digitali, ed erano della vittima. Erano stampate in due posti un poco improbabili. Sulla carpetta aperta c'era un miscuglio di impronte, ma anche in quel caso tutte della vittima. E ora la notizia principale: la valigetta –. Il sovrintendente capo tirò un respiro profondo e poi continuò. – Era piena di impronte digitali, di almeno tre persone diverse, tra cui la vittima. La pistola era conservata al suo interno, in un angolo c'erano delle tracce. Sulla stoffa, proprio accanto all'apertura, ho trovato una macchia di sangue. E mi sono accorto che tra la manetta e l'apertura c'è un punto tagliente. Se la indossi correttamente non crea nessun problema, ma se uno non lo sa e piglia la valigetta di corsa, o anche solo se la apre di corsa, al novanta per cento si fa male. Siamo riusciti ad analizzarla e abbiamo isolato un Dna.

Vanina rifletté in silenzio. Si accese una sigaretta.

– E non è di Teresa Regalbuto, ovviamente.

– No. Però c'è di piú, una cosa di cui mi sono accorto in modo pressoché fortuito.

– Pappalardo, che fa, mi centellina le notizie? – si spazientí il vicequestore.

– No, no! Cercavo di dargliele una per una...

– Cosa c'è di piú?

– Che il Dna corrisponde quasi al cento per cento a quello estrapolato dalla tazzina che lei trovò sul tavolo di Burrano. Qualche differenza c'è, però credo sia ascrivibile al fatto che quello vecchio era inquinato assai ed è stato difficile estrarlo.

E questa il vicequestore non se la sarebbe mai aspettata.

Il pm Vassalli ci mise cinque minuti buoni a ricollegare tutte le notizie che il vicequestore Guarrasi era venuta a somministrargli in un'unica dose.

– Quindi, a quanto ho capito, non abbiamo idea di chi possa aver ucciso Gaetano Burrano, ma sappiamo che potrebbe trattarsi della stessa persona che ha ammazzato sua moglie?

– Quello che sappiamo è che le due tracce sono attribuibili alla stessa persona.

Il magistrato meditò un momento.

– Sottoponiamo Di Stefano alla prova del Dna, – decretò.

Vanina avrebbe alzato gli occhi al cielo, se avesse potuto.

– Dottore, le ricordo che il Di Stefano ha un alibi. Domenica è stato tutta la mattinata a Zafferana Etnea, a una riunione di quartiere per l'organizzazione dell'Ottobrata.

– Già, è vero. Però potrebbe aver assoldato qualcuno.

– Qualcuno che Teresa Regalbuto conosceva cosí bene da farlo entrare in casa sua e accoglierlo nel suo studio? E che svariati anni fa aveva bevuto un caffè a villa Burrano?

Vassalli non seppe replicare.

– E Alfio Burrano? Lui potrebbe aver usato una tazzina e averla posata lí per caso.

– Dubito che Alfio Burrano abbia mai utilizzato le stoviglie della villa. Ma se lei ritiene necessario richiedere che si sottoponga al test, faccia pure.

– Ecco, sí, mi pare una buona idea. Mi tenga informato, dottoressa. E mi raccomando sottoponga al test chiunque reputi opportuno.

Ora che c'era da rendere giustizia a Teresa Regalbuto Burrano, con la stampa addosso e una pletora di commentatori già scatenati in televisione, gli stava venendo fuori la fretta spasmodica. E perciò Dna a tutta forza.

Vanina uscí dall'ufficio del magistrato immersa nei suoi pensieri.

– Dottoressa Guarrasi!

Si voltò di scatto. Eliana Recupero era in mezzo al corridoio, con un uomo carico di faldoni al seguito.

Le andò incontro. – Buongiorno, dottoressa Recupero.

– Da dove viene?

– Dall'ufficio del dottor Vassalli. E lei?

La pm fece cenno all'uomo di depositare i faldoni nella sua stanza.

– Dal carcere di Bicocca. Bel posto, eh?

Vanina sorrise – Un'oasi!

– Come procedono i suoi casi? Se ne parla dappertutto.

Vanina fece una smorfia. – Lo so.

– Sa, un paio di giorni fa ragionavo con il suo dirigente…

– Sí, mi ha detto, – l'interruppe Vanina.

La Recupero la guardò in silenzio.

– Che dice, ci prendiamo un caffè, prima che mi seppellisca viva tra le mie sudate carte?

Il vicequestore accettò.

Si sedettero al bar all'angolo, dove inaspettatamente la pm ordinò una mega colazione. – Ogni tanto bisogna pur trattarsi bene.

Vanina combatté una istantanea lotta con la sua coscienza, prima di concludere che pareva brutto non farle compagnia.

– Basta compensare con un po' di movimento in piú, che per chi vive seduto dalla mattina alla sera è l'unica salvezza, – sentenziò la Recupero. Era una brava, lei, una che usava l'ora di pranzo per andare in palestra. E il fisico minuto ne era il risultato.

Vanina preferí non ricordare che, fatta eccezione per un paio di boicottaggi alla settimana, giusto perché nella zona di via Etnea era impossibile poi ricollocarla, la sua unica fonte di movimento era la macchina. Ufficio, auto di servizio, interrogatori domiciliari, auto di servizio, trattoria, ufficio, automobile, casa. Ogni tanto aperitivo, che non faceva che peggiorare la situazione.

La Recupero era curiosa di conoscere gli sviluppi del caso

Burrano-Cutò-Regalbuto, e Vanina l'accontentò. Le raccontò anche l'ultimo colloquio con Vassalli. Il commento della pm le diede la conferma che doveva continuare, senza indugio, a procedere sulla strada che riteneva piú giusta.

Dell'argomento che aveva affrontato con Macchia, la Recupero non fece piú parola. E Vanina gliene fu grata.

Spanò aveva scoperchiato un giro d'usura che andava avanti da secoli.

Aveva sentito una decina di persone, scelte secondo il criterio della quantità. Piú soldi si erano fatte prestare, piú chance c'erano che l'ispettore le convocasse.

Lo Faro aveva stilato una lista di nomi e li andava catalogando secondo il metodo di Spanò. In ordine cronologico – a intervalli piú o meno regolari c'era anche l'anno segnato in un angolo della pagina in alto – e pecuniario crescente.

C'era una concordanza perfetta tra i numeri occultati dal prefisso telefonico e le cifre iniziali prestate. L'ultimo numero indicava il numero di rate.

Mancavano un bel po' di ricevute.

– Mi ci gioco qualunque cosa che fossero conservate nella carpetta che abbiamo trovato vuota, – ipotizzò Vanina. – Questo ci fa dedurre una sola cosa, Spanò: che l'assassino abbia dovuto farle sparire per evitare che noi trovassimo il suo nome tra quelli dei debitori.

Ora bastava ricercare il colpevole tra appena 156 persone che nell'arco di quegli ultimi dieci anni avevano usufruito dei prestiti della signora. Un ago in un pagliaio.

Vanina dava ormai per scontato che Alfio fosse fuori dai giochi, anche se Vassalli avrebbe sciolto la sua riserva solo dopo aver avuto in mano il risultato del Dna. Nel frattempo la notizia della sua possibile colpevolezza regnava sovrana tra i curtigghi di tutta Catania.

Quello che però continuava a incuriosire Vanina era la stoica rassegnazione con cui l'uomo si ostinava a non raccontare ciò che, lei ne era sicura al novantanove virgola nove per cento, avrebbe potuto scagionarlo sin dall'inizio.

Vanina aveva appena chiuso la telefonata con Maria Giulia De Rosa e stava raccogliendo sigarette e telefono, già pronta a raggiungerla.

Quella sera aveva voglia di staccare la spina e distrarsi un po'. Soprattutto, non le andava di chiudersi in casa da sola col rischio di perdersi in uno di quei messaggi criptici, provenienti da un numero che continuava a non memorizzare, e che stavano diventando sempre piú frequenti.

Marta Bonazzoli bussò alla porta.

– Capo, c'è una ragazza che insiste per parlare con te.

– Una ragazza? E che vuole?

– Non lo so, si rifiuta di dirmelo.

– Siamo sicuri che non è qualche giornalista d'assalto?

– Non credo, altrimenti l'avrebbe già dichiarato. E poi i giornalisti lo sanno che da te non possono aspettarsi granché, infatti tormentano sempre Ti... il Grande Capo.

– E falla entrare, – autorizzò il vicequestore, lasciandosi cadere sulla poltrona.

Bionda, occhi azzurri, un metro e ottanta di ragazza inguainata in un vestitino sportivo di cotone a costine. Diciotto anni sí e no.

– Elena Nicolosi, – si presentò.

– Vicequestore aggiunto Giovanna Guarrasi.

La fece accomodare.

– Sono qui perché ho qualcosa da dire riguardo ad Alfio Burrano, – attaccò subito la ragazza, senza preamboli.

L'occhio di Vanina si spostò immediatamente sul polso destro, occupato da un groviglio di braccialetti lucidissimi.

– Mi dica.

– Io so con certezza che non è stato lui ad ammazzare sua zia.

– Ah. E come fa a saperlo?

– Lo so perché quando è successo... – esitò un momento, poi alzò gli occhi, determinata. – Alfio era con me.

Il vicequestore la fissò.

– Quanti anni hai, Elena? – le chiese, passando al tu.

La ragazza abbassò lo sguardo per un istante, ma lo rialzò subito, fiero.

– Diciotto.

– E che ci facevi insieme ad Alfio Burrano?

– Sesso.

Vanina faticò a nascondere l'incredulità. Non tanto per il fatto in sé, che aveva sgamato dopo due secondi di conversazione, quanto per la disinvoltura sfrontata con cui era stato dichiarato.

– Stupita, dottoressa? Alfio è un uomo attraente anche per una della mia età. E in questo campo, ha una lunga... diciamo cosí... esperienza. Ma queste cose probabilmente lei le sapeva già.

Il vicequestore ignorò la provocazione, mentre il suo sguardo raggiunse lo zero termico. Sapere di essere annoverata, senza motivo reale poi, tra le amanti di Alfio Burrano non era la piú gradevole delle scoperte.

In quel momento sopraggiunse Fragapane, che si bloccò sulla porta con un foglio tra le mani.

– Oh, scusi, capo. Non sapevo che ci fosse qualcuno...

Il vicequestore gli fece cenno di entrare. Fragapane le consegnò un rapporto appena arrivato dalla Scientifica e batté subito in ritirata, non senza prima aver lanciato una breve occhiata alla ragazza.

Vanina lesse velocemente il rapporto e allontanò il foglio.

– Elena, tu lo sai che quello che dici qui dentro poi viene verbalizzato?

– Che significa?

– Che viene messo per iscritto, e che poi tu dovrai firmare questa dichiarazione.

– Per me va bene.

– Il dottor Burrano sa che sei qui?

– No, lui mi aveva vietato di farmi avanti. Ha paura. Di mio padre, che è il suo migliore amico. E... di lei. Ma non mi sembra giusto che per non ammettere di essere venuto a letto con me debba rischiare di finire in galera per un omicidio che non ha commesso.

Elena era la figlia di Gigi Nicolosi. Ora era tutto piú chiaro.

– Paura di me? – disse Vanina. – E perché? Ora ha un alibi. Può dormire tra due guanciali. Quanto al resto, non rientra nelle mie competenze.

Elena stirò le labbra in un sorriso storto.

– Dove devo firmare? – chiese, con aria sbrigativa.

Vanina richiamò Marta, che comparve subito.

– L'ispettore Bonazzoli raccoglierà la tua testimonianza dettagliata, e la metterà a verbale, – disse, alzandosi dalla poltrona e sfilando la giacca dalla spalliera.

Aspettò che l'ispettore si sedesse al suo posto per metterle sotto il naso il rapporto della Scientifica. A lei la scelta del buon uso che se ne poteva fare.

Salutò e finalmente uscí.

18.

Vanina non si svegliava mai alle cinque e mezzo. Se arrivava sveglia a quell'ora, era piú probabile che a dormire non ci fosse andata per niente. Quando capitava, era il sintomo che la sua testa non aveva mai smesso di lavorare neppure nella fase piú profonda del sonno, che in questo caso, dato il suo fuso perennemente sfasato, non poteva essere durata piú di un paio d'ore. Questo succedeva solo in una condizione: quando percepiva la soluzione piú vicina di quanto non le sembrasse, ma sapeva di non essere ancora in grado di agguantarla. E allora si sentiva impotente.

Restarsene a letto nella speranza di riaddormentarsi era una fatica inutile. Tanto valeva alzarsi e rendersi produttivi.

Guardò il display del telefono, sgombro come poteva essere solo a quell'ora. Il mare dell'Addaura occhieggiava dietro le icone delle applicazioni.

Era un automatismo che aveva acquisito negli ultimi giorni e che si sarebbe scrollata di dosso molto volentieri. Doveva impegnarsi per farlo, e la serie di messaggi serali che l'incontro palermitano aveva innescato in questo non aiutava.

L'umidità in casa cominciava a sentirsi. Infreddolita, s'infilò una camicia sul pigiama e si diresse verso la Nespresso. Uní due Ristretto in una sola tazza, una dose di caffeina da far drizzare i capelli in testa per tutta la giornata. Si accese una sigaretta e se la fumò sul terrazzino della cucina, vista agrumi.

Alle sei e mezzo si chiuse la porta di casa alle spalle.

Bettina era già operativa e si aggirava tra le sue piante armata di tubo, con al seguito due gatti minuscoli che Vanina non aveva mai visto.

– Vannina! E chiffú? Ammazzarono a qualcuno? – fece, preoccupata. I mici si andarono a nascondere dietro una felce.

Vanina sorrise. – No, tranquilla, Bettina. Per ora gli ammazzati sempre quelli sono.

– Ha fatto colazione?

– La faccio al bar. Ho preso il caffè.

Bettina scosse la testa.

– Non le fa bene fare colazione sempre al bar. Un bel bicchiere di latte con un dolce genuino a casa è molto meglio.

I gatti zampettarono fuori dall'aiuola.

– Ma questi due da dove spuntano? – fece Vanina, abbassandosi lentamente fino ad accarezzarli.

– Piffavuri, non ne parliamo. Quattro ce n'erano, abbandonati vicino casa di Luisa in una scatola. E meno male che qualcuna di noi quattro l'orecchio fino ce l'ha ancora, perché se no 'sa che fine facevano 'sti poveretti.

Infilò la rampa esterna, lasciando la vicina nel suo mondo sereno, e uscí dal portoncino. La Mini la aspettava lí, ancora bagnata dall'umidità della notte.

Per la prima volta da almeno tre mesi, l'abitacolo era freddo.

Il bello di muoversi a quell'ora era che le vie d'ingresso a Catania erano ancora sgombre dalla fiumana di auto che di lí a poco le avrebbe invase senza requie per un paio d'ore. E la coda mattutina sarebbe stata inevitabile, da qualunque parte ci si girasse, perché non c'era una sola via d'accesso in città che non incrociasse una o due scuole. Ciò significava auto in doppia fila, frotte di ragazzini schiamazzanti e genitori esagitati, con relativo intervento di ausiliari del traffico che avrebbero dato il colpo di grazia finale paralizzando l'intero asse viario.

Vanina scelse la strada che le piaceva di piú. Dalla circonvallazione andò giú fino a Ognina e imboccò il lungomare appena in tempo per vedere il sole spuntare all'orizzonte.

Si fermò nel primo bar aperto che incontrò e consumò la sua colazione godendosi quell'alba bagnata dal mare, che per una nata e cresciuta sulla costa occidentale era un'esperienza inedita.

Il bar era pieno di avventori mattinieri, che consumavano il loro caffè in piedi. Le venne in mente Federico Calderaro: in qualunque posto si trovasse, alle cinque e mezzo del mattino usciva, anche nel gelo, alla ricerca di un posto qualunque che gli preparasse un caffè.

Per la proprietà transitiva pensò a sua madre. In preda a un colpo di nostalgia, che non era da lei ma in quei giorni di revival sentimentali ci stava, le mandò un rapido messaggio di buongiorno.

Risalendo in macchina vide passarle davanti Marta Bonazzoli, in tenuta da running, con auricolari e cardiofrequenzimetro. Come la invidiava. A lei non sarebbe passato manco per l'anticamera del cervello di alzarsi all'alba per farsi chilometri di corsa.

A Tito Macchia poi men che meno, pensò, sorridendo.

Salvatore Cunsolo, il figlio del vecchio domestico di villa Burrano, si presentò negli uffici della Mobile a metà mattinata, chiedendo del vicequestore Guarrasi.

Aveva la faccia preoccupata.

– Dottoressa, lei l'altro giorno mi chiese se ricordavo qualcosa di mio padre che fosse riconducibile al suo passato, – iniziò, pulendosi la giacca dalla cenere dell'Etna.

Istintivamente Vanina controllò il davanzale del balcone, accertandosi che la pioggia non fosse ricominciata.

– Lí per lí, non mi venne in mente nulla. Poi mi ricordai un episodio. Potevo avere sí e no tredici anni, ed ero a casa sua, in montagna. Capitava raramente, ma a me piaceva assai. Un pomeriggio m'ero fissato che dovevo aprire il forno a pietra, che lui teneva sempre chiuso e non lo usava mai. Tanto feci che ci riuscii. Dentro c'era un sacco grande, di quelli di iuta. Lo aprii e tirai fuori una valigetta. Mi ricordo che mi colpí perché c'era attaccata una specie di manetta. In quel momento arrivò mio padre. Me la scippò dalle mani e mi disse che dovevo trattarla bene, perché quella era la nostra assicurazione sulla vita. Io non capii che voleva dire, ma lui mi disse che non era necessario. Anzi, che me la dovevo proprio scordare, che ci pensava lui a farla fruttare. E io obbedii. Poi il tempo passò, e non ci pensai piú per davvero. Stamattina presto, me ne salii a casa di mio padre, che non ci andavo da piú di una settimana e volevo controllare se era tutto a posto. Trovai la porta chiusa male, come se fosse stata forzata, e tutta la casa sottosopra. Tutto aperto, armadi, stipetti, tutto. Pure il forno. Non mancava niente, dottoressa, tranne…

– La valigetta, – l'anticipò il vicequestore.

L'uomo annuí.

– Siccome ho letto sul giornale che nel delitto su cui state indagando c'entrava qualcosa una valigetta, e siccome mi avevate fatto tutte quelle domande sul passato di mio padre, ho fatto due piú due…

Vanina estrasse dal fascicolo la foto della valigetta trovata accanto alla vecchia, e gliela mise davanti. – È questa?

L'uomo trasalí.

– Questa è, dottoressa, ne sono sicuro.

– Dottor Cunsolo, la guardi bene, perché quello che sta affermando potrebbe influenzare le indagini per due omicidi.

Quello s'avvicinò e la riguardò.

– Lei è.

Vanina richiuse il fascicolo e allungò la mano verso il telefono.

– Spanò, venga da me.

Cunsolo la guardò, in apprensione. – Mi scusi, dottoressa, non so se è consentito chiederlo ma... potrei sapere che cosa conteneva?

– La Beretta M35 con cui fu ucciso il cavaliere Gaetano Burrano.

Quando Spanò entrò, Salvatore Cunsolo non s'era ancora ripreso.

L'ispettore si allisciava i baffi.

– Quindi potrebbe essere stato Demetrio Cunsolo a uccidere Burrano.

Vanina sputò il fumo fuori dalla finestra.

– No, ispettore.

– Perché?

Il commissario Patanè, che nel frattempo era accorso al richiamo del vicequestore mollando per la seconda volta Angelina in pieno pranzo, aprí bocca per dire qualcosa, ma Vanina lo anticipò.

– Ci pensi, Spanò. Se Cunsolo fosse stato l'assassino, non si sarebbe conservato gelosamente le due prove piú importanti, e soprattutto non le avrebbe considerate un'assicurazione sulla vita. No, ispettore. Quella valigetta a Cunsolo serviva per ricattare qualcuno. E questo qualcuno poteva essere solo l'assassino di Burrano.

Spanò rimase in silenzio.

– E lei pensa che sia la stessa persona che ha ucciso la vecchia?

Patanè storse il naso. Lui non era d'accordo con quest'ipotesi.

– L'unica cosa che sappiamo, – precisò il commissario, – è che l'assassino della Regalbuto cinquant'anni fa s'era bevuto un caffè con Gaetano Burrano. Che dopo l'avesse ucciso è una deduzione. Però questo ci dice che stiamo parlando di uno che minimo minimo ha l'età mia. E che Cunsolo conosceva bene.

Il telefono del vicequestore squillò.

– Sí, dottor Cunsolo, mi dica... Perfetto.

Vanina scattò in piedi.

– Forza, Spanò. Chiamiamo la Bonazzoli e andiamo.

Patanè si alzò appresso a lei e li seguí, lo sguardo languido. Un bambino che guarda da dietro una vetrina un giocattolo che sa di non poter avere.

Vanina valutò la situazione. In fin dei conti il commissario era pure lui un testimone. Stava sull'altra sponda, quella di chi cercava, ed era stato esautorato anzitempo, ma sempre testimone era. E l'indagine ripartiva da zero, perciò...

– Commissario Patanè, lei viene in auto con me e Bonazzoli.

Patanè stentò a capire. Poi prese aria e alla fine fece l'ennesimo regalo all'artista che aveva confezionato la sua presunta protesi dentaria.

S'infilarono nella jeep di servizio e presero a seguire l'auto di Salvatore Cunsolo. Superarono Trecastagni, poi Pedara, poi Nicolosi. Il paesaggio si era fatto lunare, e i cumuli di cenere lungo la strada non si contavano. Il termometro sul cruscotto segnava 12 gradi.

Vanina cominciò a farsi qualche scrupolo per quella

decisione avventata di portarsi dietro Patanè. E se con lo sbalzo termico si sentiva male, o se gli veniva una polmonite? Ad Angelina chi glielo andava a contare?

– Ma dove abita 'sto qui? Non è che diventa pericoloso salire piú in alto, con l'Etna in eruzione? – disse Marta.

– Sta eruttando dall'altro lato, perciò problemi su questo versante non ce ne sono. Se cosí non fosse a quest'ora qua manco ci saremmo potuti arrivare. Comunque dovremmo quasi esserci, – rispose Patanè.

Vanina si voltò indietro a guardarlo, con un punto di domanda stampato in faccia. Anzi due.

– Mi lessi il verbale dell'altra volta che avevate interrogato il figlio di Cunsolo, e mi feci un'idea di dove abitava il padre, – giustificò il commissario.

– Tra un po' arriviamo ai crateri silvestri, – constatò Bonazzoli.

– I crateri silvestri! Ma tutti tu li conosci, i posti solitari, – la sfotté Vanina.

– Guarda che sono vicino al rifugio Sapienza, che non è un posto solitario, – puntualizzò Marta.

– Allora mi correggo: i posti romantici. Va meglio?

Marta la guardò storto.

Vanina le sorrise. – Guarda che non è un insulto. Anzi, casomai è tutta invidia.

L'auto di Cunsolo girò in una stradina laterale che s'inoltrava fra querce e larici.

– Ma dove minchia stiamo andando? – sbottò il vicequestore, scorgendo un rudere nascosto fino al tetto da roccia nera.

Si fermarono in uno spiazzo davanti a un edificio di pietra lavica col tetto spiovente.

– Questa casa è stata circondata dalla lava due volte, ma per fortuna è costruita su una piccola altura e perciò non è mai stata danneggiata, – disse Cunsolo, mentre apriva la porta che palesemente era stata forzata.

Entrarono in una sorta di soggiorno, arredato con mobili rustici antichi, dove regnava il caos. Credenze, stipetti, armadi, tutto era aperto e il contenuto era sparso per terra.

Vanina mandò Spanò e Marta nelle altre stanze a controllare se avessero subito lo stesso trattamento.

– Il forno è di qua, – indicò Cunsolo, facendo strada.

Una cucina in muratura, con qualche pezzo piú moderno qua e là. Elettrodomestici vecchiotti ma di prima qualità. Un forno di pietra occupava un angolo.

– Ecco: vede, dottoressa? La valigetta era conservata qua dentro.

– Nascosta, – precisò Vanina, a bassa voce, chinandosi per guardare meglio dentro l'apertura del forno.

Accese la torcia dell'iPhone. Fuliggine, qualche residuo di brace vecchia di cent'anni e cenere ai lati. Al centro, un'impronta rettangolare.

– Immagino che suo padre non lo accendesse mai, – constatò.

– Io non l'ho mai visto acceso. Ma poi, che avrebbe dovuto farci? Mio padre non era cosa di cucinare niente. Quando si comprò 'sta casa il forno c'era e se l'è tenuto.

Vanina si guardò intorno. Anche lí era tutto a soqquadro. La sua attenzione cadde su un sacco di iuta, annerito in piú punti, buttato per terra. Si chinò sulle ginocchia, senza toccarlo.

– Dottor Cunsolo, lei mi disse che la valigetta era dentro un sacco. Era questo?

Cunsolo si abbassò.

– Mi pare proprio di sí.

Il vicequestore rimase accovacciata, un gomito sul ginocchio ispezionando il pavimento. Alzò il sacco con due dita e lo rivoltò. Vide una macchia scura sul bordo accanto all'apertura. Sangue, e neppure tanto vecchio.

– Spanò, – chiamò.

L'ispettore comparve dalla stanza vicino.

– Chiami quelli della Scientifica e li faccia venire a repertare questo sacco.

Bonazzoli comparve con in mano un raccoglitore di cartone, simile a quelli degli archivi.

– Capo, guarda cos'ho rinvenuto?

Vanina si tirò su e Marta si avvicinò porgendole il faldone.

All'interno c'erano carte di ogni tipo, accumulate negli anni da Demetrio Cunsolo. Contratti di lavoro, lettere di pagamento, contratti per l'acquisto di quella casa, di automobili. Si poteva andare indietro fino agli anni Sessanta. E provavano tutte una sola cosa: i soldi all'ex domestico di villa Burrano non erano mai mancati.

– Guarda qua, – indicò Marta, tirando fuori un documento scritto in inglese. Un permesso di soggiorno rilasciato a Demetrio Cunsolo dal governo degli Stati Uniti nel luglio del 1959.

– Ha vissuto negli Stati Uniti.

– Giusto giusto dal 1959, – aggiunse Patanè.

– Portiamolo in ufficio e studiamocelo per bene. Capace che viene fuori qualche notizia interessante, – disse Vanina.

Tornò verso il forno e infilò dentro la testa, puntando la luce. Nell'angolo piú recondito, una busta di carta era buttata vicino alla parete. Allungò il braccio al massimo, ma per riuscire ad afferrarla dovette sporgersi con tutto il mezzo busto, sotto l'occhio perplesso del commissario Patanè.

– Non si facissi male, dottoressa!

La busta aveva la stessa intestazione di quelle dei documenti che avevano trovato nella macchina di Burrano, solo era ingrigita e usurata. In un angolo un'impronta di sangue.

Vanina fece attenzione a non inquinare l'impronta. Aprí la busta e tirò fuori il contenuto, poi la posò sul ripiano del forno.

Spiegò il primo foglio.

– Minchia! – esclamò Patanè, che si era piazzato subito occhiali sul naso dietro le sue spalle per leggere insieme a lei.

Si scambiarono uno sguardo.

– Ha capito, commissario?

Esaminarono gli altri due documenti, ma ormai si aspettavano quello che avrebbero trovato.

Il Grande Capo s'era installato nell'ufficio di Vanina e si dondolava sulla sua poltrona masticando il sigaro. Il vicequestore era seduto dall'altro lato della scrivania, insieme a Marta col faldone sulle ginocchia. Il commissario Patanè, invitato da Macchia a restare, se ne stava in disparte con le spalle alla parete.

– Dunque ora abbiamo tutti i documenti che mancavano all'appello per scagionare definitivamente Di Stefano. Piú vari indizi che ci indicano un assassino. La domanda è come facesse a trovarseli in mano Cunsolo, – disse Tito.

Vanina lo guardò senza rispondere.

– Guarrasi, non fare finta di niente. Secondo me tu un'idea te la sei già fatta.

– Diciamo che ho cercato di immaginare come potrebbe essere andata. Immaginare, Tito, intendiamoci, perché sono solo ipotesi al momento indimostrabili. Favolette.

– Mi sono sempre piaciute le favolette.

Vanina prese aria. – Va bene. Le cose potrebbero essere andate cosí: Demetrio Cunsolo lavora a Sciara, ma è alle dipendenze di Teresa Burrano, che lo considera un domestico fidato, tant'è vero che il marito lo allontana dalla villa ogni volta che è lí con la Cutò. La sera di Sant'Agata, la signora gli fa una proposta economica che lui non può rifiutare e compra cosí la sua complicità. Il domestico arriva alla villa in anticipo. Il suo compito è quello di aspettare che il delitto sia compiuto e poi, dietro lauto compenso, aiutare l'assassino a farne sparire le prove. Quando sentirà arrivare Di Stefano entrerà nello studio di Burrano e comincerà la sceneggiata. Oltre alla valigetta e alla pistola, però, l'assassino consegna nelle mani del domestico, per eliminarli, tre documenti. Cunsolo non è uno stupido, capisce che quello che ha per le mani può cambiare il corso della sua vita, e può fargli tenere per le palle gente che fino a quel momento l'ha trattato sempre come un servo. Fedele, fidato, ma comunque un servo. Invece di far sparire le prove se le conserva con cura e le trasforma in una fonte inesauribile di denaro. Un'assicurazione sulla vita.

Tito e Marta erano rimasti ad ascoltarla col fiato sospeso, mentre Patanè annuiva continuamente.

– Difficilmente dimostrabile, – confermò il Grande Capo, – ma secondo me l'ipotesi ha una sua logica che potrebbe avvicinarsi parecchio a come andarono davvero le cose. Gli indizi sull'assassino, invece, a questo punto mi sembrano concreti. Riferiamo a Vassalli e agiamo. Poi occupiamoci del caso della Regalbuto.

Vanina non commentò.

Aveva già sbagliato una volta, a sottostare alla flemma vile del pm. Il risultato era stato l'assassinio di Teresa Regalbuto. Perché se avessero iniziato a controllarla e intercettarla, come aveva intenzione di fare, forse adesso la vecchia sarebbe stata ancora viva e sul punto di essere incriminata insieme al suo degno compare omicida.

Il caso Regalbuto era legato al caso Burrano a doppio filo. Era impossibile parlare dell'uno senza tirare in ballo l'altro, adesso piú di prima. E forse sbagliare i tempi nella conclusione del primo avrebbe rischiato di inficiare il secondo.

Perché un fatto era certo: la valigetta di Cunsolo era stata sottratta appena prima del finto suicidio, apposta per metterlo in scena. Da qualcuno che sapeva. E a rigor di logica poteva essere una persona sola. Di nuovo lui. Ma stavolta che movente poteva aver avuto?

Eliana Recupero l'aveva chiamata dopo appena tre ore.

– Se mi manda qualcuno a prenderla, ho un po' di zavorra per lei.

Vanina aveva mandato Marta e ora la zavorra era sul suo tavolo, sotto forma di due cartelline in cui era stato concentrato il sunto di quello che lei aveva chiesto.

L'acquedotto che passava dal terreno di Gaetano Burrano era stato costruito da due società, la Idros Srl, alla sua prima impresa, e la Tus Srl, una ditta di costruzioni in odore di mafia già dagli anni Cinquanta. Inizio dei lavori: 23 aprile 1959. Un affare miliardario i cui proventi erano finiti in tasca alla proprietaria del terreno, Teresa Regalbuto, e all'amministratore unico di Idros. La Tus poi era sparita dalla gestione, ma solo nominalmente, e su questo le fonti della Recupero fornivano piú di una certezza.

Se Teresa Regalbuto non avesse ereditato il terreno, come del resto nel caso in cui Gaetano Burrano fosse arrivato a spartirsi quella torta miliardaria con Di Stefano, all'ombra degli Zinna, la Idros Srl non sarebbe mai neppure esistita.

E Demetrio Cunsolo aveva in mano tre documenti capaci di cambiare l'intero corso delle cose. Il contratto firmato da Burrano e Gaspare Zinna per la costruzione dell'acquedotto; una delega di Burrano a Tommaso Di Stefano ad agire in nome e per conto suo in caso di sua assenza; e infine l'asso nella manica, quello che avrebbe inchiodato alla sbarra il colpevole ad vitam, se lui non avesse deciso di trarne dei benefici personali. Il testamento olografo redatto da Gaetano Burrano.

La giornata di Vanina si concluse nell'ufficio del pm Vassalli, che le aveva spostato di mezz'ora in mezz'ora il colloquio per via di un altro caso di cui era titolare e che stavano seguendo i carabinieri.

– Lei mi scuserà, dottoressa, ma si tratta di una faccenda quasi risolta a cui manca solo un piccolo anello di congiunzione, – disse il pm, lasciandosi andare sulla poltrona e offrendole un bicchiere della limonata in lattina che si stava versando.

Vanina rifiutò garbatamente la bevanda e si concentrò sul discorso che stava per fargli. Cercò di essere breve e concisa, di non lasciare vuoto nessun «anello di congiunzione» mentre spiegava al magistrato il motivo per cui ad ammazzare Gaetano Burrano, il 5 febbraio del 1959, era stato il notaio Arturo Renna, in complicità con Teresa Regalbuto Burrano, che però aveva dato il suo contributo eliminando fisicamente Maria Cutò. Quella che immaginavano potesse essere l'ultimo ostacolo alla realizzazione di tutti i progetti.

Ma non avevano fatto i conti con Demetrio Cunsolo e con la sua ambizione sfrenata.

Quello di cui aveva bisogno Vanina, ora, era di poter agire con ogni mezzo a disposizione per inchiodare definitivamente un assassino, che di delitti poteva averne compiuti due. Uno dei quali recentissimo.

Vassalli sudò fino all'ultima goccia della limonata che aveva appena bevuto. Spostò due fogli, si aggiustò la giacca tre volte, appoggiò e staccò i gomiti dal tavolo altrettante. Poi si adagiò sulla spalliera. Sconfitto.

Avrebbe proceduto all'iscrizione della notizia di reato, e Arturo Renna avrebbe ricevuto l'informazione di garanzia, che le avrebbe permesso di ricercare qualunque indizio di colpevolezza attraverso impronte, confronti e quant'altro. E, ovviamente, Dna.

Lo slargo davanti a casa era interamente occupato da un bestione bianco tirato a lucido manco fosse stato noleggiato per un matrimonio. Vanina l'aveva riconosciuto prima ancora di aver svoltato l'angolo e di averci quasi sbattuto col muso della Mini.

Alfio Burrano era balzato a terra appena l'aveva vista uscire dalla macchina e aveva guadagnato la posizione davanti al portoncino di ferro. Se ne stava lí impalato sul primo gradino come una guardia svizzera.

– Riposo, Burrano, riposo, – disse Vanina, estraendo le chiavi dalla tasca interna della borsa.

– Ciao Vanina, – la salutò.

– Ciao Alfio.

– Ho cercato di chiamarti oggi ma non mi hai risposto. Poi il telefono ha cominciato a risultare staccato e allora…

Non aveva neanche guardato quante chiamate aveva ricevuto. La gente che aveva questioni serie da comunicarle conosceva il numero dell'ufficio, anche i familiari. Bettina compresa.

– Oggi non ho avuto il tempo di rispondere neppure a mia madre. Poi il telefono si è scaricato.

– Ah, meno male. Allora non era con me che non volevi parlare.

– Meno male per chi?

Alfio non rispose.

– Dovevi dirmi qualcosa? – lo incoraggiò.

– Sí. È che da quando si è risolta la mia... situazione, non abbiamo piú parlato. E io volevo spiegarti delle cose.

– Senti, Alfio, è stata una giornata dura, sono sfinita e ho solo voglia di andarmene a casa, mangiare qualcosa e dormire. Possibilmente fino a domani mattina. Perciò se hai intenzione di gravarmi con conversazioni che richiedano un impegno anche minimo, t'avverto che non è cosa.

– Vorrei soltanto darti la mia versione di qualcosa che... non so in che termini ti sia stata raccontata.

Vanina sospirò con rassegnazione.

– Entra, dài.

Alfio sorrise, confortato. Le tolse dalle mani il sacchetto di Sebastiano.

Il giardino di Bettina era già corredato di lettiera, casetta per gatti e palline sparse manco fosse un campo da golf. Bettina salutò da dietro i vetri, seguendoli con lo sguardo fino alla porta d'ingresso della dépendance. La temperatura serale ormai non le permetteva piú di farsi trovare fuori, e vedendola in compagnia sicuramente non le era parso il caso di uscire apposta.

Però le aveva lasciato qualcosa in casa. Vanina sbirciò l'involto, poggiando il sacchetto sul ripiano della cucina. Un ciambellone. Il dolce genuino per la colazione dell'indomani.

Ma com'era che Bettina non dimenticava mai nulla?

Alfio era rimasto al centro della stanza, impacciato, e ora stava guardando la fotografia incorniciata sulla mensola.

– È tuo padre? – le chiese, quando gli si avvicinò.

– Sí, è mio padre.

Non le chiese altro, segno che sapeva benissimo chi fosse e cosa facesse l'ispettore Giovanni Guarrasi.

– Tu gli somigli.

– Grazie.

Alfio si girò verso il divano grigio, incerto se sedersi o no. Vanina lo tolse dall'imbarazzo e si sedette per prima.

– Senti, devo spiegarti perché non ho voluto dirti che avevo un alibi per domenica mattina.

– Non è necessario.

– Sí, invece, – insistette lui.

– Va bene, Alfio, ma t'avverto: che Elena Nicolosi fosse la figlia del tuo amico Gigi l'ho capito un secondo dopo che ha iniziato a parlare. L'unica informazione essenziale per me era che fosse maggiorenne, anche ai fini di quello che stava per fare. Il resto non mi riguarda. Sono fatti tuoi. E di Elena, che tutto mi è parsa tranne che una ragazzina sedotta e disperata.

Che altro poteva dire Alfio? Solo che si era vergognato, e che aveva avuto paura, una paura stupida. Perché quella era maggiorenne da due settimane, ma il tira e molla del mi vuoi o non mi vuoi glielo stava infliggendo da mesi. Aveva cercato di resistere alla tentazione finché proprio domenica aveva ceduto. Ed era stata la prima e unica volta.

– Ora le opzioni sono due: o ti siedi alla mia tavola non apparecchiata e dividi con me mozzarella di bufala e prosciutto crudo, oppure alzi il fondoschiena dal mio divano, te ne vai e mi lasci cenare in pace.

Alfio optò per la prima. Che poi la tavola si poteva apparecchiare in due minuti, le mozzarelle di bufala erano due, ed erano superlative, e il prosciutto di Sebastiano non aveva eguali in tutta la provincia di Catania. Peccato solo che non aveva portato un vino dei suoi.

Se ne andò sollevato, senza accennare il minimo approccio che non fosse puramente amichevole.

19.

Arturo Renna il tempo di agire nei suoi confronti non lo diede a nessuno.

Si presentò spontaneamente al vicequestore Guarrasi e confessò. Confessò di aver raggiunto la sera del 5 febbraio 1959 il cavaliere Gaetano Burrano nella sua villa di Sciara, come in visita di cortesia. Di aver tentato di convincerlo a strappare il testamento che gli aveva mandato, e a non firmare i contratti che invece lui gli aveva sventolato davanti già firmati. Confessò di averlo ucciso con una Beretta M35 «pulita», in combutta con Teresa Regalbuto, sua complice nonché amante. E di aver sottratto alla vittima tre milioni di lire contenuti nella valigetta ventiquattrore. Alla domanda diretta se avesse coinvolto o meno Demetrio Cunsolo nell'omicidio, il notaio rispose che sí, aveva pagato il domestico perché facesse sparire tutto. E sí, quell'errore gli era costato una vita di ricatti economici e di posti assegnati a Cunsolo in tutte le sue attività. Confermò che era andata esattamente come Vanina aveva immaginato, caffè compreso.

Alla domanda «Cosa l'ha spinta a confessare?» Renna rispose che non aveva piú dubbi sul fatto che lei fosse prossima a scoprire ogni cosa. E allora era piú dignitoso confessare.

– Riguardo alla morte di Maria Cutò, lei ci conferma che è avvenuta per confinamento nel montacarichi dove si trovava nascosta e dove la signora Teresa Regalbuto l'ha seppellita viva?

Renna abbassò lo sguardo. – No, questo non posso confermarlo, – mormorò. – Lei è libera di non crederci, ma io non avevo idea che in casa di Tanino, quella sera, ci fosse Luna, né della fine che le aveva fatto fare Teresa. Se l'avessi saputo… non l'avrei permesso.

Confessò che a premere il grilletto contro Gaetano Burrano era stato lui, e lui solo. Lo fece a testa dritta e guardandola negli occhi.

Poi rimase in silenzio. Abbassò lo sguardo e riprese fiato. Ricominciò a parlare.

– Sono stato io a uccidere Teresa Regalbuto, – disse. – L'ho uccisa perché minacciava di denunciarmi per salvarsi da una condanna per omicidio, e perché la conoscevo abbastanza da sapere che l'avrebbe fatto. Era una donna cinica e avida, capace di diseredare suo nipote in favore di una sconosciuta. Ho inscenato il suicidio, usando la pistola e la valigetta che avevamo recuperato di comune accordo, pagando qualcuno perché scassinasse la casa di Demetrio Cunsolo, e che conservava lei.

– Cosa sperava di ottenere con quella messinscena?

– Che addossaste a Teresa la colpa dell'omicidio del marito, oltre che di quello di Luna, e cosí smetteste di cercare il vero colpevole. Io lo immaginavo che prima o poi lei ci sarebbe arrivata, vicequestore Guarrasi. Questione di tempo, era, – cantilenò, monocorde.

Vanina pensò alle parole di Clelia Santadriano. Il piú caro amico di Teresa.

Come può ingannare l'apparenza.

Nicola Renna arrivò trafelato quando Spanò e Fragapane si stavano già occupando di formalizzare la confessione del padre.

– Ma non andrà in carcere, vero? – chiese, preoccupato, al vicequestore.

– Alla sua età no. Probabilmente avrà gli arresti domiciliari. E una condanna per due omicidi volontari.

Renna junior scosse la testa, melodrammatico. – Mio padre! Capisce? – Tirò su col naso.

La giornata andò avanti tutta a rimettere a posto i tasselli, che in gran parte coincidevano con le idee che si erano fatti loro.

Vanina andò fino a casa del commissario Patanè, per comunicargli tutte le novità.

– Lo sa, dottoressa, da un lato sono contento che finalmente posso chiudere la partita con quel caso maledetto. Dall'altro però mi dispiacerà non poter venire piú in ufficio, e fare finta di essere ancora in servizio.

Lo rassicurò, che prima o dopo qualche altro morto antico sarebbe capitato. E allora lui sarebbe tornato operativo.

– Poi oramai siamo amici, no? E io che sono giovane, e schiava delle mavaríe, potrò sempre aver bisogno di una lezione di ragionamento, giusto?

– Lei non è schiava di niente. E sa ragionare meglio di me. Tant'è vero che io una cantonata la pigghiai. M'ero convinto che non potesse essere che Renna avesse ucciso la Regalbuto. Tutti li hanno sempre considerati amici inseparabili, vecchi amanti, e io mi feci l'opinione che era vero. E sbagliai. Visto?

Il Grande Capo era assalito dai giornalisti, che Vanina evitava come la peste.

Tornando da una conferenza stampa, all'indomani della confessione che Arturo Renna aveva rilasciato «messo alle strette dal ritmo incalzante con cui il vicequestore aggiunto Giovanna Guarrasi era sul punto di incastrarlo», bussò alla porta di Vanina, che se ne stava sulla sua poltrona di nuovo basculante e rileggeva tutti i verbali.

– Bella la vita, eh, a fare i preziosi coi giornalisti! – disse, con un mezzo sorrisetto sfottente. Tanto era noto a tutti che abdicare al suo ruolo di divulgatore ufficiale di notizie, con tanto di faccia in primo piano al telegiornale, non era un'eventualità che Macchia avrebbe mai preso in considerazione. – Vieni da me un momento che ti devo dare una cosa?

Vanina sperò che non tornasse alla carica con la storia della Sco. Era stata chiara, con lui e con Eliana Recupero che caldeggiava. Una follia l'avevano giudicato, il suo rifiuto a ricoprire un posto ambito come quello.

Lo seguí nella sua stanza.

– Ti ricordi quella ricerca che mi avevi chiesto di fare sull'amica erede della Burrano?

– Certo.

Tirò fuori una mail stampata.

– Ecco qua tutto quello che abbiamo saputo.

Vanina scorse la pagina velocemente, con gli occhi di Tito puntati addosso.

– Hai letto? – le chiese il capo.

Aveva letto. E voleva rileggere. Perché le pareva troppo incredibile.

– Clelia Santadriano è stata adottata all'età di quattro anni dal convitto di Santa Cecilia a Napoli, dov'era stata abbandonata, – recitò Tito.

Incensurata, nessun debito in pendenza, ma una situazione economica tutt'altro che florida.

Vanina rilesse l'informazione. Incredibile. Però tutto tornava. La signora che era arrivata nel suo negozio e l'aveva agganciata. E poi l'aveva nominata erede. Cos'era, un tardivo pentimento? O disistima assoluta nei confronti di Alfio, tale da spingerla addirittura a questo. Oppure era un caso. Clelia Santadriano era figlia di qualcun altro, e magari era stata abbandonata per davvero. Non era orfana. Di certo la donna non immaginava nulla. Prova ne era lo sbigottimento con cui aveva accolto la notizia dell'eredità ricevuta, quasi in difficoltà nei confronti di Alfio che aveva voluto sentire subito, perché la villa era giusto che fosse sua, non se ne parlava proprio…

Alfonsina guardava tranquilla fuori dalla finestra del suo soggiorno.

– Dottoressa Guarrasi.

– Come va, signora Fresta?

– Come deve andare? Ora vediamo che succederà, con la casa di Maria… Speriamo di poter restare qua, in qualche modo.

Si sedette davanti a lei.

– Il notaio Renna, vedi tu! – fece Alfonsina, scuotendo la testa. – Pareva una brava persona. Certo, un poco focoso era, ma non è che può essere una colpa. E poi per Luna aveva una preferenza speciale. Fu uno degli ultimi a cui lei disse di no. Resistette quasi fino alla chiusura della casa.

Quando ripensava alla confessione di Renna, Vanina aveva la sensazione che la conclusione di quel caso non fosse andata come aveva immaginato lei. Magari era solo un moto d'orgoglio, perché l'indagine alla fine l'aveva chiusa una confessione e non il suo intuito sbirresco, ma non era soddisfatta come avrebbe creduto. Eppure margini di dubbio non ce n'erano.

Gli esami sulla traccia di sangue avevano confermato un'alta compatibilità con Arturo Renna. La valigetta era piena di impronte digitali, sue e di Teresa Regalbuto.

– Senta, Alfonsina, devo chiederle un'informazione che le parrà strana.

– Dica, dottoressa.

– Lei se lo ricorda il nome del collegio in cui Maria aveva portato Rita, a Napoli?

La donna si perse nei pensieri.

– Alfonsina? – la risvegliò.

– Non me lo ricordo… però lo sapevo.

Rifletté a occhi chiusi, poi scosse la testa.

– No.

– Santa Cecilia può essere?

– Può essere, certo, ma non è che me lo ricordo…

Perché avrebbe dovuto ricordarlo? Rita era scomparsa, Luna era morta; ormai era andata cosí. Qualunque verità fosse saltata fuori, e Vanina era determinata ad adoperarsi perché accadesse, per quella donna sarebbe stata tutta guadagnata. Ma se cosí non fosse stato, nessuna nuova delusione avrebbe angustiato gli ultimi scampoli della sua vita.

Perché se non ti aspetti nulla non puoi rimanere deluso.

Vanina decise che non era il caso di rompere quell'equilibrio.

L'agente Lo Faro bussò alla porta ed entrò.

– Scusi, dottoressa.

– Che c'è, Lo Faro?

Le passò la falsa agenda telefonica della Regalbuto.

– Che dobbiamo fare con tutti quei nomi che abbiamo trovato, ormai che il caso è risolto?

– E niente, Lo Faro, che ne vuoi fare?

– La lascio a lei, allora, o la do all'ispettore Spanò?

– Lasciala qua.

Il ragazzo obbedí e se ne andò.

Vanina la prese in mano e iniziò a sfogliarla.

Certo che il metodo era geniale: sembravano davvero dei numeri telefonici.

Arrivò fino all'ultima pagina e la rivoltò. Si accorse che il foglio sembrava tagliato sul lato centrale. Afferrò il lembo e vide che si creava come una tasca. La aprí. Un nome e un numero di telefono, che non era un numero di telefono, la colpirono con la potenza di un cazzotto in mezzo agli occhi.

Chiamò subito Spanò.

– Lei, Nunnari, Marta e Fragapane, venite da me. Di corsa.

Si materializzarono tutti in trenta secondi.

– Capo ma... che fu?

– Fragapane, recuperi il testamento della signora Burrano e lo porti alla Scientifica e chieda a Pappalardo di confrontare le impronte digitali con quelle trovate sulla carpetta vuota che gli abbiamo dato. E poi mi faccia telefonare. Marta, tu fai una ricerca su una situazione patrimoniale. Conti correnti e via di seguito –. Passò un foglietto con un nome scritto all'ispettore, che la fissò stranita.

– Nunnari, lei se ne vada in procura e aspetti che Vassalli riceva quello che, se va come dico io, gli farò inviare dalla Scientifica. Spanò, lei invece venga con me.

– Vanina, ma che sta succedendo? – chiese Marta. Il vicequestore le si avvicinò, esaltata. – Vai dal tuo Tito e digli che tra un paio d'ore al massimo sbattiamo in galera l'assassino di Teresa Regalbuto. Quello vero, – le sussurrò.

– Come sarebbe, l'assassino vero di Teresa Regalbuto?

Ma Vanina era già sulle scale.

Una vecchia rete, di quelle a molle, appesa a una parete con un chiodo, può essere considerata un'opera d'arte. Cosí come un cassetto genere Ikea, anzi peggio, perché almeno quelli sono graziosi, poggiato su un cubo. Installazioni. Roba che se vai alla Tate Modern di Londra, o al MoMA di New York, ne trovi in quantità industriale. Poi arrivi davanti a un quadro di Picasso… e ti riconcili con l'arte moderna. Vanina la pensava cosí. Infatti al MoMA saltava a piè pari tutti i primi piani e saliva direttamente al quinto. Quello di Picasso, appunto, e dei suoi pari grado.

La galleria d'arte di Nicola Renna era al piano di sotto dello studio notarile. Installazioni di ogni tipo e dimensione, inframmezzate da qualche dipinto.

La segretaria li aveva spediti lí, quando Vanina le aveva mostrato il tesserino oltre che la serietà delle sue intenzioni.

Il notaio si spostava da un'opera all'altra con metro e taccuino, contando i passi.

– Dottoressa! A cosa devo la visita? Mio padre è su nel suo studio. Finché può uscire di casa, sa.

Vanina ignorò il riferimento al padre.

– Belle queste opere, vero, notaio?

– Eh, uniche direi! Sto organizzando una mostra per gli amici, un vernissage per festeggiare l'ultima arrivata, – si voltò a guardare una scultura essenziale stile pupazzo Lego, – anzi se volesse intervenire…

– Belle e costose, – continuò Vanina, senza sentirlo.

Il notaio non rispose subito.

– Be', certo economiche non si possono dire, ma sa com'è? Quando c'è gusto…

Il vicequestore lo ignorò. – Specie poi se uno ha anche altri interessi, ugualmente costosi, come le auto storiche importanti. La Morgan, ad esempio.

Il notaio senior avanzava tra le installazioni, fissando il figlio. Che s'era ammutolito.

– Pensi di farcela, che tanto di soldi ne hai a palate, e cominci a collezionare opere d'arte, poi auto, e altre opere.

Poi vedi che non riesci piú a farcela con le tue forze, ma c'è un'occasione insperata, – si voltò a guardare il Picasso appeso alla parete davanti col faretto puntato sopra, – e non puoi fartela scappare. I soldi servono subito, però la banca oltre un certo credito non va, neppure nei confronti di un professionista affermato. Allora rimane una sola opzione. Tanto è un'amica, ti dici, con me la vecchia stronza si comporterà bene. Il figlio del suo amante storico. Ma poi le occasioni diventano due, – si voltò dall'altro lato, verso Matisse, – e l'altra volta in fondo era stato cosí facile.

I due notai la fissavano lividi.

– Finché un giorno la vecchia stronza non decide che è arrivato il momento di battere cassa, con tutti gli interessi, che solo perché sei il figlio del suo amante storico si limitano ad aumentare di un terzo il capitale iniziale. È un trattamento di favore, ma tu non hai nessun modo per rientrare, perché quello che guadagni finisce tutto nella conservazione delle opere, delle auto. Si arriva all'esasperazione, non è cosí, notaio Renna? E allora, quando per caso senti tuo padre parlare con la vecchia stronza di una valigetta e di una pistola che potrebbero ricondurre proprio a tuo padre, incriminandolo, capisci che è un'occasione unica. Basta andare lí di domenica, quando sai che la signora è sola, far finta di chiederle ancora tempo, fare il pietoso. E poi fingere che tuo padre ti abbia incaricato di farti dare una certa valigetta che lei sa, e che non vuole piú tenere in casa. Troppi sbirri che vanno e vengono. E te ne vai, lasciando la porta socchiusa. Carichi la pistola che trovi puntualmente dentro. Rientri in casa che la vecchia è ancora lí a guardare le ricevute. E le spari. Poi pulisci le impronte, metti in scena il suicidio e quella sorta di confessione. Sai che in questo modo la partita sarà chiusa per sempre. Poi recuperi tutte le ricevute, convinto di cancellare ogni prova del tuo debito. Ma fai un errore, e lo fai senza accorgertene, perché non è colpa tua se non hai sentito l'odore dell'arrosto che invade l'appartamento. Il tuo senso dell'olfatto in quei giorni è momentaneamente azzerato, e non ti rendi conto che quello per noi sarà solo il primo campanello d'allarme.

Si voltò verso il notaio senior.

– E un padre che può fare, quando capisce troppo tardi che un figlio rischia di finire in galera da un momento all'altro? Che la donna con cui si è spartito per una vita gli intrallazzi e i crimini peggiori ha speculato a sua insaputa sull'unica persona che per lui contava qualcosa? Anche un bambino lo sa, al giorno d'oggi, che padre e figlio hanno quasi lo stesso Dna. La prova schiacciante, quella che tutti glorificano, ma di cui, per sua disgrazia, non tutti s'accontentano.

Il vecchio notaio barcollò. Il capo chino, gli occhi chiusi, si lasciò cadere su una sedia poggiata alla parete.

Nicola alzò lo sguardo per un momento. Allucinato. Sbarrò gli occhi. – Papà! L'opera numero 12! Ti sei seduto sull'opera numero 12!

20.

Maria Giulia De Rosa aveva ribadito la richiesta fino allo sfinimento. La prossima volta che vai a Noto vengo con te. Perciò Vanina la stava aspettando da un'ora.

Adriano e Luca erano già lí, a godersi le prime giornate autunnali nella loro città d'adozione. Come al solito avevano invitato chiunque fosse capitato loro a tiro a condividere la passione barocca, occupando a tappeto tutti i b&b del centro, in quella stagione per la gran parte già vuoti. Una fuga collettiva verso il sud, in mezzo alla quale non poteva non finire l'avvocato De Rosa.

Alfio Burrano aveva agganciato abilmente quel giro di persone fin dalla festa di Giuli. Il rischio che quel weekend a Noto comparisse anche lui, magari senza preavviso, era elevato. E Vanina non era sicura che fosse una buona idea. Le cose tra loro, per il momento, filavano lisce sul binario dell'amicizia, anche se entrambi sapevano benissimo che non era stato quello il *primum movens* dei loro rapporti. Solo che tra delitti, ragazzine agguerrite e imbarazzi vari, quel famoso giro che volentieri si sarebbero fatti era rimasto in sospeso. Con ogni probabilità in modo definitivo, a giudicare dall'evidente – quanto non ricambiato – coinvolgimento sentimentale che l'uomo cominciava a mostrarle.

Peccato.

Si stravaccò sul divano e si accese una sigaretta. Premette sul pulsante laterale dell'iPhone e illuminò il display. Il blocco schermo dell'Addaura era lí, con ora e data sopra e nessuna nuova notifica.

L'ultima di quelle nuvolette firmate «P.», che invano cercava di autoconvincersi di non voler ricevere, ma che invece suo malgrado ogni volta aspettava col cuore in gola, risaliva a due sere prima. Poi piú nulla.

Il numero era lí, ma lei continuava a non memorizzarlo.

Il citofono suonò.

– Oh, finalmente si degnò di arrivare! – disse Vanina, alzandosi dal divano e spegnendo la sigaretta.

Non rispose neanche. Afferrò il trolley e la borsa in cui aveva infilato anche il telo da mare e il costume da bagno, che anche se è ottobre in Sicilia non si sanno mai le cose della vita, e uscí veloce.

Passò davanti a Bettina che armeggiava con la casa dei gatti e la salutò.

– Faccia buon fine settimana, e si riposi! – le gridò la donna, mentre infilava la rampa esterna e premeva sull'apriporta del portoncino di ferro.

Vanina aprí, pronta a partire con la filippica dell'ora di ritardo... Ma si zittí.

Rimase immobile a guardarlo, attonita.

Paolo Malfitano. Solo.

Senza scorta.

Ringraziamenti.

Dare vita al vicequestore Giovanna Guarrasi è stata l'esperienza letteraria piú divertente e insieme ardua. Farlo da sola sarebbe stato impossibile. Grazie di cuore a chi ha accettato di aiutarmi in questa epica impresa.

A Maria Paola Romeo, la mia preziosa agente, che ha creduto in Vanina con incrollabile convinzione e l'ha portata fin qui. A Stefano Tettamanti, per il suo sostegno. A Paolo Repetti e a Severino Cesari (che avrei tanto voluto poter conoscere), per aver aperto al vicequestore Guarrasi le porte di Einaudi Stile Libero. A Francesco Colombo, che per primo l'ha apprezzata, e a Rosella Postorino, Roberta Pellegrini e tutta la squadra che se n'è presa cura.

A Rosalba Recupido, mio indispensabile punto di riferimento in ambito giuridico. Ad Antonio Salvago, alla squadra Mobile di Catania e in particolare a Nello Cassisi, che risponde con pazienza ai quesiti piú strambi. A Giuseppe Siano per la consulenza in ambito di polizia scientifica. Ad Alessandro Dell'Erba, a Veronica Arcifa: perché la medicina legale non è mai stata il mio forte. A Sebastiano La Ciura, a Patrizia Speranza, notai di fiducia.

Grazie a Roberto e Claudia, che hanno permesso ai miei personaggi immaginari di invadere la loro torre. A Nuccio e Monica per aver ospitato Vanina nella loro dépendance, amaca compresa. A tutti gli amici e i colleghi (scrittori e oculisti) che mi sostengono con entusiasmo e che non smettono mai di chiedermi quando uscirà il mio nuovo libro.

Alla mia famiglia meravigliosa, e in pole position mio padre, che trova sempre la soluzione giusta.

Last but not least, a Maurizio, mio marito, perché insieme attraversiamo gli oceani.

Nota al testo.

La citazione in epigrafe è tratta da G. Simenon, *Maigret si difende*, Adelphi, Milano 2009.

Einaudi usa carta certificata PEFC
che garantisce la gestione sostenibile delle risorse forestali

PEFC
PEFC/18-32-03
Certificato PEFC
Questo prodotto è realizzato con materia prima da foreste gestite in maniera sostenibile e da fonti controllate
www.pefc.it

Stampato per conto della Casa editrice Einaudi
presso ELCOGRAF S.p.A. - Stabilimento di Cles (Tn)

C.L 24071

Edizione						Anno			
11	12	13	14	15	16	2024	2025	2026	2027